contes et nouvelles de Jules Verne

Contes et nouvelles de Jules Verne

Hier et Demain

précédé de trois contes

Introduction de Volker DEHS

Postface d'Olivier DUMAS
président de la Société Jules Verne

Le Grand Livre du Mois

Photo de couverture
« Aventures de la Famille Raton » in *Le Figaro illustré* (1891), illustration de Félicien de Myrbach. Bibliothèque municipale de Nantes, Centre d'études verniennes.

SOMMAIRE

INTRODUCTION

Les nouvelles de Jules Verne sont peu connues — chance inopinée, car cela permet aux lecteurs de cet ouvrage de se mettre à leur (re)découverte et de repérer parmi elles maint texte insolite apte à corriger le cliché simpliste de « l'aimable vulgarisateur » qui aurait « tout prévu ». Il est vrai que leur nombre restreint, une vingtaine à peine, paraît en faire une quantité négligeable — en face de ces 63 romans formant le cycle écrasant des *Voyages extraordinaires* (1863-1919) et qui ont fait la renommée de leur auteur. De plus, si certaines d'entre elles ont été intégrées *a posteriori* dans la série, aucune n'a été écrite expressément pour en faire partie : une première moitié se constitue de textes de jeunesse, rédigés bien avant que Jules Verne eût l'idée de procéder à ce « quadrillage du globe », selon la belle expression de Daniel Compère[1] ; la seconde moitié, écrite après 1863, doit sa genèse bien plus à l'opiniâtreté de quelques directeurs de revues qu'à l'impulsion personnelle de l'écrivain — à une exception près sur laquelle nous reviendrons.

Parlons d'abord des nouvelles de jeunesse, écrites entre 1849 et 1860, dont la diversité thématique prouve les efforts auxquels Jules Verne se livrait pour trouver sa voie en tant qu'écrivain, rêvant d'ailleurs de réussir en même temps comme auteur *dra-*

1. D. Compère, *Jules Verne écrivain,* Genève, Droz, 1991, p. 38.

matique et comme *poète.* On y repère des récits de voyages (*Les Premiers Navires de la marine mexicaine,* 1851, devenu *Un Drame au Mexique* en 1876), et d'exploration (*Un hivernage dans les glaces,* 1855) qui montrent d'évidentes affinités avec les *Voyages extraordinaires* à venir, mais aussi des nouvelles historiques (*Le Siège de Rome,* resté inédit jusqu'en 1994) et scabreuses (*Le Mariage de Monsieur Anselme du Tilleul,* 1994). Dans toutes ces nouvelles, le jeune Jules Verne imite ses modèles littéraires — surtout E.T.A. Hoffmann, Walter Scott et Fenimore Cooper — et essaie de les dépasser en assimilant leurs traits constitutifs. L'auteur des *Voyages extraordinaires* procédera plus tard de même en écrivant des romans « de révérence » à ses auteurs favoris tels que Dickens (*P'tit Bonhomme,* 1893), Poe (*Le Sphinx des glaces,*1897), Wyss (*Seconde patrie,* 1900) et Cooper (*En Magellanie,* posthume 1987/1998).

La nouvelle la plus ancienne reprise dans ce recueil, *Pierre-Jean,* date des environs de 1851 et pourrait passer comme un pâle reflet des *Misérables* — si seulement le roman de Victor Hugo n'avait pas paru une dizaine d'années après sa rédaction. Jules Verne venait alors d'obtenir son diplôme de licencié en droit (août 1850). Au lieu de se lancer dans une carrière juridique, il se mettait avec fougue à critiquer la justice humaine, critique qui est la conséquence logique d'un pessimisme à l'égard de la nature humaine en général, qui étonnera probablement les lecteurs de Jules Verne : « D'où vient cette loi fatale qui oblige les bonnes natures à se perdre au contact des mauvaises ? Pourquoi le mal est-il donc le ver rongeur du bien ? » (chap. III). Même si le personnage principal échappe à sa perte et aura la chance exceptionnelle de commencer une vie nouvelle, la note générale du récit demeure sombre, car le mal subsiste et se perpétue par le système pénitentiaire de Toulon. La nouvelle *Pierre-Jean* est restée inédite du vivant de son auteur, et même lorsque son fils Michel entreprit vers 1910 une refonte totale du texte pour le publier dans le recueil *Hier et Demain* sous le titre *La Destinée de Jean Morénas,* il dut se conformer à une remarque restrictive de l'éditeur Hetzel qui demandait de « mitiger l'intérêt pour le forçat et le blâme des lois ».

Autre exemple de cette époque, *Maître Zacharius ou l'horlo-*

ger qui avait perdu son âme (1854) qui constitue probablement le coup de maître du jeune auteur. Avec un pot-pourri de motifs empruntés aux *Contes fantastiques* d'E.T.A. Hoffmann, Jules Verne attaque sérieusement les prétentions de la science en mettant en scène un savant qui tend à réduire les multiples phénomènes de la vie à un matérialisme raide, à l'exemple de la mécanique de ses horloges. L'allusion du sous-titre à l'évangéliste est évident : « A quoi sert à l'homme de gagner l'univers si, pour le payer, il doit perdre sa vie ? Et que peut-il donner pour prix de cette vie ? » (Matthieu, XVI, 26). Pessimisme passager d'un auteur qui n'avait pu encore se libérer de son éducation conservatrice et catholique ? Il aide au moins à expliquer certains traits déconcertants qui assombrissent plus tard la façade scientiste même des romans désignés comme « optimistes », tels que *Cinq Semaines en ballon* (1863), et nous révèle que le triste *Paris au* XXe *siècle* (écrit vers 1863, mais publié en 1994) ne fait point exception dans la production vernienne. Toujours est-il que la même morale religieuse réapparaît — bien que de manière moins opportune — trente ans plus tard, dans la courte nouvelle *Frritt-Flacc* (1884). A l'ambition purement scientifique de maître Zacharius qui croit égaler Dieu, succède le matérialisme à la fois philosophique *et* pécuniaire du médecin Trifulgas qui, à la fin, n'échappe pas moins à son châtiment que son prédécesseur genévois. Le volcan-phare *Vanglor* qui, seul, éclaire l'action nocturne d'un bout à l'autre était pourtant là pour dénoncer l'ambition humaine par la formule chrétienne *vana gloria.* Si donc la morale reste la même et démontre une singulière unité de la pensée vernienne au cours de son évolution artistique, on s'aperçoit du chemin parcouru en comparant l'écriture des deux nouvelles. Déjà, en avril 1874, en remaniant *Maître Zacharius* pour Hetzel, Jules Verne s'était exclamé : « J'ai passé 10 heures là-dessus. Quel style et quelle amphigourie [sic] souvent »[1]. Rien de ces maladresses (qu'on pardonne à un jeune homme de vingt-cinq ans) ne subsiste dans le texte on

1. *Correspondance inédite de Jules Verne et de Pierre-Jules Hetzel,* tome I, Genève, Slatkine, 1999, lettre n° 204, p. 240.

ne peut plus condensé de *Frritt-Flacc,* dont la vigueur consiste dans l'implacable ironie du narrateur, tour de main que l'écrivain emploie fréquemment et souverainement.

L'intérêt de *Frritt-Flacc*, en particulier, et des nouvelles parues après 1863, en général, consiste en ce qu'elles présentent de remarquables condensés esthétiques de leur auteur, et lui permirent de s'exprimer par un mode qui dépassait le genre habituel de Jules Verne — le *fantastique.* La férule éditoriale l'avait contraint de se maintenir dans un terrain défini par les exigences de la revue au titre programmatique *Magasin d'éducation et de récréation,* où ont paru en édition préoriginale la plupart des *Voyages extraordinaires.* Il y avait des limites bien établies dont la transgression était interdite ; mais bien évidemment, c'est l'interdiction même qui incite à violer le tabou. Lorsque Jules Verne se mit à écrire, en 1880, une pièce fantastique en adaptant certains de ses romans les plus populaires, le *Voyage à travers l'impossible* (1882), les éditeurs s'en montrèrent consternés, et Jules Hetzel fils écrivit à son père : « Verne est féru de son idée de *à travers l'impossible* [...]. C'est une insanité & quand même le livre ou la pièce serait un chef d'œuvre le titre serait seul un coup porté à son genre de production. Il doit faire de l'*extraordinaire* & non de l'*impossible,* mais il n'y a pas à espérer de faire revenir ce Breton de ses idées préconçues. »[1]

Ce Breton têtu était toutefois prêt à faire des concessions au public juvénile de son éditeur lorsqu'il remaniait ses nouvelles parues auparavant dans des revues d'adultes : « Lundi, ou mardi au plus tard, je vous remettrai *moi-même* le *docteur Ox,* et nous verrons ce qu'il y a à supprimer pour les mioches »[2], écrivit-il le 18 mai 1874 à Hetzel en parlant d'une nouvelle qui devait par la suite introduire un sous-genre nouveau dans ses œuvres, la *fantaisie* humoristique et burlesque. *Une Fantaisie du docteur Ox,* rédigée en novembre 1871 et parue l'année suivante dans la revue *Musée des Familles,* demeure une des œuvres les plus alléchantes de Jules Verne, par son humour grinçant et la satire

1. 11 ou 12 février 1880. Bibliothèque Nationale de France, NAF 17006, f° 26.

2. *Correspondance inédite...,* lettre n° 208, p. 242.

sociale qu'elle comporte. Jacques Offenbach avait essayé, en 1877, de traduire la verve anarchique qui la distingue en un de ses opéras bouffe, mais ses librettistes y échouèrent, et on peut supposer que la censure théâtrale — qui existait en France jusqu'en 1906 — devait répondre du reste.

L'éditeur Hetzel, toujours soucieux de souligner les fondements sérieux de la documentation de Jules Verne, assura à ses lecteurs, en 1874, dans une préface, que : « *Le Docteur Ox* a été inspiré à l'auteur des *Voyages extraordinaires* par une expérience très intéressante faite à Paris, il y a quelques années. » Cette expérience récente, serait-ce la Commune, comme certains commentateurs l'ont prétendu ? On attribuerait là par trop de malice au digne Hetzel. L'éditeur rappelait plus simplement les travaux des ingénieurs Tessié du Mothay et Maréchal dont les appareils à produire de l'oxygène à bon marché avaient figuré à l'Exposition universelle de 1867 et avaient prêté à une expérience à l'éclairage oxhydrique, plus ou moins satisfaisante, à l'hôtel de ville de Paris au début de 1868. Le modèle historique est oublié depuis longtemps, mais la nouvelle de Jules Verne subsiste comme une des réalisations les plus parfaites de l'image du « savant fou », malgré ou bien à cause de son ton railleur. Plus tard, Jules Verne revint à son personnage principal, en le tournant au démoniaque, pour l'introduire comme le génie du mal dans sa pièce *Voyage à travers l'impossible.*

Comme le contrat éditorial, que Jules avait accepté de bon gré, l'obligeait à fournir à Hetzel deux volumes par an, le temps manquait au romancier pour accepter les nombreuses propositions faites par des rédacteurs de différentes revues pour écrire des nouvelles. « Je ne suis point improvisateur », ripostait-il ; et il essayait parfois de s'en défaire en demandant des honoraires exagérés. On ignore si *Une Fantaisie du docteur Ox* et *Frritt-Flacc* auraient jamais vu le jour si elles n'avaient pas été commandées auparavant par les revues *Musée des familles* et *Le Figaro illustré.*

Une seule nouvelle fut écrite par Jules Verne à sa propre initiative — le conte de fées *Aventures de la famille Raton.* Il est vrai que les conditions de sa rédaction sont assez particulières : le 9 mars 1886, Gaston Verne, le neveu de l'écrivain, avait commis un attentat sur son oncle, dans des circonstances qui n'ont jamais été éclaircies de façon satisfaisante. Déclaré irresponsable de son acte et atteint de folie, il devait finir ses jours dans divers asiles et hôpitaux ; même l'année de sa mort n'a pas encore été établie avec certitude. Quant à Jules Verne, une balle s'était placée dans le tibia de la jambe gauche et ne pouvait pas être extraite, malgré une longue et douloureuse opération qui ne provoquait qu'une aggravation de l'état du blessé. Pendant six mois, l'écrivain, souvent mis au régime de la morphine (à laquelle il allait dédier un sonnet), restait cloué au lit sans pouvoir continuer son travail accoutumé. En revanche, ces longs mois lui permettaient de se pencher sur le passé en relisant ses poèmes de jeunesse, et peut-être aussi certains de ses romans. Fin août, il annonçait à Hetzel fils — Pierre-Jules Hetzel était mort à Monaco, une semaine seulement après l'attentat de Gaston — avoir écrit un conte de fées dont il désirait qu'il parût sous forme d'album, et qui portait alors le titre de *Le Rat goutteux* — nom qui désignait jadis un vieux magasin nantais que le petit Jules avait pu visiter. Cet indice n'est pas le seul élément autobiographique, car l'écrivain se dessine aussi bien sous les traits du père Raton, qui marche désormais sur des béquilles, que sous ceux du cousin Raté, cruellement éprouvé par son éternel dépit amoureux. Mais ce qui rend ce texte particulièrement intéressant, c'est qu'il se constitue comme un puzzle d'un grand nombre de passages littéralement transcrits de différents *Voyages extraordinaires.* On y repère des phrases et des fragments de textes qui proviennent tout droit du *Tour du monde en quatre-vingts jours* (1872), de *Les Cinq Cents Millions de la Bégum* (1879) *Kéraban-le-Têtu* (1883) et *Nord contre Sud* (écrit en 1885, paru en 1887) — mais sans que le lecteur averti ou non averti s'en aperçoive...

L'histoire des rats qui se transforment selon les lois de la métempsycose trouve sa correspondance sur le plan de la *forme* dans l'écriture de la nouvelle qui s'opère par la transformation de textes tout faits ! Jules Verne aurait sans doute pu choisir un moyen moins compliqué pour écrire un simple conte de fées ; il ne l'a pas fait. Peut-être toutes ces réminiscences autobiographiques et textuelles expliquent-elles son engagement obstiné en présentant la nouvelle lors d'une tournée en Hollande et Belgique (1887) — avec peu de succès, il est vrai —, et en la destinant au cœur d'un recueil de nouvelles jamais réalisé de son vivant, à cause de l'indifférence, et même de la résistance de l'éditeur. On comprend, dès lors, que ledit recueil était placé sous l'égide des « Souvenirs d'enfance et de jeunesse » (titre d'un article publié en 1891 d'abord en langue américaine) — Olivier Dumas en fait d'ailleurs l'historique en postface du présent ouvrage. Quels que soient les stades éventuels que ce recueil, souvent rappelé dans les lettres de l'auteur à son éditeur, ait subis entre 1890 et 1910 — année où parut *Hier et Demain,* le recueil de nouvelles édité par Michel, le fils de l'écrivain —, la question de l'*origine* reste toujours au centre du débat, ne serait-ce que pour savoir si tous les textes proviennent vraiment de Jules Verne !

Si on peut répondre par l'affirmative en ce qui concerne *Monsieur Ré-Dièze et Mademoiselle Mi-Bémol,* deux textes — *La Journée d'un journaliste américain en 2890* et *Edom* — posent des problèmes. Par une ironie qui aurait bien plu à l'écrivain, ce sont là justement les textes qui répondent le plus à l'image d'un Jules Verne « père de la science-fiction ». Mais voici qu'entre en jeu ledit Michel Verne (1861-1925), homme d'affaires, journaliste, écrivain, poète, compositeur, metteur en scène de films — et héritier des papiers de son père, aussi talentueux qu'instable, dont la biographie reste à écrire. Jean Jules-Verne, dans le livre qu'il a consacré à son grand-père, a eu la liberté d'esprit suffisante pour élucider les relations bien tumultueuses entre Jules Verne et son fils, mais il a camouflé la part que son père avait prise dans la publication des *Voyages* posthumes [1]. Nous savons aujourd'hui que tous les romans édités par Michel après la mort de son père ont été remaniés par lui, de façon bien particulière en changeant complètement leur idéologie, notamment par l'inversion des dénouements : une fin heureuse fut remplacée par une fin sombre, et vice versa. Les verniens l'ont beaucoup blâmé pour cette singulière procédure

1. Jean Jules-Verne, *Jules Verne,* Paris, Hachette, 1973, pp. 212-222.

qui, sous le point de vue psychologique, est pourtant tout à fait passionnante et attend toujours une analyse approfondie. Mais accuser le fils de supercherie ne suffit pas, car le trafic avait commencé du vivant même de Jules Verne, avec l'approbation de celui-ci.

Le collectionneur Piero Gondolo della Riva a révélé en 1974 que *La Journée d'un journaliste* avait été écrite par Michel, d'après une idée ou un scénario proposé par son père : « L'article dont je vous ai parlé pendant votre visite à Amiens a paru dans le *Forum* de New York », écrivit-il à Hetzel le 29 janvier 1889. « Après arrangement entre Michel et moi, il a été entièrement écrit par lui (ceci entre nous) et il paraît avoir beaucoup plu. »[1] La nouvelle fut ensuite « adoptée », remaniée et publiée à trois reprises par le père des *Voyages extraordinaires,* avant de paraître en fin de compte dans une version « mixte » éditée par Michel Verne dans *Hier et Demain.* Jules Verne, après avoir changé les noms primitifs et développé certaines idées restées à l'état d'embryon, a notamment ajouté quelques allusions politiques et littéraires ainsi que le passage sarcastique sur l'exécution électrique qui venait juste d'être introduite aux Etats-Unis.

Ce qui est compliqué dans le cas du *Journaliste,* s'avère mystérieux, voire mystificateur dans celui d'*Edom,* publié d'abord en 1910 sous le titre de *L'Eternel Adam.* Comment admettre que ce texte magistral, qui se prête si admirablement à passer pour le « testament littéraire » de Jules Verne, vu son sujet — l'*origine* de l'humanité et son avenir, la survivance de l'écriture —, ne serait pas de Jules Verne ? Il y a pourtant plusieurs indices qui suggèrent une paternité de *Michel* Verne : le seul manuscrit connu — inabordable dans une collection particulière — est de la seule main de Michel, et il n'a pas l'air d'être simplement la copie d'un manuscrit préexistant, vu le grand nombre de corrections et d'ajouts. Le style pathétique est également propre à Michel, l'auteur de *L'Agence Thompson and Co, Les Naufragés du Jonathan* et de *L'Etonnante Aventure de*

1. Piero Gondolo della Riva, « A propos d'une nouvelle », *L'Herne* n° 25 (1974), pp. 284-288.

la mission Barsac, qui adorait le grandiose, alors qu'on cherche vainement de pareils passages dans l'œuvre du père qui préférait contrecarrer le pathos par des tons ironiques et burlesques. Qu'on lise, pour s'en convaincre, le roman *La Chasse au météore* (dans sa version originale !) qui doit son inspiration au même événement que la nouvelle *Edom* — le tournant du siècle. Tandis que *Edom* célèbre la fin du monde d'un ton douloureux et résigné, *La Chasse au météore* se moque de la même crainte en dénonçant les faiblesses multiples de l'humanité.

Pour affirmer la paternité de la nouvelle de *Jules* Verne, plusieurs auteurs ont souligné l'affinité d' « Edom » avec les romans parus aux environs de 1875 — *L'Ile mystérieuse* (1874/75), *Le Chancellor* (1875) et *Hector Servadac* (1877). Bien que l'affirmation soit exacte, elle peut être interprétée différemment : « C'est que Michel connaissait parfaitement l'œuvre de son père ! Et, en effet, lorsqu'il fut embarqué en février 1878 — par voie de correction paternelle ! — sur un navire en partance pour les Indes, il emporta avec lui tous les *Voyages extraordinaires* parus jusqu'à cette époque, comme l'atteste une lettre de Jules Verne à Hetzel. Il avait alors tout le loisir pour les lire et s'approprier les motifs et les idées de son père. Dans cette optique, on peut considérer *Edom* comme une ultime vue rétrospective sur les *Voyages extraordinaires,* brillamment écrite, d'ailleurs, et digne de clore le présent recueil.

Volker DEHS

AVERTISSEMENT CONCERNANT L'ORTHOGRAPHE

Jules Verne n'échappe pas aux fautes d'orthographe : comment parvenir à les éviter quand on rédige de telles quantités de pages ? Chez Balzac, Hugo et Zola, elles abondent également et je crois que même Flaubert, si minutieux, n'a pu totalement les éviter. On remarquera notamment avec Verne l'absence du *s* à la première personne du singulier, à l'imparfait. N'oublions pas que contrairement à ce que l'on nous affirme à l'école, la langue ne cesse jamais d'évoluer ; et que l'orthographe des littéraires, des créateurs, s'embarrasse peu des règles de l'Académie : l'usage finit de toute façon par l'emporter à la longue. Aussi un éditeur voulant reproduire les textes d' « un vieux conteur » (titre que Jules Verne se donnait à la fin de sa vie) aura plutôt intérêt à respecter son orthographe, surtout si le texte reste parfaitement compréhensible : une note en bas de page pour signaler une « faute » est toujours préférable.

Je n'en veux pour cela qu'un exemple : en 1889 paraît le troisième volet concernant les aventures des héros de *De la Terre à la Lune.* Comme titre d'ouvrage, Jules Verne aurait songé un temps à *Le Monde renversé,* avant de finalement choisir : *Sans dessus dessous.* Les imprimeurs voient dans ce titre une faute d'orthographe : il faudrait dire : « Sens dessus dessous », ce qui signifierait que « ce qui était situé dessus est maintenant placé dessous. Or dans son roman, il n'y a pas un simple renversement ou retournement, c'est un bouleversement intégral, avec la disparition totale du sens, précisément.[1] » En fait, le titre exact aurait plutôt été : « Sans dessus ni dessous », mais Verne, amateur de jeux de mots, a l'idée originale de mélanger les deux formules, ce qui devient « Sans dessus dessous ».

Respectons l'orthographe des créateurs, c'est vraiment plus prudent.

1. Voir la « postface » de Robert Pourvoyeur in Jules Verne, *Sans dessus dessous,* Bruxelles, Grama, coll. Le Passé du Futur, 1994.

MAÎTRE ZACHARIUS
OU L'HORLOGER QUI AVAIT PERDU SON ÂME

Tradition génevoise

« Voyez, dans nos précédents numéros, l'*Histoire de la Montre et de l'Horloge,* dont cette nouvelle fantastique est en quelque sorte le complément moral. »
[Note de la Rédaction du *Musée des Familles,* avril 1854, lors de la parution du premier « épisode » de *Maître Zacharius*.]

LE PREMIER DES GRANDS TEXTES

Jules Verne a tout juste vingt-cinq ans lorsqu'il rédige, en 1853, Maître Zacharius. *Ce conte fantastique fut édité dans le* Musée des Familles *en deux fois : avril et mai 1854. Verne collabore au* Musée *depuis bientôt trois ans, tant en fournissant des récits qu'en y rédigeant des articles scientifiques. A la même époque, le jeune écrivain est également secrétaire au Théâtre lyrique. Il a d'ailleurs à son actif une œuvre théâtrale très diverse, mais également très méconnue. Il a certes réussi à faire jouer en 1850* Les Pailles rompues, *une comédie en un acte ; et en 1853, l'année de création de* Zacharius, *un opéra-comique intitulé* Le Colin-Maillard, *en collaboration avec Michel Carré et le musicien Aristide Hignard. Malheureusement ces deux œuvres n'ont pas connu un succès mirobolant et ses tiroirs regorgent de pièces achevées, ou de projets de pièces, dont la plupart sont encore de nos jours inédites* [1].

Il n'est donc pas exagéré de dire que jusqu'en 1853 et même au-delà, l'activité théâtrale est la préoccupation dominante du

1. Pour avoir un aperçu complet de ce pan encore trop méconnu de l'œuvre vernienne, l'idéal est de lire les nombreux articles de Robert Pourvoyeur qui concernent ce sujet ; voir notamment le *Bulletin de la Société Jules Verne* n° 70, « spécial Théâtre » (1984), qui contient deux articles de R. Pourvoyeur ; et sa préface, intitulée « Jules Verne et le Théâtre », de *Clovis Dardentor,* Paris, 10/18, 1979.

futur auteur des Voyages extraordinaires. *Néanmoins, Jules Verne, dès l'âge de dix-neuf ans, a commencé deux romans,* Jédémias Jamet *et* Un prêtre en 1835, *restés hélas inachevés. Persévérant dans la forme narrative, il a également rédigé quatre nouvelles dont trois ont pu être publiées dans le* Musée [1]. *D'une manière générale, c'est un auteur qui se cherche. Et qui, enfin, au bout de huit ans de carrière, va commencer à trouver sa voie, même s'il lui faudra encore attendre pratiquement une décennie avant de connaître le succès grâce à* Cinq Semaines en ballon.

Sans vouloir systématiquement rabaisser les autre œuvres dites de jeunesse, *dont beaucoup ne manquent pas d'intérêt,* Maître Zacharius *est de loin ce que Jules Verne a écrit de plus important jusque-là. Ceux qui résument cet auteur en romancier de voyages et de sciences auront déjà remarqué qu'il y a là un* voyage peu ordinaire, *qui va conduire les personnages jusqu'au château d'Andernatt ; ainsi que de la science (mais présentée dans un sens plutôt péjoratif).*

Bien entendu, les articles de Verne rédigés pour le compte du Musée *montrent qu'il portait déjà un intérêt réel à la science, mais plus particulièrement aux inventeurs. Contrairement à ce qu'on a trop souvent dit, Jules Verne, loin de se projeter constamment dans l'avenir, a beaucoup plus fréquemment rendu compte du passé scientifique, que ce soit d'ailleurs dans le domaine du technique ou du géographique. De même que ses fameux* Voyages *mettront fréquemment en scène un héros (fictif) marchant sur les pas d'autres héros (réels) en tentant d'aller plus loin qu'eux, Zacharius, qui est lui-même un personnage du passé (il vit à une époque pré-calviniste, sans doute au cours de ce* XVe *siècle qui vit se développer les automates et personnages mouvants), a fait mieux que ses prédécesseurs : cela nous est dévoilé par un historique de l'histoire de l'horlogerie, basée sur des faits réels (mais avec une grosse omission comme on va le voir plus loin), qui nous conduit jus-*

1. La quatrième, *Pierre-Jean,* restée inédite du vivant de Jules Verne, figure dans le présent ouvrage.

qu'à la découverte de l' « échappement » (découverte réelle) que Zacharius a faite (fictivement). En cela, le maître horloger est un prédécesseur de Nemo, qui n'a pas découvert le sous-marin, mais qui l'a perfectionné de façon à en faire une arme redoutable, le Nautilus, *ce qui le conduit, à son tour, à rejeter le divin de l'univers autonome qu'il s'est ainsi créé.*

Science, inventions et délires des inventeurs. Mais là n'est pas le seul enjeu de Zacharius.

Tout d'abord, cet ensemble est présenté sous la forme du fantastique, inconnue jusque-là chez Jules Verne, mais qui va imprégner une bonne partie de l'œuvre à venir. La découverte des contes d'E.T.A. Hoffmann, qui vont continuer à l'influencer par la suite, peut très bien avoir précédé de peu l'année 1853 et déclenché un changement de cap [1].

Dans une note en bas de page placée à la suite du titre Maître Zacharius, *lors du début de sa publication en avril 1854* [2], *la rédaction du* Musée des Familles *signale que le conte de Verne est un « complément moral » d'un article, signé Noblet, intitulé « L'Histoire de la Montre et de l'Horloge ». Cet article raconte l'histoire de Sylvestre II, pape de 999 à 1003, à qui est attribuée la fameuse invention de l'« échappement », dont Verne fera cadeau à son personnage inventeur* [3]. *Grâce à cet article, le jeune écrivain détenait donc un début d'intrigue, à laquelle, sous l'influence d'E.T A. Hoffmann, il va donner une tournure fantastique.*

Or, de même que Zacharius, Verne vient de découvrir le Temps ; ou tout du moins, il en rend compte pour la première fois, et c'est peut-être sa plus grande invention narrative. Ni dans ses écrits précédents, ni même, surtout, chez les roman-

1. Voir au sujet de l'influence du conteur allemand sur le jeune auteur français l'article de Volker Dehs, « E.T.A. Hoffmann et 'Maître Zacharius' », in *Bulletin de la Société Jules Verne* n° 72, 1984. V. Dehs y présente des analogies entre *Zacharius* et de nombreuses nouvelles d'Hoffmann, tout particulièrement *Mademoiselle de Scudéri* (1820).

2. Note que nous reproduisons dans le présent ouvrage p. 11.

3. Concernant l'influence du « pape sorcier » sur *Zacharius,* voir l'article de Christian Porcq, « Jules Verne et le pape de l'an mil », *Bulletin de la Société Jules Verne* n° 91, 1989.

ciers qui l'ont précédé, le temps ne joue un rôle aussi important, au point de devenir personnage, de devenir le Temps. Un personnage qui sera tour à tour partenaire et adversaire des héros verniens[1]*. Zacharius ne cesse d'affirmer qu'il est parvenu à « maîtriser le Temps », à « créer le Temps ». En réalité, le maître horloger a surtout mis en route un mécanisme qui le dépasse aussitôt. Il déclare avoir enfermé « une partie » de son « âme » dans « chacune de ces boîtes », avoir réglé les horloges sur les pulsations de son cœur. Mais il se retrouve par là même prisonnier de ce Temps qu'il a fait naître et qui peut à son tour le faire mourir. C'est l'histoire classique de l'inventeur tué par son invention, du créateur abattu par sa créature ; et en définitive le mythe de Prométhée*[2] *(peut-être sous l'influence du roman de Mary Shelley,* Frankenstein, *publié en 1818).*

Ainsi, Verne crée-t-il un rapport particulier au temps, puisque ce Temps, qui vit selon un personnage, ne se déroule plus selon un flux continu, mais reste inerte, tout entier enroulé autour de maître Zacharius, comme à la fin du chapitre V où Pittonaccio « marchait en rond autour de lui et l'enlaçait de replis tortueux et fantastiques », tout entier suspendu sur l'action de cet homme. Cela ne signifie pas que le Temps s'est arrêté subitement, ou qu'il ne se déroulerait que selon le bon vouloir du maître horloger : en fait, les années continuent de passer comme à l'accoutumée, Zacharius a vieilli, sa fille et son apprenti ont évolué. Mais le Temps n'est justement pas un Temps uniforme, qui tirerait à lui tous les humains dans une course unanime. Il est fait de bon nombre d'espaces, de périodicités aux rythmes très différents. Dans quelques années, Verne écrira même un roman[3] *— suivi d'un article*[4] *— basé sur le*

1. Voir à ce sujet l'article de François Raymond, « L'Homme et l'horloge », *Cahier de l'Herne* n° 25, 1974.

2. Sur l'influence des mythes sur Jules Verne, voir Simone Vierne, *Mythe et modernité,* Paris, PUF, 1989.

3. Il s'agit bien sûr du *Tour du monde en quatre-vingts jours,* publié en 1873. Rappelons que Phileas Fogg, qui, selon l'expression de F. Raymond, « court contre le temps », gagne son pari parce que, parti d'est en ouest, il *a acquis un jour supplémentaire.*

4. L'article s'intitule « Les Méridiens et le calendrier ». Il s'agit d'une communication adressée à la Société de Géographie en 1873, suite justement

phénomène de la journée évaporée ou gagnée selon que l'on part vers l'est ou vers l'ouest pour effectuer un tour du monde. Au début du récit, Zacharius marche dans une bulle (ou une île) qui le maintient provisoirement hors des temps et des lieux sociaux, si bien que « nul des plus vieux de Genève n'eût pu dire depuis combien de temps [...] quel jour, pour la première fois, on le vit marcher par les rues de la ville [...]. Cet homme ne vivait pas. Il oscillait à la façon du balancier de ses horloges. » Le fait est que Zacharius, avec l'échappement, semble aussi avoir trouvé une échappatoire : ce n'est sûrement pas un hasard si Zacharius est placé sur une île, il est vrai avec d'autres habitants. Il n'en est pas moins éloigné de la civilisation et des effets vieillissants de son rythme historique. A de nombreuses reprises, on le verra dans le présent ouvrage, Verne mettra en scène des personnages vivant dans leur propre espace-temps (que Zacharius a lui-même bâti et qu'il risque de perdre) qui ressemble à un présent éternel.

Vingt ans plus tard, en 1874, Jules Verne remanie Maître Zacharius afin de l'inclure dans la série des Voyages Extraordinaires. De fait, les deux versions du conte sont extrêmement différentes. Les variantes opérées ne sont peut-être pas, cette fois, entièrement dues à l'influence de l'éditeur Hetzel : en 1874, le jeune homme de vingt-cinq ans, encore empreint de son éducation nantaise (ou en tout cas encore prudent vis-à-vis d'une famille ultra-catholique qui lui a imposé cette éducation), est devenu un quadragénaire célèbre, indépendant financièrement, populaire (Le Tour du monde en quatre-vingts jours, sorti un an plus tôt, a été un triomphe), n'ayant plus de comptes à rendre à qui que ce soit — sauf à son éditeur. Il est donc tout à fait plausible — comme le suggère Francis Lacassin[1] — de supposer que Jules Verne, relisant son texte, décide d'atténuer

à la parution du *Tour du monde en quatre-vingts jours.* Verne y fait ici allusion à une nouvelle de Poe, *La Semaine des trois dimanches,* qui développe le même thème.

1. F. Lacassin, « Masques oubliés à poser sur le portrait officiel de Jules Verne », préface à Jules Verne, *Histoires inattendues,* Paris, 10/18, 1978.

les marques d'allégeance vis-à-vis de la religion catholique, tout en conservant cependant pour cette dernière un rôle important : en fait, c'est principalement l'attitude de maître Zacharius qui se modifie dans la seconde version, le vieil horloger se détachant plus encore des attributs religieux, perdant « la grâce », devenant plus « sacrilège ». Cette seconde version a été adoptée par toutes les éditions modernes de Zacharius, *à l'exception de celle de Lacassin chez « 10/18 ». Nous avons ici adopté la première, de 1853. J'ai précisé quelques-unes des modifications les plus criantes dans le texte, pour mieux montrer tout ce que nous perdons avec la nouvelle version.* [1]

Samuel SADAUNE

1. Olivier Dumas a fait un compte-rendu assez détaillé, sur lequel je me suis souvent appuyé, de ces variantes dans l'article « Vingt ans après ou les deux *Zacharius* », *Bulletin de la Société Jules Verne* n° 91 (1989).

I

Une nuit d'hiver

La ville de Genève est située à la pointe occidentale du lac de Genève ; le Rhône la traverse à sa sortie du lac, en la partageant en deux quartiers distincts, et se divise lui-même, au centre de la cité, par une île jetée entre ses deux rives. Cette disposition topographique se reproduit souvent dans les grands centres de commerce ou d'industrie ; sans doute, les premiers indigènes furent séduits par les facilités de transport que leur offraient les bras rapides des fleuves, ces chemins qui marchent tout seuls, suivant le vieil adage[1] ; avec le Rhône, ce sont des chemins qui courent.

Au temps où des constructions neuves et régulières ne s'élevaient pas encore sur cette île, ancrée comme une galiotte hollandaise au milieu du fleuve, un merveilleux entassement de maisons grimpées les unes sur les autres offrait à l'œil une confusion pleine de charmes. Le peu d'étendue de l'île avait forcé quelques-unes d'elles à se jucher sur des pilotis engagés pêle-mêle dans les rudes courants du Rhône ; ces gros madriers, noircis par le temps, usés par les eaux, ressemblaient aux pattes d'un crabe immense, et produisaient parfois des effets fantastiques ; des filets jaunis, étendus, comme des toiles d'araignées,

1. Dans la version de 1874, Verne précisera qu'il s'agit là d'une parole de Pascal.

au sein de cette substruction séculaire, s'agitaient dans l'ombre comme le feuillage mort de ces vieux bois de chêne, et le fleuve, s'engouffrait au milieu de cette forêt ténébreuse, avec de lugubres mugissements.

Une de ces habitations aériennes frappait par son caractère étrange de vétusté ; c'était la maison du vieil horloger, maître Zacharius, de sa fille Gérande, d'Aubert Thün, son apprenti, et de sa vieille servante Scholastique.

Quel homme à part que ce Zacharius ! son âge semblait indéchiffrable ; nul des plus vieux de Genève n'eût dit depuis quand sa tête maigre et pointue vacillait sur ses épaules, ni le jour où, pour la première fois, on le vit marcher par les rues de la ville, en laissant flotter à tous vents sa longue chevelure blanche. Cet homme ne vivait pas ; il oscillait à la façon du balancier de ses horloges ; sa figure, sèche et cadavérique, affectait des teintes sombres ; comme les tableaux de Léonard de Vinci, il avait poussé au noir.

Sa fille Gérande occupait la plus belle chambre de la vieille maison, d'où, par une joyeuse fenêtre, son regard allait mélancoliquement se reposer sur les cimes neigeuses du Jura ; mais la chambre à coucher et l'atelier du vieillard consistaient en une sorte de cave située presque au ras du fleuve, et dont le plancher reposait sur les pilotis mêmes. Depuis un temps immémorial, maître Zacharius n'en était sorti qu'aux heures des repas et pour régler les différentes horloges de la ville ; il passait le reste du temps près d'un établi couvert de nombreux instruments d'horlogerie, qu'il avait pour la plupart inventés.

Car c'était un habile homme ; ses œuvres se prisaient fort dans toute la France et l'Allemagne ; les plus industrieux ouvriers de Genève reconnaissaient hautement sa supériorité ; et quel honneur pour cette ville horlogomane, qui le montrait avec orgueil, en disant :

— A lui revient la gloire d'avoir inventé l'échappement !

En effet, de cette invention, que les travaux de Zacharius feront comprendre plus tard, date la naissance de la véritable horlogerie.

Eh bien ! après avoir longuement et merveilleusement travaillé, Zacharius remettait avec lenteur ses outils en place, recouvrait de légère vêtrines les fines pièces qu'il venait d'ajuster, et rendait le repos à la roue active de son tour ; puis il soulevait un judas pratiqué au milieu de son réduit, et là, penché des heures entières, tandis que le Rhône se précipitait avec fracas sous ses yeux, il s'enivrait à ses brumeuses vapeurs.

Par un soir d'hiver, la vieille Scholastique servit le souper, auquel, selon les antiques usages, elle prenait part avec le jeune ouvrier. Bien que des mets soigneusement apprêtés lui fussent offerts dans une belle vaisselle bleue et blanche, maître Zacharius ne mangea pas ; il répondit à peine aux douces paroles de Gérande, que la taciturnité plus sombre de son père préoccupait visiblement ; le babillage de Scholastique elle-même passa inentendu à son oreille, comme ces grondements du fleuve auxquels il ne prenait plus garde. Après ce repas silencieux, le vieil horloger quitta la table, sans embrasser sa fille, ni donner à ses hôtes le bonsoir accoutumé ; il disparut par l'étroite porte qui conduisait à sa retraite, et, sous ses pas pesants, l'escalier gémit avec des plaintes étranges.

Gérande, Aubert et Scholastique demeurèrent quelques instants sans parler. Ce soir-là, le temps était sombre ; les nuages se traînaient lourdement le long des Alpes, et menaçaient de se fondre en pluie ; la sévère température de la Suisse emplissait l'âme de tristesse et de brume, tandis que les vents du midi rôdaient aux alentours avec de sinistres sifflements.

— Savez-vous bien, ma chère demoiselle, dit enfin Scholastique, que notre maître est tout en dedans ; je comprends qu'il n'ait pas eu faim ; ses paroles lui sont restées dans le ventre, et bien adroit serait le diable qui lui en tirerait quelqu'une !

— Mon père a quelque secret motif de chagrin que je ne puis même pas soupçonner, répondit Gérande, tandis qu'une douloureuse inquiétude s'imprimait sur son visage.

— Mademoiselle, ne permettez pas à tant de tristesse d'envahir votre cœur ; vous connaissez les singulières habitudes de maître Zacharius : qui peut lire sur son front ses pensées secrètes ? Quelque ennui sans doute lui est survenu, mais demain il ne s'en souviendra pas, et se repentira vraiment d'avoir causé quelque peine à sa fille !

Aubert parlait de cette façon, en fixant ses regards sur les beaux yeux de Gérande. Aubert, le seul ouvrier que maître Zacharius eût jamais admis à l'intimité de ses travaux, car il appréciait son intelligence, sa discrétion et sa grande bonté d'âme, Aubert s'était attaché à Gérande, avec cette foi mystérieuse qui préside aux dévouements héroïques.

Gérande avait dix-huit ans ; l'ovale de son visage rappelait les naïves madones que la vénération suspend au coin des rues des vieilles cités de Bretagne ; ses yeux respiraient une simplicité infinie ; on l'aimait, comme la plus suave réalisation du rêve d'un poète. Ses vêtements affectaient des couleurs peu voyantes, et le linge blanc qui se plissait sur ses épaules avait cette teinte et cette senteur particulières au linge d'église. Elle vivait d'une existence tout onctueuse et mystique, dans cette ville qui n'était pas encore livrée à la sécheresse du calvinisme.

Ainsi que soir et matin elle lisait ses prières latines dans son missel à fermoir de fer, elle avait lu un sentiment inconnu dans l'âme d'Aubert Thün ; elle en comprenait la pensée générale, sans se rendre compte des détails ; elle en devinait le sens, et ne se doutait pas des mots ; d'ailleurs elle ne se refusait pas à cette expansion pleine de charmes, et, de même que les fleurs à la saison nouvelle, la reconnaissance éclosait naturellement dans son cœur. [1]

La vieille Scholastique voyait cela, mais n'en disait mot ; sa loquacité s'exerçait de préférence sur les malheurs de son temps. On ne cherchait point à l'arrêter ; il en était d'elle comme de ces tabatières à musique que l'on fabriquait à Genève ; une fois montée, il aurait fallu la briser pour qu'elle ne jouât pas tous ses airs.

En trouvant Gérande plongée dans une taciturnité douloureuse, elle quitta sa vieille chaise de bois, fixa un cierge sur la pointe d'un chandelier, l'alluma et le posa près d'une petite vierge de cire abritée dans sa niche de pierre. C'était la coutume de s'agenouiller devant cette madone protectrice du foyer domestique, en lui demandant d'étendre sa grâce bienveillante

1. Dans la version de 1874, tout le passage qui suit « Elle avait lu un sentiment inconnu dans l'âme d'Aubert Thün... » disparaît !

sur la nuit prochaine ; mais Gérande demeura silencieuse à sa place.

— Eh bien ! ma chère demoiselle, dit Scholastique avec étonnement, le souper est fini, et voici l'heure du bonsoir : voulez-vous fatiguer vos yeux dans des veilles prolongées... Ah ! sainte Vierge ! c'est pourtant le cas de dormir et de retrouver un peu de joie dans de jolis rêves ! A cette époque maudite où nous vivons, qui peut se promettre une journée de bonheur ?

— Ne faudrait-il pas envoyer quérir quelque médecin pour mon père ? demanda Gérande.

— Un médecin ! s'écria la vieille servante ; a-t-il jamais prêté l'oreille à toutes leurs imaginations et sentences ! Il peut y avoir des médecines pour les montres, mais, à coup sûr, non pas pour les corps.

— Que faire ? mumura Gérande. S'est-il remis au travail ? s'est-il livré au repos ?

— Gérande, répondit doucement Aubert, quelque contrariété morale réagit sur maître Zacharius, et voilà tout.

— La connaissez-vous, Aubert ?

— Peut-être.

— Racontez-nous cela, s'écria vivement Scholastique, en éteignant parcimonieusement son cierge.

— Depuis plusieurs jours, Gérande, il se passe un fait incompréhensible ; les montres que votre père a faites et vendues s'arrêtent subitement. On lui en a rapporté un grand nombre ; il les a démontées avec soin ; les ressorts étaient en bon état et les rouages parfaitement établis ; il les a remontées avec plus de soin encore ; mais, en dépit de son habileté, elles sont demeurées sans mouvement.

— Il y a du diable là-dessous ! s'exclama Scholastique.

— Que veux-tu dire ? demanda Gérande ; ce fait me semble naturel ; tout est borné sur terre, et l'infini ne peut sortir de la main des hommes.

— Il n'en est pas moins vrai, répondit Aubert, qu'il y a en cela quelque chose d'extraordinaire et de mystérieux. J'ai aidé moi-même maître Zacharius à rechercher la cause de cette inertie, et je n'ai pu la trouver ; et, plus d'une fois, c'est avec un profond désespoir que les outils me sont tombés des mains.

— Aussi, reprit Scholastique, pourquoi se livrer à tout ce travail de réprouvé ? Est-il naturel qu'un petit instrument de cuivre puisse marcher tout seul et marquer les heures ? On aurait dû s'en tenir au cadran solaire !

— Vous ne parlerez plus ainsi, Scholastique, quand vous saurez que le cadran solaire fut inventé par Caïn.

— Seigneur mon Dieu ! que m'apprenez-vous là ?

— Croyez-vous, reprit ingénument Gérande, que l'on puisse prier Dieu de rendre la vie aux montres de mon père ?

— Sans aucun doute, répondit le jeune ouvrier.

— Voici des prières inutiles, grommela la vieille servante, mais le Ciel en pardonnera l'intention.

Le cierge fut rallumé ; Scholastique, Gérande et Aubert s'agenouillèrent sur les dalles de la chambre, et la jeune fille de sa pieuse voix pria pour l'âme de sa mère, pour la sanctification de la nuit, pour les voyageurs et les prisonniers, pour les bons et les méchants, et surtout pour les tristesses inconnues de son père.

Puis ces trois dévotes personnes se relevèrent avec quelque confiance au cœur, car elles avaient remis leur peine dans le sein de Dieu.

Aubert regagna sa chambre ; Gérande s'assit toute pensive près de sa fenêtre, pendant que les dernières lueurs s'éteignaient dans la ville de Genève ; et Scholastique, après avoir versé un peu d'eau sur les tisons embrasés, et poussé deux énormes verrous, se jeta sur son lit, où elle ne tarda pas à rêver qu'elle mourait de peur.

Cependant l'horreur de cette nuit d'hiver avait augmenté ; parfois, avec les tourbillons du fleuve, le vent s'engouffrait sous les pilotis, et la maison frissonnait tout entière ; mais la jeune fille, trop absorbée par sa tristesse, ne songeait qu'à son père : depuis les paroles d'Aubert Thün, la maladie de maître Zacharius avait pris à ses yeux des proportions fantastiques ; il lui sembla que cette chère existence devenait purement mécanique, et se mouvait avec effort sur ses pivots usés.

Soudain l'abat-vent, violemment poussé par la rafale, heurta la fenêtre de la chambre ; Gérande tressaillit et se leva électriquement, sans comprendre la cause de ce bruit qui secoua sa torpeur. Néanmoins son émotion se calma ; elle ouvrit le châssis : les nuages avaient crevé ; une pluie torrentielle crépitait sur les toitures environnantes. La jeune fille se pencha au-dehors pour attirer le volet ballotté par le vent ; mais elle eut peur ; il lui parut que la pluie et le fleuve, confondant leurs ondes tumultueuses, submergeaient cette pauvre maison dont les ais craquaient de toutes parts. Elle voulut fuir hors de cette chambre ; mais elle aperçut au-dessous d'elle la réverbération d'une lumière qui devait venir du réduit de maître Zacharius, et dans un de ces calmes sinistres où se taisent les éléments déchaînés, son oreille fut frappée par des sons plaintifs. Elle tenta de refermer sa fenêtre, et ne put y parvenir ; le vent la repoussait avec violence, comme un malfaiteur qui s'introduit dans une habitation.

Gérande pensa devenir folle de terreur... Que faisait donc son père ?... Elle ouvrit la porte, qui lui échappa des mains et battit bruyamment sous l'effort de la tempête ; elle se trouva dans la salle obscure du souper, parvint, en tâtonnant, à gagner l'escalier qui aboutissait à l'atelier de maître Zacharius, et s'y laissa glisser, pâle et mourante.

Le vieil horloger était tout debout au milieu de cette chambre que remplissaient les mugissements du fleuve ; ses cheveux hérissés lui donnaient un aspect sinistre ; il parlait, il gesticulait, sans voir, sans entendre. Gérande demeura glacée sur le seuil.

— C'est la mort ! disait maître Zacharius d'une voix sourde, c'est la mort !... Que me reste-t-il à vivre, maintenant que j'ai dispersé mon existence par le monde ! car moi, maître Zacharius, je suis l'âme de toutes ces montres ; c'est une partie de moi-même que j'ai enfermée dans chacune de ces boîtes de fer, d'argent ou d'or ! Chaque fois que s'arrête une de ces horloges maudites, je sens mon cœur qui cesse de battre, car je les ai réglées sur ses pulsations !... Fatalité ! malheur et tourment !...

Et, en parlant de cette façon étrange, le vieillard jeta les yeux sur son établi. Là se trouvaient toutes les parties d'une montre qu'il avait soigneusement démontées. Il prit une sorte de cylindre creux, appelé barillet, et dans lequel est enfermé le ressort ; il en retira la spirale d'acier qui, au lieu de se détendre, suivant les lois de son élasticité, demeura roulée sur elle-même ainsi qu'une vipère endormie ; elle semblait nouée, comme ces vieillards impotents dont le sang s'est figé à la longue. Maître Zacharius essaya vainement de la dérouler de ses doigts amaigris, dont la fantastique silhouette s'allongeait démesurément sur la muraille, et bientôt, avec un terrible cri de colère, il la précipita par le judas dans les noirs tourbillons du Rhône.

Gérande demeurait immobile, les pieds cloués à terre, demeurait sans souffle, sans mouvement ; elle voulait et ne pouvait s'approcher de son père ; de vertigineuses hallucinations l'enlaçaient tout entière. Soudain elle entendit dans l'ombre une voix murmurer à son oreille :

— Gérande, ma pauvre Gérande ! les douleurs vous tiennent encore éveillée ! Rentrez, je vous prie, la nuit est froide.

— Aubert ! murmura-t-elle à mi-voix.

— Ne vous ai-je pas suivie au milieu de votre tristesse ?

Ces douces paroles firent revenir le sang au cœur de la jeune fille ; elle s'appuya au bras de l'ouvrier, et lui dit :

— Mon père est bien malade, Aubert ; vous seul pouvez le guérir. Cette affection de l'âme ne céderait pas aux consolations de sa fille. Il a l'esprit frappé d'un accident fort naturel, et, en travaillant avec lui à réparer ses montres, vous le ramènerez à la raison ; car il n'est pas vrai, ajouta-t-elle, encore tout impressionnée, que sa vie influe sur le mouvement de ses horloges ?

Aubert ne répondit pas.

— Mais ce serait donc un métier réprouvé du Ciel ! fit Gérande en frissonnant.

— Je ne sais, répondit l'ouvrier, en réchauffant de ses mains les mains glacées de la jeune fille. Mais retournez à votre chambre, ma pauvre enfant, et laissez l'ange des rêves effeuiller quelques espérances sur votre cœur.

Gérande regagna lentement sa chambre, et demeura jusqu'au jour sans que le sommeil s'appesantît sur ses paupières, tandis que maître Zacharius, muet et immobile, regardait le fleuve couler bruyamment à ses pieds.

II

Les folies de la science[1]

La sévérité du marchand génevois en affaires est devenue proverbiale : il est d'une probité rigide et d'une excessive droiture. Quelle devait donc être la tristesse de maître Zacharius, en voyant ces montres, montées avec une si grande sollicitude, lui revenir sans mouvement !

Or, ces montres s'arrêtaient subitement, sans aucune raison apparente ; les rouages étaient en bon état et parfaitement établis, seulement les ressorts avaient perdu leur élasticité. L'horloger essaya vainement de les remplacer, les roues demeurèrent immobiles. Ces accidents surnaturels firent un tort immense à maître Zacharius ; son habileté, ses magnifiques inventions avaient laissé maintes fois sur lui planer des soupçons de sorcellerie, qui reprirent dès lors consistance. Le bruit en parvint jusqu'à Gérande, et elle trembla souvent pour son père, lorsque des regards malintentionnés se fixaient sur lui.

Cependant, le lendemain de cette nuit d'angoisses, maître Zacharius parut se remettre au travail avec quelque confiance ; le soleil du matin lui rendit la raison plus saine et plus indépendante. Aubert ne tarda pas à le rejoindre, et en reçut un bonjour plein d'affabilité.

— Je vais mieux, dit-il ; je ne sais quels étranges maux de tête m'obsédaient hier ; mais le soleil a chassé tout cela avec les nuages de la nuit.

— Ma foi ! maître, je n'aime la nuit, ni pour vous, ni pour moi !

— Si tu deviens jamais un homme de haute et grande valeur, Aubert, tu comprendras que le jour t'est nécessaire comme la nourriture : un savant se doit aux flatteries du reste des hommes.

1. Dans la version de 1874, le chapitre s'intitule : « L'orgueil de la science ».

— Maître, voilà le péché d'orgueil qui vous reprend.

— De l'orgueil ! Aubert ; détruis mon passé, anéantis mon présent, dissipe mon avenir, et il me sera permis de vivre dans l'obscurité. Pauvre garçon ! qui ne comprend pas les sublimes choses auxquelles son art se rattache tout entier ! N'es-tu donc qu'un outil entre mes mains ? Tiens, Aubert, tu me ferais pitié si je savais que ton intelligence ne dût pas concevoir un jour ces théories !

— Cependant, maître Zacharius, reprit Aubert, vous m'avez toujours vu ajustant ces rouages, forgeant ces métaux, trempant ces ressorts, avec diligence et habileté.

— Sans aucun doute : tu es un bon ouvrier que j'aime ; mais tu ne crois avoir entre tes doigts que du cuivre, de l'or, de l'argent, et tu ne sens pas ces métaux que mon génie anime palpiter comme une chair vivante ! Aussi, tu ne mourrais pas, toi, de la mort de tes œuvres !

Maître Zacharius demeura silencieux après ces paroles ; mais Aubert reprit, pour détourner la conversation :

— Par ma foi ! j'aime à vous voir travaillant ainsi sans relâche ! vous serez prêt pour la fête de notre corporation, car j'aperçois cette montre de cristal avancer rapidement.

— Sans doute, Aubert, et ce ne sera pas un mince honneur pour moi que d'avoir pu tailler et couper cette matière qui a la dureté du diamant. Ah ! Louis Berghem a bien fait de perfectionner l'art des diamantaires, qui nous permet de polir et percer les pierres les plus dures !

Maître Zacharius tenait en ce moment de petites pièces d'horlogerie en cristal taillé et d'un travail exquis ; les rouages, les pivots, le boîtier de cette montre étaient de la même matière, et dans cette œuvre de la plus grande difficulté, il avait déployé un talent inimaginable.

— N'est-ce pas, reprit-il, tandis que ses joues s'empourpraient, qu'il sera beau de voir palpiter cette montre à travers son enveloppe transparente, et de pouvoir compter les battements de son cœur.

— Je gage, maître, qu'elle ne variera pas d'une seconde par an !

— Et tu gageras à coup sûr : est-ce que je n'ai pas mis là le plus pur de mon existence ? est-ce que mon cœur varie ?

Aubert n'osa pas lever les yeux sur son maître.

— Parle-moi franchement, reprit mélancoliquement le vieillard ; ne m'as-tu jamais pris pour un fou ? Ne me crois-tu pas livré parfois à de désastreuses folies ? Oui, n'est-ce pas ; dans les yeux de ma fille et dans les tiens, j'ai lu souvent ma condamnation. Oh ! s'écria-t-il avec douleur, n'être pas même compris des êtres que l'on aime le plus au monde ! Mais, à toi, Aubert, je te prouverai que j'ai raison ! Ne secoue pas la tête ; car tu seras stupéfié ; le jour où tu m'écouteras avec attention, tu verras que j'ai découvert les secrets de l'existence, les secrets de l'union mystérieuse de l'âme et du corps !

En parlant ainsi, Zacharius resplendissait d'une fierté magnifique ; ses yeux brillaient d'un feu surnaturel, et l'orgueil lui courait à pleines veines ; le cerveau de cet homme devait être calciné par sa brûlante imagination, comme des murailles incendiées [1] ; et cependant, si jamais vanité eût pu être légitime, c'eût bien été celle de maître Zacharius.

L'horlogerie, jusqu'à lui, était presque demeurée dans l'enfance de l'art. Depuis le jour où Platon, quatre cents ans avant l'ère chrétienne, inventa l'horloge nocturne, sorte de clepsydre [2] qui indiquait les heures de la nuit par le son et le jeu d'une flûte, la science resta presque stationnaire ; les maîtres travaillèrent plutôt l'art que la mécanique ; ce fut l'époque des belles horloges en fer, en cuivre, en bois, en argent même, finement sculptées et fouillées, comme une aiguière de Cellini [3]. On avait un chef-d'œuvre de ciselure, qui mesurait le temps d'une façon fort imparfaite, mais on avait un chef-d'œuvre. Quand l'imagination de l'artiste ne se tourna pas du côté de la perfection plastique, elle s'ingénia à créer de ces horloges à personnages mouvants, à sonneries chantantes, qui eurent toute une mise en scène réglée d'une façon fort divertissante. Au surplus, qui s'inquiétait, à cette bonne époque, de régulariser la marche du

1. Cette dernière phrase n'apparaît pas dans la version de 1874.

2. *clepsydre :* horloge antique mesurant le temps par un écoulement d'eau dans un récipient gradué.

3. Benvenuto Cellini (1500-1571), prestigieux sculpteur italien, mais également orfèvre.

temps ? Les délais de droit n'étaient pas strictement inventés, les sciences physiques et astronomiques n'établissaient pas leurs calculs sur des mesures scrupuleusement exactes ; il n'y avait ni bourses fermant à heure fixe, ni convois partant à la seconde ; le soir, on sonnait le couvre-feu, et la nuit, on criait les heures au milieu du silence. Certes, on vivait moins de temps, si l'existence se mesure à la quantité des affaires, mais on vivait mieux. L'esprit s'enrichissait de ces nobles sentiments nés de la contemplation des chefs-d'œuvre, et l'art ne se faisait pas à la course ; on bâtissait une église en deux siècles ; un peintre ne faisait que deux tableaux en sa vie ; un poète ne composait qu'une œuvre éminente, mais c'étaient autant de chefs-d'œuvre que les siècles se chargeaient d'apprécier.

Lorsque les sciences exactes firent enfin des progrès, l'horlogerie suivit leur essor, bien qu'elle fût toujours arrêtée par une insurmontable difficulté : la mesure régulière et continue du temps.

Or, ce fut au milieu de cette stagnation que maître Zacharius inventa l'échappement, qui lui permettait d'obtenir une régularité mathématique, en soumettant le mouvement à une force constante. Cette invention avait tourné la tête du vieil horloger ; l'orgueil avait monté dans son cœur, comme le mercure dans le thermomètre, et avait atteint la température des folies transcendantes ; par analogie, il s'était laissé aller à des conséquences matérialistes ; il s'imaginait avoir surpris les secrets de l'union de l'âme au corps.

Aussi, voyant qu'Aubert l'écoutait avec attention, il lui dit, d'un ton simple et convaincu :

— Sais-tu ce qu'est la vie, mon enfant ? As-tu compris l'action de ces ressorts qui produisent l'existence ? As-tu regardé dans toi-même ? Avec les yeux de la science, tu aurais vu le rapport intime qui existe entre l'œuvre de Dieu et la mienne ! C'est sur sa créature que j'ai copié la succession des rouages de mes horloges.

— Maître, reprit vivement Aubert, vous comparez une machine de cuivre et d'acier à ce souffle de Dieu nommé l'âme, et qui anime les corps, comme la brise communique le mouvement aux fleurs. Peut-il exister des roues imperceptibles qui fassent mouvoir nos jambes et nos bras ? Quelles pièces seraient si bien ajustées, qu'elles engendrassent les pensées en nous ?

— Là n'est pas la question, répondit doucement maître Zacharius, avec l'entêtement de l'aveugle qui marche à l'abîme ; pour me comprendre, rappelle-toi le but de l'échappement que j'ai inventé. Quand j'ai vu l'irrégularité de la marche d'une horloge, j'ai compris que le mouvement renfermé dans son sein ne suffisait pas ; il fallait le soumettre à la régularité d'une autre force indépendante ; j'ai imaginé que le balancier, dont les oscillations sont régulières et d'une égale durée, pourrait me rendre ce service ; mais, peu à peu, ces oscillations diminuaient et s'arrêtaient enfin. Or, ce fut sublime de lui faire rendre sa force perdue, par ce mouvement même de l'horloge, qu'il était chargé de régulariser !

Aubert fit un signe d'assentissement.

— Maintenant, Aubert, continua le vieil horloger en s'animant, jette un regard à travers les opaques enveloppes de l'existence. Ne comprends-tu donc pas qu'il y a deux forces distinctes en nous : celle de l'âme et celle du corps, c'est-à-dire un mouvement et un régulateur ? L'âme est le principe de la vie, donc c'est le mouvement ; qu'il soit produit par un poids, par un ressort ou par une influence céleste, il n'en est pas moins au cœur. Mais sans le corps, ce mouvement serait inégal, irrégulier, impossible, moins que cela : aussi le corps vient-il régler l'âme ; comme le balancier, il est soumis à des oscillations régulières ; et ceci est tellement vrai, que l'on se porte mal lorsque le boire, le manger, le sommeil, en un mot les fonctions du corps ne sont pas réglées. Comme dans mes montres, l'âme rend au corps la force perdue par ses oscillations. Qu'est donc cette union intime du corps et de l'âme, sinon un échappement merveilleux, par lequel les rouages de l'un viennent s'engrener dans les rouages de l'autre ! Eh bien, voilà ce que j'ai deviné, trouvé, appliqué, et il n'y a plus de secrets pour moi dans cette vie qui n'est, après tout, qu'une ingénieuse mécanique !

Maître Zacharius était sublime dans cette hallucination, où il croyait atteindre aux derniers mystères de l'infini. Mais sa fille Gérande, arrêtée sur le seuil de la porte, avait tout entendu ; elle se précipita dans les bras de son père, qui la pressa convulsivement sur son sein ; elle pleurait.

— Qu'as-tu, ma fille ? lui demanda maître Zacharius.

— Si je n'avais qu'un ressort ici, dit-elle en mettant la main sur son cœur, je ne vous aimerais pas tant, mon père !

Maître Zacharius regarda fixement sa fille, et ne lui répondit pas.

Soudain, il poussa un cri, porta vivement la main sur son cœur, et tomba défaillant sur son vieux fauteuil de cuir.

— Mon père ! qu'avez-vous ?

— Du secours ! s'écria Aubert. Scholastique !

Scholastique n'accourut pas aussitôt ; on avait heurté le marteau de la porte d'entrée ; elle alla ouvrir, et revint à l'atelier ; mais avant qu'elle eût ouvert la bouche, le vieil horloger, ayant repris ses sens, lui dit :

— J'ai senti, ma vieille Scholastique, que tu m'apportais encore une de ces montres maudites qui s'est arrêtée !

— Jésus ! c'est pourtant la vérité, répondit Scholastique, en donnant une montre à Aubert.

— Oh ! mon cœur ne se trompe pas, fit douloureusement le vieillard avec un triste soupir.

Cependant Aubert avait remonté la montre, mais elle ne marchait plus.

III

Une visite étrange

La pauvre Gérande aurait vu sa vie s'enfuir avec celle de son père, sans la pensée d'Aubert Thün, qui la rattachait au monde ; aussi son existence se partageait entre les soins donnés à maître Zacharius, et les innocents sourires qu'elle laissait surprendre au jeune ouvrier.

Le vieil horloger s'en allait peu à peu ; ses facultés tendaient à s'amoindrir en se concentrant sur un thème unique : par une funeste association d'idées, il ramenait tout à sa monomanie ; la vie terrestre semblait s'être retirée de lui, pour faire place à cette existence fantastique des ombres et puissances intermédiaires ; aussi quelques rivaux malintentionnés ravivèrent-ils les bruits diaboliques répandus sur les travaux de maître Zacharius.

La nouvelle des symptômes surnaturels qu'éprouvaient ses montres fit un effet prodigieux parmi les maîtres horlogers de Genève. Que signifiaient cette soudaine inertie et les singuliers rapports qu'elle paraissait avoir avec la vie de Zacharius ? C'étaient là de ces mystères que l'on n'envisage jamais sans une secrète terreur. Comme les diverses classes de la ville, depuis l'apprenti jusqu'au seigneur, se servaient des montres du vieil horloger, il ne fut personne qui ne pût juger par lui-même de l'étrangeté du fait, car ce bizarre accident se renouvelait généralement. On voulut, mais en vain, pénétrer jusqu'à maître Zacharius ; celui-ci tomba fort malade, et sa fille parvint à le soustraire à ces visites incessantes, qui dégénéraient en reproches et en récriminations.

Les médecines et les médecins furent impuissants vis-à-vis de ce dépérissement inorganique, dont la cause leur échappait invinciblement. Il semblait parfois que le cœur du vieillard cessât de battre, et puis ses battements se reprenaient à recommencer.

La coutume existait dès lors de soumettre les œuvres des maîtres à l'appréciation du populaire, après un certain laps de temps. Les chefs des différentes maîtrises cherchaient à s'y distinguer par la nouveauté ou la perfection de leurs ouvrages. Ce fut parmi eux que l'état de maître Zacharius rencontra la plus bruyante pitié, mais une pitié intéressée ; ses rivaux le plaignaient d'autant plus volontiers qu'ils le redoutaient moins. Ils se souvenaient toujours de ses magnifiques horloges à sujets mouvants, de ses montres à sonnerie, qui faisaient l'admiration générale, et atteignaient aux prix les plus élevés dans les villes de France, de Suisse et d'Allemagne.

Grâce aux soins constants de Gérande et d'Aubert, la santé de maître Zacharius parut se raffermir un peu, et dans cette sorte de quiétude que lui laissa sa convalescence, il put jeter un coup d'œil sur sa vie, et se détacher des pensées qui l'absorbaient. Sa fille l'entraîna au dehors de sa maison, pour qu'il se retrempât dans les rayons du soleil du printemps. D'ailleurs il importait qu'il s'éloignât de ce logis où les pratiques mécontentes affluaient constamment. Aubert demeurait à l'atelier, montant et remontant inutilement ces montres rebelles. Il se prenait quelquefois la tête à deux mains, avec la crainte de devenir fou, comme son maître.

Gérande dirigeait alors les pas de son père du côté des plus riantes promenades de la ville ; tantôt, soutenant le bras de maître Zacharius, elle prenait par Saint-Antoine, d'où la vue s'étend sur le coteau de Cologny, et sur le lac jusqu'à Yvoire en Savoie[1] ; quelquefois, par les belles matinées, on pouvait apercevoir les pics gigantesques du mont Buel se dresser à l'horizon. Gérande nommait par leur nom tous ces lieux presque inconnus de son père, dont la mémoire semblait déroutée, et il éprouvait un plaisir d'enfant à apprendre toutes ces choses, dont le souvenir s'était égaré dans sa tête ; ou bien, la jeune fille s'en allait par le chemin de Ferney[2] admirer la cime orgueilleuse du Mont-Blanc ; elle ramenait dans l'esprit de maître Zacharius les pensées inactives, et ces deux chevelures, blanche et blonde, se confondaient dans le couchant.

Rien, en effet, ne pouvait être plus dangereux pour le vieillard que la solitude ; car il en est ainsi de l'homme, il compare tout à lui-même, et lui-même à tout, et dès lors le bonheur et le malheur ne tiennent plus qu'aux objets auxquels il se compare.

Un autre résultat se produisait aussi dans cet esprit qui se reprenait à penser ; le vieil horloger s'aperçut qu'il n'était pas seul en ce monde[3] ; en voyant sa fille jeune et belle, lui vieux et brisé, il songea qu'après sa mort elle resterait seule et sans appui, et il regarda autour de lui et autour d'elle. Bien des jeunes ouvriers de Genève l'avaient déjà courtisée ; mais aucun n'avait eu accès dans la retraite impénétrable où vivait cette famille : il

1. Curieusement, les lieux utilisés dans ce chapitre pour les promenades de Zacharius et de sa fille sont modifiés dans la version de 1874.

2. Ferney fut, durant de nombreuses années, le lieu de résidence de Voltaire, concepteur du « Dieu-horloger ». L'allusion à Ferney disparaît dans la version de 1874.

3. Ce début de paragraphe et tout le paragraphe précédent disparaissent dans la version de 1874, de même, d'une manière générale, que les allusions aux effets néfastes de la solitude.

fut donc tout naturel que, dans cette éclaircie de son existence, le choix du vieillard s'arrêtât sur le bon Aubert Thün. Une fois lancé sur cette pensée, il remarqua bientôt que ces deux jeunes gens, élevés dans les mêmes idées et les mêmes croyances, étaient réunis dans certains courants sympathiques, et les oscillations de leur cœur lui parurent *isochrones* [1], comme il le dit un jour à Scholastique.

La vieille servante, littéralement enchantée, jura par sa sainte patronne que la ville entière le saurait avant un quart d'heure ; maître Zacharius eut grand-peine à la calmer, et obtint d'elle enfin de tenir sur ce secret un silence qu'elle ne garda jamais.

Si bien qu'à l'insu de Gérande et d'Aubert, on causait déjà dans tout Genève de leur union prochaine ; mais il advint aussi que, pendant ces conversations, on entendit souvent un ricanement singulier, et une voix qui disait :

— Gérande n'épousera pas Aubert.

Si les causeurs se retournaient, ils se trouvaient en face d'un petit vieillard, qu'ils ne connaissaient pas.

Quel âge avait cet être singulier ? Personne n'eût pu le dire ! On devinait qu'il existait depuis un grand nombre d'années ou de siècles, mais voilà tout. Une grosse tête écrasée reposait sur des épaules dont la largeur égalait la hauteur de son corps ; il n'excédait pas trois pieds ; ce personnage eût fait bonne figure sur un support en façon de pendule ; le cadran se fût naturellement placé sur sa face, et le balancier aurait oscillé à son aise dans sa poitrine : on eût pris son nez pour le style d'un cadran solaire, tant il était mince et aigu ; ses dents, écartées et à surface épicycloïque ressemblaient aux engrenages d'une roue, et grinçaient entre ses lèvres ; sa voix avait le son métallique d'un timbre, et l'on pouvait entendre son cœur battre comme le tic-tac d'une horloge. Ce petit homme, dont les bras se mouvaient à l'instar des aiguilles sur un cadran, marchait lentement et par saccades, sans se retourner jamais ; le suivait-on, on trouvait qu'il faisait une lieue par heure, et sa marche était à peu près circulaire.

1. Un mouvement *isochrone* est un mouvement qui s'effectue à intervalle régulier, tel le balancier d'une horloge.

Il y avait peu de temps qu'il errait, ou plutôt tournait par la ville ; chaque jour, au moment où le soleil passait au méridien, il s'arrêtait devant la cathédrale de Saint-Pierre, et reprenait sa route après les douze coups de midi ; hormis ce moment précis, il semblait surgir dans toutes les conversations où l'on s'occupait du vieil horloger, et l'on se demandait, avec effroi, quel rapport pouvait exister entre maître Zacharius et cet être inexplicable. Au surplus, on remarquait qu'il ne perdait pas de vue le vieillard et sa fille dans leurs promenades nouvelles.

Un jour, sur la treille, Gérande l'aperçut qui la regardait en riant ; elle se pressa contre son père, avec un mouvement d'effroi.

— Qu'as-tu, ma Gérande ? demanda maître Zacharius.

— Je ne sais, répondit inattentivement la jeune fille.

— Je te trouve changée, mon enfant ! Voilà donc que tu vas tomber malade à ton tour ? Tant mieux, ajouta-t-il avec un triste sourire, il faudra que je te soigne, et cela me rendra peut-être la santé.

— Oh ! mon père, ce n'est rien ; j'ai froid ; j'imagine que c'est...

— Eh quoi ? Parleras-tu, Gérande ?

— La présence de cet homme qui nous suit sans cesse, répondit-elle à voix basse.

Maître Zacharius se retourna vers le petit vieillard.

— Ma foi, il va bien, dit-il avec un air de satisfaction ; il est justement quatre heures. Ne crains rien, ma fille, ce n'est pas un homme, c'est une horloge !

Gérande regarda son père avec terreur. Comment Zacharius avait-il pu lire l'heure sur le visage de cette créature.

— A propos, continua le vieil horloger, sans plus s'occuper de cet incident, je ne vois pas Aubert depuis quelques jours.

— Il ne nous quitte cependant pas, mon père, répondit Gérande, dont les pensées, à ce nom chéri, prirent une teinte plus douce et plus lumineuse.

— Que fait-il, alors ?

— Il travaille, mon père.

— Ah ! il travaille à réparer mes montres, n'est-il pas vrai ?

Mais il n'y parviendra jamais ; car ce ne serait pas une réparation, mais bien une résurrection !

Gérande demeura silencieuse.

— Il faudra que je m'informe s'il n'a pas été rapporté de ces montres damnées sur lesquelles le diable a jeté une épidémie !

Puis, après ces mots, maître Zacharius tomba dans un mutisme absolu, jusqu'au moment où il heurta la porte de son logis. Pour la première fois, tandis que Gérande regagnait tristement sa chambre, il descendit à son atelier ; au moment où il en franchissait la porte, une des nombreuses horloges suspendues au mur vint à sonner cinq heures ; ordinairement, ces différentes sonneries, admirablement réglées, se faisaient entendre ensemble, et la concordance de leur son réjouissait le cœur du vieillard ; mais, ce jour-là, tous ces timbres tintèrent les uns après les autres avec une grande irrégularité, si bien que pendant un quart d'heure l'oreille fut assourdie par leurs bruits successifs. Maître Zacharius souffrait affreusement ; il ne pouvait tenir en place ; il allait de l'une à l'autre de ces horloges, les suppliant en vain de sonner en mesure, comme un chef d'orchestre qui ne serait plus maître de ses musiciens.

Lorsque le dernier son vint à mourir, la porte de l'atelier s'ouvrit, et maître Zacharius frissonna de la tête aux pieds en voyant devant lui l'étrange petit vieillard qui le regarda fixement, et lui dit :

— Maître, ne puis-je m'entretenir quelques instants avec vous ?

— Qui êtes-vous ? demanda brusquement l'horloger.

— Un confrère, et rien de plus. C'est moi qui suis chargé de régler le soleil.

— C'est vous qui réglez le soleil ? répliqua vivement Zacharius sans sourciller ; eh bien, je ne vous en complimenterai guère ! Votre soleil va mal, et pour nous trouver en rapport avec lui, nous sommes obligés, tantôt d'avancer nos horloges, et tantôt de les retarder !

— Et par le pied fourchu du diable ! vous avez raison, mon maître ; mon soleil ne marque pas toujours midi à la même heure ; mais bientôt on saura que cela vient du mouvement de la terre autour de lui, et l'on inventera une sorte de jour moyen, qui équilibrera ces différences.

— Eh ! vivrai-je encore à cette époque ? demanda le vieil horloger, dont les yeux s'animaient.

— Sans doute, répliqua le petit vieillard en riant ; est-ce que vous pouvez croire que vous mourrez, vous !

— Hélas ! je suis pourtant bien malade !

— Au fait, causons de cela. Par Belzébuth ! cela nous mènera à ce dont je veux vous parler.

Et ce disant, cet étrange personnage sauta sans façon sur le vieux fauteuil de cuir, et ramena ses jambes l'une sous l'autre, à la façon de ces os décharnés qui se croisent sous les têtes de mort ; puis il reprit avec un ton ironique :

— Voyons çà, maître Zacharius, que se passe-t-il donc dans cette bonne ville de Genève ? On dit que votre santé s'altère, que vos montres ont besoin de médecine !

— Enfin vous voyez, vous, qu'il y a un rapport intime entre leur existence et la mienne ? s'écria Zacharius.

— Moi, j'imagine qu'elles ont des défauts, des vices, même. Si ces gaillardes-là n'ont pas une conduite fort régulière, il est juste qu'elles portent la peine de leur dérèglement ; il m'est avis qu'elles auraient besoin de se ranger un peu.

— Qu'appelez-vous des vices ? fit maître Zacharius en rougissant du ton sarcastique avec lequel ces paroles avaient été prononcées. Est-ce qu'elles n'ont pas le droit d'être fières de leur naissance et de leur beauté ?

— Pas trop, pas trop, elles portent un nom célèbre, et sur leur cadran se grave une signature illustre dans le monde ; elles ont le privilège exclusif de s'introduire parmi les plus nobles familles, de présider à leurs décisions, et d'en régler les projets divers. Eh bien, ne pensez-vous pas qu'elles aient à se plaindre en voyant votre découragement et votre impuissance ; car maintenant, maître Zacharius, le plus inhabile des apprentis de Genève vous en remontrerait.

— A moi, à moi, maître Zacharius ! s'écria le vieillard avec un terrible mouvement d'orgueil.

— A vous, maître Zacharius, qui ne pouvez rendre la vie à vos montres !

— Mais, c'est que j'ai la fièvre, répondit le vieil horloger, tandis qu'une sueur froide lui courait par tous les membres.

— Eh bien, elles mourront avec vous, puisque vous êtes si empêché de redonner l'élasticité à vos ressorts.

— Mourir ! Non pas, vous l'avez dit ; je ne peux pas mourir, moi, le premier horloger du monde ; moi qui, au moyen de ces pièces de toutes sortes et de ces rouages divers, ai su régler le mouvement ! N'ai-je donc pas assujetti l'infini à des lois exactes, et ne puis-je en disposer en souverain ? Avant qu'une main habile, un sublime génie vint disposer régulièrement ces heures égarées, dans quel vague immense était plongée la destinée humaine ! A quel mouvement certain pouvaient se rapporter les actes de la vie ? Mais vous, homme ou diable, qui que vous soyez, vous n'avez donc jamais songé à la magnificence de notre art, qui appelle toutes les sciences à son aide, embrasse toute l'existence humaine, et se mêle invinciblement à ses théories et à ses pratiques ! Non ! non ! maître Zacharius ne peut pas mourir ! car, puisque j'ai réglé le temps, le temps finirait avec moi ; il retournerait à cet infini, dont mon génie a su l'arracher, et se perdrait irréparablement dans le gouffre sans fond du néant. Non, je ne puis pas plus mourir que le créateur de cet univers soumis à mes lois ; je suis devenu son égal, et j'ai partagé sa puissance : maître Zacharius a créé le temps, si Dieu a créé l'éternité.

Le vieil horloger ressemblait alors à l'ange déchu, et d'orgueilleux rayons se croisaient autour de sa tête. Le petit vieillard le caressait du regard, et semblait lui souffler tout cet emportement impie.

— Bien dit, maître, répliqua-t-il sérieusement ; Belzébuth avait moins de droits que vous de se comparer à Dieu ! Il ne faut pas que votre gloire périsse ; aussi, votre serviteur veut-il vous donner le moyen de dompter ces montres rebelles.

— Quel est-il ? quel est-il ? s'écria maître Zacharius.

— Vous le saurez le lendemain du jour où vous m'aurez accordé la main de votre fille.

— Ma fille Gérande ?

— Elle-même !

— Le cœur de ma fille n'est pas libre, répondit sérieusement maître Zacharius à cette demande, qui ne parut ni le choquer ni l'étonner.

— Bah !... Ce n'est pas la moins belle de vos horloges ; mais elle finira par s'arrêter aussi.

— Ma fille, ma Gérande !... Jamais !...

— Eh bien, travaillez, maître Zacharius ; montez et démontez vos montres ; préparez le mariage de votre fille et de votre ouvrier !... Trempez des ressorts faits de votre meilleur acier : bénissez votre gendre et sa belle fiancée, mais souvenez-vous que vos montres ne marcheront jamais, et que Gérande n'épousera pas Aubert !

Et là-dessus, le petit vieillard ricana et sortit, mais pas si vite que maître Zacharius ne pût entendre sonner six heures dans sa poitrine.

IV

L'église de Saint-Pierre

De malheureux jours passaient sur la tête de maître Zacharius, dont l'esprit et le corps s'affaiblissaient de plus en plus ; seulement, par une excitation extraordinaire, il fut ramené plus violemment que jamais à ses travaux d'horlogerie, dont sa fille ne pouvait plus le distraire.

Son orgueil s'était encore rehaussé depuis cette conversation impie à laquelle son visiteur étrange l'avait traîtreusement poussé, et il résolut de dominer, à force de travail et de science, l'influence maudite qui s'appesantissait sur lui. Il visita d'abord les différentes horloges de la ville, confiées à ses soins ; il s'assura, avec une scrupuleuse attention, que les rouages en étaient bons, les pivots solides, et les contrepoids exactement équilibrés. Il n'y eut pas jusqu'aux cloches des sonneries qu'il n'auscultât avec le recueillement d'un médecin interrogeant la poitrine d'un malade : l'airain en était parfaitement sonore. Rien n'indiquait donc que ces horloges fussent attaquées de cette épidémie fantastique qui tuait les œuvres de maître Zacharius.

Gérande et Aubert l'accompagnaient souvent dans ces visites. Le vieil horloger aurait dû prendre plaisir à voir ces deux nobles créatures empressées autour de sa tristesse ; et certes, il n'eût pas été si préoccupé de sa fin prochaine, en songeant que son existence devait se continuer par celle de ces êtres chéris, et s'il eût reconnu que dans les enfants il reste toujours quelque chose de la vie d'un père. Le bonheur de la jeune fille et du jeune ouvrier se ressentait de cette sympathie mélancolique qu'engendre le spectacle des douleurs humaines ; sans cela, ces réunions fréquentes auraient offert à leurs cœurs un attrait ineffable ; mais ils furent plusieurs fois épouvantés des effets d'orgueil qui se produisirent sur le front du vieillard.

— J'ai peur ! j'ai peur !... Ce n'est plus mon père, dit Gérande, un jour qu'au sommet des tours de l'église de Saint-Pierre, maître Zacharius sembla se transformer en cet esprit des ténèbres que l'orgueil damna pour l'éternité. [1]

Le vieil horloger, rentré chez lui, reprit ses travaux avec une fiévreuse impatience : bien que persuadé de ne pas réussir, il lui semblait impossible que cela fût ; mais il eut beau faire, le désespoir le prit aux cheveux.

Aubert, de son côté, s'ingéniait en vain à découvrir les causes de cette inertie.

— Maître, disait-il, cela doit venir de l'usure des pivots, du jeu des engrenages.

— Tu prends donc plaisir à me tuer à petit feu ? lui répondait violemment maître Zacharius. Est-ce que ces montres sont l'œuvre d'un enfant ? Est-ce que, de crainte de me frapper sur les doigts, j'ai enlevé au tour la surface de ces pièces de cuivre ? Est-ce que pour obtenir sa plus grande dureté, je ne l'ai pas forgé moi-même ? Est-ce que ces ressorts ne sont pas trempés avec une rare perfection ? Est-ce que l'on peut employer des

1. Tout le passage qui va, au paragraphe précédent, de « Le bonheur de la jeune fille et du jeune ouvrier... » jusqu'à la fin du présent paragraphe est supprimé dans la version de 1874.

huiles plus subtiles pour les imprégner ? Tu conviens toi-même que c'est impossible, et tu avoues enfin que le diable s'en mêle !

Et puis, du matin au soir, les pratiques mécontentes affluaient de plus belle à la maison, et parvenaient jusqu'au vieil horloger, qui ne savait auquel entendre.

— Cette montre retarde, disait l'un, sans que je puisse parvenir à la régler !

— Celle-ci, reprenait un autre, y met un entêtement véritable, et elle est arrêtée, ni plus ni moins que le soleil de Josué !

— S'il est vrai, reprenait-on, que votre santé influe sur elles, maître Zacharius, guérissez-vous au plus tôt !

Le vieillard regardait tous ces gens-là avec des yeux hagards, et ne répondait que par des hochements de tête hébétés ou de tristes paroles :

— Attendez aux premiers beaux jours !... C'est la saison où l'existence s'agite dans les corps affaissés ; il faut que le soleil vienne nous réchauffer tous !

— Le bel avantage, si nos montres doivent être malades pendant l'hiver ! Savez-vous, maître Zacharius, que votre nom est inscrit en toutes lettres sur leur cadran... Par la vierge ! vous ne faites pas honneur à votre signature !

Enfin il arriva que le vieillard, honteux de ces reproches, retira quelques pièces d'or de son vieux bahut sculpté, et racheta les montres inutiles. A cette nouvelle, les chalands accoururent en foule, et l'argent de ce pauvre logis s'écoula bien vite ; seulement la probité génevoise du marchand demeura à couvert. Gérande applaudit de grand cœur à cette délicatesse outrée, qui la menait droit à la ruine ; et bientôt Aubert offrit ses économies à maître Zacharius.

— Que deviendra ma fille ? disait le vieil horloger en se raccrochant parfois, dans ce naufrage, aux sentiments de l'amour paternel.

Aubert n'osa pas répondre qu'il se sentait bon courage pour l'avenir, et grand dévouement pour Gérande ; maître Zacharius, ce jour-là, l'eût appelé son gendre pour assurer l'existence de sa fille, et démentir ces funestes paroles qui bourdonnaient encore à son oreille :

— Gérande n'épousera pas Aubert.

Néanmoins, avec ce système de dédommagement, le vieil horloger en arriva à se dépouiller entièrement ; ses vieux vases antiques s'en furent à des mains étrangères ; il se défit de beaux et magnifiques panneaux de chêne finement sculpté qui revêtaient les murailles de son logis ; quelques naïves peintures des premiers peintres flamands ne réjouirent bientôt plus les regards de sa fille ; et tout, jusqu'aux précieux outils que son génie avait inventés, fut vendu pour indemniser les acheteurs.

Scholastique seule ne pouvait entendre raison sur un semblable sujet ; mais ses efforts ne pouvaient empêcher les ruineux importuns d'arriver à son maître, et de ressortir bientôt avec quelque objet précieux. Alors son caquetage retentissait dans toutes les rues de l'île, où on la connaissait de longue date ; elle s'employait à démentir les bruits de sorcellerie et de magie qui couraient sur le compte de Zacharius ; mais, comme au fond, elle était persuadée de leur véracité, elle disait et redisait force prières pour racheter ses pieux mensonges.

On avait fort bien remarqué que, depuis longtemps, l'horloger avait abandonné l'accomplissement de ses devoirs religieux ; autrefois, il accompagnait Gérande aux offices, et semblait trouver dans la prière ce charme intellectuel qu'elle répand autour des belles intelligences, puisqu'elle est le plus sublime exercice de l'imagination. Cet éloignement volontaire du vieillard pour les pratiques saintes, joint aux pratiques secrètes de sa vie, avaient en quelque sorte légitimé ces accusations de sortilège ; aussi dans le double but de ramener son père à Dieu et au monde, Gérande résolut d'appeler la religion à son secours ; elle pensa que le catholicisme pourrait rendre quelque vitalité à cette âme mourante ; mais ces dogmes de foi et d'humilité avaient à combattre un insurmontable orgueil ; ils se heurtaient contre cette fierté de la science qui rapporte tout à elle, sans remonter à la source infinie d'où découlent les premiers principes.

Ce fut dans cette circonstance que la jeune fille [1] déploya les

1. Tout le passage qui suit dans ce paragraphe est résumé, dans la version de 1874, par un simple : « entreprit la conversion de son père ».

séductions infinies de la grâce religieuse dont elle enveloppa la vie de son père ; si elle ne parvenait pas à le ramener au monde réel, elle espérait le faire passer de ces espaces ténébreux des puissances intermédiaires à ce monde supérieur de la croyance et de l'illuminisme ; son père eût été sauvé, si ses élans funestes se fussent dirigés vers un but pieux, au lieu de s'égarer dans ces routes tortueuses du matérialisme.

Quoi qu'il en soit, le vieil horloger, à son insu sans doute, promit d'assister le dimanche suivant à la grand-messe de la cathédrale de Saint-Pierre ; Gérande eut un moment d'extase et de bonheur, comme si le ciel se fût entrouvert à ses yeux ; Scholastique ne put contenir sa joie, et eut enfin des arguments foudroyants contre les mauvaises langues qui accusaient son maître d'impiété.

Elle en parla à ses voisines, à ses amies, à ses ennemies, à qui la connaissait comme à qui ne la connaissait point.

— Ma foi, nous ne croyons guère à ce que vous nous annoncez, dame Scholastique, lui répondit-on. Maître Zacharius a toujours agi de concert avec le diable !

— Vous n'avez donc pas compté, disait-elle, les beaux clochers où résonnent les horloges de mon maître ; combien de fois a-t-il fait sonner l'heure de la prière et de la messe !

— Sans doute, lui répondait-on ; mais n'a-t-il pas inventé des machines qui marchent toutes seules, et qui parviennent à faire l'ouvrage d'un homme véritable ?

— Est-ce que des enfants du démon, reprenait dame Scholastique en colère, auraient pu exécuter cette belle horloge de fer, que la ville de Genève n'a pas été assez riche pour acheter ; avec chaque heure apparaissait une belle devise, portant l'indication de ce que l'on devait faire, et cela pour tous les jours et pour toutes les saisons ; le travail, l'aumône, la prière, la récréation, tout était soigneusement ordonné, et un chrétien qui se serait conformé aux bonnes recommandations de cette horloge-là aurait été tout droit en paradis ! — Est-ce donc là le travail du diable ?

Ce chef-d'œuvre avait effectivement porté aux nues la gloire de maître Zacharius ; mais, à cette occasion même, les accusations de sorcellerie avaient été générales ; au surplus, le retour du vieillard à l'église de Saint-Pierre devait réduire les méchantes langues au silence le plus absolu.

Maître Zacharius, sans se souvenir sans doute de cette promesse faite à sa fille, était retourné à son atelier ; après avoir vu son impuissance à rendre la vie à ces montres mortes, il résolut de tenter s'il ne pourrait en créer de nouvelles ; il abandonna tous ces corps inertes, toutes ces horloges qui s'arrêtaient par la ville, et se remit à terminer la montre de cristal, dont toutes les pièces étaient si soigneusement ajustées ; mais il eut beau faire, se servir de ses outils les plus parfaits, employer le rubis et le diamant propres à résister aux frottements des pivots, à composer un chef-d'œuvre en un mot ; la montre enfin terminée, la première fois qu'il la monta, elle lui éclata entre les mains.

Le pauvre vieillard cacha cet événement à tout le monde, même à sa fille ; mais dès lors sa vie ne ressembla plus qu'aux dernières oscillations d'un balancier ; il allait en diminuant, en s'affaiblissant, sans que rien vînt lui rendre sa force primitive ; il semblait que les lois de la pesanteur, agissant directement sur lui, l'entraînassent irrésistiblement dans la tombe.

Ce dimanche si impatiemment, si ardemment désiré par Gérande, arriva enfin. Le temps était beau, et la température réjouissante ; les habitants de Genève s'en allaient tranquillement par les rues de la ville, avec de gais discours sur le retour du printemps. Gérande, prenant soigneusement le bras du vieillard, se dirigea du côté de Saint-Pierre, pendant que Scholastique les suivait en portant leur livre d'heures. On les regarda passer avec cette curiosité empressée qui s'attachait à leur caractère étrange ; le vieillard se laissait conduire comme un enfant, ou plutôt comme un aveugle ; ce fut presque avec un sentiment d'effroi que les fidèles de Saint-Pierre l'aperçurent franchissant le seuil de l'église ; ils affectèrent même de se retirer à son approche.

Les chants de la grand-messe retentissaient déjà ; Gérande se dirigea vers son banc accoutumé, et s'y agenouilla dans le recueillement le plus profond ; maître Zacharius demeura près d'elle, debout, avec son indifférence morbide ; ces puissantes voûtes dont les retombées s'affaissaient sur de gros piliers romans, ne l'obligeaient pas à se courber, comme il arrive aux pieuses personnes ; ses idées habituelles vacillaient dans sa tête.

Les cérémonies de la messe se déroulèrent avec la solennité majestueuse de ces époques de croyance ; mais le vieillard ne croyait pas. Il n'implora pas la pitié du Ciel avec les cris de douleur du *Kyrie ;* avec le *Gloria in excelsis,* il ne chanta pas les magnificences des hauteurs célestes ; la lecture du saint Evangile ne le tira pas de ses rêveries matérialistes, et il oublia de s'associer aux hommages catholiques du *Credo ;* cet orgueilleux vieillard demeurait immobile, jamais assis, jamais agenouillé, insensible et muet comme une statue de pierre ; mais au moment solennel où la clochette annonça le miracle de la transsubstantiation [1], cet homme fut violemment arraché hors de sa vie matérielle, et se courba sous une force invincible, lorsque le prêtre éleva l'hostie divinisée.

Gérande regarda son père en pleurant, et d'abondantes larmes mouillèrent son missel.

Dans cet instant, l'horloge de Saint-Pierre sonna la demie de onze heures ; maître Zacharius se retourna avec un triste sourire vers ce vieux clocher qui parlait encore si bien ; le cadran intérieur parut le regarder fixement ; l'aiguille tressaillit d'aise ; [2] un immense espoir revint au cœur de Zacharius, et il lui sembla que la grâce versait sur lui ses mystérieuses influences ; il s'agenouilla, et certainement il pria ; des pleurs inondèrent ses paupières endurcies, quand il vit sa pieuse enfant se diriger vers la Sainte-Table avec l'attitude inclinée d'un ange, et retourner vers lui toute resplendissante de ces félicités intérieures ; il ne put s'empêcher de serrer Guérande sur son cœur, de la baiser au front, et ce baiser fut pour lui comme une communion sainte. Cette scène ne fut aperçue que des anges du ciel.

La messe s'acheva ; c'était la coutume que l'*Angelus* fût dit à l'heure de midi, et les officiants, avant de quitter le parvis,

1. *transsubstantiation :* dans la théologie catholique, il s'agit de la « transformation de la substance du pain et du vin en celle du corps et du sang de Jésus-Christ dans l'eucharistie, par opposition à la consubstantiation [définition du Petit Larousse] ».
La fin du paragraphe disparaît dans la version de 1874 et est remplacée, au contraire, par « il ne se courba pas ».

2. Tout ce qui suit dans ce paragraphe disparaît dans la version de 1874.

attendaient que l'heure vînt à sonner à l'horloge du clocher ; cette pensée ramena maître Zacharius à son ordre d'idées habituelles, et il se retourna vivement vers ce cadran dont l'aiguille marchait avec une régularité parfaite ; le prêtre descendit les marches de l'autel et attendit l'heure sacrée. Encore quelques minutes, et cette prière allait monter aux pieds de la Vierge sur les rayons du soleil du midi.

Mais soudain un bruit strident se fit entendre ; maître Zacharius poussa un cri étouffé ; la grande aiguille du cadran, arrivée à midi, s'était subitement arrêtée, et midi ne sonna pas. Gérande se précipita au secours de son père, qui demeurait renversé sur sa chaise, sans vie ni mouvement ; quelques gens charitables le transportèrent hors de l'église, au milieu d'une stupéfaction étrange.

— C'est le coup de mort ! pensa Gérande.

Maître Zacharius, ramené chez lui, fut couché dans un état complet d'anéantissement ; la vie n'existait plus qu'à la surface de son corps, comme les derniers nuages de fumée qui errent autour d'une lampe à peine éteinte. Lorsqu'il reprit ses sens, Aubert et Gérande étaient penchés sur lui ; à ce moment suprême, l'avenir prit à ses yeux la forme du présent ; il ne prévit pas, il vit sa fille, seule, abandonnée, sans appui.

— Mon fils, dit-il à Aubert, je te donne ma fille, et il étendit la main vers ses deux enfants qui furent unis ainsi à ce lit de mort.

Mais, à cet instant, le vieillard se souleva d'un mouvement de rage ; les paroles du petit vieillard lui revinrent au cerveau.

— Je ne veux pas mourir ! s'écria-t-il, je ne peux pas mourir ! moi, maître Zacharius, je ne dois pas mourir... Mes livres !... mes comptes ?...

Et, ce disant, il s'élança vers un livre où se trouvaient inscrits les noms de ses pratiques et l'objet qu'il leur avait vendu ; il le feuilleta avec avidité, et son doigt décharné s'arrêta et se fixa sur l'un des feuillets.

— Là ! dit-il, là !... Cette vieille horloge de fer, vendue à ce Pittonaccio ! Elle ne m'a pas été rapportée, elle existe encore, elle marche encore, elle vit toujours !... Ah ! je la veux ! je la retrouverai ; je la soignerai si bien que je deviendrai centenaire !...

Et il s'évanouit. Aubert et Gérande, après s'être entre-regardés, s'agenouillèrent près du lit du vieillard, et prièrent ensemble.

V

L'heure de la mort

Quelques jours d'angoisse s'écoulèrent encore, et cet homme presque mort, maître Zacharius, se releva de son lit de misère, et revint à la vie par une surexcitation surnaturelle : il vivait d'orgueil. Mais Gérande ne s'y trompa pas ; le corps et l'âme de son père étaient à jamais perdus. On le vit occupé à rassembler ses dernières ressources, sans prendre souci des siens ; il dépensait une énergie et une rapidité incroyables ; marchant, furetant, brocantant et marmottant de mystérieuses paroles.

Un matin, Gérande descendit à son atelier ; maître Zacharius n'y était pas. Pendant toute cette journée, elle l'attendit ; maître Zacharius ne revint pas. Gérande pleura toutes les larmes de ses yeux pendant cette absence, et ses larmes tarirent, car son père ne reparut pas. Aubert parcourut la ville, et acquit la triste certitude que le vieillard l'avait quittée.

— Suivons, suivons mon père, s'écria Gérande, quand le jeune ouvrier lui rapporta ces douloureuses nouvelles.

— Où peut-il être ? se demanda Aubert.

Une inspiration illumina soudain son esprit ; les dernières paroles de maître Zacharius lui revinrent à la mémoire... L'horloger ne vivait plus que dans cette vieille horloge de fer ; on ne lui avait pas rendue !... Maître Zacharius devait s'être mis à sa recherche.

Aubert communiqua ces pensées à Gérande.

— Voyons le livre de mon père, lui répondit-elle.

Tous deux allèrent à l'atelier... Le livre était ouvert sur l'établi. Toutes les livraisons faites par l'horloger, et qui lui étaient revenues par suite de leur accident, étaient effacées d'une main tremblante, toutes, excepté celle-ci :

« Vendu au seigneur Pittonaccio une horloge en fer, à sonnerie et à personnages mouvants, déposée en son château d'Andernatt, au milieu des Dents-du-Midi. »

C'était cette horloge morale dont la vieille Scholastique avait parlé tant de fois et avec tant d'éloges.

— Mon père est là !

— Courons-y, ma pauvre fiancée, répondit Aubert ; nous pouvons le sauver encore !...

— Non pas pour cette vie, murmura Gérande, mais au moins pour l'autre.

— A la grâce de Dieu, Gérande ; ces Dents-du-Midi sont des pics incultes, situés à une vingtaine d'heures de Genève, et nous y arriverons...

Ce soir-là même, Aubert et Gérande, suivis de leur vieille servante, cheminaient à pied sur la route qui côtoie le lac de Genève. Ils firent cinq lieues dans la nuit, ne s'étant arrêtés ni à Suez, ni à Thonon, ni à Hermance ; ils traversèrent à gué et non sans peine le torrent de la Drause ; en tous lieux ils s'inquiétaient de Zacharius, et eurent bientôt la certitude qu'ils marchaient sur ses traces.

Le lendemain, à la chute du jour, ils atteignirent Evian, d'où la côte de la Suisse se développe aux regards sur une étendue de douze lieues ; mais les deux fiancés n'aperçurent ces sites enchanteurs qu'à travers le brouillard de leur tristesse. Ils se soutenaient par une force surnaturelle : Aubert, appuyé sur un bâton noueux, offrait son bras tantôt à Gérande et tantôt à la vieille Scholastique, puisant dans son cœur une suprême énergie pour soutenir ses faibles compagnes. Ils parlaient de leurs douleurs, de leurs rares espérances, et suivaient ainsi cette belle route à fleur d'eau, prolongée au pied de ce plateau rétréci, qui relie les bords du lac aux hautes montagnes du Chalais. Bientôt ils atteignirent Bouveret, à l'endroit où le Rhône entre dans le lac de Genève. [1]

1. Dans tout ce chapitre aussi, les lieux que traversent les personnages sont modifiés dans la version de 1874.

A partir de cette ville, la direction de leur poursuite les entraîna loin du lac, et leur fatigue s'accrut au milieu de cette végétation aride. Vouvray, Vionnaz, Murey, villages à demi perdus, demeurèrent bientôt derrière eux. Cependant leurs genoux fléchirent, leurs pieds se déchirèrent à ces crêtes aiguës qui hérissaient le sol comme des broussailles de granit ; mais le vieillard semblait fuir devant eux. Il fallait le retrouver pourtant, et ils ne demandèrent le repos et l'hospitalité ni à ces bourgades isolées, ni au château de Monthay qui, avec ses dépendances, forma l'apanage de Marguerite de Savoie, femme du comte Herman de Kybourg ; enfin, vers la fin de cette journée, ils parvinrent, presque mourants, à l'ermitage de Notre-Dame du Sex, situé à la base de la Dent-du-Midi, et néanmoins élevé à 600 pieds au-dessus du Rhône.

L'ermite les reçut tous trois à la tombée de la nuit ; les malheureux n'auraient pu faire un pas en avant, et là, du moins, avec quelques réconforts de la vie matérielle, ils purent encore recevoir les espérances de la religion.

L'ermite ne leur donna aucune nouvelle de maître Zacharius ; à peine pouvait-on espérer le retrouver vivant au sein de ces mornes solitudes. La nuit était profonde, l'ouragan sifflait dans la montagne, et les avalanches oscillaient sur le sommet des rocs ébranlés.

Les deux fiancés, accroupis devant le foyer de l'ermite, lui racontaient cette douloureuse histoire. Leurs vêtements, imprégnés par la neige, séchaient dans quelque coin obscur, et le chien, au dehors, poussait de lugubres aboiements, qui mêlés avec la rafale, composaient des harmonies étranges.

— L'orgueil, dit l'ermite à ses hôtes, a perdu un ange créé pour le bien ; c'est la pierre d'achoppement où se heurtent les destinées de l'homme ; à l'orgueil, ce principe de tous les vices, on ne peut opposer aucun raisonnement, puisque, par sa nature même, l'orgueilleux se refuse à les entendre... Il n'y a donc plus qu'à prier pour lui.

Tous quatre s'agenouillaient, quand les aboiements du chien redoublèrent, et l'on heurta à la porte de l'ermitage.

— Ouvrez au nom du diable ! s'écria-t-on ; ouvrez au nom de Dieu !

La porte céda sous de violents efforts, et il apparut un homme échevelé, hagard, à peine vêtu.

— Mon père ! s'écria Gérande.

C'était en effet maître Zacharius.

— Où suis-je ? fit-il ; dans l'éternité !... Le temps est fini... les heures ne sonnent plus... les aiguilles s'arrêtent !

— Mon père ! reprit Gérande avec une si déchirante émotion, que le vieillard sembla revenir au monde des vivants.

— Toi ici, ma Gérande ! s'écria-t-il ; et toi, Aubert !... Ah ! mes deux jolis fiancés, vous venez vous marier à notre vieille église !

— Mon père, fit Gérande en le saisissant par le bras, revenez à votre maison de Genève, revenez avec nous !

Le vieillard échappa à son étreinte, et revint vers la porte sur le seuil de laquelle la neige entassait déjà des glaçons.

— N'abandonnez pas vos enfants ! dit Aubert.

— Pourquoi, répondit tristement le vieil horloger, pourquoi retourner à ces lieux qu'a déjà quittés ma vie, et où une partie de moi-même est à jamais enterrée ?

— Votre âme n'est pas morte ! lui répondit l'ermite d'une voix grave.

— Retenez-le ! retenez mon père ! s'écria Gérande.

Mais le vieillard avait franchi le seuil et s'était élancé à travers la nuit et la neige, en criant :

— A moi ! à moi, mon âme !...

Gérande, Aubert et Scholastique se précipitèrent sur ses pas ; ils marchèrent par d'impraticables sentiers ; maître Zacharius allait comme l'ouragan, poussé par une force irrésistible. La neige tourbillonnait autour d'eux, et mêlait ses flocons blancs à l'écume des torrents.

En passant devant la chapelle de Véroliez, élevée en mémoire du massacre de la légion thébaine, Gérande, Aubert et Scholastique se signèrent précipitamment : maître Zacharius ne se découvrit pas.

— Mon âme !... Oh ! non !... ses rouages sont bons !... Je la sens battre à temps égaux...

— Votre âme est immatérielle ! votre âme est immortelle ! dit l'ermite avec force.

— Oui... comme ma gloire !... Mais elle est enfermée au château d'Andernatt, et je veux la revoir !

L'ermite se signa ; Scholastique était presque inanimée ; Aubert soutenait Gérande dans ses bras.

— Le château d'Andernatt est habité par un damné, reprit l'ermite avec terreur, un damné qui ne salue pas la croix de mon ermitage.

— Mon père ! n'y va pas !

— Je veux mon âme ! mon âme est à moi !...

Enfin le village d'Evionnaz apparut au milieu de cette plaine inculte et dévastée : le cœur le plus endurci se serait violemment ému en voyant cette bourgade, construite sur l'emplacement de l'ancienne ville d'Epauna, non pas endormie, mais évanouie dans ces mélancoliques solitudes. Le vieillard passa outre ; il se dirigea vers la gauche ; il gravit les plus hauts sommets des Dents-du-Midi, montagnes d'une aridité désespérante, qui mordent le ciel de leurs pics aigus... Bientôt une ruine, vieille et sombre comme les rocs de sa base, se dressa devant lui.

— C'est là ! là !... s'écria-t-il, en précipitant de nouveau sa course effrénée.

Le château d'Andernatt, à cette époque, n'offrait déjà plus que des ruines ; une tour épaisse, usée, tremblante, déchiquetée, le dominait d'une façon terrible, et semblait menacer de sa chute éternelle les vieux pignons de Germanie qui se dressaient à ses pieds. Ces vastes amoncellements de pierres faisaient mal à voir ; on pressentait, au milieu des encombrements, des salles dévastées, des plafonds effondrés, et d'immondes réceptacles à lézards et à vipères [1] ; là devaient s'étaler ces cours silencieuses qui ressemblent à des cimetières profanés, où des bruits insolites crépitent à la nuit tombante et se mêlent à cette brume nauséabonde qui tombe des voûtes séculaires.

Une poterne, étroite et basse, s'ouvrant sur un fossé rempli de décombres, donnait accès dans le château d'Andernatt. Quels habitants des mondes mystérieux avaient passé par là ? on ne sait. Sans doute quelque margrave, moitié brigand, moitié sei-

1. Le reste du paragraphe disparaît dans la version de 1874.

gneur, séjourna dans cette habitation ; au margrave succédèrent les bandits ou les faux-monnayeurs, écartelés, brûlés, pendus sur le théâtre de leur crime ; et sans doute, par les lunes d'hiver, Satan venait conduire ses sarabandes traditionnelles sur le penchant des gorges profondes, où s'engloutissait l'ombre gigantesque de ces ruines.

Maître Zacharius ne fut point épouvanté de cet aspect sinistre ; il parvint à la poterne, toujours suivi de ses malheureux compagnons. Personne ne l'empêcha de passer ; une grande et ténébreuse cour s'offrit à ses yeux : personne ne l'empêcha de la traverser. Il gravit une sorte de plan incliné qui conduisait à l'un de ces longs corridors, dont les arceaux romans semblent écraser le jour sous leurs pesantes retombées. Personne ne s'opposa à son passage à travers ces interminables galeries, où des formes indistinctes rôdaient par les nuits d'orage.

Maître Zacharius, guidé par une force inconnue, semblait sûr de son chemin, il marchait d'un pas rapide. Il arriva à une vieille porte vermoulue qui s'ébranla sous sa main, tandis que les chouettes et les chauves-souris traçaient d'obliques cercles autour de sa tête. Une salle immense, mieux conservée que les autres, se présenta à lui ; de hauts panneaux sculptés en revêtaient les murs, sur lesquels les larves, les goules, les tarasques semblaient s'agiter confusément ; quelques fenêtres, longues et étroites, pareilles à des meurtrières, frissonnaient sous les décharges de la tempête.

Maître Zacharius, arrivé au milieu de cette salle, poussa soudain un cri de joie.

Sous un support de fer accolé à la muraille reposait cette horloge où résidait sa vie tout entière ; elle représentait une vieille église romane, avec ses contreforts en fer forgé et son lourd clocher, où se trouvait une sonnerie complète pour l'antienne du jour, l'angélus, la messe, les vêpres, complies et salut. Au-dessus de la porte de l'église, qui s'ouvrait à l'heure des offices, était creusée une rosace au centre de laquelle se mouvaient deux aiguilles, et dont l'archivolte reproduisait les douze heures du cadran sculptées en relief ; c'était un chef-d'œuvre sans égal. Entre la porte et la rosace, ainsi que l'avait raconté la vieille Scholastique, une maxime relative à l'emploi de chaque instant de la journée apparaissait dans un cadre de cuivre. Maître Zacharius avait autrefois réglé cette succession de devises avec une sollicitude toute chrétienne ; les heures de prière, de travail, de repas, d'affection de famille, de récréation et de repos se suivaient, selon la discipline religieuse, et devaient infailliblement faire le salut d'un observateur exact de leurs recommandations.

Maître Zacharius, ivre de joie, allait s'emparer de cette horloge, quand un rire strident éclata derrière lui ; il se retourna, et, à la lueur d'une lampe fumeuse, il reconnut le petit vieillard de Genève !

— Vous ici ? s'écria-t-il.

Gérande eut peur, et, s'il faut le dire, non moins peur de son père que de cette singulière caricature. Elle se pressa contre son fiancé.

— Bonjour, maître Zacharius, fit le petit homme.

— Qui êtes-vous ?

— Le seigneur Pittonaccio, pour vous servir ! Vous êtes venu me donner votre fille ; vous vous êtes souvenu de mes paroles ! Gérande n'épousera pas Aubert.

Le jeune ouvrier s'élança sur ce Pittonaccio, qui lui échappa comme une ombre.

— Arrêtez, Aubert ! dit maître Zacharius avec violence.

— Bonne nuit, fit Pittonaccio, qui disparut, en laissant après lui la plus profonde obscurité.

— Mon père, s'écria Gérande, fuyons ces lieux maudits !... Mon père...

Mais Zacharius n'était plus là, et poursuivait à travers les étages effondrés le fantôme de Pittonaccio. Scholastique, Aubert et Gérande demeurèrent tremblants dans cette salle immense ; la jeune fille était tombée sur un fauteuil de pierre ; la vieille servante s'agenouilla près d'elle et pria ; Aubert demeura debout à veiller sur elle ; de pâles lueurs serpentaient parfois dans l'ombre, et le silence n'était interrompu que par le travail de ces petits animaux qui rongent les bois antiques, et que l'on croit être le bruit de l'horloge de la mort.

Aux premiers rayons du jour, ils s'aventurèrent tous trois par les escaliers sans fin qui circulaient sous cet amas de pierres.

Pendant deux heures ils errèrent ainsi sans rencontrer âme qui vive, et n'entendant qu'un écho lointain répondre à leurs cris : — Mon père ! Maître Zacharius ! Tantôt ils se trouvaient enfouis à cent pieds sous terre, tantôt ils dominaient de haut ces montagnes sauvages.

Le hasard les ramena enfin à la vaste salle qui les avait abrités pendant cette nuit d'angoisses ; mais elle n'était plus vide ; maître Zacharius et Pittonaccio y causaient gravement ensemble, l'un debout et raide comme un cadavre, l'autre accroupi sur une table de marbre. Zacharius, ayant aperçu Gérande, vint la prendre par la main, et la conduisit vers Pittonaccio en lui disant :

— Voilà ton maître et seigneur, ma fille ! Gérande, voilà ton époux !

Gérande frissonna de la tête aux pieds.

— Jamais ! s'écria Aubert, car elle est ma fiancée.

— Jamais ! répondit Gérande comme un écho plaintif.

Pittonaccio se prit à rire.

— Vous voulez donc ma mort ? s'écria le vieillard. Là est renfermée ma vie, et cet homme m'a dit : « Quand j'aurai ta fille, cette horloge t'appartiendra. » Et cet homme ne veut pas la remonter ; il peut la briser à sa fantaisie et me précipiter dans la mort ! Ah ! ma fille ! tu ne m'aimerais donc plus !

— Mon père, soupira Gérande en reprenant ses sens.

— Si tu savais combien j'ai souffert loin de ce principe de mon existence ! Peut-être ne soignait-on pas cette horloge ; peut-être laissait-on ses ressorts s'user et ses rouages s'embarrasser ; mais maintenant, de mes propres mains, je vais l'huiler et la régler ; je veux soutenir cette santé si chère, car il ne faut pas que je meure, moi, le grand horloger de Genève et du monde ! Regarde, ma fille, comme ces aiguilles avancent d'un pas ferme et sûr. Tiens, voici cinq heures qui vont sonner, écoute bien, et vois la belle maxime qui va s'offrir à tes yeux.

Cinq heures tintèrent au clocher de l'horloge avec un bruit étrange, qui résonna douloureusement dans l'âme de Gérande, et ces mots parurent en lettres rouges :

« Il faut manger les fruits de l'arbre de science. »

Aubert et Gérande se regardèrent avec une stupéfaction terrible. Ce n'étaient plus les orthodoxes devises de l'horloger catholique ; il fallait que le souffle de Satan eût passé par là. Mais Zacharius n'y prenait plus garde, et il reprit :

— Entends-tu, ma Gérande ? je vis, je vis encore ! Ecoute ma respiration égale ; vois le sang circuler dans mes veines !... Non ! tu ne voudrais pas tuer ton père, et tu accepteras cet homme pour époux, afin que je devienne centenaire et que j'atteigne à la puissance de Dieu !

A ces mots impies, la vieille Scholastique se signa et Pittonaccio poussa un rugissement de damné.

— Et puis, Gérande, tu seras heureuse avec lui. Vois cet homme, c'est le Temps ; ton existence sera réglée avec une précision bien douce à l'âme ! Gérande ! puisque je t'ai donné la vie, rends la vie à ton père !

— Gérande, murmura Aubert, je suis ton fiancé.

— Ami, c'est mon père, répondit Gérande en s'affaissant sur elle-même.

— Elle est à toi, dit maître Zacharius ; Pittonaccio, tu tiendras ta promesse.

— Voici la clef de cette horloge, répondit le petit vieillard.

Zacharius s'empara d'une longue clef, qui ressemblait à une couleuvre déroulée ; il courut à l'horloge, qu'il se mit à monter avec une vélocité fantastique. Le grincement du ressort faisait mal aux nerfs. L'horloger tournait, tournait toujours, sans que son bras s'arrêtât ; il semblait que ce mouvement de rotation fût indépendant de sa volonté. Il tournait de plus en plus vite, avec des contorsions étranges, jusqu'à ce qu'il tombât de lassitude.

— La voilà montée pour un siècle ! s'écria-t-il avec une joie terrible.

Aubert sortit de la salle comme un fou. Après de longs détours, il trouva l'issue de cette demeure maudite, et s'élança dans la campagne. Il revint à l'ermitage de Notre-Dame du Sex ; il parla au saint homme avec des paroles si désespérées, que celui-ci consentit à l'accompagner le soir même au château d'Andernatt.

Si, pendant ces heures d'angoisse, Gérande n'avait pas pleuré, c'est que les larmes s'étaient épuisées dans ses yeux.

Maître Zacharius ne quittait pas cette immense salle ; il venait à chaque minute écouter les battements réguliers de la vieille horloge, et souriait avec une joie épouvantable. Cependant dix heures avaient sonné, et, à la grande frayeur de Scholastique, ces mots étaient apparus sur le cadre d'argent :

« L'homme peut devenir l'égal de Dieu. »

Non seulement le vieillard n'était plus choqué par ces maximes odieuses, mais il les lisait avec délice, et se complaisait à ces pensées d'orgueil, tandis que Pittonaccio marchait en rond autour de lui et l'enlaçait de replis tortueux et fantastiques. L'acte de mariage devait se signer à minuit. Gérande, presque inanimée, ne voyait, n'entendait et ne comprenait qu'à peine ; le silence n'était interrompu que par les gémissements du vieillard et les ricanements de Pittonaccio, dont plus d'une fois les ongles s'allongèrent immodérément.

Onze heures sonnèrent ; Zacharius tressaillit, et d'une voix joyeuse lut ces blasphèmes :

« L'homme doit être l'esclave de la science,
et pour elle sacrifier parents et famille. »

— Oui, s'écria-t-il, il n'y a que la science en ce monde !

Les aiguilles serpentaient sur ce cadran de fer avec des sifflements de vipère ; le mouvement de l'horloge battait à coups précipités et lugubres.

Maître Zacharius ne parlait plus, il râlait, et de sa poitrine oppressée il ne sortait que ces paroles entrecoupées.

— L'existence ! — La vie ! La science !

Cette scène avait deux nouveaux témoins : l'ermite et Aubert. Zacharius était debout, Pittonaccio accroupi, Gérande étendue plus morte que vive ; Scholastique priait.

Soudain on entendit le bruit sec qui précède la sonnerie des heures, Zacharius se redressa :

— Voilà minuit, dit-il.

L'ermite étendit la main vers la vieille horloge, et minuit ne sonna pas. Maître Zacharius poussa un cri funèbre qui dut être entendu de l'enfer, lorsque ces mots apparurent :

« Qui tentera de se faire l'égal de Dieu,
sera damné pour l'éternité. »

La vieille horloge éclata alors avec un bruit de foudre ; le ressort s'en échappa, et sauta à travers la salle avec mille contorsions fantastiques. Le vieillard courut après ; il cherchait en vain à le saisir ; il s'écriait :

— Mon âme ! mon âme !

Le ressort infernal sautait devant lui, et rebondissait avec d'effrayantes grimaces. Mais voici que Pittonaccio le saisit soudain, et, avec un horrible blasphème, s'engloutit sous terre.

Maître Zacharius tomba à la renverse ; il était mort.

. . . .

Le corps de l'horloger ne fut pas inhumé en terre sainte, mais au milieu des pics incultes d'Andernatt, et puis, Aubert et Gérande revinrent prier pour lui à Genève, pendant les longues années de bonheur que Dieu leur accorda sur la terre ; — juste récompense de l'humilité chrétienne par laquelle ils s'efforçaient d'expier l'orgueil et de racheter l'âme du réprouvé de la science.

UNE FANTAISIE DU DOCTEUR OX

LE MONDE VERNIEN, LIEU DE REUNION DE TOUS LES GENRES CREATIFS

Le Musée des Familles *a longtemps joué un rôle de premier plan dans l'épopée vernienne : y compris après l'entrée de l'écrivain dans l'écurie Hetzel. Pierre-Jules Hetzel est sans doute, autant que son auteur phare, l'initiateur du système des* Voyages Extraordinaires, *qui paraissaient avec régularité au rythme de deux volumes par an depuis 1863. En réalité, ce n'est qu'en 1866, à l'occasion de la réédition des* Aventures du capitaine Hatteras, *qu'Hetzel publia son fameux « Avertissement de l'Editeur » :*

> « [...] Les ouvrages parus et ceux à paraître embrasseront ainsi dans leur ensemble le plan que s'est proposé l'auteur. Son but est, en effet, de résumer toutes les connaissances *géographiques, géologiques, physiques, astronomiques,* amassées par la science moderne, et de refaire, sous la forme attrayante et pittoresque qui lui est propre, l'histoire de l'univers [1]. »

On sait qu'à ce programme s'en ajoutait un autre, consistant à « peindre la terre entière, le monde entier, sous la forme du roman, en imaginant des aventures spéciales à chaque pays, en

1. Jules Verne, *Voyage et aventures du capitaine Hatteras,* Paris, Hetzel, « Bibliothèque d'éducation et de récréation », 1867, p. 1-2.

créant des personnages spéciaux aux milieux où ils agissent[1] ». *Double perspective alléchante et qui fut tenue pour la presque totalité des volumes de la série. Cependant, Verne, tout au long de l'œuvre, réalise un autre défi : installer ces peintures du savoir scientifique et de la connaissance de la terre à l'intérieur d'ouvrages* qui prendront toutes les formes connues des genres littéraires *(c'est moi qui souligne). Lorsque Hetzel déclare que son auteur refait l'histoire de l'univers « sous la forme attrayante et pittoresque qui lui est propre », il fait allusion au procédé pour le moment récurrent des* Voyages : *un groupe de trois personnes, seules ou au centre d'un autre groupe plus important (souvent l'équipage d'un navire), qui partent d'une grande ville d'Europe pour se mettre à la recherche d'une personne ou d'un lieu, et qui doivent pour cela effectuer un voyage sortant de l'ordinaire. Il y a presque toujours un aventurier, savant ou non, un domestique fidèle et un comparse, à la fois opposant à ce voyage, et en même temps forcé par les circonstances de devenir adjuvant du personnage principal. On peut dire sans trop exagérer que les premiers romans de Jules Verne (les plus connus du grand public encore de nos jours), ceux de la première décennie 1863-1873, répondent à ce canevas, avec quelques variantes.*

Mais par la suite, Verne va de plus en plus fréquemment se détacher de ce type de présentation et va s'intéresser à des genres toujours multiples : la robinsonade avec L'Ile mystérieuse, *l'utopie (ou la contre-utopie) avec* Les Cinq Cents Millions de la Begum, *puis le roman policier, le fantastique, la science-fiction (également présente dans deux ou trois romans, donc pas au point de faire de Verne l'initiateur du genre), le roman historique, l'épopée, etc. ; et, surtout, enrichissant de plus en plus ses récits de réflexions politiques et philosophiques, le point d'orgue étant probablement atteint avec* En Magellanie, *roman posthume qui sera, comme* Hier et Demain, *très déformé par l'intervention de Michel Verne, le fils de Jules*[2]. *On voit,*

1. Voir la notice des *Souvenirs d'enfance et de jeunesse,* p. 168.
2. Voir à ce sujet la Postface d'Olivier Dumas, p. 374.

dans cette troisième performance, que loin d'écrire toujours le même roman avec quelques variantes, le « vieux magicien » n'a cessé de se remettre en question et d'explorer toujours d'autres horizons littéraires. Cependant, Hetzel, bien qu'il fût trop fin pour ne pas avoir remarqué cette originalité de la part de son auteur, n'en fit jamais état, sachant, ou croyant, qu'il était toujours dangereux de bousculer ce qu'on appelle aujourd'hui l'horizon d'attente du lecteur. *Mais ce qui ne signifie nullement qu'il ait été personnellement hostile au désir de recherches formelles de Jules Verne. Le fait que* Ox *ait pu paraître sous les couleurs Hetzel me semble en être une preuve.*

Ce qui nous ramène au Musée des Familles. *Le contrat de Verne avec Hetzel le laissait libre de publier ailleurs et il ne s'en privait pas. Pour des raisons de revenus supplémentaires, bien sûr, mais aussi parce qu'il se savait plus libre dans le cadre de la revue pour exploiter ses autres facettes littéraires. De ce fait, la* Fantaisie du docteur Ox *ne ressemblait en rien aux* Voyages Extraordinaires, *puisque, précisément, aucun des personnages n'y effectuait le moindre voyage.*[1] *Seul le lecteur pouvait se déplacer dans la Flandre belge, mais dans une cité imaginaire, véritable royaume de la caricature ; encore n'est-il pas impossible que, derrière cette réjouissante description de Quiquendone, se cachât la ville d'Amiens, lieu de résidence de Verne.*[2]

Une Fantaisie du docteur Ox, *rédigée en 1871, paraît donc, en deux fois dans le* Musée des Familles, *dans les numéros de mars et d'avril 1872. Deux ans plus tard, Verne soumet l'œuvre à Hetzel*[3] *: une fois de plus, l'attitude de l'éditeur est para-*

1. Ce qui n'est cependant pas l'avis de Michel Serres : s'appuyant sur la coutume matrimoniale de la famille van Tricasse (voir le chapitre 2 de *Ox*), il constate que cette famille se reproduit « latéralement », que le temps devient « circulaire », que « tout change et tout demeure », comme dans les voyages « circulaires » des héros verniens (voir Michel Serres, « Le couteau de Jannot », *Cahier de l'Herne* n° 25, 1974).

2. Robert Pourvoyeur est le premier à avoir remarqué les similitudes entre Quiquendone et Amiens, dans l'article « Verne et Offenbach », *Bulletin de la Société Jules Verne* n° 20, 1971.

3. Entre-temps, *Ox* a été publié dans le *Journal d'Amiens,* également en

doxale. Il accepte une œuvre qui « détone » (pour reprendre une expression vernienne[1]*) dans l'ensemble des* Voyages *(mais il est vrai qu'il l'intègre à l'intérieur d'un recueil de nouvelles qui comprend également* Maître Zacharius, *version corrigée), et en même temps il y apporte des modifications qui la dénature en partie.*

Corrigé ou non, Docteur Ox *garde deux traits de caractère fondamentaux. Tout d'abord, c'est* Une Fantaisie. *Il y aurait tout un travail à faire sur les titres et sous-titres génériques des œuvres de Jules Verne, tel le* tradition genévoise *de* Maître Zacharius. *Ici, le terme de « fantaisie » est sans doute à prendre dans deux sens, complémentaires. Tout d'abord, dans le sens de la « boutade », procédé auquel Verne recourt fréquemment.* Le Mariage de M. Anselme du Tilleul, *nouvelle écrite en 1855 mais restée inédite du vivant de l'auteur, est le parfait exemple de « farce grotesque » doublée d'une satire mordante du mariage, aspect également présent dans* Docteur Ox[2].

Mais « fantaisie » a aussi un autre sens : il s'agit d'une création très libre ne suivant pas les règles habituelles d'un genre, plus particulièrement dans le domaine musical. A bien des égards, il faut traduire ce titre par Une Fantaisie de Jules Verne. *Fantaisie dans laquelle la musique joue un très grand rôle*[3]. *Elle détient le premier rôle dans les chapitres 7 et 8, sous la forme de l'opéra et de la valse. Mais d'une manière générale, il a déjà été relevé que Jules Verne employait régulièrement dans ce conte un « langage d'opéra bouffe »*[4].

deux fois, janvier et février 1873. Situation savoureuse si réellement Quiquendone cache la capitale de la Somme.

1. Voir *Frritt-Flacc,* p. 154 du présent volume.

2. Ce rapprochement entre les deux nouvelles a été établi par Olivier Dumas dans l'article « Le Docteur Ox, censuré pour Hetzel », *Bulletin de la Société Jules Verne* n° 71, 1984. Chacune comporte une description de cité, toutes deux ressemblantes.

3. Il ne faut pas oublier bien sûr un troisième sens, celui finalement qu'est censé nous indiquer clairement le titre : celui d'un « caprice » de la part du docteur Ox.

4. Comme le remarque Robert Pourvoyeur dans un autre article, « Notes marginales à propos d'Ox », *Bulletin de la Société Jules Verne* n° 71, 1984.

*Or, cet aspect musical nous conduit à un quatrième enjeu, nettement moins visible que les trois précédents et pourtant de plus en plus important dans l'esprit de Jules Verne : celui de la réalisation d'une sorte d'*œuvre totale, *à partir du roman (ou du conte dans le cas présent).*

Grand amateur de Baudelaire, il est probable que Verne avait lu ses différents essais et Salons *traitant de la question d'œuvres réunissant toutes les formes d'art. Mais il n'est pas impossible non plus que Diderot ait également véhiculé chez lui cette idée. L'auteur de l'*Encyclopédie, *ouvrage abondamment consulté par l'auteur encyclopédiste des* Voyages, *avait déjà largement développé la théorie de l'Œuvre totale (mais sans utiliser ce terme) en 1751, avec sa* Lettre sur les sourds et muets. *Il devait y revenir à plusieurs reprises dans ses différents écrits esthétiques,* Salons, Pensées détachées sur la peinture, la sculpture et la poésie, *etc. Or, Jules Verne avait une connaissance de Diderot sans doute plus étendue que bien de ses contemporains, y compris parmi les plus cultivés*[1]*. Toujours est-il que, probablement porté par ces diverses influences, il commence à présenter dans ses romans diverses formes d'art.* Vingt Mille Lieues sous les mers, *paru entre 1869 et 1870, est le premier exemple de ce type : à une présence importante de la musique là aussi, s'ajoutent des représentations « photographiques » de l'océan à travers le hublot du Nautilus ainsi que de longues listes et descriptions d'animaux sous-marins cachant des alexandrins ou autres formes versifiées.*

Une Fantaisie du docteur Ox *va beaucoup plus loin. Chaque chapitre, ou presque, s'inscrit sous une forme littéraire ou artistique (souvent de façon satirique) : le roman de mœurs balzacien avec le chapitre 2 ; le roman sentimental dans le sixième ; l'épopée homérique dans le onzième ; la musique, on l'a vu, domine les septième et huitième chapitres, mais à bien des reprises, la présentation de ces personnages si lents à se mou-*

En lisant son autre article cité précédemment, on se rappellera que *Ox* est devenu par la suite un véritable opéra bouffe, orchestré par Offenbach.

1. Voir à ce sujet la notice des *Aventures de la Famille Raton,* p. 255 du présent ouvrage.

voir, dans des scènes figées, rappellent les tableaux des maîtres flamands, présentant des scènes d'intérieurs ou de la vie quotidienne. Bien entendu, la science est elle ausi présente. Enfin, ne pas oublier l'ouverture, très « guide touristique », du conte, qui est un véritable auto-pastiche signé Jules Verne, empli de fantaisies historiques et géographiques.

Samuel Sadaune

I

Comme quoi il est inutile de chercher, même sur les meilleures cartes, la petite ville de Quiquendone

Si vous cherchez sur une carte des Flandres, ancienne ou moderne, la petite ville de Quiquendone, il est probable que vous ne l'y trouverez pas. Quiquendone est-elle donc une cité disparue ? Non. Une ville à venir ? Pas davantage. Elle existe en dépit des géographes, et cela depuis huit à neuf cents ans. Elle compte même deux mille trois cent quatre-vingt-treize âmes, en admettant une âme par chaque habitant. Elle est située à treize kilomètres et demi dans le nord-ouest d'Audenarde et à quinze kilomètres un quart dans le sud-est de Bruges, en pleine Flandre. Le Vaar, petit affluent de l'Escaut, passe sous ses trois ponts, encore recouverts d'une antique toiture du moyen âge, comme à Tournai. On y admire un vieux château, dont la première pierre fut posée, en 1197, par le comte Baudoin, futur empereur de Constantinople, et un hôtel de ville à demi-fenêtres gothiques, couronné d'un chapelet de créneaux, que domine un beffroi à tourelles, élevé de trois cent cinquante-sept pieds au-dessus du sol. On y entend, à chaque heure, un carillon de cinq octaves, véritable piano aérien, dont la renommée surpasse celle du célèbre carillon de Bruges. Les étrangers — s'il en est jamais venu à Quiquendone — ne quittent point cette curieuse ville sans avoir visité sa salle des stathouders[1], ornée du portrait en pied de Guillaume de Nassau par Brandon, le jubé de l'église Saint-Magloire, chef-d'œuvre de l'architecture du seizième siècle, le puits en fer forgé qui se creuse au milieu de la grande place Saint-Ernuph, dont l'admirable ornementation est due au peintre-forgeron Quentin Metsys, le tombeau provisoirement élevé à Marie de Bourgogne, fille de Charles le Téméraire, qui repose maintenant dans l'église de Notre-Dame de Bruges, etc. Enfin, Quiquendone a pour principale industrie la fabrication des crèmes fouettées et des sucres d'orge sur une grande échelle. Elle est administrée de père en fils depuis plusieurs siècles par la famille van Tricasse. Et pourtant, Quiquendone ne figure pas sur la carte des Flandres ! Est-ce oubli des géographes ? est-ce omission volontaire ? C'est ce que je ne puis vous dire : mais Quiquendone existe bien réellement, avec ses rues étroites, son enceinte fortifiée, ses maisons espagnoles, sa halle et son bourgmestre[2] — à telles enseignes qu'elle a été récemment le théâtre de phénomènes surprenants, extraordinaires, invraisemblables autant que véridiques, et qui vont être fidèlement rapportés dans le présent récit.

Certes, il n'y a aucun mal à dire ni à penser des Flamands de la Flandre occidentale. Ce sont des gens de bien, sages, parcimonieux, sociables, d'humeur égale, hospitaliers, peut-être un peu lourds par le langage et l'esprit ; mais cela n'explique pas pourquoi l'une des plus intéressantes villes de leur territoire en est encore à figurer dans la cartographie moderne.

Cette omission est certainement regrettable. Si encore l'histoire, ou à défaut de l'histoire les chroniques, ou à défaut des chroniques la tradition du pays, faisaient mention de Quiquendone ! Mais non ; ni les atlas, ni les guides, ni les itinéraires

1. *stathouders :* nom donné au gouverneur espagnol des Pays-Bas qui comprenaient l'actuelle Belgique et la Hollande ; puis au chef du pouvoir exécutif de la Hollande, devenue indépendante au XVIIe siècle sous le nom de Provinces-Unies.

2. *bourgmestre :* c'est, en Belgique (mais également en Suisse), le premier magistrat d'une ville.

n'en parlent. M. Joanne lui-même, le plus perspicace dénicheur de bourgades[1], n'en dit pas un mot. On conçoit combien ce silence doit nuire au commerce, à l'industrie de cette ville. Mais nous nous hâterons d'ajouter que Quiquendone n'a ni industrie ni commerce, et qu'elle s'en passe le mieux du monde. Ses sucres d'orge et ses crèmes fouettées, elle les consomme sur place et ne les exporte pas. Enfin, les Quiquendoniens n'ont besoin de personne. Leurs désirs sont restreints, leur existence est modeste ; ils sont calmes, modérés, froids, flegmatiques, en un mot « Flamands », comme il s'en rencontre encore quelquefois entre l'Escaut et la mer du Nord.

II

Où le bourgmestre van Tricasse et le conseiller Niklausse s'entretiennent des affaires de la ville

« Vous croyez ? demanda le bourgmestre.

— Je le crois, répondit le conseiller, après quelques minutes de silence.

— C'est qu'il ne faut point agir à la légère, reprit le bourgmestre.

— Voilà dix ans que nous causons de cette affaire si grave, répliqua le conseiller Niklausse, et je vous avoue, mon digne van Tricasse, que je ne puis prendre encore sur moi de me décider.

— Je comprends votre hésitation, reprit le bourgmestre, après un bon quart d'heure de réflexion, je comprends votre hésitation et je la partage. Nous ferons sagement de ne rien décider avant un plus ample examen de la question.

1. Adolphe Joanne (1813-1881), géographe français, fut l'auteur de nombreux guides.

— Il est certain que cette place de commissaire civil est inutile dans une ville aussi paisible que Quiquendone.

— Notre prédécesseur, répondit van Tricasse d'un ton grave, notre prédécesseur ne disait jamais, n'aurait jamais osé dire qu'une chose est certaine. Toute affirmation est sujette à des retours désagréables. »

Le conseiller hocha la tête en signe d'assentiment, puis il demeura silencieux, une demi-heure environ. Après ce laps de temps, pendant lequel le conseiller et le bourgmestre ne remuèrent pas même un doigt, Niklausse demanda à van Tricasse si son prédécesseur, — il y avait quelque vingt ans — n'avait pas eu comme lui la pensée de supprimer cette place de commissaire civil qui, chaque année, grevait la ville de Quiquendone d'une somme de treize cent soixante-quinze francs et des centimes.

— En effet, répondit le bourgmestre, qui porta avec une majestueuse lenteur sa main à son front limpide, en effet ; mais ce digne homme est mort avant d'avoir osé prendre une détermination, ni à cet égard, ni à l'égard d'aucune autre mesure administrative. C'était un sage. Pourquoi ne ferais-je pas comme lui ?

Le conseiller Niklausse eût été incapable d'imaginer une raison qui pût contredire l'opinion du bourgmestre.

— L'homme qui meurt sans s'être jamais décidé à rien pendant sa vie, ajouta gravement van Tricasse, est bien près d'avoir atteint la perfection en ce monde !

Cela dit, le bourgmestre pressa du bout du petit doigt un timbre au son voilé, qui fit entendre moins un son qu'un soupir. Presque aussitôt, quelques pas légers glissèrent doucement sur les carreaux du palier. Une souris n'eût pas fait plus de bruit en trottinant sur une épaisse moquette. La porte de la chambre s'ouvrit en tournant sur ses gonds huilés. Une jeune fille blonde, à longues tresses, apparut. C'était Suzel van Tricasse, la fille unique du bourgmestre. Elle remit à son père avec sa pipe bourrée à point un petit brasero de cuivre, ne prononça pas une parole, et disparut aussitôt, sans que sa sortie eût produit plus de bruit que son entrée.

L'honorable bourgmestre alluma l'énorme fourneau de son instrument, et s'effaça bientôt dans un nuage de fumée bleuâtre, laissant le conseiller Niklausse plongé au milieu des plus absorbantes réflexions.

La chambre dans laquelle causaient ainsi ces deux notables personnages chargés de l'administration de Quiquendone était un parloir richement orné de sculptures en bois sombre. Une haute cheminée, vaste foyer à brûler un chêne ou à rôtir un bœuf, occupait tout un panneau du parloir, et faisait face à une fenêtre à treillis, dont les vitraux peinturlurés tamisaient doucement les rayons du jour. Dans un cadre antique, au-dessus de la cheminée, apparaissait le portrait d'un bonhomme quelconque, attribué à Hemling, qui devait représenter un ancêtre des van Tricasse, dont la généalogie remonte authentiquement au quatorzième siècle, époque à laquelle les Flamands et Gui de Dampierre eurent à lutter contre l'empereur Rodolphe de Habsbourg.

Ce parloir faisait partie de la maison du bourgmestre, l'une des plus agréables de Quiquendone. Construite dans le goût flamand et avec tout l'imprévu, le caprice, le pittoresque, le fantaisiste que comporte l'architecture ogivale, on la citait entre les plus curieux monuments de la ville. Un couvent de chartreux ou un établissement de sourds-muets n'eût pas été plus silencieux que cette habitation. Le bruit n'y existait pas ; on n'y marchait pas, on y glissait ; on n'y parlait pas, on y murmurait. Et cependant les femmes ne manquaient point à la maison, qui, sans compter le bourgmestre van Tricasse, abritait encore sa femme, Mme Brigitte van Tricasse, sa fille Suzel van Tricasse, et sa servante Lotchè Janshéu. Il convient de citer aussi la sœur du bourgmestre, la tante Hermance, vieille fille répondant encore au nom de Tatanémance, que lui donnait autrefois sa nièce Suzel, du temps qu'elle était petite fille. Eh bien, malgré tous ces éléments de discorde, de bruit, de bavardage, la maison du bourgmestre était calme comme le désert.

Le bourgmestre était un personnage de cinquante ans, ni gras ni maigre, ni petit ni grand, ni vieux ni jeune, ni coloré ni pâle, ni gai ni triste, ni content ni ennuyé, ni énergique ni mou, ni fier ni humble, ni bon ni méchant, ni généreux ni avare, ni brave ni poltron, ni trop ni trop peu — *ne quid nimis* — un homme modéré en tout. Mais à la lenteur invariable de ses mouvements, à sa mâchoire inférieure un peu pendante, à sa paupière supérieure immuablement relevée, à son front uni comme une plaque de cuivre jaune et sans une ride, à ses muscles peu saillants, un physionomiste eût sans peine reconnu que le bourgmestre van Tricasse était le flegme personnifié. Jamais — ni par la colère ni par la passion — jamais une émotion quelconque n'avait accéléré les mouvements du cœur de cet homme ni rougi sa face ; jamais ses pupilles ne s'étaient contractées sous l'influence d'une irritation, si passagère qu'on voudrait la supposer. Il était invariablement vêtu de bons habits ni trop larges ni trop étroits, qu'il ne parvenait pas à user. Il était chaussé de gros souliers carrés à triple semelle et à boucles d'argent, qui, par leur durée, faisaient le désespoir de son chausseur. Il était coiffé d'un large chapeau, qui datait de l'époque à laquelle la Flandre fut décidément séparée de la Hollande, ce qui attribuait à ce vénérable couvre-chef une durée de quarante ans[1]. Mais que voulez-vous ? Ce sont les passions qui usent le corps aussi bien que l'âme, les habits aussi bien que le corps, et notre digne bourgmestre, apathique, indolent, indifférent, n'était passionné en rien ; il n'usait pas et ne s'usait pas, et par cela même il se trouvait précisément l'homme qu'il fallait pour administrer la cité de Quiquendone et ses tranquilles habitants. La ville, en effet, n'était pas moins calme que la maison van Tricasse. Or c'était dans cette paisible demeure que le bourgmestre comptait atteindre les limites les plus reculées de l'existence humaine, après avoir vu toutefois la bonne Mme Brigitte van Tricasse, sa femme, le précéder au tombeau, où elle ne trouverait certainement pas un repos plus profond que celui qu'elle goûtait depuis soixante ans sur la terre.

Ceci mérite une explication.

La famille van Tricasse aurait pu s'appeler justement *la famille Jeannot.* Voilà pourquoi :

Chacun sait que le couteau de ce personnage typique est aussi célèbre que son propriétaire et non moins inusable, grâce à cette double opération incessamment renouvelée qui consiste à remplacer le manche quand il est usé et la lame quand elle ne vaut plus rien. Telle était l'opération, absolument identique,

1. Le royaume de Belgique fut créé en 1831. *Une fantaisie du docteur Ox* date de 1871.

pratiquée depuis un temps immémorial dans la famille van Tricasse, et à laquelle la nature s'était prêtée avec une complaisance un peu extraordinaire. Depuis 1380, on avait toujours vu invariablement un van Tricasse, devenu veuf, se remarier avec une van Tricasse, plus jeune que lui, qui, veuve à son tour, convolait avec un van Tricasse plus jeune qu'elle, qui veuf..., etc., sans solution de continuité. Chacun mourait à son tour avec une régularité mécanique. Or la digne Mme Brigitte van Tricasse en était à son deuxième mari, et à moins de manquer à tous ses devoirs, elle devait précéder dans l'autre monde son époux, de dix ans plus jeune qu'elle, pour faire place à une nouvelle van Tricasse. Sur quoi l'honorable bourgmestre comptait absolument, afin de ne point rompre les traditions de la famille.

Telle était cette maison, paisible et silencieuse, dont les portes ne criaient pas, dont les vitres ne grelottaient pas, dont les parquets ne gémissaient pas, dont les cheminées ne ronflaient pas, dont les girouettes ne grinçaient pas, dont les meubles ne craquaient pas, dont les serrures ne cliquetaient pas, et dont les hôtes ne faisaient pas plus de bruit que leur ombre. Le divin Harpocrate l'eût certainement choisie pour le temple du Silence.

III

Où le commissaire Passauf fait une entrée aussi bruyante qu'inattendue

Lorsque l'intéressante conversation que nous avons rapportée plus haut avait commencé entre le conseiller et le bourgmestre, il était deux heures trois quarts après midi. Ce fut à trois heures quarante-cinq minutes que van Tricasse alluma sa vaste pipe, qui pouvait contenir un quart de tabac, et ce fut à cinq heures et trente-cinq minutes seulement qu'il acheva de fumer.

Pendant tout ce temps, les deux interlocuteurs n'échangèrent pas une seule parole.

Vers six heures, le conseiller, qui procédait toujours par prétermission ou aposiopèse, reprit en ces termes :

— Ainsi nous nous décidons ?...

— A ne rien décider, répliqua le bourgmestre.

— Je crois, en somme, que vous avez raison, van Tricasse.

— Je le crois aussi, Niklausse. Nous prendrons une résolution à l'égard du commissaire civil quand nous serons mieux édifiés... plus tard... Nous ne sommes pas à un mois près.

— Ni même à une année, répondit Niklausse, en dépliant son mouchoir de poche, dont il se servit d'ailleurs avec une discrétion parfaite.

Un nouveau silence, qui dura une bonne heure s'établit encore. Rien ne troubla cette nouvelle halte dans la conversation, pas même l'apparition du chien de la maison, l'honnête Lento, qui, non moins flegmatique que son maître, vint faire poliment un tour de parloir. Digne chien ! Un modèle pour tous ceux de son espèce. Il eût été en carton, avec des roulettes aux pattes, qu'il n'eût pas fait moins de bruit pendant sa visite.

Vers huit heures, après que Lotchè eut apporté la lampe antique à verre dépoli, le bourgmestre dit au conseiller :

— Nous n'avons pas d'autre affaire urgente à expédier, Niklausse ?

— Non, van Tricasse, aucune que je sache.

— Ne m'a-t-on pas dit cependant, demanda le bourgmestre, que la tour d'Audenarde menaçait ruine ?

— En effet, répondit le conseiller, et vraiment je ne serais pas étonné qu'un jour ou l'autre elle écrasât quelque passant.

— Oh ! reprit le bourgmestre, avant qu'un tel malheur arrive, j'espère bien que nous aurons pris une décision à l'endroit de cette tour.

— Je l'espère, van Tricasse.

— Il y a des questions plus pressantes à résoudre.

— Sans doute, répondit le conseiller, la question de la halle aux cuirs, par exemple.

— Est-ce qu'elle brûle toujours ? demanda le bourgmestre.

— Toujours, depuis trois semaines.

— N'avons-nous pas décidé en conseil de la laisser brûler ?

— Oui, van Tricasse, et cela sur votre proposition.

— N'était-ce pas le moyen le plus sûr et le plus simple d'avoir raison de cet incendie ?

— Sans contredit.

— Eh bien, attendons. C'est tout ?

— C'est tout, répondit le conseiller, qui se grattait le front comme pour s'assurer qu'il n'oubliait pas quelque affaire importante.

— Ah ! fit le bourgmestre, n'avez-vous pas entendu parler aussi d'une fuite d'eau qui menace d'inonder le bas quartier de Saint-Jacques ?

— En effet, répondit le conseiller. Il est même fâcheux que cette fuite d'eau ne se soit pas déclarée au-dessus de la halle aux cuirs. Elle eût naturellement combattu l'incendie, et cela nous aurait épargné bien des frais de discussion.

— Que voulez-vous, Niklausse ? répondit le digne bourgmestre, il n'y a rien d'illogique comme les accidents. Ils n'ont aucun lien entre eux, et l'on ne peut pas, comme on le voudrait, profiter de l'un pour atténuer l'autre.

Cette fine observation de van Tricasse exigea quelque temps pour être goûtée par son interlocuteur et ami.

— Eh ! mais, reprit quelques instants plus tard le conseiller Niklausse, nous ne parlons même pas de notre grande affaire !

— Quelle grande affaire ? Nous avons donc une grande affaire ? demanda le bourgmestre.

— Sans doute, l'éclairage de la ville.

— Ah ! oui, répondit le bourgmestre, l'éclairage du docteur Ox ?

— Précisément.

— Eh bien ?

— Cela marche, Niklausse, répondit le bourgmestre. On procède déjà à la pose des tuyaux, et l'usine est entièrement achevée.

— Peut-être nous sommes-nous un peu pressés dans cette affaire, dit le conseiller en hochant la tête.

— Peut-être, répondit le bourgmestre ; mais notre excuse,

c'est que le docteur Ox fait tous les frais de son expérience. Cela ne nous coûtera pas un denier.

— C'est, en effet, notre excuse. Puis, il faut bien marcher avec son siècle. Si l'expérience réussit, Quiquendone sera la première ville des Flandres éclairée au gaz oxy... Comment appelle-t-on ce gaz-là ?

— Le gaz oxyhydrique.

— Va donc pour le gaz oxyhydrique.

En ce moment, la porte s'ouvrit, et Lotchè vint annoncer au bourgmestre que son souper était prêt.

Le conseiller Niklausse se leva pour prendre congé de van Tricasse, que tant de décisions et d'affaires avaient mis en appétit. Puis il fut convenu que l'on assemblerait dans un délai assez éloigné le conseil des notables, afin de décider si l'on prendrait provisoirement une décision sur la question véritablement décisive de la tour d'Audenarde.

Les deux dignes administrateurs se dirigèrent alors vers la porte qui s'ouvrait sur la rue, l'un reconduisant l'autre. Le conseiller, arrivé au dernier palier, alluma une petite lanterne qui devait le guider dans les rues obscures de Quiquendone, que l'éclairage du docteur Ox n'illuminait pas encore. La nuit était noire, on était au mois d'octobre, et un léger brouillard embrumait la ville.

Les préparatifs de départ du conseiller Niklausse demandèrent un bon quart d'heure, car, après avoir allumé sa lanterne, il dut chausser ses gros socques articulés en peau de vache et ganter ses épaisses moufles en peau de mouton ; puis il releva le collet fourré de sa redingote, rabattit son feutre sur ses yeux, assura dans sa main son lourd parapluie à bec de corbin, et se disposa à sortir.

Au moment où Lotchè, qui éclairait son maître, allait retirer la barre de la porte, un bruit inattendu éclata au dehors.

Oui, dût la chose paraître invraisemblable, un bruit, un véritable bruit, tel que la ville n'en avait certainement pas entendu depuis la prise du donjon par les Espagnols en 1513, un effroyable bruit éveilla les échos si profondément endormis de la vieille maison van Tricasse. On heurtait cette porte, vierge jusqu'alors de tout attouchement brutal ! On frappait à coups redoublés avec un instrument contondant qui devait être un bâton noueux manié par une main robuste ! Aux coups se mêlaient des cris, un appel. On entendait distinctement ces mots :

— Monsieur van Tricasse ! monsieur le bourgmestre ! ouvrez, ouvrez vite !

Le bourgmestre et le conseiller, absolument ahuris, se regardaient sans mot dire. Ceci passait leur imagination. On eût tiré dans le parloir la vieille couleuvrine[1] du château, qui n'avait pas fonctionné depuis 1285, que les habitants de la maison van Tricasse n'auraient pas été plus « épatés ». Qu'on nous passe ce mot, qu'on excuse sa trivialité en faveur de sa justesse.

Cependant les coups, les cris, les appels redoublaient. Lotchè, reprenant son sang-froid, se hasarda à parler.

— Qui est là ? demanda-t-elle.

— C'est moi ! moi ! moi !

— Qui, vous ?

— Le commissaire Passauf !

Le commissaire Passauf ! Celui-là même dont il était question, depuis dix ans, de supprimer la charge ! Que se passait-il donc ? Les Bourguignons auraient-ils envahi Quiquendone comme au quatorzième siècle ? Il ne fallait rien moins qu'un événement de cette importance pour émotionner à ce point le commissaire Passauf, qui ne le cédait en rien pour le calme et le flegme au bourgmestre lui-même.

Sur un signe de van Tricasse — car le digne homme n'aurait pu articuler une parole — la barre fut repoussée, et la porte s'ouvrit.

Le commissaire Passauf se précipita dans l'antichambre. On eût dit un ouragan.

— Qu'y a-t-il, monsieur le commissaire ? demanda Lotchè, une brave fille qui ne perdait pas la tête dans les circonstances les plus graves.

— Ce qu'il y a ! répondit Passauf, dont les gros yeux ronds

1. *couleuvrine :* ancêtre du canon, composé d'une bouche à feu, très fine et très longue, montée sur roues, datant du XVe siècle. Il est donc impossible que la couleuvrine du château ait fonctionné en 1285 !

exprimaient une émotion réelle. Il y a que je viens de la maison du docteur Ox, où il y avait réception, et que là...

— Là ? fit le conseiller.

— Là, j'ai été témoin d'une altercation telle que... monsieur le bourgmestre, on a parlé politique !

— Politique ! répéta van Tricasse en hérissant sa perruque.

— Politique ! reprit le commissaire Passauf, ce qui ne s'était pas fait depuis cent ans peut-être à Quiquendone ! Alors la discussion s'est montée. L'avocat André Schut et le médecin Dominique Custos se sont pris à partie avec une violence qui les amènera peut-être sur le terrain...

— Sur le terrain ! s'écria le conseiller. Un duel ! Un duel à Quiquendone ! Et que se sont donc dit l'avocat Schut et le médecin Custos ?

— Ceci textuellement : « Monsieur l'avocat, a dit le médecin à son adversaire, vous allez un peu loin, ce semble, et vous ne songez pas suffisamment à mesurer vos paroles ! »

Le bourgmestre van Tricasse joignit les mains. Le conseiller pâlit et laissa choir sa lanterne. Le commissaire hocha la tête. Une phrase si évidemment provocatrice prononcée par deux notables du pays !

— Ce médecin Custos, murmura van Tricasse, est décidément un homme dangereux, une tête exaltée ! Venez, messieurs !

Et sur ce, le conseiller Niklausse et le commissaire rentrèrent dans le parloir avec le bourgmestre van Tricasse.

IV

Où le docteur Ox se révèle comme un physiologiste de premier ordre et un audacieux expérimentateur

Quel est donc ce personnage connu sous le nom bizarre de docteur Ox ?

Un original à coup sûr, mais en même temps un savant audacieux, un physiologiste dont les travaux sont connus et appréciés de toute l'Europe savante, un rival heureux des Davy, des Dalton, des Bostock, des Menzies, des Godwin, des Vierordt, de tous ces grands esprits qui ont mis la physiologie au premier rang des sciences modernes. [1]

Le docteur Ox était un homme demi-gros, de taille moyenne, âgé de... mais nous ne saurions préciser son âge, non plus que sa nationalité. D'ailleurs, peu importe. Il suffit qu'on sache bien que c'était vraiment un étrange personnage, au sang chaud et impétueux, véritable excentrique échappé d'un volume d'Hoffmann [2], et qui contrastait singulièrement, on n'en peut douter, avec les habitants de Quiquendone. Il avait en lui, en ses doctrines, une imperturbable confiance. Toujours souriant, marchant tête haute, épaules dégagées, aisément, librement, regard assuré, larges narines bien ouvertes, vaste bouche qui humait l'air par grandes aspirations, sa personne plaisait à voir. Il était vivant, bien vivant, lui, bien équilibré dans toutes les parties de sa machine, bien allant, avec du vif-argent dans les veines et un cent d'aiguilles sous les pieds. Aussi ne pouvait-il jamais rester en place, et s'échappait-il en paroles précipitées et en gestes surabondants.

Etait-il donc riche, ce docteur Ox, qui venait entreprendre à ses frais l'éclairage d'une ville tout entière ?

Probablement, puisqu'il se permettait de telles dépenses, et c'est la seule réponse que nous puissions faire à cette demande indiscrète.

Le docteur Ox était arrivé depuis cinq mois à Quiquendone, en compagnie de son préparateur, qui répondait au nom bizarre de Gédéon Ygène, un grand sec, maigre, tout en hauteur, mais non moins vivant que son maître.

1. Sir Humphry Davy (1778-1829) découvrit l'arc électrique et les propriétés catalytiques du platine ; John Dalton (1766-1844) est plus proche du docteur Ox : créateur de la théorie atomique, il a notamment énoncé la loi du mélange des gaz en physique ; je n'ai pas trouvé trace des quatre autres noms.

2. Il s'agit bien sûr d'E.T.A. Hoffmann dont on a déjà vu, avec *Maître Zacharius,* l'influence sur Jules Verne.

Et maintenant, pourquoi le docteur Ox avait-il soumissionné, et à ses frais, l'éclairage de la ville ? Pourquoi avait-il précisément choisi les paisibles Quiquendoniens, ces Flamands entre tous les Flamands, et voulait-il doter leur cité des bienfaits d'un éclairage hors ligne ? Sous ce prétexte, ne voulait-il pas essayer quelque grande expérience physiologique, en opérant *in animâ vili ?* Enfin qu'allait tenter cet original ? C'est ce que nous ne savons pas, le docteur Ox n'ayant pas d'autre confident que son préparateur Ygène, qui d'ailleurs lui obéissait aveuglément.

En apparence, tout au moins, le docteur Ox s'était engagé à éclairer la ville, qui en avait besoin, « la nuit surtout », disait le commissaire Passauf. Aussi, une usine pour la production d'un gaz éclairant avait-elle été installée. Les gazomètres étaient prêts à fonctionner, et les tuyaux de conduite, circulant sous le pavé des rues, devaient avant peu s'épanouir sous forme de becs dans les édifices publics et même dans les maisons particulières de certains amis du progrès.

En sa qualité de bourgmestre, van Tricasse, et en sa qualité de conseiller, Niklausse, puis quelques autres notables, avaient cru devoir autoriser dans leurs habitations l'introduction de ce moderne éclairage.

Si le lecteur ne l'a pas oublié, pendant cette longue conversation du conseiller et du bourgmestre, il fut dit que l'éclairage de la ville serait obtenu, non point par la combustion du vulgaire hydrogène carburé que fournit la distillation de la houille, mais bien par l'emploi du gaz plus moderne et vingt fois plus brillant, le gaz oxyhydrique, que produisent l'hydrogène et l'oxygène mélangés.

Or le docteur, habile chimiste et grand physicien, savait obtenir ce gaz en grande masse et à bon compte, non point en employant le manganate de soude, suivant les procédés de M. Tessié du Motay, mais tout simplement en décomposant l'eau, légèrement acidulée au moyen d'une pile faite d'éléments nouveaux et inventée par lui. Ainsi, point de substances coûteuses, point de platine, point de cornues, point de combustible, pas d'appareil délicat pour produire isolément les deux gaz. Un courant électrique traversait de vastes cuves pleines d'eau, et l'élément liquide se décomposait en ses deux parties constitutives, l'oxygène et l'hydrogène. L'oxygène s'en allait d'un côté ; l'hydrogène, en volume double de son ancien associé, s'en allait d'un autre. Tous deux étaient recueillis dans des réservoirs séparés — précaution essentielle, car leur mélange eût produit une épouvantable explosion, s'il se fût enflammé. Puis des tuyaux devaient les conduire séparément aux divers becs, qui seraient disposés de manière à prévenir toute explosion. Il se produirait alors une flamme remarquablement brillante, flamme dont l'éclat rivalise avec celui de la lumière électrique, qui — chacun le sait de reste — est, d'après les expériences de Casselmann, égale à celle de onze cent soixante et onze bougies, pas une de plus, pas une de moins.

Il était certain que la cité de Quiquendone gagnerait à cette généreuse combinaison, un éclairage splendide. Mais c'était là ce dont le docteur Ox et son préparateur se préoccupaient le moins, ainsi qu'on le verra par la suite.

Précisément, le lendemain du jour où le commissaire Passauf avait fait cette bruyante apparition dans le parloir du bourgmestre, Gédéon Ygène et le docteur Ox causaient tous les deux dans le cabinet de travail qui leur était commun, au rez-de-chaussée du principal bâtiment de l'usine.

— Eh bien, Ygène, eh bien ! s'écriait le docteur Ox en se frottant les mains. Vous les avez vus, hier, à notre réception, ces bons Quiquendoniens à sang froid qui tiennent, pour la vivacité des passions, le milieu entre les éponges et les excroissances coralligènes ! Vous les avez vus, se disputant, se provoquant de la voix et du geste ! Déjà métamorphosés moralement et physiquement ! Et cela ne fait que commencer ! Attendez-les quand nous les traiterons à haute dose !

— En effet, maître, répondit Gédéon Ygène, en grattant son nez pointu du bout de l'index. L'expérience débute bien, et si moi-même je n'avais pas prudemment fermé le robinet d'écoulement, je ne sais pas ce qui serait arrivé.

— Vous avez entendu cet avocat Schut et ce médecin Custos ? reprit le docteur Ox. La phrase en elle-même n'était point méchante, mais dans la bouche d'un Quiquendonien elle vaut toute la série des injures que les héros d'Homère se jettent à la tête avant de dégaîner. Ah ! ces Flamands ! vous verrez ce que nous en ferons un jour.

— Nous en ferons des ingrats, répondit Gédéon Ygène du ton d'un homme qui estime l'espèce humaine à sa juste valeur.

— Bath ! fit le docteur, peu importe qu'ils nous en sachent gré ou non, si notre expérience réussit !

— Mais, ajouta le préparateur en souriant d'un air malin, n'est-il pas à craindre qu'en produisant une telle excitation dans leur appareil respiratoire nous ne désorganisions un peu leurs poumons, à ces honnêtes habitants de Quiquendone ?

— Tant pis pour eux ! répondit le docteur Ox. C'est dans l'intérêt de la science ! Que diriez-vous si les chiens ou les grenouilles se refusaient aux expériences de vivisection ?

Il est probable que, si l'on consultait les grenouilles et les chiens, ces animaux feraient quelques objections aux pratiques des vivisecteurs ; mais le docteur Ox croyait avoir trouvé là un argument irréfutable, car il poussa un vaste soupir de satisfaction.

— Après tout, maître, vous avez raison, répondit Gédéon Ygène d'un air convaincu. Nous ne pouvions trouver mieux que ces habitants de Quiquendone.

— Nous ne le pouvions pas, dit le docteur en articulant chaque syllabe.

— Vous leur avez tâté le pouls à ces êtres-là ?

— Cent fois.

— Et quelle est la moyenne des pulsations observées ?

— Pas cinquante par minute. Comprenez donc : une ville où depuis un siècle il n'y a pas eu l'ombre de discussion, où les charretiers ne jurent pas, où les cochers ne s'injurient pas, où les chevaux ne s'emportent pas, où les chiens ne mordent pas, où les chats ne griffent pas ! une ville dont le tribunal de simple police chôme d'un bout de l'année à l'autre ! une ville où l'on ne se passionne pour rien, ni pour les arts, ni pour les affaires ! une ville où les gendarmes sont à l'état de mythes, et dans laquelle pas un procès-verbal n'a été dressé en cent années ! une ville enfin où, depuis trois cents ans, il ne s'est pas donné un coup de poing ni échangé une gifle ! Vous comprenez bien, maître Ygène, que cela ne peut pas durer et que nous modifierons tout cela.

— Parfait ! parfait ! répliqua le préparateur enthousiasmé. Et l'air de cette ville, maître, vous l'avez analysé ?

— Je n'y ai point manqué. Soixante-dix-neuf parties d'azote et vingt-neuf parties d'oxygène, de l'acide carbonique et de la vapeur d'eau en quantité variable. Ce sont les proportions ordinaires.

— Bien, docteur, bien, répondit maître Ygène. L'expérience se fera en grand et elle sera décisive.

— Et si elle est décisive, ajouta le docteur Ox d'un air triomphant, nous réformerons le monde !

V

Où le bourgmestre et le conseil vont faire une visite au docteur Ox, et ce qui s'ensuit

Le conseiller Niklausse et le bourgmestre van Tricasse surent enfin ce que c'était qu'une nuit agitée. Le grave événement qui s'était accompli dans la maison du docteur Ox leur causa une véritable insomnie. Quelles conséquences aurait cette affaire ? Ils ne pouvaient l'imaginer. Y aurait-il une décision à prendre ? L'autorité municipale, représentée par eux, serait-elle forcée d'intervenir ? Edicterait-on des arrêtés pour qu'un pareil scandale ne se renouvelât pas ? Tous ces doutes ne pouvaient que troubler ces molles natures. Aussi, la veille avant de se séparer, les deux notables avaient-ils « décidé » de se revoir le lendemain.

Le lendemain donc, avant dîner, le bourgmestre van Tricasse se transporta de sa personne chez le conseiller Niklausse. Il trouva son ami plus calme. Lui-même avait repris son assiette.

— Rien de nouveau ? demanda van Tricasse.

— Rien de nouveau depuis hier, répondit Niklausse.

— Et le médecin Dominique Custos ?

— Je n'en ai pas plus entendu parler que de l'avocat André Schut.

Après une heure de conversation qui tiendrait en trois lignes et qu'il est inutile de rapporter, le conseiller et le bourgmestre avaient résolu de rendre visite au docteur Ox, afin de tirer de lui quelques éclaircissements sans en avoir l'air.

Contrairement à toutes leurs habitudes, cette décision étant prise, les deux notables se mirent en devoir de l'exécuter incontinent. Ils quittèrent la maison et se dirigèrent vers l'usine du docteur Ox, située en dehors de la ville, près de la porte d'Audenarde, précisément celle dont la tour menaçait ruine.

Le bourgmestre et le conseiller ne se donnaient pas le bras, mais ils marchaient, *passibus aequis,* d'un pas lent et solennel, qui ne les avançait guère que de treize pouces par seconde. C'était, d'ailleurs, l'allure ordinaire de leurs administrés, qui, de mémoire d'homme, n'avaient jamais vu personne courir à travers les rues de Quiquendone.

De temps à autre, à un carrefour calme et tranquille, au coin d'une rue paisible, les deux notables s'arrêtaient pour saluer les gens.

— Bonjour, monsieur le bourgmestre, disait l'un.

— Bonjour, mon ami, répondait van Tricasse.

— Rien de nouveau, monsieur le conseiller ? demandait l'autre.

— Rien de nouveau, répondait Niklausse.

Mais à certains airs étonnés, à certains regards interrogateurs, on pouvait deviner que l'altercation de la veille était connue dans la ville. Rien qu'à la direction suivie par van Tricasse, le plus obtus des Quiquendoniens eût deviné que le bourgmestre allait accomplir quelque grave démarche. L'affaire Custos et Schut occupait toutes les imaginations, mais on n'en était pas encore à prendre parti pour l'un ou pour l'autre. Cet avocat et ce médecin, étaient, en somme, deux personnages estimés. L'avocat Schut, n'ayant jamais eu l'occasion de plaider dans une ville où les avoués et les huissiers n'existaient que pour mémoire, n'avait, par conséquent, jamais perdu de procès. Quant au médecin Custos, c'était un honorable praticien, qui, à l'exemple de ses confrères, guérissait de toutes les maladies, excepté de celle dont on mourait : fâcheuse habitude prise, malheureusement, par tous les membres de la Faculté, en quelque pays qu'ils exercent.

En arrivant à la porte d'Audenarde, le conseiller et le bourgmestre firent prudemment un petit crochet pour ne point passer dans « le rayon de chute » de la tour, puis ils la considérèrent avec attention.

— Je crois qu'elle tombera, dit van Tricasse.

— Je le crois aussi, répondit Niklausse.

— A moins qu'on ne l'étaye, ajouta van Tricasse. Mais faut-il l'étayer ? Là est la question.

— C'est en effet la question, répondit Niklausse.

Quelques instants après, ils se présentaient à la porte de l'usine.

— Le docteur Ox est-il visible ? demandèrent-ils.

Le docteur Ox était toujours visible pour les premières autorités de la ville, et celles-ci furent aussitôt introduites dans le cabinet du célèbre physiologiste.

Peut-être les deux notables attendirent-ils une grande heure avant que le docteur parût. Du moins on est fondé à le croire, car le bourgmestre — ce qui ne lui était jamais arrivé de sa vie — montra une certaine impatience, dont son compagnon ne fut pas exempt non plus.

Le docteur Ox entra enfin et s'excusa tout d'abord d'avoir fait attendre ces messieurs ; mais un plan de gazomètre à approuver, un branchement à rectifier... D'ailleurs, tout marchait. Les tuyaux destinés à l'oxygène étaient déjà posés. Avant quelques mois, la ville serait dotée d'un splendide éclairage. Les deux notables pouvaient déjà voir les orifices des tuyaux qui s'épanouissaient dans le cabinet du docteur.

Puis le docteur s'informa du motif qui lui procurait l'honneur de recevoir chez lui le bourgmestre et le conseiller.

— Mais vous voir, docteur, vous voir, répondit van Tricasse. Il y a longtemps que nous n'avions eu ce plaisir. Nous sortons peu, dans notre bonne ville de Quiquendone. Nous comptons nos pas et nos démarches. Heureux quand rien ne vient rompre l'uniformité...

Niklausse regardait son ami. Son ami n'en avait jamais dit si long — du moins sans prendre des temps, et sans espacer ses phrases par de larges pauses. Il lui semblait que van Tricasse s'exprimait avec une certaine volubilité qui ne lui était pas ordinaire. Niklausse lui-même sentait aussi comme une irrésistible démangeaison de parler.

Quant au docteur Ox, il regardait attentivement le bourgmestre de son œil malin.

Van Tricasse, qui ne discutait jamais qu'après s'être confortablement installé dans un bon fauteuil, s'était levé cette fois. Je ne sais quelle surexcitation nerveuse, tout à fait contraire à son tempérament, l'avait pris alors. Il ne gesticulait pas encore, mais cela ne pouvait tarder. Quant au conseiller, il se frottait les mollets et respirait à lentes et grandes gorgées. Son regard s'animait peu à peu, et il était « décidé » à soutenir quand même, s'il en était besoin, son féal et ami le bourgmestre.

Van Tricasse s'était levé, il avait fait quelques pas, puis il était revenu se placer en face du docteur.

— Et dans combien de mois, demanda-t-il d'un ton légèrement accentué, dans combien de mois dites-vous que vos travaux seront terminés ?

— Dans trois ou quatre mois, monsieur le bourgmestre, répondit le docteur Ox.

— Trois ou quatre mois, c'est bien long ! dit van Tricasse.

— Beaucoup trop long ! ajouta Niklausse, qui, ne pouvant plus tenir en place, s'était levé aussi.

— Il faut ce laps de temps pour achever notre opération, répondit le docteur. Les ouvriers, que nous avons dû choisir dans la population de Quiquendone, ne sont pas très-expéditifs.

— Comment ! ils ne sont pas expéditifs ! s'écria le bourgmestre, qui sembla prendre ce mot comme une offense personnelle.

— Non, monsieur le bourgmestre, répondit le docteur Ox en insistant. Un ouvrier français ferait en une journée le travail de dix de vos administrés. Vous le savez, ce sont de purs Flamands...

— Flamands ! s'écria le conseiller Niklausse, dont les poings se crispaient. Quel sens, monsieur, entendez-vous donner à ce mot ?

— Mais... le sens aimable que tout le monde lui donne, répondit en souriant le docteur.

— Ah çà, monsieur, dit le bourgmestre en arpentant le cabinet d'une extrémité à l'autre, je n'aime pas ces insinuations. Les ouvriers de Quiquendone valent les ouvriers de toute autre ville du monde, savez-vous ? et ce n'est ni à Paris ni à Londres que nous irons chercher des modèles ! Quant aux travaux qui vous concernent, je vous prierai d'en accélérer l'exécution. Nos rues sont dépavées pour la pose de vos tuyaux de conduite, et c'est une entrave à la circulation. Le commerce finira par se plaindre, et moi, administrateur responsable, je n'entends pas encourir des reproches trop légitimes !

Brave bourgmestre ! Il avait parlé de commerce, de circulation, et ces mots, auxquels il n'était pas habitué, ne lui écorchaient pas les lèvres ! Mais que se passait-il donc en lui ?

— D'ailleurs, ajouta Niklausse, la ville ne peut être plus longtemps privée d'éclairage.

— Cependant, dit le docteur, une ville qui attend depuis huit ou neuf cents ans...

— Raison de plus, monsieur, répondit le bourgmestre en accentuant ses syllabes. Autres temps, autres mœurs. Le progrès marche, et nous ne voulons pas rester en arrière ! Avant un mois, nous entendons que nos rues soient éclairées, ou bien vous payerez une indemnité considérable par jour de retard. Et qu'arriverait-il si, dans les ténèbres, quelque rixe se produisait ?

— Sans doute, s'écria Niklausse, il ne faut qu'une étincelle pour enflammer un Flamand. Flamand, flamme !

— Et à ce propos, dit le bourgmestre en coupant la parole à son ami, il nous a été rapporté par le chef de la police municipale, le commissaire Passauf, qu'une discussion avait eu lieu hier soir dans vos salons, monsieur le docteur. S'est-on trompé en affirmant qu'il s'agissait d'une discussion politique ?

— En effet, monsieur le bourgmestre, répondit le docteur Ox, qui ne réprimait pas sans peine un soupir de satisfaction.

— Et une altercation n'a-t-elle pas eu lieu entre le médecin Dominique Custos et l'avocat André Schut ?

— Oui, monsieur le conseiller, mais les expressions qui ont été échangées n'avaient rien de grave.

— Rien de grave ! s'écria le bourgmestre, rien de grave quand un homme dit à un autre qu'il ne mesure pas la portée des ses paroles ! Mais de quel limon êtes-vous donc pétri, monsieur ? Ne savez-vous pas que dans Quiquendone il n'en faut pas davantage pour amener des conséquences extrêmement regrettables ? Mais, monsieur, si vous ou tout autre se permettait de me parler ainsi...

— Et à moi ! ajouta le conseiller Niklausse.

En prononçant ces paroles d'un ton menaçant, les deux notables, bras croisés, cheveux hérissés, regardaient en face le docteur Ox, prêts à lui faire un mauvais parti, si un geste, moins qu'un geste, un coup d'œil, eût pu faire supposer en lui une intention contrariante.

Mais le docteur ne sourcilla pas.

— En tout cas, monsieur, reprit le bourgmestre, j'entends vous rendre responsable de ce qui se passe dans votre maison. Je suis garant de la tranquillité de cette ville, et je ne veux pas qu'elle soit troublée. Les événements qui se sont accomplis hier ne se renouvelleront pas, ou je ferai mon devoir, monsieur. Avez-vous entendu ? Mais répondez donc, monsieur !

En parlant ainsi, le bourgmestre, sous l'empire d'une surexcitation extraordinaire, élevait la voix au diapason de la colère. Il était furieux, ce digne van Tricasse, et certainement on dut l'entendre du dehors. Enfin, hors de lui, voyant que le docteur ne répondait pas à ses provocations :

— Venez, Niklausse, dit-il.

Et, fermant la porte avec une violence qui ébranla la maison, le bourgmestre entraîna le conseiller à sa suite.

Peu à peu, quand ils eurent fait une vingtaine de pas dans la campagne, les dignes notables se calmèrent. Leur marche se ralentit, leur allure se modifia. L'illumination de leur face s'éteignit. De rouges ils redevinrent roses.

Et un quart d'heure après avoir quitté l'usine, van Tricasse disait doucement au conseiller Niklausse :

— Un aimable homme que ce docteur Ox ! Je le verrai toujours avec le plus grand plaisir.

VI

Où Frantz Niklausse et Suzel van Tricasse forment quelques projets d'avenir

Nos lecteurs savent que le bourgmestre avait une fille, Mlle Suzel. Mais, si perspicaces qu'ils soient, ils n'ont pu deviner que le conseiller Niklausse avait un fils, M. Frantz. Et, l'eussent-ils deviné, rien ne pouvait leur permettre d'imaginer que Frantz fût le fiancé de Suzel. Nous ajouterons que ces deux jeunes gens étaient faits l'un pour l'autre, et qu'ils s'aimaient comme on s'aime à Quiquendone.

Il ne faut pas croire que les jeunes cœurs ne battaient pas dans cette cité exceptionnelle. Seulement ils battaient avec une certaine lenteur. On s'y mariait comme dans toutes les autres villes du monde, mais on y mettait le temps. Les futurs, avant de s'engager dans ces liens terribles, voulaient s'étudier, et les études duraient au moins dix ans, comme au collège. Il était rare qu'on fût « reçu » avant ce temps.

Oui, dix ans ! dix ans on se faisait la cour ! Est-ce trop, vraiment, quand il s'agit de se lier pour la vie ? On étudie dix ans pour être ingénieur ou médecin, avocat ou conseiller de préfecture, et on voudrait en moins de temps acquérir les connaissances nécessaires pour faire un mari ? C'est inadmissible, et, affaire de tempérament ou de raison, les Quiquendoniens nous paraissent être dans le vrai en prolongeant ainsi leurs études. Quand on voit, dans les autres villes, libres et ardentes, des mariages s'accomplir en quelques mois, il faut hausser les épaules et se hâter d'envoyer ses garçons au collège et ses filles au pensionnat de Quiquendone.

On ne citait depuis un demi-siècle qu'un seul mariage qui eût été fait en deux ans, et encore il avait mal tourné ! [1]

1. Bien que tout ce discours sur le mariage soit formulé sur le ton de l'ironie, il n'est pas impossible que Verne, très critique envers l'institution matrimoniale, ait pensé tout ce qui précède au premier degré. A noter que

Frantz Niklausse aimait donc Suzel van Tricasse, mais paisiblement, comme on aime quand on a dix ans devant soi pour acquérir l'objet aimé. Toutes les semaines, une seule fois et à une heure convenue, Frantz venait chercher Suzel, et il l'emmenait sur les bords du Vaar. Il avait soin d'emporter sa ligne à pêcher, et Suzel n'avait garde d'oublier son canevas à tapisserie, sur lequel ses jolis doigts mariaient les fleurs les plus invraisemblables.

Il convient de dire ici que Frantz était un jeune homme de vingt-deux ans, qu'un léger duvet de pêche apparaissait sur ses joues, et enfin que sa voix venait à peine de descendre d'une octave à une autre.

Quant à Suzel, elle était blonde et rose. Elle avait dix-sept ans et ne détestait point de pêcher à la ligne. Singulière occupation que celle-là, pourtant, et qui vous oblige à lutter d'astuce avec un barbillon. Mais Frantz aimait cela. Ce passe-temps allait à son tempérament. Patient autant qu'on peut l'être, se plaisant à suivre d'un œil un peu rêveur le bouchon de liège qui tremblait au fil de l'eau, il savait attendre, et, quand après une séance de six heures, un modeste barbillon, ayant pitié de lui, consentait enfin à se laisser prendre, il était heureux, mais il savait contenir son émotion.

Ce jour-là, les deux futurs, on pourrait dire les deux fiancés, étaient assis sur la berge verdoyante. Le limpide Vaar murmurait à quelques pieds au-dessous d'eux. Suzel poussait nonchalamment son aiguille à travers le canevas. Frantz ramenait automatiquement sa ligne de gauche à droite, puis il la laissait redescendre le courant de droite à gauche. Les barbillons faisaient dans l'eau des ronds capricieux qui s'entre-croisaient autour du bouchon, tandis que l'hameçon se promenait à vide dans les couches plus basses.

De temps à autre :

— Je crois que ça mord, Suzel, disait Frantz, sans aucunement lever les yeux sur la jeune fille.

dans la version Hetzel, le mariage effectué en deux ans n'avait que « failli mal tourner ».

— Le croyez-vous, Frantz ? répondait Suzel, qui, abandonnant un instant son ouvrage, suivait d'un œil ému la ligne de son fiancé.

— Mais non, reprenait Frantz. J'avais cru sentir un petit mouvement. Je me suis trompé.

— Ça mordra, Frantz, répondait Suzel de sa voix douce et pure. Mais n'oubliez pas de « ferrer » à temps. Vous êtes toujours en retard de quelques secondes, et le barbillon en profite pour s'échapper.

— Voulez-vous prendre ma ligne, Suzel ?

— Volontiers, Frantz.

— Alors donnez-moi votre canevas. Nous verrons si je serai plus adroit à l'aiguille qu'à l'hameçon.

Et la jeune fille prenait la ligne d'une main tremblante, et le jeune homme faisait courir l'aiguille à travers les mailles de la tapisserie. Et pendant des heures ils échangeaient ainsi de douces paroles, et leurs cœurs palpitaient lorsque le liège frémissait sur l'eau. Ah ! puissent-ils ne jamais oublier ces heures charmantes, pendant lesquelles, assis l'un près de l'autre, ils écoutaient le murmure de la rivière !

Ce jour-là, le soleil était déjà très-abaissé sur l'horizon, et, malgré les talents combinés de Suzel et de Frantz, « ça n'avait pas mordu ». Les barbillons ne s'étaient point montrés compatissants, et ils riaient des deux jeunes gens, qui ne leur en voulaient pas, cependant.

— Nous serons plus heureux une autre fois, Frantz, dit Suzel, quand le jeune pêcheur repiqua son hameçon toujours vierge à sa planchette de sapin.

— Il faut l'espérer, Suzel, répondit Frantz.

Puis, tous deux, marchant l'un près de l'autre, reprirent le chemin de la maison, sans échanger une parole, aussi muets que leurs ombres, qui s'allongeaient devant eux. Suzel se voyait grande, grande, sous les rayons obliques du soleil couchant. Frantz paraissait maigre, maigre, comme la longue ligne qu'il tenait à la main.

On arriva à la maison du bourgmestre. De vertes touffes d'herbe encadraient les pavés luisants, et on se fût bien gardé de les arracher, car elles capitonnaient la rue et assourdissaient le bruit des pas.

Au moment où la porte allait s'ouvrir, Frantz crut devoir dire à sa fiancée :

— Vous savez, Suzel, le grand jour approche.

— Il approche, en effet, Frantz ! répondit la jeune fille en abaissant ses longues paupières.

— Oui, dit Frantz, dans cinq ou six ans...

— Au revoir, Frantz, dit Suzel.

— Au revoir, Suzel, répondit Frantz.

Et, après que la porte se fut refermée, le jeune homme reprit d'un pas égal et tranquille le chemin de la maison du conseiller Niklausse.

VII

Où les *andante* deviennent des *allegro*, et les *allegro* des *vivace*

L'émotion causée par l'incident de l'avocat Schut et du médecin Custos s'était apaisée. L'affaire n'avait pas eu de suite. On pouvait donc espérer que Quiquendone rentrerait dans son apathie habituelle, qu'un événement inexplicable avait momentanément troublée.

Cependant, le tuyautage destiné à conduire le gaz oxyhydrique dans les principaux édifices de la ville, s'opérait rapidement[1]. Les conduites et les branchements se glissaient peu à peu sous le pavé de Quiquendone. Mais les becs manquaient

1. Dans son « Catalogue des œuvres de Jules Verne », Volker Dehs cite, parmi les sources du *Docteur Ox,* l'article « Eclairage au gaz oxhydrogène », de J. Rambosson, paru dans le *Musée des Familles* en 1868, et l'article « L'éclairage oxhydrique » d'Amédée Guillemin, paru dans *L'Avenir national,* en 1869. Amédée Guillemin sert d'ailleurs fréquemment de source scientifique à Jules Verne.

encore, car leur exécution étant très-délicate, il avait fallu les faire fabriquer à l'étranger. Le docteur Ox se multipliait ; son préparateur Ygène et lui ne perdaient pas un instant, pressant les ouvriers, parachevant les délicats organes du gazomètre, alimentant jour et nuit les gigantesques piles qui décomposaient l'eau sous l'influence d'un puissant courant électrique. Oui ! le docteur fabriquait déjà son gaz, bien que la canalisation ne fût pas encore terminée ; ce qui, entre nous, aurait dû paraître assez singulier. Mais avant peu — du moins on était fondé à l'espérer — avant peu, au théâtre de la ville, le docteur Ox inaugurerait les splendeurs de son nouvel éclairage.

Car Quiquendone possédait un théâtre, bel édifice, ma foi, dont la disposition intérieure et extérieure rappelait tous les styles. Il était à la fois byzantin, roman, gothique, renaissance, avec des portes en plein cintre, des fenêtres ogivales, des rosaces flamboyantes, des clochetons fantaisistes, en un mot, un spécimen de tous les genres, moitié Parthénon, moitié grand café parisien, ce qui ne saurait étonner, puisque, commencé sous le bourgmestre Ludwig van Tricasse, en 1175, il ne fut achevé qu'en 1837, sous le bourgmestre Natalis van Tricasse. On avait mis sept cents ans à le construire, et il s'était successivement conformé à la mode architecturale de toutes les époques. N'importe ! c'était un bel édifice, dont les piliers romans et les voûtes byzantines ne jureraient pas trop avec l'éclairage au gaz oxyhydrique.

On jouait un peu de tout au théâtre de Quiquendone : la comédie, l'opéra, le ballet, l'opéra-comique, le vaudeville, et même l'opérette Hervé-Offenbach. Oui, ces deux grands maîtres, l'honneur de la seconde moitié du dix-neuvième siècle, avaient franchi les murailles de Quiquendone. Mais il faut dire que, ni cet Allemand ni ce Français n'eussent reconnu *l'Œil crevé* ou *la Belle Hélène,* tant les *mouvements* en étaient changés.[1]

1. Tout ce passage savoureux sur les deux compositeurs Hervé et Offenbach disparaît dans la version Hetzel. Hervé (de son vrai nom Florimond Roger, 1825-1892) s'occupait surtout d'opérettes : on lui doit notamment la fameuse *Mam'zelle Nitouche.* Dans son article déjà cité en notice, Olivier Dumas rapporte une remarque de Robert Pourvoyeur, sur le fait que dans ce

En effet, comme rien ne se faisait vite à Quiquendone, les œuvres dramatiques avaient dû s'approprier au tempérament des Quiquendoniens. Bien que les portes du théâtre s'ouvrissent habituellement à quatre heures et se fermassent à dix, il était sans exemple que, pendant ces six heures, on eût joué plus de deux actes. *Robert le Diable, les Huguenots, Guillaume Tell* occupaient ordinairement trois soirées, tant l'exécution de ces chefs-d'œuvre était lente. Les *vivace,* au théâtre de Quiquendone, flânaient comme de véritables *adagio.* Les *allegro* [1] se traînaient longuement, longuement. Les quadruples croches ne valaient pas des rondes ordinaires en tout autre pays. Les roulades les plus rapides, exécutées au goût des Quiquendoniens, avaient les lourdes allures d'un hymne de plain-chant. Les trilles nonchalants s'alanguissaient, se compassaient, afin de ne pas blesser les oreilles des dilettanti. Pour tout dire, par un exemple, l'air rapide de Figaro, à son entrée au premier acte du *Barbier de Séville,* se battait au numéro 33 du métronome et durait cinquante-huit minutes — quand l'acteur était un brûleur de planches.

On le pense bien, les artistes venus du dehors avaient dû se conformer à cette mode ; mais, comme on les payait bien, ils ne se plaignaient pas, et ils obéissaient fidèlement à l'archet du chef d'orchestre, qui, dans les *allegro,* ne battait jamais plus de huit mesures à la minute.

Mais aussi, quels applaudissements accueillaient ces artistes, qui enchantaient, sans jamais les fatiguer, les spectateurs de Quiquendone ! Toutes les mains frappaient l'une dans l'autre à des intervalles assez éloignés, ce que les comptes rendus des journaux traduisaient par *applaudissements frénétiques ;* et plus d'une fois, si la salle ne croula pas sous les bravos, c'est que, au douzième siècle, on n'épargnait dans les fondations ni le ciment ni la pierre.

paragraphe, Verne (inconsciemment ou ironiquement) intervertit à la fois la nationalité et l'attribution des œuvres des deux compositeurs.

1. Il s'agit là de trois indications portées sur les partitions musicales : alors que les *vivace* incitent à jouer rapidement, les *adagio* signalent qu'il faut aller lentement. Les *allegro,* qui se traînent si longuement à Quiquendone, devraient au contraire être vivement et gaiement enlevés.

D'ailleurs, pour ne point exalter ces enthousiastes natures de Flamands, le théâtre ne jouait qu'une fois par semaine, ce qui permettait aux acteurs de creuser plus profondément leurs rôles, et aux spectateurs de digérer plus longuement les beautés des chefs-d'œuvre de l'art dramatique.

Or, depuis longtemps les choses marchaient ainsi. Les artistes étrangers avaient l'habitude de contracter un engagement avec le directeur de Quiquendone, lorsqu'ils voulaient se reposer de leurs fatigues sur d'autres scènes, et il ne semblait pas que rien dût modifier ces coutumes invétérées, quand quinze jours après l'affaire Schut-Custos un incident inattendu vint jeter à nouveau le trouble dans les populations.

C'était un samedi, jour d'opéra. Il ne s'agissait pas encore, comme on pourrait le croire, d'inaugurer le nouvel éclairage. Non ; les tuyaux aboutissaient bien dans la salle, mais, pour le motif indiqué plus haut, les becs n'avaient pas encore été posés, et les bougies du lustre projetaient toujours leur douce clarté sur les nombreux spectateurs qui encombraient le théâtre. On avait ouvert les portes au public à une heure après-midi, et à quatre heures la salle était à moitié pleine. Il y avait eu un moment une queue qui se développait jusqu'à l'extrémité de la place Saint-Ernuph, devant la boutique du pharmacien Josse Liefrinck. Cet empressement faisait pressentir une belle représentation.

— Vous irez ce soir au théâtre ? avait dit le matin même le conseiller au bourgmestre.

— Je n'y manquerai pas, avait répondu van Tricasse, et j'y conduirai Mme van Tricasse, ainsi que notre fille Suzel et notre chère Tatanémance, qui raffolent de la belle musique.

— Mlle Suzel viendra ? demanda le conseiller.

— Sans doute, Niklausse.

— Alors mon fils Frantz sera un des premiers à faire queue, répondit Niklausse.

— Un garçon ardent, Niklausse, répondit doctoralement le bourgmestre, une tête chaude ! Il faut surveiller ce jeune homme.

— Il aime, van Tricasse, il aime votre charmante Suzel.

— Eh bien, Niklausse, il l'épousera. Du moment que nous

sommes convenus de faire ce mariage, que peut-il demander de plus ?

— Il ne demande rien, van Tricasse, il ne demande rien, ce cher enfant ! Mais enfin — et je ne veux pas en dire davantage, — il ne sera pas le dernier à prendre son billet au bureau !

— Ah ! vive et ardente jeunesse ! répliqua le bourgmestre, souriant à son passé. Nous avons été ainsi, mon digne conseiller ! Nous avons aimé, nous aussi ! Nous avons fait queue en notre temps ! A ce soir donc, à ce soir. A propos, savez-vous que c'est un grand artiste, ce Fioravanti ! Aussi, quel accueil on lui a fait dans nos murs ! Il n'oubliera pas de longtemps les applaudissements de Quiquendone !

Il s'agissait, en effet, du célèbre ténor Fioravanti, qui, par son talent de virtuose, sa méthode parfaite, sa voix sympathique, provoquait chez les amateurs de la ville un véritable enthousiasme.

Depuis trois semaines, Fioravanti avait obtenu des succès immenses dans *les Huguenots.* Le premier acte, interprété au goût des Quiquendoniens, avait rempli une soirée tout entière de la première semaine du mois. Une autre soirée de la seconde semaine, allongée par des *andante* infinis, avait valu au célèbre chanteur une véritable ovation. Le succès s'était encore accru avec le troisième acte du chef-d'œuvre de Meyerbeer[1]. Mais c'est au quatrième acte qu'on attendait Fioravanti, et ce quatrième acte, c'est ce soir-là même qu'il allait être joué devant un public impatient. Ah ! ce duo de Raoul et de Valentine, cet hymne d'amour à deux voix, largement soupiré, cette strette où se multipliaient les *crescendo*[2], les *strigendo,* les *pressez un peu,* les *piu crescendo,* tout cela chanté lentement, compendieusement, interminablement ! Ah ! quel charme !

Aussi, à quatre heures, la salle était pleine. Les loges, l'orchestre, le parterre regorgeaient. Aux avant-scènes s'étalaient le

1. Jacob Beer (1791-1864), compositeur allemand né à Berlin, s'italianisa en partie en se faisant appeler Giacomo Meyerbeer. Mais il vécut surtout à Paris. Il a composé *les Huguenots* en 1831.

2. Indication sur la partition musicale demandant de monter progressivement le ton.

bourgmestre van Tricasse, Mlle van Tricasse, Mme van Tricasse et l'aimable Tatanémance en bonnet vert-pomme ; puis, non loin, le conseiller Niklausse et sa famille, sans oublier l'amoureux Frantz. On voyait aussi les familles du médecin Custos, de l'avocat Schut, d'Honoré Syntax, le grand juge, et Soutman (Norbert), le directeur de la compagnie d'assurance, et le gros banquier Collaert, fou de musique allemande, un peu virtuose lui-même, et le percepteur Rupp, et le directeur de l'académie, Jérôme Resh, et le commissaire civil, et tant d'autres notabilités de la ville qu'on ne saurait les énumérer ici sans abuser de la patience du lecteur.

Ordinairement, en attendant le lever du rideau, les Quiquendoniens avaient l'habitude de se tenir silencieux, les uns lisant leur journal, les autres échangeant quelques mots à voix basse, ceux-ci gagnant leur place sans bruit et sans hâte, ceux-là jetant un regard à demi éteint vers les beautés aimables qui garnissaient les galeries.

Mais ce soir-là, un observateur eût constaté que, même avant le lever du rideau, une animation inaccoutumée régnait dans la salle. On voyait remuer des gens qui ne remuaient jamais. Les éventails des dames s'agitaient avec une rapidité anormale. Un air plus vivace semblait avoir envahi toutes ces poitrines. On respirait plus largement. Quelques regards brillaient, et s'il faut le dire, presque à l'égal des flammes du lustre, qui semblaient jeter sur la salle un éclat inaccoutumé. Vraiment, on y voyait plus clair que d'habitude, bien que l'éclairage n'eût point été augmenté. Ah ! si les appareils nouveaux du docteur Ox eussent fonctionné ; mais ils ne fonctionnaient pas encore.

Enfin, l'orchestre est à son poste, au grand complet. Le premier violon a passé entre les pupitres pour donner un *la* modeste à ses collègues. Les instruments à corde, les instruments à vent, les instruments à percussion, sont d'accord. Le chef d'orchestre n'attend plus que le coup de sonnette pour battre la première mesure.

La sonnette retentit. Le quatrième acte commence. L'*allegro appassionato* de l'entr'acte est joué suivant l'habitude avec une lenteur majestueuse, qui eût fait bondir l'illustre Meyerbeer, et dont les dilettanti quiquendoniens apprécient toute la majesté.

Mais bientôt, le chef d'orchestre ne se sent plus maître de ses exécutants. Il a quelque peine à les retenir, eux si obéissants, si calmes d'ordinaire. Les instruments à vent ont une tendance à presser les mouvements, et il faut les refréner d'une main ferme, car ils prendraient l'avance sur les instruments à cordes ; ce qui, au point de vue harmonique, produirait un effet regrettable. Le basson lui-même, le fils du pharmacien Josse Liefrinck, un jeune homme si bien élevé, tend à s'emporter.

Cependant Valentine a commencé son récitatif :

Je suis seule chez moi...

mais elle presse. Le chef d'orchestre et tous ses musiciens la suivent — peut-être à leur insu — dans son *cantabile,* qui devrait être battu largement, comme un *douze-huit* qu'il est. Lorsque Raoul paraît à la porte du fond, entre le moment où Valentine va à lui et le moment où elle le cache dans la chambre *à côté,* il ne se passe pas un quart d'heure, tandis qu'autrefois, selon la tradition du théâtre de Quiquendone, ce récitatif de trente-sept mesures durait juste trente-sept minutes.

St-Bris, Nevers, Tavannes et les seigneurs catholiques sont entrés en scène, un peu précipitamment peut-être. *Allegro pomposo,* a marqué le compositeur sur la partition. L'orchestre et les seigneurs vont bien *allegro,* mais pas *pomposo* du tout, et au morceau d'ensemble, dans cette page magistrale de la conjuration et de la bénédiction des poignards, on ne modère plus l'*allegro* réglementaire. Chanteurs et musiciens s'échappent fougueusement. Le chef d'orchestre ne songe plus à les retenir. D'ailleurs le public ne réclame pas, au contraire ; on sent qu'il est entraîné lui-même, qu'il est dans le mouvement, et que ce mouvement répond aux aspirations de son âme :

Des troubles renaissants et d'une guerre impie,
Voulez-vous, comme moi, délivrer le pays ?

On promet, on jure. C'est à peine si Nevers a le temps de protester et de chanter que « parmi ses aïeux, il compte des soldats et pas un assassin. » On l'arrête. Les quarteniers et les échevins accourent et jurent rapidement « de frapper tous à la fois. » Saint-Bris enlève comme un véritable *deux-quatre* de barrière le récitatif qui appelle les catholiques à la vengeance. Les trois moines, portant des corbeilles avec des écharpes blanches, se précipitent par la porte du fond de l'appartement de Nevers, sans tenir compte de la mise en scène, qui leur recommande de s'avancer lentement. Déjà tous les assistants ont tiré leur épée et leur poignard, que les trois moines bénissent en un tour de main. Les soprani, les ténors, les basses, attaquent avec des cris de rage l'*allegro furioso,* et d'un *six-huit* dramatique ils font un *six-huit* de quadrille. Puis, ils sortent en hurlant :

A minuit,
Point de bruit !
Dieu le veut !
Oui,
A minuit.

En ce moment, le public est debout. On s'agite dans les loges, au parterre, aux galeries. Il semble que tous les spectateurs vont s'élancer sur la scène, le bourgmestre van Tricasse en tête, afin de s'unir aux conjurés et d'anéantir les huguenots, dont d'ailleurs ils partagent les opinions religieuses. On applaudit, on rappelle, on acclame ! Tatanémance agite d'une main fébrile son bonnet vert-pomme. Les lampes de la salle jettent un éclat ardent...

Raoul, au lieu de soulever lentement la draperie, la déchire par un geste superbe et se trouve face à face avec Valentine.

Enfin ! c'est le grand duo, et il est mené *allegro vivace.* Raoul n'attend pas les demandes de Valentine et Valentine n'attend pas les réponses de Raoul. Le passage adorable :

Le danger presse
Et le temps vole...

devient un de ces rapides *deux-quatre* qui ont fait la gloire d'Offenbach, lorsqu'il fait danser des conjurés quelconques. L'*andante amoroso :*

Tu l'as dit !
Oui, tu m'aimes !

n'est plus qu'un *vivace furioso,* et le violoncelle de l'orchestre ne se préoccupe plus d'imiter les inflexions de la voix du chanteur, comme il est indiqué dans la partition du maître. En vain Valentine s'écrie :

Prolonge encore, prolonge,
De mon cœur l'ineffable sommeil !

Raoul ne peut pas prolonger ! [1] On sent qu'un feu inaccoutumé le dévore. Ses *si* et ses *ut,* au-dessus de la portée, ont un éclat effrayant. Il se démène, il gesticule, il est embrasé...

On entend le beffroi ; la cloche résonne ; mais quelle cloche haletante ! Le sonneur qui la sonne ne se possède évidemment plus. C'est un tocsin épouvantable, qui lutte de violence avec les fureurs de l'orchestre.

Enfin la strette qui va terminer cet acte magnifique :

Plus d'amour, plus d'ivresse,
O remords qui m'oppresse !

que le compositeur indique allegro *con moto* s'emporte dans un *prestissimo* déchaîné. On dirait un train express qui passe. Le beffroi reprend. Valentine tombe évanouie. Raoul se précipite par la fenêtre !...

Il était temps. L'orchestre, véritablement ivre, n'aurait pu continuer. Le bâton du chef n'est plus qu'un morceau brisé sur le pupitre du souffleur ! Les cordes des violons sont rompues et

1. Curieusement, dans l'édition Hetzel, c'est Raoul qui s'écrie « Parle encore et prolonge » et Valentine qui « ne peut pas prolonger ! ». D'autant qu'à la fin du paragraphe, le pronom « Il » confirme que c'est bien Raoul qui « se démène, [...] gesticule ». L'ensemble forme une belle symphonie érotique.

les manches tordus ! Dans sa fureur, le timbalier a crevé ses timbales ! Le contre-bassiste est juché sur le haut de son édifice sonore ! La première clarinette a avalé l'anche de son ridicule instrument, et le second hautbois mâche entre ses dents ses languettes de roseau ! La coulisse du trombone est faussée, et enfin, le malheureux corniste ne peut plus retirer sa main, qu'il a trop profondément enfoncée dans le pavillon de son cor !

Et le public ! le public haletant, enflammé, gesticule, hurle ! Toutes les figures sont rouges comme si un incendie eût embrasé ces corps à l'intérieur ! On se bourre, on se presse pour sortir, les hommes sans chapeau, les femmes sans manteau ! On se bouscule dans les couloirs, on s'écrase aux portes, on se dispute, on se bat ! Plus d'autorités ! plus de bourgmestre ! Tous égaux devant une surexcitation infernale...

Et, quelques instants après, lorsque chacun est dans la rue, chacun reprend son calme habituel et rentre paisiblement dans sa maison, avec le souvenir confus de ce qu'il a ressenti.

Le quatrième acte des *Huguenots,* qui durait autrefois six heures d'horloge, commencé, ce soir-là, à quatre heures et demie, était terminé à cinq heures moins douze.

Il avait duré dix-huit minutes !

VIII

Où l'antique et solennelle valse allemande se change en tourbillon

Mais si les spectateurs, après avoir quitté le théâtre, reprirent leur calme habituel, s'ils regagnèrent paisiblement leur logis en ne conservant qu'une sorte d'hébétement passager, ils n'en avaient pas moins subi une extraordinaire exaltation, et, anéantis, brisés, comme s'ils eussent commis quelque excès de table, ils tombèrent lourdement dans leurs lits.

Or, le lendemain, chacun eut comme un ressouvenir de ce qui s'était passé la veille. En effet, à l'un manquait son chapeau, perdu dans la bagarre, à l'autre un pan de son habit, déchiré dans la mêlée ; à celle-ci, son fin soulier de prunelle, à celle-là sa mante des grands jours. La mémoire revint à ces honnêtes bourgeois, et, avec la mémoire, une certaine honte de leur inqualifiable effervescence. Cela leur apparaissait comme une orgie dont ils auraient été les héros inconscients ! Ils n'en parlaient pas ; ils ne voulaient plus y penser.

Mais le personnage le plus abasourdi de la ville, ce fut encore le bourgmestre van Tricasse. Le lendemain matin, en se réveillant, il ne put retrouver sa perruque. Lotchè avait cherché partout. Rien. La perruque était restée sur le champ de bataille. Quant à la faire réclamer par Jean Mistrol, le trompette assermenté de la ville, non. Mieux valait faire le sacrifice de ce postiche que de s'afficher ainsi, quand on avait l'honneur d'être le premier magistrat de la cité.

Le digne van Tricasse songeait ainsi, étendu sous ses couvertures, le corps brisé, la tête lourde, la langue épaisse, la poitrine brûlante. Il n'éprouvait aucune envie de se lever, au contraire, et son cerveau travailla plus dans cette matinée qu'il n'avait travaillé depuis quarante ans peut-être. L'honorable magistrat refaisait dans son esprit tous les incidents de cette inexplicable représentation. Il les rapprochait des faits qui s'étaient dernièrement accomplis à la soirée du docteur Ox. Il cherchait les raisons de cette singulière excitabilité qui, à deux reprises, venait de se déclarer chez ses administrés les plus recommandables.

« Mais que se passe-t-il donc ? se demandait-il. Quel esprit de vertige s'est emparé de ma paisible ville de Quiquendone ? Est-ce que nous allons devenir fous et faudra-t-il faire de la cité un vaste hôpital ? Car enfin hier, nous étions tous là, notables, conseillers, juges, avocats, médecins, académiciens, et tous, si mes souvenirs sont fidèles, tous nous avons subi cet accès de folie furieuse ! Mais qu'y avait-il donc dans cette musique infernale ? C'est inexplicable ! Cependant, je n'avais rien mangé, rien bu qui pût produire en moi une telle exaltation ! Non ! hier, à dîner, une tranche de veau trop cuit, quelques cuillerées d'épinards liquides, des œufs à la neige et deux verres de petite bière coupée d'eau pure, cela ne peut pas monter à la tête ! Non. Il y a quelque chose que je ne puis expliquer, et, comme après tout, je suis responsable des actes de mes administrés, je ferai faire une enquête. »

Mais l'enquête, qui fut approuvée par le conseil municipal, ne produisit aucun résultat. Si les faits étaient patents, les causes échappèrent à la sagacité des magistrats. D'ailleurs, le calme s'était refait dans les esprits, et, avec le calme, l'oubli des excès. Les journaux de la localité évitèrent même d'en parler, et le compte rendu de la représentation, qui parut dans le *Mémorial de Quiquendone,* ne fit aucun allusion à cet enfièvrement d'une salle tout entière.

Et cependant, si la ville reprit son flegme habituel, si elle redevint, en apparence, flamande comme devant, au fond, on sentait que le caractère et le tempérament de ses habitants se modifiaient peu à peu. On eût vraiment dit, avec le médecin Dominique Custos, « qu'il leur poussait des nerfs. »

Expliquons-nous, cependant. Ce changement incontestable et incontesté ne se produisait que dans certaines conditions. Lorsque les Quiquendoniens allaient par les rues de la ville, au grand air, sur les places, le long du Vaar, ils étaient toujours ces bonnes gens froids et méthodiques que l'on connaissait autrefois. De même, quand ils se confinaient dans leurs logis, les uns travaillant de la main, les autres travaillant de la tête, ceux-ci ne faisant rien, ceux-là ne pensant pas davantage. Leur vie privée était silencieuse, inerte, végétative comme jadis. Nulle querelle, nul reproche dans les ménages, nulle accélération des mouvements du cœur, nulle surexcitation de la moelle encéphalique. La moyenne des pulsations restait ce qu'elle était au bon temps, de cinquante à cinquante-deux par minute.

Mais, phénomène absolument inexplicable, qui eût mis en défaut la sagacité des plus ingénieux physiologistes de l'époque, si les habitants de Quiquendone ne se modifiaient point dans leur vie privée, ils se métamorphosaient visiblement, au contraire, dans la vie commune, à propos de ces relations d'individu à individu qu'elle provoque.

Ainsi, se réunissaient-ils dans un édifice public ? cela « n'allait plus, » pour employer l'expression du commissaire Passauf. A la bourse, à l'hôtel de ville, à l'amphithéâtre de l'Académie, aux séances du conseil comme aux réunions des savants, une sorte de revivification se produisait, une surexcitation singulière s'emparait bientôt des assistants. Au bout d'une heure, les rapports étaient déjà aigres. Après deux heures, la discussion dégénérait en dispute. Les têtes s'échauffaient, et on en venait aux personnalités. Au temple même, pendant le prêche, les fidèles ne pouvaient entendre de sang-froid le ministre van Stabel, qui, d'ailleurs, se démenait dans sa chaire et les admonestait plus sévèrement que d'habitude. Enfin cet état de choses amena de nouvelles altercations plus graves encore que celle du médecin Custos et de l'avocat Schut ; mais elles ne nécessitèrent jamais l'intervention de l'autorité, parce que les querelleurs, rentrés chez eux, y retrouvaient, avec le calme, l'oubli des offenses faites et reçues.

Toutefois, cette particularité n'avait pu frapper des esprits absolument inhabiles à reconnaître ce qui se passait en eux. Un seul personnage de la ville, celui-là même dont le conseil songeait depuis trente ans à supprimer la charge, le commissaire civil, Michel Passauf, avait fait cette remarque que la surexcitation, nulle dans les maisons particulières, se révélait promptement dans les édifices publics, et il se demandait, non sans une certaine anxiété, ce qu'il adviendrait quand cet éréthisme se propagerait jusque dans les maisons bourgeoises, et quand l'épidémie — c'était le mot assez juste qu'il employait — se répandrait dans les rues de la ville. Alors, plus d'oubli des injures, plus de calme, plus d'intermittence dans le délire, mais une inflammation permanente qui précipiterait inévitablement les Quiquendoniens les uns contre les autres.

— Alors qu'arriverait-il ? se demandait avec effroi le commissaire Passauf. Comment arrêter ces sauvages fureurs ? Comment enrayer ces tempéraments aiguillonnés ? C'est alors que ma charge ne sera plus une sinécure, et qu'il faudra bien que le conseil en arrive à doubler mes appointements... à moins qu'il ne faille m'arrêter moi-même... pour infraction et manquement à l'ordre public !

Or, ces très-justes craintes commencèrent à se réaliser. De la bourse, du temple, du théâtre, de la maison commune, de l'Académie, de la halle, le mal fit invasion dans la maison des particuliers, et cela moins de quinze jours après cette terrible représentation des *Huguenots*.

Ce fut dans la maison du banquier Collaert que se déclarèrent les premiers symptômes de l'épidémie.

Ce riche personnage donnait un bal, ou tout au moins une soirée dansante aux notabilités de la ville. Il avait émis, quelques mois auparavant, un emprunt de trente mille francs qui avait été aux trois quarts souscrit, et, pour reconnaître ce succès financier, il avait ouvert ses salons et donné une fête à ses compatriotes.

On sait ce que sont ces réceptions flamandes, pures et tranquilles, dont la bière et les sirops, prodigalement servis, font en général tous les frais. Quelques conversations sur le temps qu'il fait, l'apparence des récoltes, le bon état des jardins, l'entretien des fleurs et plus particulièrement des tulipes, de temps en temps une danse lente et compassée, comme un menuet, parfois une valse, mais une de ces valses allemandes qui ne donnent pas plus d'un tour et demi à la minute, et pendant lesquelles les valseurs se tiennent embrassés aussi loin l'un de l'autre que leurs bras le peuvent permettre, tel est l'ordinaire de ces bals que fréquentait la haute société de Quiquendone. La polka même, après avoir été mise à quatre temps, avait bien essayé de s'acclimater ; mais les danseurs restaient toujours en arrière de l'orchestre, si lentement que fût battue la mesure, et on avait dû y renoncer.

Ces réunions paisibles, dans lesquelles les jeunes gens et les jeunes filles trouvaient un plaisir honnête et modéré, n'avaient jamais amené d'éclat fâcheux. Pourquoi donc, ce soir-là, chez le banquier Collaert, les sirops et l'eau sucrée semblèrent-ils se transformer en vins capiteux, en champagne pétillant, en punchs incendiaires ? Pourquoi, vers le milieu de la fête, une sorte d'ivresse inexplicable gagna-t-elle tous les invités ? Pourquoi le menuet dériva-t-il en saltarelle ? Pourquoi les musiciens de l'orchestre pressèrent-ils la mesure ? Pourquoi, ainsi qu'au théâtre, les bougies brillèrent-elles d'un éclat inaccoutumé ? Quel courant électrique envahit les salons du banquier ? D'où vint que les couples se rapprochèrent, que les mains se pressèrent dans une étreinte plus convulsive, que quelques pas hasardés signalèrent des « cavaliers seuls » pendant cette pastourelle autrefois si grave, si solennelle, si majestueuse, si comme il faut !

Hélas ! Quel Œdipe aurait pu répondre à toutes ces insolubles questions ? Le commissaire Passauf, présent à la soirée, voyait bien l'orage venir, mais il ne pouvait le dominer, il ne pouvait le fuir, et il sentait comme une ivresse lui monter au cerveau. Toutes ses facultés physiologiques et passionnelles s'accroissaient. On le vit, à plusieurs reprises, se jeter sur les sucreries et dévaliser les plateaux comme s'il fût sorti d'une longue diète.

Pendant ce temps, l'animation du bal s'augmentait. Un long murmure, comme un bourdonnement sourd, s'échappait de toutes les poitrines. On dansait, on dansait véritablement. Les pieds s'agitaient avec une frénésie croissante. Les figures brillaient comme les escarboucles. La fermentation générale était portée au plus haut degré.

Et quand l'orchestre entonna la valse du *Freyschutz,* lorsque cette valse, si allemande et d'un mouvement si lent, fut attaquée à bras déchaînés par les gagistes, ah ! ce ne fut plus une valse, ce fut un tourbillon insensé, une rotation vertigineuse, une giration digne d'être conduite par quelque Faust, battant la mesure avec un tison ardent ! Puis un galop, un galop infernal, pendant une heure, sans qu'on pût le détourner, sans qu'on pût le suspendre, entraîna dans ses replis à travers les salles, les salons, les antichambres, par les escaliers, de la cave au grenier de l'opulente demeure, les jeunes gens, les jeunes filles, les pères, les mères, les individus de tout âge, de tous poids, de tout sexe, et le gros banquier Collaert, et Mme Collaert, et les conseillers, et les magistrats, et le grand juge, et Niklausse, et Mme van Tricasse, et le bourgmestre van Tricasse, et le commissaire Passauf lui-même, qui ne put jamais se rappeler celle qui fut sa valseuse pendant cette nuit d'ivresse !

Mais « elle » ne l'oublia plus. Et depuis ce jour, « elle » revit dans ses rêves le brûlant commissaire l'enlaçant dans une étreinte passionnée ! Et « elle », c'était l'aimable Tatanémance !

IX

Où le docteur Ox et son préparateur Ygène ne se disent que quelques mots

— Eh bien, Ygène ?

— Eh bien, maître, tout est prêt ! La pose des tuyaux est achevée.

— Bien ! Nous allons maintenant opérer en grand, et sur les masses !

X

Dans lequel on verra que l'épidémie envahit la ville entière et quel effet elle produisit

Pendant les mois qui suivirent, le mal, au lieu de se dissiper, ne fit que s'étendre. Des maisons particulières l'épidémie se répandit dans les rues. La ville de Quiquendone n'était plus reconnaissable.

Phénomène plus extraordinaire encore que ceux qui avaient été remarqués jusqu'alors, non-seulement le règne animal, mais le règne végétal lui-même n'échappait point à cette influence.

Suivant le cours ordinaire des choses, les épidémies sont spéciales. Celles qui frappent l'homme épargnent les animaux, celles qui frappent les animaux épargnent les végétaux. On n'a jamais vu un cheval attaqué de la variole, ni un homme de la peste bovine. Les moutons n'attrapent pas la maladie des pommes de terre. Mais ici, toutes les lois de la nature semblaient bouleversées. Non-seulement le caractère, le tempérament, les idées des habitants et habitantes de Quiquendone s'étaient modifiés, mais les animaux domestiques, chiens ou chats, bœufs ou chevaux, ânes ou chèvres, subissaient cette influence épidémique, comme si leur milieu habituel eût été changé. Les plantes elles-mêmes « s'émancipaient », si l'on veut bien nous pardonner cette expression.

En effet, dans les jardins, dans les potagers, dans les vergers, se manifestaient des symptômes extrêmement curieux. Les plantes grimpantes grimpaient avec plus d'audace. Les plantes touffantes « touffaient » avec plus de vigueur. Les arbustes devenaient des arbres. Les graines, à peine semées, montraient leur petite tête verte, et, dans le même laps de temps, elles gagnaient en pouces ce que jadis, et dans les circonstances les plus favorables, elles gagnaient en lignes. Les asperges atteignaient deux pieds de hauteur ; les artichauts devenaient gros comme les melons, les melons gros comme des citrouilles, les citrouilles grosses comme des potirons, les potirons gros comme la cloche du beffroi, qui mesurait, ma foi, neuf pieds de diamètre. Les choux étaient des buissons et les champignons des parapluies.

Les fruits ne tardèrent pas à suivre l'exemple des légumes. Il fallut se mettre à deux pour manger une fraise et à quatre pour manger une poire. Les grappes de raisin égalaient cette grappe phénoménale, si admirablement peinte par le Poussin dans son *Retour des envoyés à la Terre promise !*

De même pour les fleurs : les larges violettes répandaient dans l'air des parfums plus pénétrants ; les roses exagérées resplendissaient de couleurs plus vives ; les lilas formaient en quelques jours d'impénétrables taillis ; géraniums, marguerites, dahlias, camélias, rododendrons, envahissant les allées s'étouffaient les uns les autres ! La serpe n'y pouvait suffire. Et les tulipes, ces chères liliacées qui font la joie des Flamands, quelles émotions elles causèrent aux amateurs ! Le digne van Bistrom faillit un jour tomber à la renverse en voyant dans son jardin une simple *tulipa gesneriana* énorme, monstrueuse, géante, dont le calice servait de nid à toute une famille de rouges-gorges !

La ville entière accourut pour voir cette fleur phénoménale et lui décerna le nom de *tulipa quiquendonia.*

Mais, hélas ! si ces plantes, si ces fruits, si ces fleurs poussaient à vue d'œil, si tous les végétaux affectaient de prendre des proportions colossales, si la vivacité de leurs couleurs et de leurs parfums enivrait l'odorat et le regard, en revanche, ils se flétrissaient vite. Cet air qu'ils absorbaient les brûlait rapidement, et ils mouraient bientôt épuisés, flétris, dévorés.

Tel fut le sort de la fameuse tulipe, qui s'étiola après quelques jours de splendeur !

Il en fut bientôt de même des animaux domestiques, depuis le chien de la maison jusqu'au porc de l'étable, depuis le serin de la cage jusqu'au dindon de la basse-cour.

Il convient de dire que ces animaux, en temps ordinaire, étaient non moins flegmatiques que leurs maîtres. Chiens ou chats végétaient plutôt qu'ils ne vivaient. Jamais un frémissement de plaisir, jamais un mouvement de colère. Les queues ne remuaient pas plus que si elles eussent été de bronze. On ne citait, depuis un temps immémorial, ni un coup de dent, ni un coup de griffe. Quant aux chiens enragés, on les regardait comme des bêtes imaginaires, à ranger avec les griffons et autres dans la ménagerie de l'Apocalypse.

Mais, pendant ces quelques mois, dont nous cherchons à reproduire les moindres incidents, quel changement ! Chiens et chats commencèrent à montrer les dents et les griffes. Il y eut quelques exécutions à la suite d'attaques réitérées. On vit pour la première fois un cheval prendre le mors aux dents et s'emporter dans les rues de Quiquendone, un bœuf se précipiter, cornes baissées, sur un de ses congénères, un âne se renverser, les jambes en l'air, sur la place Saint-Ernuph, et pousser des braiements qui n'avaient plus rien « d'animal », un mouton, un mouton lui-même défendre vaillamment contre le couteau du boucher les côtelettes qu'il portait en lui !

Le bourgmestre van Tricasse fut contraint de rendre des arrêtés de police concernant les animaux domestiques qui, pris de folie, rendaient peu sûres les rues de Quiquendone.

Mais hélas ! si les animaux étaient fous, les hommes n'étaient pas plus sages. Aucun âge ne fut épargné par le fléau.

Les bébés devinrent très-promptement insupportables, eux jusque-là si faciles à élever, et pour la première fois, le grand-juge Honoré Syntax dut appliquer le fouet à sa jeune progéniture.

Au collège, il y eut comme une émeute, et les dictionnaires tracèrent de déplorables trajectoires dans les classes. On ne pouvait plus tenir les élèves renfermés, et d'ailleurs la surexcitation gagnait jusqu'aux professeurs eux-mêmes, qui les accablaient de pensums extravagants.

Autre phénomène ! Tous ces Quiquendoniens, si sobres jusqu'alors, et qui faisaient des crèmes fouettées leur alimentation principale, commettaient de véritables excès de nourriture et de boisson. Leur régime ordinaire ne suffisait plus. Chaque estomac se transformait en gouffre, et ce gouffre, il fallait bien le combler par les moyens les plus énergiques. La consommation de la ville fut triplée. Au lieu de deux repas, on en faisait six. On signala de nombreuses indigestions. Le conseiller Niklausse ne pouvait assouvir sa faim. Le bourgmestre van Tricasse ne pouvait combler sa soif, et il ne sortait plus d'une sorte de demi-ébriété rageuse.

Enfin les symptômes les plus alarmants se manifestèrent et se multiplièrent de jour en jour.

On rencontra des gens ivres, et parmi ces gens ivres, souvent des notables.

Les gastralgies donnèrent une occupation énorme au médecin Dominique Custos, ainsi que les névrites et les névrophlogoses, ce qui prouvait bien à quel degré d'irritabilité étaient étrangement montés les nerfs de la population.

Il y eut des querelles, des altercations quotidiennes dans les rues autrefois si désertes de Quiquendone, aujourd'hui si fréquentées, car personne ne pouvait plus rester chez soi.

Il fallut créer une police nouvelle pour contenir les perturbateurs de l'ordre public.

Un violon fut installé dans la maison commune, et il se peupla jour et nuit de récalcitrants. Le commissaire Passauf était sur les dents.

Un mariage fut conclu en moins de deux mois ! — ce qui ne s'était jamais vu. Oui ! le fils du percepteur Rupp épousa la fille de la belle Augustine de Rovere, et cela cinquante-sept jours seulement après avoir fait la demande de sa main !

D'autres mariages furent décidés qui, en d'autres temps, fussent restés à l'état de projet pendant des années entières. Le bourgmestre n'en revenait pas, et il sentait sa fille, la charmante Suzel, lui échapper des mains.

Quant à la chère Tatanémance, elle avait osé pressentir le commissaire Passauf, au sujet d'une union qui lui semblait réunir tous les éléments de bonheur, fortune, honorabilité, jeunesse !...

Enfin — pour comble d'abomination — un duel eut lieu ! Oui, un duel au pistolet, aux pistolets d'arçons, à soixante-quinze pas, à balles libres ! Et entre qui ? Nos lecteurs ne voudront pas le croire.

Entre M. Frantz Niklausse, le doux pêcheur à la ligne, et le fils de l'opulent banquier, le jeune Simon Collaert.

Et la cause de ce duel, c'était la propre fille du bourgmestre, pour laquelle Simon se sentait féru d'amour, et qu'il ne voulait pas céder aux prétentions d'un audacieux rival.[1]

Le duel eut lieu du côté de la porte d'Audenarde. Les adversaires occupaient chacun une rive du Vaar, Frantz sur la gauche, Simon sur la droite. C'était la première fois qu'une semblable distraction était offerte aux habitants de Quiquendone. Aussi, une foule compacte bordait le cours du Vaar.

Cent vingt-sept balles furent échangées sans aucun dommage pour les combattants, qui firent l'un et l'autre la plus belle contenance ; mais quarante-trois assistants attrapèrent quelques éraflures.

Ce que voyant, les témoins, visiblement inquiets pour eux-mêmes, déclarèrent enfin l'honneur satisfait !

1. Dans la version Hetzel, le chapitre X s'arrête brutalement ici et les trois paragraphes sur le duel burlesque disparaissent mystérieusement.

XI

Où les Quiquendoniens prennent une résolution héroïque

On voit dans quel état déplorable se trouvait la population de Quiquendone. Les têtes fermentaient. On ne se connaissait et on ne se reconnaissait plus. Les gens les plus pacifiques étaient devenus querelleurs. Il ne fallait pas les regarder de travers, ils eussent vite fait de vous envoyer des témoins. Quelques-uns laissèrent pousser leurs moustaches, et certains — des plus batailleurs — les relevèrent en croc.

Dans ces conditions, l'administration de la cité, le maintien de l'ordre dans les rues et dans les édifices publics devenaient fort difficiles, car les services n'avaient point été organisés pour un tel état de choses. Le bourgmestre — ce digne van Tricasse que nous avons connu si doux, si éteint, si incapable de prendre une décision quelconque — le bourgmestre ne décolérait plus. Sa maison retentissait des éclats de sa voix. Il rendait vingt arrêtés par jour, gourmandant ses agents, et prêt à faire exécuter lui-même les actes de son administration.

Ah ! quel changement ! Aimable et tranquille maison du bourgmestre, bonne habitation flamande, où était son calme d'autrefois ? Quelles scènes de ménage s'y succédaient maintenant ! Mme van Tricasse était devenue acariâtre, quinteuse, gourmandeuse. Son mari parvenait peut-être à couvrir sa voix en criant plus fort qu'elle, mais non à la faire taire. L'humeur irascible de cette brave dame s'en prenait à tout. Rien n'allait ! Le service ne se faisait pas. Des retards pour toutes choses ! Elle accusait Lotchè, et même Tatanémance, sa belle-sœur, qui, de non moins mauvaise humeur, lui répondait aigrement. Naturellement, M. van Tricasse soutenait sa domestique Lotchè, ainsi que cela se voit dans tous les ménages. De là, exaspération permanente de Mme la bourgmestre, objurgations, discussions, disputes, scènes qui n'en finissaient plus !

« Mais qu'est-ce que nous avons ? s'écriait le malheureux bourgmestre. Mais quel est ce feu qui nous dévore ? Mais nous sommes donc possédés du diable ? Ah ! madame van Tricasse, madame van Tricasse ! vous finirez par me faire mourir avant vous, et manquer ainsi à toutes les traditions de la famille ! »

Car le lecteur ne peut avoir oublié cette particularité assez bizarre, que M. van Tricasse devait devenir veuf et se remarier pour ne point rompre la chaîne des convenances.

Cependant cette disposition des esprits produisit encore d'autres effets assez curieux et qu'il importe de signaler. Cette surexcitation, dont la cause nous échappe jusqu'ici, amena des régénérescences physiologiques, auxquelles on ne se serait pas attendu. Des talents, qui seraient restés ignorés, sortirent de la foule. Des aptitudes se révélèrent. Des artistes, jusque-là médiocres, se montrèrent sous un jour nouveau. Des hommes apparurent dans la politique aussi bien que dans les lettres. Des orateurs se formèrent aux discussions les plus ardues, et sur toutes les questions ils enflammèrent un auditoire parfaitement disposé d'ailleurs à l'inflammation. Des séances du conseil le mouvement passa dans les réunions publiques, et un club se fonda à Quiquendone, pendant que vingt journaux, le *Guetteur de Quiquendone, l'Impartial de Quiquendone, le Radical de Quiquendone, l'Outrancier de Quiquendone,* écrits avec rage, soulevaient les questions sociales les plus graves.

Mais, à quel propos ? se demandera-t-on. A propos de tout et de rien ; à propos de la tour d'Audenarde qui penchait, que les uns voulaient abattre et que les autres voulaient redresser ; à propos des arrêtés de police que rendait le conseil, auxquels les mauvaises têtes tentaient de résister ; à propos du balayage des ruisseaux et du récurage des égouts, etc. Et encore si les fougueux orateurs ne s'en étaient pris qu'à l'administration intérieure de la cité. Mais non, emportés par le courant, ils devaient aller au-delà, et, si la Providence n'intervenait pas, entraîner, pousser, précipiter leurs semblables dans les hasards de la guerre.

En effet, depuis huit ou neuf cents ans, Quiquendone avait dans son sac un *casus belli* de la plus belle qualité ; mais elle le gardait précieusement, comme une relique, et il semblait avoir quelques chances de s'éventer et de ne plus pouvoir servir.

Voici à quel propos s'était produit ce *casus belli.*

On ne sait généralement pas que Quiquendone est voisine, en ce bon coin de la Flandre, de la petite ville de Virgamen. Les territoires de ces deux communes confinent l'un à l'autre.

Or, en 1135, quelque temps avant le départ du comte Baudouin pour la croisade, une vache de Virgamen — non point la vache d'un habitant, mais bien une vache communale, qu'on y fasse bien attention — vint pâturer sur le territoire de Quiquendone. C'est à peine si cette malheureuse ruminante

Tondit du pré trois fois la largeur de sa langue,

mais le délit, l'abus, le crime, comme on voudra, fut commis et dûment constaté par procès-verbal du temps, car, à cette époque, les magistrats commençaient à savoir écrire.

— Nous nous vengerons quand le moment en sera venu, dit simplement Natalis van Tricasse, le trente-deuxième prédécesseur du bourgmestre actuel, et les Virgamenois ne perdront rien pour attendre !

Les Virgamenois étaient prévenus. Ils attendirent, pensant, non sans raison, que le souvenir de l'injure s'affaiblirait avec le temps ; et en effet, pendant plusieurs siècles, ils vécurent en bons termes avec leurs semblables de Quiquendone.

Mais ils comptaient sans leurs hôtes, ou plutôt sans cette épidémie étrange, qui changeant radicalement le caractère de leurs voisins, réveilla dans ces cœurs la vengeance endormie.

Ce fut au club de la rue Monstrelet que le bouillant avocat Schut, jetant brusquement la question à la face de ses auditeurs, les passionna en employant les expressions et les métaphores qui sont d'usage en ces circonstances. Il rappela le délit ; il rappela le tort commis à la commune de Quiquendone, et pour lequel une nation « jalouse de ses droits », ne pouvait admettre de prescription ; il montra l'injure toujours vivante, la plaie toujours saignante ; il parla de certains hochements de tête particuliers aux habitants de Virgamen, et qui indiquaient en quel mépris ils tenaient les habitants de Quiquendone ; il supplia ses compatriotes, qui, « inconsciemment » peut-être, avaient supporté pendant de longs siècles cette mortelle injure ; il adjura

« les enfants de la vieille cité » de ne plus avoir d'autre « objectif » que d'obtenir une réparation éclatante ! Enfin, il fit un appel à « toutes les forces vives » de la nation !

Avec quel enthousiasme ces paroles, si nouvelles pour des oreilles quiquendoniennes, furent accueillies, cela se sent, mais ne peut se dire. Tous les auditeurs s'étaient levés, et, les bras tendus, ils demandaient la guerre à grands cris. Jamais l'avocat Schut n'avait eu un tel succès, et il faut avouer qu'il avait été très-beau.

Le bourgmestre, le conseiller, tous les notables qui assistaient à cette mémorable séance, auraient inutilement voulu résister à l'élan populaire. D'ailleurs, ils n'en avaient aucune envie, et sinon plus, du moins aussi haut que les autres, ils criaient :

— A la frontière ! à la frontière !

Or, comme la frontière n'était qu'à trois kilomètres des murs de Quiquendone, il est certain que les Virgamenois couraient un véritable danger, car ils pouvaient être envahis avant d'avoir eu le temps de se reconnaître.

Cependant l'honorable pharmacien Josse Liefrinck, qui avait seul conservé son bon sens dans cette grave circonstance, voulut faire comprendre que l'on manquait de fusils, de canons et de généraux.

Il lui fut répondu, non sans quelques horions, que ces généraux, ces canons, ces fusils, on les improviserait ; que le bon droit et l'amour du pays suffisaient et rendaient un peuple irrésistible.

Là-dessus, le bourgmestre prit lui-même la parole, et dans une improvisation sublime, il fit justice de ces gens pusillanimes, qui déguisent la peur sous le voile de la prudence ; et ce voile, il le déchira d'une main patriote.

On aurait pu croire à ce moment que la salle allait crouler sous les applaudissements.

On demanda le vote.

Le vote se fit par acclamations, et les cris redoublèrent :

— A Virgamen ! A Virgamen !

Le bourgmestre s'engagea alors à mettre les armées en mouvement, et au nom de la cité, il promit à celui de ses futurs généraux qui reviendrait vainqueur les honneurs du triomphe, comme cela se pratiquait au temps des Romains.

Cependant le pharmacien Josse Liefrinck, qui était un entêté, et qui ne se tenait pas pour battu, bien qu'il l'eût été réellement, voulut encore placer une observation. Il fit remarquer qu'à Rome le triomphe ne s'accordait aux généraux vainqueurs que lorsqu'ils avaient tué cinq mille hommes à l'ennemi...

— Eh bien ! eh bien ! s'écria l'assistance en délire.

— ...et que la population de la commune de Virgamen ne s'élevant qu'à trois mille cinq cent soixante-quinze habitants, il serait difficile, à moins de tuer plusieurs fois la même personne...

Mais on ne laissa pas achever le malheureux logicien, et tout contus, tout moulu, il fut jeté à la porte.

— Citoyens, dit alors Sylvestre Pulmacher, qui vendait communément des épices au détail, citoyens, quoi qu'en ait dit ce lâche apothicaire, je m'engage, moi, à tuer cinq mille Virgamenois, si vous voulez accepter mes services.

— Cinq mille cinq cents ! cria un patriote plus résolu.

— Six mille six cents ! reprit l'épicier.

— Sept mille ! s'écria le confiseur de la rue Hemling, Jean Orbideck, qui était en train de faire sa fortune dans les crèmes fouettées.

— Adjugé ! s'écria le bourgmestre van Tricasse, en voyant que personne ne mettait de surenchère.

Et voilà comment le confiseur Jean Orbideck devint général en chef des troupes de Quiquendone.

XII

Dans lequel le préparateur Ygène émet un avis raisonnable qui est repoussé avec vivacité par le docteur Ox

— Eh bien ! maître, disait le lendemain le préparateur Ygène, en versant des seaux d'acide sulfurique dans l'auge de ses énormes piles.

— Eh bien ! reprit le docteur Ox, n'avais-je pas raison ? Voyez à quoi tiennent, non-seulement les développements physiques de toute une nation, mais sa moralité, sa dignité, ses talents, son sens politique ! Ce n'est qu'une question de molécules...

— Sans doute, mais...

— Mais ?...

— Ne trouvez-vous pas que les choses sont allées assez loin, et qu'il ne faudrait pas surexciter ces pauvres diables outre mesure ?

— Non ! non ! s'écria le docteur, non ! j'irai jusqu'au bout.

— Comme vous voudrez, maître ; toutefois, l'expérience me paraît concluante, et je pense qu'il serait temps de...

— De ?...

— De fermer le robinet.

— Par exemple ! s'écria le docteur Ox. Avisez-vous en, et je vous étrangle !

XIII

Où il est prouvé une fois de plus que d'un lieu élevé on domine toutes les petitesses humaines

— Vous dites ? demanda le bourgmestre van Tricasse au conseiller Niklausse.

— Je dis que cette guerre est nécessaire, répondit le conseiller d'un ton ferme, et que le temps est venu de venger notre injure.

— Eh bien ! moi, répondit avec aigreur le bourgmestre, je vous répète que, si la population de Quiquendone ne profitait pas de cette occasion pour revendiquer ses droits, elle serait indigne de son nom.

— Et moi, je vous soutiens que nous devons sans tarder réunir nos cohortes et les porter en avant.

— Vraiment ! monsieur, vraiment ! répondit van Tricasse, et c'est à moi que vous parlez ainsi ?

— A vous-même, monsieur le bourgmestre, et vous entendrez la vérité, si dure qu'elle soit.

— Et vous l'entendrez vous-même, monsieur le conseiller, riposta van Tricasse hors de lui, car elle sortira mieux de ma bouche que de la vôtre ! Oui, monsieur, oui, tout retard serait déshonorant. Il y a neuf cents ans que la ville de Quiquendone attend le moment de prendre sa revanche, et quoi que vous puissiez dire, que cela vous convienne ou non, nous marcherons à l'ennemi.

— Ah ! vous le prenez ainsi, répondit vertement le conseiller Niklausse. Eh bien ! monsieur, nous y marcherons sans vous, s'il ne vous plaît pas d'y venir.

— La place d'un bourgmestre est au premier rang, monsieur.

— Et celle d'un conseiller aussi, monsieur.

— Vous m'insultez par vos paroles en contrecarrant toutes mes volontés, s'écria le bourgmestre, dont les poings avaient une tendance à se changer en projectiles percutants.

— Et vous m'insultez également en doutant de mon patriotisme, s'écria Niklausse, qui lui-même s'était mis en batterie.

— Je vous dis, monsieur, que l'armée quiquendonienne se mettra en marche avant deux jours !

— Et je vous répète, moi, monsieur, que quarante-huit heures ne s'écouleront pas avant que nous n'ayons marché à l'ennemi !

Il est facile d'observer par ce fragment de conversation que les deux interlocuteurs soutenaient exactement la même idée. Tous deux voulaient la bataille ; mais leur surexcitation les portant à disputer, Niklausse n'écoutait pas van Tricasse et van Tricasse n'écoutait pas Niklausse. Ils eussent été d'une opinion contraire sur cette grave question, le bourgmestre aurait voulu la guerre et le conseiller aurait tenu pour la paix, que l'altercation n'aurait pas été plus violente. Ces deux anciens amis se jetaient des regards farouches. Au mouvement accéléré de leur cœur, à leur face rougie, à leurs pupilles contractées, au tremblement de leurs muscles, à leur voix, dans laquelle il y avait du rugissement, on comprenait qu'ils étaient prêts à se jeter l'un sur l'autre.

Mais une grosse horloge qui sonna arrêta heureusement les adversaires au moment où ils allaient en venir aux mains.

— Enfin, voilà l'heure, s'écria le bourgmestre.

— Quelle heure ? demanda le conseiller.

— L'heure d'aller à la tour du beffroi.

— C'est juste, et que cela vous plaise ou non, j'irai, monsieur.

— Moi aussi.

— Sortons !

— Sortons !

Ces derniers mots pourraient faire supposer qu'une rencontre allait avoir lieu et que les adversaires se rendaient sur le terrain, mais il n'en était rien. Il avait été convenu que le bourgmestre et le conseiller — en réalité les deux principaux notables de la cité — se rendraient à l'hôtel de ville ; que là ils monteraient sur la tour, très-élevée, qui le dominait, et qu'ils examineraient la campagne environnante, afin de prendre les meilleures dispositions stratégiques qui pussent assurer la marche de leurs troupes.

Bien qu'ils fussent tous deux d'accord à ce sujet, ils ne cessèrent pendant le trajet de se quereller avec la plus condamnable vivacité. On entendait les éclats de leur voix retentir dans les rues ; mais tous les passants étant montés à ce diapason, leur exaspération semblait naturelle, et on n'y prenait pas garde. En ces circonstances, un homme calme eût été considéré comme un monstre.

Le bourgmestre et le conseiller, arrivés au porche du beffroi, étaient dans le paroxysme de la fureur. Ils n'étaient plus rouges, mais pâles. Cette effroyable discussion, bien qu'ils fussent d'accord, avait déterminé quelques spasmes dans leurs viscères, et l'on sait que la pâleur prouve que la colère est portée à ses dernières limites.

Au pied de l'étroit escalier de la tour, il y eut une véritable explosion. Qui passerait le premier ? Qui gravirait d'abord les marches de l'escalier en colimaçon ? La vérité nous oblige à dire qu'il y eut bousculade, et que le conseiller Niklausse, oubliant tout ce qu'il devait à son supérieur, au magistrat suprême de la cité, repoussa violemment van Tricasse et s'élança le premier dans la vis obscure.

Tous deux montèrent, d'abord quatre à quatre, en se lançant à la tête les épithètes les plus malsonnantes. C'était à faire craindre qu'un dénouement terrible ne s'accomplît au sommet de cette tour, qui dominait de trois cent cinquante-sept pieds le pavé de la ville.

Mais les deux ennemis s'essoufflèrent bientôt, et, au bout d'une minute, à la quatre-vingtième marche, ils ne montaient plus que lourdement, en respirant à grand bruit.

Mais alors — était-ce une conséquence de leur essoufflement — si leur colère ne tomba pas, du moins elle ne se traduisit plus par une succession de qualificatifs inconvenants. Ils se taisaient, et, chose bizarre, il semblait que leur exaltation diminuât à mesure qu'ils s'élevaient au-dessus de la ville. Une sorte d'apaisement se faisait dans leur esprit. Les bouillonnements de leur cerveau tombaient comme ceux d'une cafetière que l'on écarte du feu. Pourquoi ?

A ce pourquoi, nous ne pouvons faire aucune réponse ; mais la vérité est que, arrivés à un certain palier, à deux cent soixante-six pieds au-dessus du niveau de la ville, les deux adversaires s'assirent, et, véritablement plus calmes, ils se regardèrent pour ainsi dire sans colère.

— Que c'est haut ! dit le bourgmestre en passant son mouchoir sur sa face rubiconde.

— Très-haut ! répondit le conseiller. Vous savez que nous dépassons de quatorze pieds Saint-Michel de Hambourg ?

— Je le sais, répondit le bourgmestre avec un accent de vanité bien pardonnable à la première autorité de Quiquendone.

Au bout de quelques instants, les deux notables continuaient leur marche ascensionnelle, jetant un regard curieux à travers les meurtrières percées dans la paroi de la tour. Le bourgmestre avait pris la tête de la caravane, sans que le conseiller eût fait la moindre observation. Il arriva même que, vers la trois cent quatrième marche, van Tricasse étant absolument éreinté, Niklausse le poussa complaisamment par les reins. Le bourgmestre sa laissa faire, et quand il arriva à la plate-forme de la tour :

— Merci, Niklausse, dit-il gracieusement, je vous revaudrai cela.

Tout à l'heure, c'étaient deux bêtes fauves prêtes à se déchirer qui s'étaient présentées au bas de la tour ; c'étaient maintenant deux amis qui arrivaient à son sommet.

Le temps était magnifique. On était au mois de mai. Le soleil avait bu toutes les vapeurs. Quelle atmosphère pure et limpide ! Le regard pouvait saisir les plus minces objets dans un rayon considérable. On apercevait à quelques milles seulement les murs de Virgamen éclatants de blancheur, ses toits rouges, qui pointaient çà et là, ses clochers piquetés de lumière. Et c'était cette ville vouée d'avance à toutes les horreurs du pillage et de l'incendie !

Le bourgmestre et le conseiller s'étaient assis l'un près de l'autre, sur un petit banc de pierre, comme deux braves gens dont les âmes se confondent dans une étroite sympathie. Tout en soufflant, ils regardaient ; puis, après quelques instants de silence :

— Que c'est beau ! s'écria le bourgmestre.

— Oui, c'est admirable ! répondit le conseiller. Est-ce qu'il ne vous semble pas, mon digne van Tricasse, que l'humanité est plutôt destinée à demeurer à de telles hauteurs, qu'à ramper sur l'écorce même de notre sphéroïde ?

— Je pense comme vous, honnête Niklausse, répondit le bourgmestre, je pense comme vous. On saisit mieux le sentiment qui se dégage de la nature ! On l'aspire par tous les sens ! C'est à de telles altitudes que les philosophes devraient se former, et c'est là que les sages devraient vivre au-dessus des misères de ce monde !

— Faisons-nous le tour de la plate-forme ? demanda le conseiller.

— Faisons le tour de la plate-forme, répondit le bourgmestre.

Et les deux amis, appuyés au bras l'un de l'autre, et mettant, comme autrefois, de longues poses entre leurs demandes et leurs réponses, examinèrent tous les points de l'horizon.

— Il y a au moins dix-sept ans que je ne me suis élevé sur la tour du beffroi, dit van Tricasse.

— Je ne crois pas que j'y sois jamais monté, répondit le conseiller Niklausse, et je le regrette, car de cette hauteur le spectacle est sublime ! Voyez-vous, mon cher ami, cette jolie rivière du Vaar qui serpente entre les arbres ?

— Et plus loin les hauteurs de Sainte-Hermandad ! Comme elles ferment gracieusement l'horizon ! Voyez cette bordure d'arbres verts, que la nature a si pittoresquement disposés ! Ah ! la nature, la nature, Niklausse, la main de l'homme pourrait-elle jamais lutter avec elle !

— C'est enchanteur, mon excellent ami, répondait le conseiller. Regardez ces troupeaux attablés dans les prairies verdoyantes, ces bœufs, ces vaches, ces moutons...

— Et ces laboureurs qui vont aux champs ! On dirait des bergers de l'Arcadie. Il ne leur manque qu'une musette !

— Et sur toute cette campagne fertile, le beau ciel bleu que ne trouble pas une vapeur ! Ah ! Niklausse, on deviendrait poète ici ! Tenez, je ne comprends pas que Saint-Simon stylite n'ait pas été un des plus grands poètes du monde.

— C'est peut-être parce que sa colonne n'était pas assez haute ! répondit le conseiller avec un doux sourire.

En ce moment, le carillon de Quiquendone se mit en branle. Les cloches limpides jouèrent un de leurs airs les plus mélodieux. Les deux amis demeurèrent en extase.

Puis, de sa voix calme :

— Mais, ami Niklausse, dit le bourgmestre, que sommes-nous venus faire au haut de cette tour ?

— Au fait, répondit le conseiller, nous nous laissons emporter par nos rêveries...

— Que sommes-nous venus faire ici ? répétait le bourgmestre.

— Nous sommes venus, répondit Niklausse, respirer cet air pur que n'ont pas vicié les faiblesses humaines.

— Eh bien, redescendons-nous, ami Niklausse ?

— Redescendons, ami van Tricasse.

Les deux notables donnèrent un dernier coup d'œil au splendide panorama qui se déroulait sous leurs yeux ; puis le bourgmestre passa le premier et commença à descendre d'un pas lent et mesuré. Le conseiller le suivait, à quelques marches derrière lui. Les deux notables arrivèrent au palier sur lequel ils s'étaient arrêtés en montant. Déjà leurs joues commençaient à s'empourprer. Ils s'arrêtèrent un instant et reprirent leur descente interrompue.

Au bout d'une minute, van Tricasse pria Niklausse de modérer ses pas, attendu qu'il le sentait sur ses talons et que « cela le gênait ».

Cela même fit plus que de le gêner, car, vingt marches plus bas, il ordonna au conseiller de s'arrêter, afin qu'il pût prendre quelque avance.

Le conseiller répondit qu'il n'avait pas envie de rester une jambe en l'air à attendre le bon plaisir du bourgmestre, et il continua.

Van Tricasse répondit par une parole assez dure.

Le conseiller riposta par une allusion blessante sur l'âge du bourgmestre, destiné, par ses traditions de famille, à convoler en secondes noces.

Le bourgmestre descendit vingt marches encore, en prévenant nettement Niklausse que cela ne se passerait pas ainsi.

Niklausse répliqua qu'en tout cas lui passerait devant ; et, l'escalier étant fort étroit, il y eut collision entre les deux notables, qui se trouvaient alors dans une profonde obscurité.

Les mots de butor et de malappris furent les plus doux de ceux qui s'échangèrent alors.

— Nous verrons, sotte bête, criait le bourgmestre, nous verrons quelle figure vous ferez dans cette guerre, et à quel rang vous marcherez !

— Au rang qui précédera le vôtre, sot imbécile ! répondit Niklausse.

Puis, ce furent d'autres cris, et on eût dit que des corps roulaient ensemble...

Que se passa-t-il ? Pourquoi ces dispositions si rapidement changées ? Pourquoi les moutons de la plate-forme se métamorphosaient-ils en tigres deux cents pieds plus bas ?

Quoi qu'il en soit, le gardien de la tour, entendant un tel tapage, vint ouvrir la porte inférieure, juste au moment où les adversaires, contusionnés, les yeux hors de la tête, s'arrachaient réciproquement leurs cheveux, qui, heureusement, formaient perruque.

— Vous me rendrez raison ! s'écria le bourgmestre en portant son poing sous le nez de son adversaire.

— Quand il vous plaira ! hurla le conseiller Niklausse en imprimant à son pied droit un balancement redoutable.

Le gardien, qui lui-même était exaspéré — on ne sait pas pourquoi — trouva cette scène de provocation toute naturelle. Je ne sais quelle surexcitation personnelle le poussait à se mettre de la partie. Mais il se contint et alla répandre dans tout le quartier qu'une rencontre prochaine, un duel devait avoir lieu entre le bourgmestre van Tricasse et le conseiller Niklausse.

XIV

Où les choses sont poussées si loin, que les habitants de Quiquendone, les lecteurs et même l'auteur réclament un dénouement immédiat

Ce dernier incident prouve à quel point d'exaltation était montée cette population quiquendonienne. Les deux plus vieux amis de la ville, et les plus doux — avant l'invasion du mal — en arriver à ce degré de violence ! Et cela quelques minutes seulement après que leur ancienne sympathie, leur instinct aimable, leur tempérament contemplatif, venaient de reprendre le dessus au sommet de cette tour.

En apprenant ce qui se passait, le docteur Ox ne put contenir sa joie. Il résistait aux arguments de son préparateur, qui voyait les choses prendre une mauvaise tournure. D'ailleurs, tous deux subissaient l'exaltation générale. Ils étaient non moins surexcités que le reste de la population, et ils en arrivèrent à se quereller à l'égal du bourgmestre et du conseiller.

Du reste, il faut le dire, une question primait toutes les autres et avait fait renvoyer les rencontres projetées à l'issue de la question virgamenoise. Personne n'avait le droit de verser son sang inutilement quand il appartenait jusqu'à la dernière goutte à la patrie en danger.

En effet, les circonstances étaient graves, et il n'y avait plus à reculer.

Le bourgmestre van Tricasse, malgré toute l'ardeur guerrière dont il était animé, n'avait pas cru devoir se jeter sur son ennemi sans le prévenir. Il avait donc, par l'organe du garde champêtre, le sieur Hotteringe, mis les Virgamenois en demeure de lui donner réparation du passe-droit commis en 1195 sur le territoire de Quiquendone.

Les autorités de Virgamen, tout d'abord, n'avaient pu deviner ce dont il s'agissait, et le garde champêtre, malgré son caractère officiel, avait été éconduit fort cavalièrement.

Van Tricasse envoya alors un des aides de camp du général confiseur, le citoyen Hildevert Shuman, un fabricant de sucre d'orge, homme très-ferme, très-énergique, qui apporta aux autorités de Virgamen la minute même du procès-verbal rédigé en 1195 par les soins du bourgmestre Natalis van Tricasse.

Les autorités de Virgamen éclatèrent de rire, et il en fut de l'aide de camp exactement comme du garde-champêtre.

Le bourgmestre assembla alors les notables de la ville. Une lettre, remarquablement et vigoureusement rédigée, fut faite en forme d'ultimatum ; le *casus belli* y était nettement posé, et un délai de vingt-quatre heures fut donné à la ville coupable pour réparer l'outrage fait à Quiquendone.

La lettre partit, et revint, quelques heures après, déchirée en petits morceaux, qui formaient autant d'insultes nouvelles. Les Virgamenois connaissaient de longue date la longanimité des Quiquendoniens, et ils se moquaient d'eux, de leur réclamation, de leur *casus belli* et de leur ultimatum.

Il n'y avait plus qu'une chose à faire : s'en rapporter au sort des armes, invoquer le dieu des batailles et, suivant le procédé prussien, se jeter sur les Virgamenois avant qu'ils ne fussent tout à fait prêts.

C'est ce que décida le conseil dans une séance solennelle, où les cris, les objurgations, les gestes menaçants s'entrecroisèrent avec une violence sans exemple. Une assemblée de fous, une réunion de possédés, un club de démoniaques n'eût pas été plus tumultueux.

Aussitôt que la déclaration de guerre fut connue, le général Jean Orbideck rassembla ses troupes, plus de deux milliers de combattants sur une population de deux mille trois cent quatre-vingt-treize âmes. Les femmes, les enfants, les vieillards s'étaient joints aux hommes faits. Tout objet tranchant ou contondant était devenu une arme. Les fusils de la ville avaient été mis en réquisition. On en avait découvert cinq, dont deux sans chiens, et ils avaient été distribués à l'avant-garde. L'artillerie se composait de la vieille couleuvrine du château, prise en 1339 à l'attaque du Quesnoy, l'une des premières bouches à feu dont il soit fait mention dans l'histoire, et qui n'avait pas tiré depuis cinq siècles. D'ailleurs, point de projectile à y fourrer, fort heureusement pour les servants de ladite pièce : mais tel qu'il était, cet engin pouvait encore imposer à l'ennemi. Quant aux armes blanches, elles avaient été puisées dans le musée d'antiquités, haches de silex, heaumes, masses d'armes, francisques [1], framées [2] guisardes, pertuisanes [3], verdiers, rapières [4], etc., et aussi dans ces arsenaux particuliers, connus généralement sous les noms d'*offices* et de *cuisines*. Mais le courage, le bon droit, la haine de l'étranger, le désir de la vengeance devaient tenir lieu d'engins plus perfectionnés et remplacer — du moins on l'espérait — les mitrailleuses modernes et les canons se chargeant par la culasse.

Une revue fut passée. Pas un citoyen ne manqua à l'appel. Le général Orbideck, peu solide sur son cheval, qui était un animal malin, tomba trois fois devant le front de l'armée ; mais il se releva sans s'être blessé, ce qui fut considéré comme un augure favorable. Le bourgmestre, le conseiller, le commissaire civil, le grand juge, le percepteur, le banquier, le recteur, enfin tous les notables de la cité marchaient en tête. Il n'y eut pas une

1. *francisque :* hache d'arme.
2. *framée :* javelot.
3. *pertuisane :* hallebarde du XVIe siècle.
4. Epée à lame fine, arme favorite des « gentilshommes » lors des duels, du XVe au XVIIIe siècle.

larme répandue ni par les mères, ni par les sœurs, ni par les filles. Elles poussaient leurs maris, leurs pères, leurs frères au combat, et les suivaient même en formant l'arrière-garde, sous les ordres de la courageuse Madame van Tricasse.

La trompette du crieur Jean Mistrol retentit ; l'armée s'ébranla, quitta la place, et, poussant des cris féroces, elle se dirigea vers la porte d'Audenarde.

. . . .

Au moment où la tête de colonne allait franchir les murailles de la ville, un homme se jeta au-devant d'elle.

— Arrêtez ! arrêtez ! fous que vous êtes ! s'écria-t-il. Suspendez vos coups ! Laissez-moi fermer le robinet ! Vous n'êtes point altérés de sang ! Vous êtes de bons bourgeois doux et paisibles ! Si vous brûlez ainsi, c'est la faute de mon maître, le docteur Ox ! C'est une expérience ! Sous prétexte de vous éclairer au gaz oxyhydrique, il a saturé...

Le préparateur était hors de lui ; mais il ne put achever. Au moment où le secret du docteur allait s'échapper de sa bouche, le docteur Ox lui-même, dans une indescriptible fureur, se précipita sur le malheureux Ygène, et il lui ferma la bouche à coups de poing.

Ce fut une bataille. Le bourgmestre, le conseiller, les notables, qui s'étaient arrêtés à la vue d'Ygène, emportés à leur tour par leur exaspération, se précipitèrent sur les deux étrangers, sans vouloir entendre ni l'un ni l'autre. Le docteur Ox et son préparateur, houspillés, battus, allaient être, sur l'ordre de van Tricasse, entraînés au violon, quand...

XV

Où le dénouement éclate

... quand une explosion formidable retentit. Toute l'atmosphère qui enveloppait Quiquendone parut comme embrasée.

Une flamme d'une intensité, d'une vivacité phénoménale s'élança comme un météore jusque dans les hauteurs du ciel. S'il avait fait nuit, cet embrasement eût été aperçu à dix lieues à la ronde.

Toute l'armée de Quiquendone fut couchée à terre, comme une armée de capucins... Heureusement il n'y eut aucune victime : quelques écorchures et quelques bobos, voilà tout. Le confiseur, qui par hasard n'était pas tombé de cheval à ce moment, eut son plumet roussi, et s'en tira sans autre blessure.

Que s'était-il passé ?

Tout simplement, comme on l'apprit bientôt, l'usine à gaz venait de sauter. Pendant l'absence du docteur et de son aide, quelque imprudence avait été probablement commise. On ne sait ni comment ni pourquoi une communication s'était établie entre le réservoir qui contenait l'oxygène et celui qui renfermait l'hydrogène. De la réunion de ces deux gaz était résulté un mélange détonant, auquel le feu fut mis par mégarde.

Ceci changea tout ; — mais quand l'armée se releva, le docteur Ox et le préparateur Ygène avaient disparu.

XVI

Où le lecteur intelligent voit bien qu'il avait deviné juste, malgré toutes les précautions de l'auteur

Après l'explosion, Quiquendone était immédiatement redevenue la cité paisible, flegmatique et flamande, qu'elle était autrefois.

Après l'explosion, qui d'ailleurs ne causa pas une profonde émotion, chacun, sans savoir pourquoi, machinalement, reprit le chemin de sa maison, le bourgmestre appuyé au bras du conseiller, l'avocat Schut au bras du médecin Custos, Frantz Niklausse au bras de son rival Simon Collaert, chacun tranquillement, sans bruit, sans avoir même conscience de ce qui s'était passé, ayant déjà oublié Virgamen et la vengeance. Le général était retourné à ses confitures, et son aide de camp à ses sucres d'orge.

Tout était rentré dans le calme, tout avait repris la vie habituelle, hommes et bêtes, bêtes et plantes, même la tour de la porte d'Audenarde, que l'explosion — ces explosions sont quelquefois étonnantes — que l'explosion avait redressée !

Et, depuis lors, jamais un mot plus haut que l'autre, jamais une discussion dans la ville de Quiquendone. Plus de politique, plus de club, plus de procès, plus de sergents de ville ! La place du commissaire Passauf recommença à être une sinécure, et si on ne lui retrancha pas ses appointements, c'est que le bourgmestre et le conseiller ne purent se décider à prendre une décision à son égard. D'ailleurs, de temps en temps, il continuait de passer, mais s'en sans douter, dans les rêves de l'inconsolable Tatanémance.

Quant au rival de Frantz, il abandonna généreusement la charmante Suzel à son amoureux, qui s'empressa de l'épouser, cinq ou six ans après ces événements.

Et quant à Mme van Tricasse, elle mourut dix ans plus tard, dans les délais voulus, et le bourgmestre se maria avec Mlle Pélagie van Tricasse, sa charmante cousine, dans des conditions excellentes... pour l'heureux mortel qui devait lui succéder.

XVII

Où s'explique la théorie du docteur Ox

Qu'avait donc fait ce mystérieux docteur Ox ? Une expérience fantaisiste, rien de plus.

Après avoir établi ses conduites de gaz, il avait saturé d'oxygène pur, sans jamais leur fournir un atome d'hydrogène, les monuments publics, puis les maisons particulières, et enfin les rues de Quiquendone.

L'oxygène, sans saveur, sans odeur, répandu à cette haute dose dans l'atmosphère, cause, quand il est aspiré, les troubles les plus sérieux à l'organisme. A vivre dans un milieu saturé d'oxygène, on est excité, on est surexcité, on brûle !

A peine rentré dans l'atmosphère ordinaire, on redevient ce qu'on était avant : ce fut le cas du conseiller et du bourgmestre, quand, au haut de la tour du beffroi, ils se retrouvèrent dans l'air respirable, l'oxygène se maintenant par son poids parmi les couches inférieures.

Mais aussi, à vivre en de telles conditions, à respirer ce gaz qui transforme physiologiquement le corps aussi bien que l'âme, on meurt vite, comme ces fous qui mènent la vie à outrance !

Il fut donc heureux pour les Quiquendoniens qu'une providentielle explosion vint terminer cette dangereuse expérience, en anéantissant l'usine du dcoteur Ox.

En résumé, et pour conclure, la vertu, le courage, le talent, l'esprit, l'imagination, toutes ces qualités ou ces facultés ne seraient-elles donc qu'une question d'oxygène ?

Telle est la théorie du docteur Ox, mais on a le droit de ne point l'admettre, malgré sa fantaisiste expérimentation, dont fut le théâtre l'honorable ville de Quiquendone. [1]

1. Dans la version Hetzel, le dernier paragraphe se termine ainsi : « Telle est la théorie du docteur Ox, mais on a le droit de ne point l'admettre, *et pour notre compte nous la repoussons à tous les points de vue*, malgré la fantaisiste expérimentation dont fut le théâtre l'honorable ville de Quiquendone. » (C'est moi qui souligne.) Nuance relevée par Olivier Dumas dans son article déjà cité en notice.

FRRITT-FLACC

LE NOUVEAU TRIOMPHE DU TEMPS

Le fantastique, on le sait, est un moment d'hésitation : pour le héros d'un récit, souvent, qui doute de ses sens ou de sa raison devant un événement ; pour le lecteur, toujours, qui lui doute moins du sens de ce qu'il lit, que du statut du texte qui lui pose problème : tout dépend du genre vers lequel le conduit le fil de l'histoire. Ainsi, le fantastique du Château des Carpathes *va finalement déboucher sur une explication scientifique et rationnelle*[1]*, même si les personnages conservent jusqu'au bout leur statut de décalés. Or, il n'y a aucune explication rationnelle à la « chute » de* Frritt-Flacc : *ce conte nous offre le cas d'un dédoublement qui vient de s'opérer sous nos yeux et sous les yeux du personnage principal ; c'est-à-dire que ce dernier découvre un autre* lui-même. *L'œuvre paraît donc aboutir à une sorte « d'aberration, dépourvue de toute explication*[2] *», digne des meilleures nouvelles de Kafka par exemple. Pourtant, loin d'être dénué de sens, ce conte nous offre en fait un sens moral et une logique esthétique.*

1. C'est ce que Daniel Compère appelle le « pseudo fantastique », et qui voit « une intervention apparemment surnaturelle ou merveilleuse » se produire « suivie d'une explication rationnelle ». Voir l'article « Ecriture de l'extraordinaire », dans la *Revue Jules Verne* n° 3 (1997), éditée par le Centre de Documentation Jules Verne d'Amiens. Ce numéro fait la synthèse des Rencontres internationales verniennes d'Amiens, de la même année.
2. Selon les termes de Daniel Compère, dans l'article cité précédemment.

Olivier Dumas a déjà mis en exergue[1] *le désir de symétrie que Jules Verne souhaite pour sa nouvelle. Lorsqu'il la rédige pour la première fois*[2]*, « apparaissent successivement la fille, la femme et la mère du craquelinier, de même, au cours de la route, disparaissent rapidement la fille et la femme pour ne laisser que la mère auprès du docteur. A chaque fois un 'allons toujours' suspend l'action ». Musicalement parlant, et on sait comme la musique joue un rôle important chez Jules Verne*[3]*, on pourrait dire que dans une première phase, les accords vont en montant,* crescendo, *au fur et à mesure des apparitions qui augmentent l'intensité dramatique (le craquelinier est dans un état de plus en plus désespéré), mais qui augmentent aussi en effet de persuasion (la mère parvient à faire sortir le docteur) ; puis, dans une seconde phase, les accords baissent tandis que les personnages disparaissent un à un*[4] *: c'est peut-être dans un silence absolu que Trifulgas pénètre dans la mystérieuse demeure.*

Cette symétrie, vite perceptible dans cette version initiale du conte, donnait au lecteur l'impression d'un monde déjà établi, suivant une règle implacable : en apparence, on peut donc se croire en terrain stable, mais avec, en point de mire, la question suivante : une fois le docteur à nouveau seul, que peut-il se passer ?

Or, une autre construction symétrique, beaucoup plus subtile et qui reste présente dans toutes les versions du conte, se réalise à partir du chapitre VI : elle concerne la temporalité, elle met en scène une rencontre.

C'est la rencontre de deux temps : l'un est le temps traditionnel de la narration qui part de l'installation de l'histoire dans une époque et dans un lieu et qui voit se succéder diffé-

1. Dans l'article « Les versions de *Frritt-Flacc* ou la libertée retrouvée », *Bulletin de la Société Jules Verne* n° 59, 1981.

2. Cette rédaction initiale a sans doute lieu aux alentours de 1883. Le manuscrit autographe se trouve à la bibliothèque municipale de Nantes.

3. Voir la notice d'*Une fantaisie du docteur Ox* dans le présent ouvrage.

4. Daniel Compère a déjà étudié la musicalité dans *Frritt-Flacc* avec son article « Structures musicales et romanesques », Amiens, *Le Musicien picard* n° 23, 1979.

rentes péripéties qui nous mènent jusqu'à une fin, bonne ou mauvaise pour le héros, et qui est souvent prévisible. Or, ici, cette fin prévisible est court-circuitée car un autre temps vient de surgir, de la direction inverse : un événement semble venir du futur, quelqu'un semble avoir sorti de terre le docteur, de son lieu futur de repos éternel, semble l'avoir ramené à son lit de mort, puis l'avoir ranimé et maintenu en suspens, dans une sorte de présent immobile, cependant que l'autre docteur Trifulgas venant du passé, donc toujours vivant, toujours actif, arrive, lui aussi guidé par des éléments mystérieux : la fille, la femme, la mère du « craquelinier », dont l'existence devient douteuse.

Or, cette référence à un présent, figé dans une scène au cœur du récit, en attente entre un passé et un futur en lutte, est chose fréquente chez Jules Verne, un choix de construction visiblement prémédité. Ce présent qui découpe toute l'action d'un récit en deux pôles irréversiblement opposés est souvent symbolisé par l'immobilité totale, dont est victime un héros, ainsi Schultze transformé en statue dans Les Cinq Cents Millions de la Begum *ou Pym gelé dans* Le Sphynx des glaces.

J'ai promis de parler d'un sens moral de cette histoire. Il s'agit bien sûr de la punition que subit le docteur Trifulgas en ayant refusé en premier lieu d'aller soigner le pauvre craquelinier. La fin signifierait : « Si tu avais été à la place de ce pauvre homme, tu aurais bien voulu qu'on se dépêche de venir te soigner. » Or, c'est précisément parce qu'il ne s'est pas dépêché que Trifulgas meurt dans ses propres bras peut-on dire. Ce sens moral, à partir d'un homme témoin de sa propre mort à cause de son avarice, permet d'envisager une source inspiratrice à ce conte : la chute rappelle étrangement un extrait du Chant de Noël *(*A Christmas Carol*) de Charles Dickens*[1] *; dans ce conte, Ebenezer Scrooge, plus avare qu'Harpagon, se promène d'abord dans son passé, puis dans un présent qui s'étire lentement, chaque fois en compagnie d'un fantôme ou esprit, qui*

1. Ecrit et édité en 1843 en Angleterre, *A Christmas Carol* a été traduit en français et publié chez Hachette en 1857, puis réédité en 1865.

apparaît et disparaît aussi brusquement que les membres de la famille du « craquelinier ». Un troisième esprit de Noël guide Scrooge dans le futur, et le personnage entre dans une chambre (sa chambre qu'il ne reconnaît pas, contrairement à Trifulgas), se retrouve près d'un cadavre (le sien) recouvert d'un drap mortuaire qu'il n'ose soulever. Il découvrira finalement sa propre mort à la lecture de son nom sur une tombe.

En 1884, Jules Verne modifie son texte initial afin de le faire éditer au Figaro illustré. *On a vu que la symétrie, notamment, disparaît dans cette version. Par la suite, Verne apporte encore des retouches à son conte, en vue cette fois d'une édition chez Hetzel : elle a lieu en 1886, dans la série des* Voyages Extraordinaires *(le conte fait suite au* Billet de loterie*). Mais à son tour, Hetzel a encore apporté des modifications à cette peau de chagrin. Or, la même année, l'éditeur meurt alors qu'il se disposait à faire publier* Frritt-Flacc *dans sa revue,* le Magasin d'Education et de Récréation. *Verne a donc tout loisir de remettre son texte en état, mais cette fois, ce sont des coquilles qui s'installent (et pour longtemps) lors de la correction, ou peut-être au moment d'imprimer. Il faudra attendre 1981 pour voir* Frritt-Flacc *revenir à une édition digne de lui.*

Samuel SADAUNE

I

Frritt !... c'est le vent qui se déchaîne.

Flacc !... c'est la pluie qui tombe à torrents.

Cette rafale mugissante courbe les arbres de la côte volsinienne et va se briser contre le flanc des montagnes de Crimma. Le long du littoral, de hautes roches sont incessamment rongées par les lames de cette vaste mer de la Mégalocride.

Frritt !... Flacc !...

Au fond du port se cache la petite ville de Luktrop. Quelques centaines de maisons, avec miradores [1] verdâtres, qui les défendent tant bien que mal contre les vents du large. Quatre ou cinq rues montantes, plus ravines que rues, pavées de galets, souillées de scories que projettent les cônes éruptifs de l'arrière-plan. Le volcan n'est pas loin, — le Vanglor. Pendant le jour, la poussée intérieure s'épanche sous forme de vapeurs sulfurées. Pendant la nuit, de minute en minute, gros vomissement de flammes. Comme un phare, d'une portée de cent cinquante kertses, le Vanglor signale le port de Luktrop aux caboteurs, felzanes, verliches ou balanzes, dont l'étrave scie les eaux de la Mégalocride.

De l'autre côté de la ville s'entassent quelques ruines de l'époque crimmérienne. Puis, un faubourg d'aspect arabe, en

1. Faute d'orthographe laissée volontairement. Il n'est pas impossible qu'il s'agisse d'un jeu de mots (mirador(e)s, adorent ce qu'ils mirent !) [Note de Samuel Sadaune.]

casbah, à murs blancs, à toits ronds, à terrasses dévorées du soleil. Amoncellement de cubes de pierre jetés au hasard. Vrai tas de dés à jouer, dont les points se seraient effacés sous la patine du temps.

Entre autres, on remarque le Six-Quatre, nom donné à une construction bizarre, avec une toiture carrée, ayant six ouvertures sur une face, quatre sur l'autre.

Un clocher domine la ville, le clocher carré de Sainte-Philfilène, avec cloches suspendues dans l'entrefend des murs, et que l'ouragan met quelquefois en branle. Mauvais signe. Alors on a peur dans le pays.

Telle est Luktrop. Puis, des habitations, des huttes misérables, éparses dans la campagne, au milieu des genêts et des bruyères, *passim,* comme en Bretagne. Mais on n'est pas en Bretagne. Est-on en France ? Je ne sais. En Europe ? Je l'ignore.

En tout cas, ne cherchez pas Luktrop sur la carte, — même dans l'atlas de Stieler.

II

Froc !... Un coup discret a été frappé à l'étroite porte du Six-Quatre, percée dans l'angle gauche de la rue Messaglière. C'est une maison des plus confortables, si, toutefois, ce mot doit avoir cours à Luktrop, — une des plus riches, si, de gagner bon an mal an quelques milliers de fretzers, constitue la richesse.

Au froc a répondu un de ces aboiements sauvages, dans lesquels il y a du hurlement, — ce qui serait l'aboiement d'un loup. Puis, une fenêtre à guillotine s'ouvre au-dessus de la porte du Six-Quatre.

« A tous les diables, les importuns ! » dit une voix de méchante et désagréable humeur.

Une jeune fille, grelottant sous la pluie, enveloppée d'une mauvaise cape, demande si le docteur Trifulgas est à la maison.

« Il y est ou n'y est pas, — c'est selon !

— Je viens pour mon père qui se meurt !

— Où se meurt-il ?
— Du côté du Val Karniou, à quatre kertses d'ici.
— Et il se nomme ?...
— Vort Kartif. [1]

III

Un homme dur, ce docteur Trifulgas. Peu compatissant, ne soignant que contre espèces, versées d'avance. Son vieux Hurzof, — un métis de bouledogue et d'épagneul, — aurait eu plus de cœur que lui. La maison du Six-Quatre, inhospitalière aux pauvres gens, ne s'ouvrait que pour les riches. D'ailleurs, c'était tarifé ; tant pour une typhoïde, tant pour une congestion, tant pour une péricardite et autres maladies que les médecins inventent par douzaines. Or, le craquelinier Vort Kartif était un pauvre homme, d'une famille misérable. Pourquoi le docteur Trifulgas se serait-il dérangé, et par une nuit pareille ?

« Rien que de m'avoir fait lever, murmura-t-il en se couchant, ça valait déjà dix fretzers ! »

Vingt minutes s'étaient à peine écoulées, que le marteau de fer frappait encore l'huis du Six-Quatre.

Tout maugréant, le docteur quitta son lit, et, penché hors de la fenêtre.

« Qui va là ? cria-t-il.
— Je suis la femme de Vort Kartif.
— Le craquelinier du Val Karniou ?
— Oui, et si vous refusez de venir, il mourra !
— Eh bien, vous serez veuve !

1. Dans la version originale du *Figaro illustré* s'ajoutent ces lignes :
— Vort Kartif... le craquelinier ?
— Oui, et si le docteur Trigulgas...
— Le docteur Trifulgas n'y est pas ! »
Et la fenêtre se referma brutalement, pendant que les Frritts du vent et les Flaccs de la pluie se confondaient dans un assourdissant tapage.

— Voici vingt fretzers...
— Vingt fretzers, pour aller au Val Karniou, à quatre kertses d'ici !
— Par grâce !
— Au diable ! »
Et la fenêtre se referma. Vingt fretzers ! La belle aubaine ! Risquer un rhume ou une courbature pour vingt fretzers, surtout quand, le lendemain, on est attendu à Kiltreno, chez le riche Edzingov, le goutteux, dont on exploite la goutte à cinquante fretzers par visite !
Sur cette agréable perspective, le docteur Trifulgas se rendormit plus dur que devant.

IV

Frritt !... Flacc !... Et puis, froc !... froc !... froc !...
A la rafale se sont joints, cette fois, trois coups de marteau, frappés d'une main plus décidée. Le docteur dormait. Il se réveilla, mais de quelle humeur ! La fenêtre ouverte, l'ouragan entra comme une boîte à mitraille.
« C'est pour le craquelinier...
— Encore ce misérable !
— Je suis sa mère !
— Que la mère, la femme et la fille crèvent avec lui !
— Il a eu une attaque !...
— Eh ! qu'il se défende !
— On nous a remis quelque argent, reprit l'aïeule, un acompte sur la maison qui est vendue au camondeur Dontrup, de la rue Messaglière. Si vous ne venez pas, ma petite fille n'aura pas de père, ma fille n'aura plus de mari, moi, je n'aurai plus de fils !... »
C'était pitoyable et terrible d'entendre la voix de cette vieille, de penser que le vent lui glaçait le sang dans les veines, que la pluie lui trempait les os jusque sous sa maigre chair.

« Une attaque, c'est deux cents fretzers ! répondit le sans-cœur Trifulgas.

— Nous n'en avons que cent vingt !

— Bonsoir ! »

Et la fenêtre de se refermer.

Mais, après réflexion, cent vingt fretzers pour une heure et demie de course, plus une demi-heure de visite, cela fait encore soixante fretzers l'heure, — un fretzer par minute. Petit profit, point à dédaigner pourtant.

Au lieu de se recoucher, le docteur se glissa dans son habit de valvètre, descendit dans ses grandes bottes de marais, s'enfourna sous sa houppelande de lurtaine, et, son surouët à la tête, ses moufles aux mains, il laissa sa lampe allumée, près de son Codex, ouvert à la page 197. Puis, poussant la porte du Six-Quatre, il s'arrêta sur le seuil.

La vieille était là, appuyée sur son bâton, décharnée par ses quatre-vingts ans de misère !

« Les cent vingt fretzers ?

— Les voici, et que Dieu vous les rende au centuple !

— Dieu ! L'argent de Dieu ! Est-ce que personne en a jamais vu la couleur ? »

Le docteur siffla Hurzof, lui mit une lanterne à la gueule, prit le chemin de la mer.

La vieille suivait.

V

Quel temps de Frritts et de Flaccs ! Les cloches de Sainte-Philfilène se sont mises en branle sous la bourrasque. Mauvais signe. Bah ! le docteur Trifulgas n'est pas superstitieux. Il ne croit à rien, pas même à sa science, — excepté pour ce qu'elle lui rapporte.

Quel temps, mais aussi quel chemin ! Des galets et des scories ; les galets, glissants de varechs, les scories, qui crépitent comme du mâchefer. Pas d'autre lumière que la lanterne du chien Hurzof, vague, vacillante. Parfois, la poussée de flammes du Vanglor, au milieu desquelles paraissent se démener de grandes silhouettes falotes. On ne sait vraiment pas ce qu'il y a au fond de ces cratères insondables. Peut-être les âmes du monde souterrain, qui se volatilisent en sortant.

Le docteur et la vieille suivent le contour des petites baies du littoral. La mer est blanche d'un blanc livide, — un blanc de deuil. Elle brasille en s'écrêtant à la ligne phosphorescente du ressac, qui semble verser des vers luisants sur la grève.

Tous deux remontent ainsi jusqu'au détour du chemin, entre les dunes vallonnées, dont les genêts et les joncs s'entrechoquent avec un cliquetis de baïonnettes.

Le chien s'était rapproché de son maître et semblait lui dire : « Hein ! Cent vingt fretzers à mettre dans le coffre-fort ! C'est ainsi que l'on fait fortune ! Une mesure de plus à l'enclos de vigne ! Un plat de plus au souper du soir ! Une pâtée de plus au fidèle Hurzof ! Soignons les riches malades, et saignons-les... à leur bourse ! »

En cet endroit, la vieille s'arrête. De son doigt tremblant elle montre, dans l'ombre, une lumière rougeâtre. C'est la maison de Vort Kartif, le craquelinier.

« Là ? fait le docteur.

— Oui, répond la vieille.

— Harraouah ! » pousse le chien Hurzof.

Tout à coup, le Vanglor détone, secoué jusque dans les contreforts de sa base. Une gerbe de flammes fuligineuses monte jusqu'au zénith, trouant les nuages. Le docteur Trifulgas a été renversé du coup.

Il jure comme un chrétien, se relève, regarde.

La vieille n'est plus derrière lui. A-t-elle disparu dans quelque entr'ouverture du sol, ou s'est-elle envolée à travers le flottement[1] des brumes ?

1. Dans la totalité des éditions de *Frritt-Flacc* (à l'exception de celle du *Bulletin de la Société Jules Verne* de 1981) a persisté cette coquille : *frottement* à la place de *flottement.* Bien qu'il s'agisse d'un conte fantastique, la brume frotte rarement.

Quant au chien, il est toujours là, debout sur ses pattes de derrière, la gueule ouverte, sa lanterne éteinte.

« Allons toujours ! » murmure le docteur Trifulgas.

L'honnête homme a reçu ses cent vingt fretzers. Il faut bien les gagner.

VI

Plus qu'un point lumineux, à une demi-kertse. C'est la lampe du mourant, — du mort peut-être. Voilà bien la maison du craquelinier. L'aïeule l'a indiquée du doigt. Pas d'erreur possible.

Au milieu des Fritts sifflants, des Flaccs crépitant dans le brouhaha de la tourmente, le docteur Trifulgas marche à pas pressés.

A mesure qu'il s'avance, la maison se dessine mieux, étant isolée au milieu de la lande.

Il est singulier d'observer combien elle ressemble à celle du docteur, au Six-Quatre de Luktrop. Même disposition de fenêtres sur sa façade, même petite porte cintrée.

Le docteur Trifulgas se hâte aussi rapidement que le permet la rafale. La porte est entrouverte, il n'a qu'à la pousser, il la pousse, il entre, et le vent la referme sur lui — brutalement.

Le chien Hurzof, dehors, hurle, se taisant par intervalles, comme les chantres, entre les versets d'un psaume des Quarante-Heures.

C'est étrange ! On dirait que le docteur Trifulgas est revenu dans sa propre maison. Il ne s'est pas égaré, cependant. Il n'a point fait un détour. Il est bien au Val Karniou, non à Luktrop. Et pourtant, même corridor, bas et voûté, même escalier de bois tournant, à grosse rampe, usée de frottements de mains.

Il monte. Il arrive au palier. Devant la porte, une faible lueur filtre en dessous, comme au Six-Quatre.

Est-ce une hallucination ? Dans la lumière vague, il reconnaît sa chambre, le canapé jaune, à droite, le bahut en vieux poirier, à gauche, le coffre-fort bardé, où il comptait déposer ses cent vingt fretzers. Voilà son fauteuil à oreillons de cuir, voilà sa table à pieds tors, et dessus, près de la lampe qui se meurt, son Codex, ouvert à la page 197.

« Qu'ai-je donc ? » murmure-t-il.

Ce qu'il a ? Il a peur. Sa pupille s'est dilatée. Son corps s'est comme contracté, amoindri. Une transsudation glacée refroidit sa peau, sur laquelle il sent courir de rapides horripilations.

Mais hâte-toi donc ! Faute d'huile, la lampe va s'éteindre, — le moribond aussi !

Oui, le lit est là, — son lit, à colonnes, à baldaquin, aussi long que large, fermé de courtines à grands ramages. Est-il possible que ce soit là le grabat d'un misérable craquelinier ?

D'une main qui tremble, le docteur Trifulgas saisit les rideaux. Il les ouvre, il regarde.

Le moribond, sa tête hors des couvertures, est immobile, comme au bout de sa dernière respiration.

Le docteur se penche sur lui...

Ah ! quel cri, auquel répond, en dehors, un sinistre aboiement du chien.

Le moribond, ce n'est pas le craquelinier Vort Kartif !... C'est le docteur Trifulgas !... C'est lui que la congestion a frappé, — lui-même ! Une apoplexie cérébrale, avec brusque accumulation de sérosités dans les cavités du cerveau, avec paralysie du corps au côté opposé à celui où se trouve le siège de la lésion !

Oui ! c'est lui, pour qui on est venu le chercher, pour qui on a payé cent vingt fretzers ! Lui, qui, par sa dureté de cœur, refusait d'aller soigner le craquelinier pauvre ! Lui, qui va mourir !

Le docteur Trifulgas est comme fou. Il se sent perdu. Les accidents croissent de minute en minute. Non seulement toutes les fonctions de relations se suppriment en lui, mais les mouvements du cœur et de la respiration vont cesser. Et pourtant, il n'a pas encore entièrement perdu la connaissance de lui-même !

Que faire ? Diminuer la masse du sang au moyen d'une émission sanguine ? Le docteur Trifulgas est mort, s'il hésite...

On saignait encore dans ce temps-là, et, comme à présent,

les médecins guérissaient de l'apoplexie tous ceux qui ne devaient pas en mourir.

Le docteur Trifulgas saisit sa trousse, tire sa lancette, pique la veine du bras de son sosie : le sang ne vient pas à son bras. Il lui fait d'énergiques frictions à la poitrine : le jeu de la sienne s'arrête. Il lui brûle les pieds avec des pierres chaudes ; les siens se refroidissent.

Alors son sosie se redresse, se débat, pousse un râle suprême...

Et le docteur Trifulgas, malgré tout ce qu'a pu lui inspirer la science *se meurt entre ses mains.*

Frritt !... Flacc !

VII

Le matin, dans la maison du Six-Quatre, on ne trouva plus qu'un cadavre, — celui du docteur Trifulgas. On le mit en bière, et il fut conduit en grande pompe au cimetière de Luktrop, après tant d'autres qu'il y avait envoyés — selon la formule.

Quant au vieux Hurzof, on dit que, depuis ce jour, il court la lande, avec sa lanterne rallumée, hurlant au chien perdu.

Je ne sais si cela est, mais il se passe tant de choses étranges dans ce pays de la Volsinie, précisément aux alentours de Luktrop !

D'ailleurs, je le répète, ne cherchez pas cette ville sur la carte. Les meilleurs géographes n'ont pas encore pu se mettre d'accord sur sa situation en latitude — ni même en longitude.

HIER
ET
DEMAIN

Amer savoir, celui qu'on tire du voyage !
Le monde, monotone et petit, aujourd'hui,
Hier, demain, toujours, nous fait voir notre image :
Une oasis d'horreur dans un désert d'ennui !

Charles BAUDELAIRE
Les Fleurs du Mal, « Le Voyage ».

SOUVENIRS D’ENFANCE ET DE JEUNESSE

Souvenirs d'enfance et de jeunesse, publié en 1990 dans les « Cahiers du musée Jules-Verne » n° 10. Texte reproduit avec l'accord de la Ville de Nantes qui possède le manuscrit original (MJVB78).

PORTRAIT DE L'ARTISTE JEUNE

Des souvenirs de leur enfance et de leur jeunesse ? Bien peu d'écrivains y ont échappé, même si bon nombre se sont immergés dans le passé par le biais de la fiction, réalisant même ainsi, dans bien des cas, leur chef-d'œuvre (ainsi Dickens avec David Copperfield, *Proust avec* la Recherche*). Il faut tout de suite remarquer que cette transformation de souvenirs en œuvres d'art provient bien souvent du fait que l'on nous narre non pas la vie d'un enfant, d'un adolescent, mais la formation d'un écrivain. Nous partageons moins les impressions et les sentiments d'un jeune dans l'apprentissage de la vie, que ceux d'un futur auteur, et qui l'ont suffisamment marqué pour rester présents, non seulement dans ses souvenirs, cinquante ans plus tard, mais également dans ses différents romans.*

Certes, Jules Verne, au tout début de ses Souvenirs, *déclare que « les images qu'il évoque ne sont point de celles qui se défraîchissent ou s'effacent : ce sont des photographies inaltérables et que le temps rend plus nettes encore ». Mais ces images sont beaucoup moins à rattacher avec des événements survenus au jeune Jules qu'à l'imaginaire qu'il s'est forgé tandis qu'il vivait ces événements ! Il annonce lui-même d'ailleurs qu'il va tenter de dire « comment me vint cette vocation d'écrire ». C'est un leitmotiv de dire qu'un auteur écrit toute sa vie le même livre. C'est surtout que tous ses livres comportent ces fameuses images construites durant les émotions de l'enfance.*

Ainsi, de quoi nous parle Jules Verne ? De ce que « les lourds bâtiments à voile de la marine marchande » suscitaient en lui de rêves : « En imagination, je grimpais dans leurs haubans [...] Quel désir j'avais de franchir la planche tremblottante qui les rattachait [...]. » Désir et imagination, le romanesque s'installe ; ainsi qu'un arrière-plan historique : mais est-il vraiment plausible qu'un enfant de deux ans ait le moindre souvenir de la Révolution de 1830 ? Comme plus tard dans les Voyages Extraordinaires, *Verne mêle l'information sèche historique et scientifique aux appels enivrants de l'aventure. Ainsi, au début du chapitre 3, la liste des inventions, que ne devait pas connaître, en tout cas en son entier, l'enfant Jules, n'a pas d'autre rôle que de montrer une autre donnée (la donnée scientifique, qui croise la capacité onirique), qui gonfle, prend de l'importance, va emplir des espaces importants de la feuille d'écriture, être l'un des supports du monde vernien qui se monte.*

Ce sont bien les instruments de la création que nous présente dans ce texte Jules Verne.

Et même lorsqu'un événement spécifique à cette enfance nous est présenté, c'est aussitôt pour être éclipsé par l'imaginaire. Ainsi, l'entrée clandestine, à huit ans, de Jules dans un trois-mâts, ou les étés chez Oncle Prudent : ce sont aussitôt des rêves de voyages qui jaillissent de ces scènes qui, en elles-mêmes, n'auraient aucun sens si elles ne déclenchaient pas la naissance de mondes merveilleux. L'oncle évoque les Amériques (où il a vécu), la cime des arbres remplace la mâture des navires, la brise qui agite les branches sur lesquelles sont hissés Jules et Paul peut suggérer le roulis de l'océan. Bref, on substitue, on fait semblant ; on crée.

Même chose pour l'unique description des Souvenirs : *la Loire vue de la chambrette de Chantenay. Mais à peine est-elle contée (de façon poétique) qu'aussitôt arrive la remarque suivante : « on ne peut la comparer à l'Hudson, au Mississipi, au Saint-Laurent »... non, certes, on ne peut pas. Mais c'est bien au fond ce qu'est tout de même en train de faire Jules.*

Ce monde lointain qui commence à se forger dans l'esprit

du jeune garçon, l'écrivain de soixante ans ne paraît pas très éloigné de nous dire que c'est ce qu'il a connu de mieux au cours de son existence. Rédigés entre 1889 et 1890, ces Souvenirs *sont probablement une commande de la rédaction de la revue américaine* Youth's Companion *(comme Verne le laisse entendre au chapitre 1). Eventuellement, ils ont pu avoir été rédigés auparavant, à un moment où Jules Verne aurait souhaité faire le point (il a eu de nombreux ennuis de santé et connaît depuis quelques années une série noire : son neveu Gaston a tenté de l'abattre avec une arme à feu ; son éditeur Hetzel et sa mère Sophie sont tous deux décédés) ; puis utilisés pour répondre à une demande de la revue. Toujours est-il qu'on sent le plaisir qu'a pris l'auteur à les rédiger : comme dans un rêve.*

Mais les rêves aboutissent hélas chaque fois à la morne réalité. Lorsque le jeune Jules, suite à un accident avec sa yole qui coule à pic, atterrit sur un îlot (peu éloigné de la « civilisation » nantaise), son premier réflexe est... de ne surtout pas faire de signaux « car ils seraient trop vite aperçus, et je serais sauvé plus tôt que je ne le voudrais ! ». Hélas, au bout de quelques heures, le décor s'effondre : la marée devient basse et Jules peut traverser son océan imaginaire à pied. De même, à la fin des Souvenirs, *l'écriture prend une tournure emplie d'amertume, voire même de fadeur par instants. L'auteur semble brusquement se souvenir qu'il s'adresse à une revue, à un public, qu'il n'est pas entièrement libre (une fois de plus) de sa rédaction. D'où sans doute les quatre derniers paragraphes qui tranchent assez froidement avec tout ce qui a précédé : l'écriture s'emplit d'images et de redites stéréotypées. On sait le décalage qu'il y avait déjà entre Jules Verne, son public et la critique : alors qu'il fut principalement un maître de l'ironie, du merveilleux (dans ce qu'il a de plus poétique), de l'utopie et du fantastique, on ne cesse déjà de son vivant d'en faire un chantre du Progrès et un devin de l'invention scientifique.*[1] *Le fameux passage « Cette tâche, c'est de peindre la terre entière,*

1. Voir à ce sujet l'Introduction de Volker Dehs dans le présent ouvrage.

le monde entier... » ressemble à une réclame, est pratiquement le passage obligé que Jules Verne ressort, presque au mot près, à chaque interview[1].

On a vu[2] *que la rédaction des* Souvenirs *paraît lui avoir procuré un tel plaisir qu'il a désiré par la suite en faire la pièce maîtresse d'un recueil de nouvelles : on verra comment* M. Ré-dièze et Mlle Mi-bémol, *rédigés en 1893, l'année où Jules Verne envisage pour la première fois de mettre au point un recueil, est un écho à ces* Souvenirs.

Le manuscrit des Souvenirs *a été racheté en 1931, lors d'une vente publique à Londres, par la Fondation Martin Bodner. En 1974, Pierre-André Touttain obtient de cette fondation l'autorisation de consulter le manuscrit et de l'éditer aux* Cahiers de l'Herne. *De son côté, la ville de Nantes acquiert en 1981 le brouillon resté dans les papiers de l'écrivain, et Christian Robin le publie dans les* Cahiers du Musée JulesVerne. [3]

Samuel Sadaune

Nous remercions la Ville de Nantes, la fondation Martin Bodner à Coligny et la Société Jules Verne.

1. Il suffit de lire les différentes interviews accordées par Verne pour s'en convaincre. Voir *Entretiens avec Jules Verne, 1873-1905,* ouvrage réalisé par Jean-Michel Margot et Daniel Compère, aux éditions Slatkine, 1998.

2. Voir la Postface d'*Hier et Demain* d'Olivier Dumas dans le présent ouvrage.

3. Voir l'historique des *Souvenirs* dans le *Bulletin de la Société Jules Verne* n° 89, 1989, lequel réédite précisément la nouvelle.

1

Des souvenirs de leur enfance et de leur jeunesse ?... Oui ! c'est bien aux hommes de mon âge qu'il convient de les demander. Ces souvenirs sont plus vivaces que les faits dont nous avons été les témoins ou les auteurs à partir de notre maturité. Quand il a franchi la moyenne ordinaire de la vie, notre esprit se plait à ce retour vers les premières années. Les images qu'il évoque ne sont point de celles qui se défraîchissent ou s'effacent : ce sont des photographies inaltérables et que le temps rend plus nettes encore. Ainsi se justifie ce mot si profond d'un écrivain français : « La mémoire est presbyte ». Elle s'allonge en vieillissant, comme une lunette dont on développe le tube, et peut distinguer les plus lointains linéaments du passé.

De pareils souvenirs sont-ils de nature à intéresser ?... Je ne sais. Mais peut-être les jeunes lecteurs du *Youth's Companion* de Boston apprendront-ils non sans quelque curiosité comment me vint cette vocation d'écrire que je poursuis au-delà des limites de la soixantaine ? Aussi, sur la demande du directeur de cette revue, j'allonge les tubes de ma mémoire, je me retourne et je regarde en arrière.

2

Et d'abord, ai-je toujours eu du goût pour les récits dans lesquels l'imagination se donne libre carrière ? Oui, sans doute, et ma famille a tenu en grand honneur les lettres et les arts — d'où je conclus que l'atavisme entre pour une forte part dans mes instincts. Puis, il y a cette circonstance que je suis né à Nantes, où mon enfance s'est tout entière écoulée. Fils d'un père à demi-parisien et d'une mère tout à fait bretonne, j'ai vécu dans le mouvement maritime d'une grande ville de commerce, point de départ et d'arrivée de nombreux voyages au long cours. Je revois cette Loire, dont une lieue de ponts relie les bras multiples, ses quais encombrés de cargaisons sous l'ombrage de grands ormes, et que la double voie du chemin de fer, les lignes de tramways, ne sillonnaient pas encore. Des navires sont à quai sur deux ou trois rangs. D'autres remontent ou descendent le fleuve. Pas de bateaux à vapeur, à cette époque, ou du moins très peu ; mais quantité de ces voiliers dont les Américains ont si heureusement conservé et perfectionné le type avec leurs clippers et leurs trois-mâts goëlette. En ce temps là, nous n'avions que les lourds bâtiments à voile de la marine marchande. Que de souvenirs ils me rappellent ! En imagination, je grimpais dans leurs haubans, je me hissais à leurs hunes, je me cramponnais à la pomme de leurs mâts ! Quel désir j'avais de franchir la planche tremblotante qui les rattachait au quai et de mettre le pied sur leur pont ! Mais, avec ma timidité d'enfant, je n'osais ! Timide ?... Oui ! je l'étais, et pourtant, j'avais déjà vu faire une révolution, renverser un régime, fonder une royauté nouvelle, bien que je n'eusse que deux ans alors, et j'entends encore les coups de fusil de 1830 dans les rues de la ville où, comme à Paris, la population se battit contre les troupes royales.

Un jour, cependant, je me hasardai et j'escaladai les bastingages d'un trois-mâts, dont le gardien faisait son quart dans une buvette du voisinage. Me voila sur le pont... Ma main saisit une drisse et la fait glisser dans sa poulie !... Quelle joie ! Les panneaux de la cale sont ouverts !... Je me penche sur cet abîme... Les odeurs fortes qui s'en dégagent me montent à la tête — ces odeurs où l'âcre émanation du goudron se mélange au parfum des épices !... Je me relève, je reviens vers la dunette, j'y entre... Elle est remplie des senteurs marines qui lui font comme une atmosphère d'Océan ! Voilà le carré avec sa table de roulis qui ne roule pas, hélas ! sur les tranquilles eaux du port ! Voilà les cabines aux cloisons craquantes, où j'aurais voulu vivre des mois entiers, et ces cadres, étroits et durs, où j'aurais voulu dormir des nuits entières ! Puis, c'est la chambre du capitaine, ce « maître après Dieu ! », un bien autre personnage à mon sens que n'importe quel ministre du roi ou lieutenant-général du royaume ! Je sors, je monte sur la dunette, et là, j'ai l'audace d'imprimer un quart de tour à la roue du gouvernail... Il me semble que le navire va s'éloigner du quai, que ses amarres vont larguer, ses mâts se couvrir de toile, et c'est moi, timonier de huit ans, qui vais le conduire en mer !

La mer !... Eh bien, ni mon frère, qui fut marin quelques années plus tard, ni moi, nous ne la connaissions encore ! L'été, toute notre famille se cantonnait dans une vaste campagne non loin des bords de la Loire, au milieu des vignobles, des prairies, des marais. C'était chez un vieil oncle, un ancien armateur. Il était allé à Caracas, lui, et à Porto-Gabello ! Nous l'appellions « Oncle Prudent » et c'est en son souvenir que j'ai ainsi nommé l'un des personnages de *Robur le Conquérant*[1]. Mais Caracas, c'était en Amérique, cette Amérique qui me fascinait déjà. Donc, faute de pouvoir naviguer sur mer, mon frère et moi, nous voguions en pleine campagne, à travers les prairies et les bois. N'ayant pas de mâture où grimper, nous passions des journées à la cime des arbres ! C'était à qui ferait son nid le plus haut. On causait, on lisait, on combinait des projets de voyages, pendant que les branches, agitées par la brise, donnaient l'illusion du tangage et du roulis !... Ah ! les délicieux loisirs !

1. L'un des *Voyages Extraordinaires,* paru en 1886.

3

A cette époque, on ne voyageait que peu ou pas. C'était le temps des réverbères, des sous-pieds, de la garde nationale et du briquet fumade. Oui ! J'ai vu naître les allumettes phosphoriques, les faux-cols, les manchettes, le papier à lettre, les timbres-poste, le pantalon à jambe libre, le patelot, le gibus, la bottine, le système métrique, les bateaux à vapeur de la Loire, dits « inexplosibles » parce qu'ils sautaient un peu moins que les autres, les omnibus, les chemins de fer, les tramways, le gaz, l'électricité, le télégraphe, le téléphone, le phonographe ! je suis de la génération comprise entre ces deux génies, Stéphenson et Edison[1] ! Et j'assiste maintenant à ces étonnantes découvertes, à la tête desquelles marche l'Amérique, avec ses hôtels mouvants, ses machines à tartines, ses trottoirs mobiles, ses journaux en pâte « feuilletée », imprimés à l'encre de chocolat, qu'on lit d'abord et qu'on mange ensuite !

Je n'avais pas dix ans, lorsque mon père acheta une propriété à l'extrèmité de la ville, à Chantenay, quel joli nom ! Elle était située sur un coteau qui domine la rive droite de la Loire. De ma chambrette, je voyais le fleuve se dérouler sur une étendue de deux à trois lieues, entre les prairies qu'il inonde de ses grandes crues pendant l'hiver. L'été, il est vrai, l'eau lui manque, et de son lit émergent des bandes d'un beau sable jaune, tout un archipel d'îlots changeants ! Les navires ne suivent pas sans peine ces étroites passes, bien qu'elles soient balisées de pylônes noirâtres que je vois encore. Ah ! cette Loire, si l'on ne peut la comparer à l'Hudson, au Mississipi, au Saint-

1. George Stephenson (1781-1848) créa en 1829, donc un an après la naissance de Jules Verne, la traction à vapeur sur voie ferrée. Thomas Edison (1847-1931) inventa — entre autres — le phonographe et le microtéléphone en 1877. Il est sans doute, dans ce dernier quart du XIXe siècle, l'inventeur le plus célèbre, devenant même le héros d'un roman, *L'Eve future*, de Villiers de L'Isle-Adam (1886).

Laurent, elle n'en est pas moins un des grands fleuves de la France. Sans doute, ce ne serait qu'une humble rivière en Amérique ! Mais l'Amérique, ce n'est point un Etat, c'est un continent tout entier !

Cependant, à voir passer tant de navires, le besoin de naviguer me dévorait. Je connaissais déjà les termes de marine, et je comprenais assez les manœuvres pour les suivre dans les romans maritimes de Fenimore Cooper[1], que je ne puis me lasser de relire avec admiration. L'œil à l'oculaire d'un petit télescope, j'observais les navires, prêts à virer, larguant leurs focs et bordant leurs brigantines, changeant derrière, puis devant. Mais, mon frère et moi, nous n'avions pas encore tâté de la navigation, même fluviale !... Cela vint enfin.

4

Il y avait au bout du port un loueur de bateaux à un franc la journée. C'était cher pour notre bourse, imprudent aussi, car ces bateaux peu étanches faisaient eau de toutes parts. Le premier qui nous servit n'avait qu'un mât, mais le second en avait deux, et le troisième en avait trois, tout comme les chasse-marées[2] et les lougres[3] de cabotage. Nous profitions du jusant, et nous descendions en louvoyant contre le vent d'ouest.

Ah ! quelles écoles ! Les faux coups de barre, les manœuvres manquées, les écoutes[4] larguées mal à propos, la honte de virer vent arrière, quand la houle troublait le large bassin de la Loire devant notre Chantenay ! Généralement, nous partions à la mer descendante et nous revenions avec le flot quelques heures après.

1. James Fenimore Cooper (1789-1851), romancier américain, l'un des « maîtres » de Jules Verne ; son œuvre la plus célèbre est *Le Dernier des Mohicans* (1826).

2. *chasse-marée :* bateaux de pêche bretons à trois mâts.

3. *lougres :* voiliers à deux mâts.

4. *écoutes :* cordages servant à orienter une voile.

Et, tandis que notre embarcation de louage marchait lourdement entre les rives, quel regard d'envie nous jetions sur les jolis yachts de plaisance qui filaient légèrement à la surface du fleuve !

Un jour, j'étais seul dans une mauvaise yole sans quille. A deux lieues en aval de Chantenay, un bordage cède, une voie d'eau se déclare. Impossible de l'aveugler ! Me voici en détresse ! La yole coule à pic, et je n'ai que le temps de m'élancer sur un îlot aux grands roseaux touffus dont le vent courbait les panaches.

Or, de tous les livres de mon enfance, celui que j'affectionnais particulièrement, c'était le *Robinson Suisse,* de préférence au *Robinson Crusoë.* Je sais bien que l'œuvre de Daniel de Foë a plus de portée philosophique. C'est l'homme livré à lui-même, l'homme seul, l'homme qui trouve un jour la marque d'un pied nu sur le sable ! Mais l'œuvre de Wyss, riche en faits et incidents, est plus intéressante pour les jeunes cervelles. C'est la famille, le père, la mère, les enfants et leurs aptitudes diverses. Que d'années j'ai passées sur leur île ! Avec quelle ardeur je me suis associé à leurs découvertes ! Combien j'ai envié leur sort ! Aussi ne s'étonnera-t-on pas que j'aie été irrésistiblement poussé à mettre en scène dans l'*Ile Mystérieuse* les Robinsons de la Science, et dans *Deux ans de vacances* tout un pensionnat de Robinsons.

En attendant, sur mon îlot, ce n'étaient pas les héros de Wyss. C'était le héros de Daniel de Foë qui s'incarnait en ma personne. Déjà je songeais à construire une cabane de branchages, à fabriquer une ligne avec un roseau et des hameçons avec des épines, à me procurer du feu, comme les sauvages, en frottant deux morceaux de bois secs l'un contre l'autre. Des signaux ?... Je n'en ferais pas, car ils seraient trop vite aperçus, et je serais sauvé plus tôt que je ne le voudrais ! Et tout d'abord, il convenait d'apaiser ma faim. Comment ? Mes provisions s'étaient noyées pendant le naufrage. Aller à la chasse aux oiseaux ?... Je n'avais ni chien ni fusil !. Eh bien, et les coquillages ?... Il n'y en avait pas ! Enfin, je connaissais donc les affres de l'abandon, les horreurs du dénuement sur une île déserte, comme les avaient connus les Selkirks et autres personnages des *Naufrages célèbres,* qui ne furent point des Robinsons imaginaires ! Mon estomac criait...

Cela ne dura que quelques heures, et, dès que la marée fut basse, je n'eus qu'à traverser avec de l'eau jusqu'à la cheville pour gagner ce que j'appelais le continent, c'est-à-dire la rive droite de la Loire. Et je revins tranquillement à la maison, où je dus me contenter du dîner de famille au lieu du repas à la Crusoë que j'avais rêvé, des coquillages crus, une tranche de pécari et du pain fait de farine de manioc[1] !

Telle fut cette navigation si mouvementée, avec vent contraire, voie d'eau, navire désemparé, tout ce que pouvait désirer un naufragé de mon âge !

On a quelquefois reproché à mes livres d'exciter les jeunes garçons à quitter le foyer domestique pour courir le monde. Cela n'est point arrivé, j'en suis sûr. Mais si des enfants se lançaient jamais en de pareilles aventures, qu'ils prennent exemple sur les héros des *Voyages Extraordinaires,* et ils sont assurés d'arriver à bon port !

5

A douze ans, je n'avais pas encore vu la mer, la vraie mer ! Non ! J'en étais toujours à m'embarquer par la pensée sur les sardinières, les chaloupes de pêche, les bricks, goëlettes et trois-mâts, et même les bateaux à vapeur — on les appelait alors des pyroscaphes ! — qui descendaient vers l'embouchure de la Loire.

Un jour enfin, mon frère et moi, nous eûmes la permission de prendre passage à bord du pyroscaphe n° 2 !... Quelle joie ! C'était à en perdre la tête !

Nous voilà donc en route. Nous dépassons Indret, le grand

1. *manioc :* plante des régions tropicales dont la racine tubérisée comestible fournit une fécule dont on tire notamment le tapioca.

établissement de l'Etat, tout empanaché de fumées noires. Nous laissons en arrière les escales de droite et de gauche, Couesron, le Pellerin, Paimbœuf ! Le pyroscaphe coupe obliquement le large estuaire du fleuve. Voici Saint-Nazaire, son embryon de jetée, sa vieille église avec son clocher d'ardoises, tout penché, et les quelques maisons ou masures, qui composaient alors ce village si rapidement devenu ville.

Se précipiter hors du bateau, descendre les roches tapissées de varechs, afin de puiser de l'eau de mer dans notre main, et la porter à nos lèvres, ce fut pour mon frère et moi l'affaire de quelques bonds...

« Mais elle n'est pas salée ! dis-je en pâlissant.

— Pas du tout salée ! me répond-il.

— On nous a trompés ! » m'écriai-je d'un ton où perçait le plus vif désappointement.

Les nigauds que nous étions ! La marée était basse alors, et c'était simplement de l'eau de la Loire que nous avions prise dans le creux d'une roche ! Et quand le flot revint, nous la trouvâmes salée au-delà de nos espérances !

6

Enfin, j'avais vu la mer, ou tout au moins la vaste baie qui s'ouvre sur l'Océan entre les extrêmes pointes du fleuve.

Depuis, j'ai parcouru le golfe de Gascogne, la Baltique, la mer du Nord, la Méditerranée. Avec une simple chaloupe d'abord, puis un sloop, puis un steam-yacht, j'ai pu faire du grand cabotage de plaisance. J'ai même traversé l'Atlantique sur le *Great Estern*[1], et j'ai mis le pied en Amérique, où, — c'est honteux de l'avouer devant des Américains — je ne suis

1. Gigantesque navire (ancêtre du *Titanic*) qui, en plus du transport de passagers, assura celui du câble transatlantique ; il joue un rôle important dans l'univers vernien.

resté que huit jours ! Que voulez-vous ! J'avais un billet d'aller et retour valable seulement pour une semaine !

Après tout, j'ai vu New York, j'ai habité Fifth-Avenue-hôtel, j'ai franchi East-river avant la construction du pont de Brooklin, j'ai remonté l'Hudson jusqu'à Albany, j'ai visité Buffalo et le lac Erié, j'ai contemplé les chutes du Niagara du haut de la Terrapine-tower, tandis que l'arc-en-ciel lunaire se dessinait à travers les vapeurs de la cataracte, enfin, au-delà de Suspension-bridge, je me suis assis sur la rive canadienne... puis je suis reparti ! Et, l'un de mes plus sincères regrets, c'est de penser que je ne reverrai jamais cette Amérique que j'aime, et que tout Français peut aimer comme une sœur de la France !

Mais ce ne sont plus là les souvenirs de l'enfance et de la jeunesse, ce sont ceux de l'âge mûr. Mes jeunes lecteurs savent maintenant à quels instincts, à quelles circonstances, je dois d'avoir écrit cette série de romans géographiques. J'étais à Paris, alors, vivant au milieu des musiciens, parmi lesquels j'ai conservé de bons amis, et très peu avec mes confrères des lettres dont je suis à peine connu. Puis, j'ai fait quelques voyages dans l'ouest, le nord et le sud de l'Europe, voyages bien moins extraordinaires que ceux de mes récits, et c'est en province que je me suis retiré pour achever ma tâche.

Cette tâche, c'est de peindre la terre entière, le monde entier, sous la forme du roman, en imaginant des aventures spéciales à chaque pays, en créant des personnages spéciaux aux milieux où ils agissent.

Oui ! Mais le monde est bien grand, et la vie est bien courte ! Pour laisser une œuvre complète, il faudrait vivre cent ans !...

Eh bien, j'essaierai de devenir centenaire, comme M. Chevreul ! Mais, entre nous, c'est bien difficile !

PIERRE-JEAN

Cette nouvelle a été publiée par Le Cherche Midi éditeur dans le recueil *San Carlos* et autres récits inédits en 1993. Nous remercions Le Cherche Midi éditeur et la Ville de Nantes de nous avoir autorisé à publier cette nouvelle. Texte reproduit avec l'accord de la Ville de Nantes qui possède le manuscrit original (MJVB82).

PIERRE-JEAN DEDOUBLE

De toutes les œuvres narratives achevées qu'ait écrites Jules Verne (je ne compte donc pas ici les pièces de théâtre dont beaucoup restent inédites), Pierre-Jean *est celle qui a eu la carrière la plus malchanceuse du point de vue vernien, la plus étrange du point de vue littéraire. Nous avons vu déjà dans ce recueil le cas de textes manipulés, subissant des modifications, des coupures, des rajouts. Cependant, si regrettables soient-elles (et nous avons tenté ici d'y mettre bon ordre), toutes ces variantes n'empêchaient pas le texte de conserver son intérêt, sa personnalité. Même* Zacharius, *dont on a vu les profondes modifications en vingt ans d'écart, demeure, d'une version à l'autre, avec certes des nuances importantes, la même histoire.*

Il n'en est pas de même de Pierre-Jean.

A l'origine, il y a donc une nouvelle, rédigée par Jules Verne et jamais publiée de son vivant. La date de rédaction n'est pas sûre. Daniel Compère, dans son Jules Verne écrivain,[1] *situe cette rédaction en 1857. Je remarque que les deux éditeurs de la nouvelle en version originale, Olivier Dumas et le Cherche Midi, dont la notice est signée Jacques Davy, l'estiment en 1852. Jacques Davy cite, entre autres indices, le fait que dans*

1. Daniel Compère, *Jules Verne écrivain,* Genève, Droz, 1991, p. 167.

Châteaux en Californie, *paru cette année-là, il y a un personnage qui revient d'Amérique au bord d'un navire qui se nomme la « Cérès ». Or, « c'est ce même navire qui, à la fin de* Pierre-Jean, *doit conduire le forçat enfin libre vers le Nouveau Monde.*[1] *»*

Autre sujet d'interrogation, le titre, étrange : deux prénoms pour un seul individu. Pierre, on le sait, c'est le prénom du père de Jules Verne, figure du catholique intransigeant et du bourgeois respectable, rappelant à bien des égards le père de Diderot ; Jean est le prénom porté par le grand-père maternel de Jules Verne : Jean-Augustin Allotte de la Fuye. Peut-être y a-t-il un indice à chercher de ce côté. On remarquera que par la suite, Jules appellera son fils Michel Jean Pierre.

Cinquante-huit ans plus tard, en 1910, Michel Verne prépare pour le compte d'Hetzel fils le recueil Hier et Demain[2]. *On a vu qu'il retrouvait dans les papiers de son père à la fois la nouvelle* Pierre-Jean *et le projet d'incorporer cette dernière dans un recueil. On ignore si Jules Verne a déjà tenté de faire publier son récit. Il est possible que la vision du bagne, et surtout d'un bagnard retrouvant la liberté suite à une évasion, ait fait peur à ses différents éditeurs ; à moins que ce ne soit Verne lui-même qui ait jugé sa nouvelle impubliable. Pourtant, dès 1834, Victor Hugo publiait* Claude Gueux, *un petit récit basé sur une histoire vraie : l'assassinat d'un gardien de prison par un détenu. Hugo, dans ce récit, excusait le prisonnier criminel. Et en 1865, avec* Les Misérables, *il s'attaque au régime du bagne*[3]. *Verne fut de son côté toujours fortement hostile au régime des prisonniers, et il finira par faire publier un roman dans lequel le bagne joue un rôle important et fortement négatif :* Les Frères Kip. *Mais nous sommes alors en 1902 (bien que Verne ait écrit ce* Voyage *plusieurs années auparavant) et, de*

1. Jacques Davy, notice de *Pierre-Jean,* in *San Carlos et autres récits inédits,* Paris, Le Cherche Midi éditeur, 1993.

2. Voir à ce sujet la Postface de *Hier et Demain* d'Olivier Dumas et l'Introduction de Volker Dehs, dans le présent ouvrage.

3. Comme le remarque Jacques Davy dans sa notice, Verne a, en cette occasion, une longueur d'avance sur son idole.

surcroît, les deux frères sont innocents. Pierre-Jean, lui, est coupable, bien que trop sévèrement condamné.

En 1910, un tel récit, aux teintes anarchistes, a dû faire peur à Hetzel fils. Michel Verne a donc la consigne d'apporter quelques changements à la nouvelle. Il va presque totalement la modifier ; la « dédoubler » en quelque sorte. Francis Lacassin a eu du flair en constatant que la « chute » de La Destinée de Jean Morénas*, nouveau titre de Pierre-Jean version bis, est semblable à celle de* Frritt-Flacc [1]. *Tout se dédouble donc : la nouvelle devient deux nouvelles, Pierre-Jean devient deux frères, Pierre et Jean Morénas. Jean est condamné pour un crime qu'a commis son frère, lequel le fait libérer. Par la suite, Jean assiste, comme dans un rêve, à un nouveau crime, dédoublement du crime initial commis des années plus tôt : Jean voit Pierre, autre lui-même en quelque sorte, assassiner encore une fois. Pierre et Jean séparés, c'est le docteur Jekyll qui tente d'isoler le mal qui est en lui en créant la figure de Mr Hyde. C'est le docteur Trifulgas qui voit, en la personne du « craquelinier », son autre lui-même.*

Pierre-Jean, *longuement oublié, a finalement été éditée une première fois par Olivier Dumas en 1988 [2], malheureusement sans l'autorisation de la Ville de Nantes. Le Cherche Midi, cinq ans plus tard, s'est attelé à son tour à cette tâche, cette fois avec l'accord nantais. Nous les remercions une fois encore tous les deux ainsi que la Ville de Nantes.*

Samuel SADAUNE

1. Francis Lacassin, « Masques oubliés à poser sur le portrait officiel de Jules Verne », préface d'*Histoires inattendues,* « 10/18 », 1978. Dans cet ouvrage, c'est la version *Morénas* qui est publiée.

2. Dans sa biographie intitulée *Jules Verne,* Lyon, La Manufacture, 1988.

I[1]

Depuis quelques mois, le canon d'alarme n'avait pas jeté la terreur dans le port de Toulon ; les forçats, mieux surveillés, échouaient dès les premières tentatives d'évasion, et les plus audacieux reculaient devant des obstacles infranchissables.

Ce n'est pas que l'industrieux amour de la liberté se fût affaibli au cœur des condamnés, mais un découragement inexprimable semblait avoir alourdi leurs chaînes. D'ailleurs quelques gardes, convaincus d'incurie ou de trahison, avaient été renvoyés de la chiourme, et une sorte de point d'honneur rendait les nouveaux gardiens plus sévères dans leur surveillance et leurs investigations. Le commissaire du bagne se félicitait fort de ce résultat, sans se laisser endormir dans une négligente sécurité ; à Toulon, les évasions sont plus fréquentes et plus faciles qu'en tout autre port ; on devait donc craindre que ce repos simulé ne cachât quelque dessein secret.

C'est un caractère propre aux gens de la justice exécutive de songer, en l'absence du crime, à sa possibilité ; ils ont à surveiller, quand ils ne poursuivent pas, et se croient obligés, lorsque les faits manquent à leur répression, d'arguer de la criminalité du silence.

Au mois de septembre, un riche équipage s'arrêta devant l'hôtel du vice-amiral ; un homme de trente-cinq ans en descen-

1. Nous reproduisons plusieurs notes de l'édition du Cherche Midi. Elles sont signalées par le sigle NDCC.

dit, c'était M. Bernardon, riche négociant, établi depuis peu à Marseille.

La figure de cet homme était grave ; il semblait plus vieux que son acte de naissance ; la souffrance de ses premières années se lisait encore sur son front que sillonnaient prématurément quelques rides ; son courage avait jadis vaincu la fatalité ; son esprit dédaignait les préjugés du monde, et sa main s'abandonnait avec une égale franchise dans la main des petits et des grands, si leur grandeur et leur humilité étaient honnêtes !

M. Bernardon avait lui seul créé sa fortune ; parti de bas, il était allé haut ; une noble considération l'entourait à Marseille, et ses relations le mettaient en rapport avec d'importants personnages.

Néanmoins, il lui était demeuré des luttes de sa jeunesse contre le malheur une défiance froide des hommes ; il recherchait la solitude, où sa famille et lui se tenaient à l'écart, si bien que ses liaisons commerciales ne lui avaient jamais créé de relations du monde. Son départ s'était fait sans éclat ni précipitation ; prétextant une simple affaire de famille, il était venu à Toulon.

Une lettre pressante l'introduisit aussitôt près du vice-amiral. Celui-ci le reçut avec affabilité et le pria de lui apprendre la cause de sa visite.

« Monsieur, répondit le Marseillais ; c'est une demande fort simple que j'ai à vous faire.

— Laquelle, Monsieur ?

— Je désirerais visiter le bagne de Toulon jusque dans ses moindres détails.

— Monsieur, répondit le vice-amiral, la recommandation du préfet était inutile ; un homme de votre valeur n'avait que faire de ces passeports de courtoisie. »

M. Bernardon s'inclina, et, remerciant le vice-amiral de son obligeance, il lui demanda quelles étaient les formalités à remplir.

« Rien n'est plus simple, Monsieur ; veuillez vous rendre chez le major général de la marine, et vos désirs seront satisfaits. »

M. Bernardon prit congé, se fit conduire chez le major, et

obtint aussitôt la permission d'entrer à l'arsenal. Il voulut mettre immédiatement sa visite à profit, et un planton l'accompagna chez le commissaire du bagne, qui se mit gracieusement à sa disposition. Le Marseillais le remercia ; mais il manifesta le désir d'être seul.

« Agissez comme bon vous semble, Monsieur, répondit le commissaire.

— Pourrais-je communiquer avec les condamnés ?

— Parfaitement, Monsieur ; les adjudants sont prévenus. Ce sont sans doute des intentions philanthropiques qui vous amènent ici ?

— Oui, Monsieur, répondit sans hésiter M. Bernardon.

— Nous sommes accoutumés à ces visites, répliqua le commissaire. Le gouvernement, avec raison, a recherché les améliorations à introduire dans le régime des bagnes, et croyez que l'état des condamnés a déjà subi de notables différences. »

Le Marseillais s'inclina.

« Il y a une justice sévère bien difficile à garder en pareilles circonstances ; et si nous ne devons pas outrer les rigueurs de la loi, nous devons nous tenir en garde contre ces philanthropes ultra-modérés qui oublient le crime en présence du châtiment ! Au surplus, nous savons que la justice impartiale est faite de modération.

— De tels sentiments vous honorent, répondit M. Bernardon, et si mes remarques peuvent vous intéresser, Monsieur, j'aurai un véritable plaisir à m'entretenir avec vous. »

Sur ce, les deux hommes se séparèrent, et le Marseillais s'avança du côté des bagnes.

Le port militaire de Toulon se compose principalement de deux immenses polygones qui appuient au quai leur côté septentrional, l'un que l'on appelle Darse[1] Neuve est situé à l'ouest du second nommé Darse Vieille. Les côtés de ces enceintes, véritables prolongements des fortifications de la ville, sont des sortes de digues assez larges pour supporter de longs bâtiments tels que les ateliers de machines, les casernes, les magasins par-

1. Ou darce : bassin abrité dans un port méditerranéen. [NDCC]

ticuliers de la Marine. Chacune de ces darses a, dans la partie sud, une ouverture suffisante pour le passage des vaisseaux de haut bord. Ces belles enceintes eussent aisément fait des bassins à flot, si le constant niveau de la Méditerranée, qui n'est pas sujette à des marées appréciables, n'avait rendu leur fermeture inutile.

La Darse Neuve est bornée à l'ouest par des magasins et le parc d'artillerie, et, au sud, à droite de l'entrée qui donne sur la petite rade, par des bagnes.

Ce sont deux bâtiments qui se réunissent à angle droit ; le premier, en avant de l'atelier des machines à vapeur, est exposé au midi ; le second regarde la Vieille Darse et se continue par les casernes et l'hôpital ; indépendamment des trois salles que renferment ces constructions, il y a trois bagnes flottants. Dans ces derniers logent les condamnés à terme, tandis que les condamnés à vie sont renfermés dans les salles.

Si l'égalité ne doit pas exister quelque part, c'est au bagne ; la pénalité en vertu de ses distinctions de châtiment qui marquent le degré de perversité de l'esprit, devrait avoir ses distinctions de castes et de rangs ! Les condamnés de tout genre, de tout âge, de toute peine, sont honteusement mêlés, et de ces déplorables agglomérations, il ne peut surgir qu'une corruption hideuse : la contagion du crime exerce de dangereux ravages parmi ces masses gangrenées, et les remèdes deviennent nuls quand le mal est passé dans le sang et l'intelligence.

Les prisons sont reléguées, on le voit, à l'extrémité de l'arsenal et le plus loin possible de la ville.

Le bagne de Toulon contenait alors près de quatre mille forçats ; les directions du port, des constructions navales, de l'artillerie, du magasin général, des constructions hydrauliques et bâtiments civils en occupaient trois mille destinés à la *fatigue* [1] ; d'autres qui ne pouvaient trouver place dans ces cinq grandes divisions servaient dans le port au lestage, au délestage et à la remorque des bâtiments, au curage, au transport des boues, au

1. Terme de marine : se dit du travail des forçats qui sont hors du bagne, employés aux travaux du port. [NDCC]

débarquement de bois de mâture et de construction, etc., d'autres enfin étaient infirmiers ou malades, employés spéciaux ou condamnés à la double chaîne pour cause d'évasion.

Midi et demi sonnaient à l'horloge de l'arsenal lorsque M. Bernardon se dirigea du côté des darses ; le port était désert ; les forçats, sortis des salles au soleil levant, avaient diversement travaillé jusqu'à onze heures et demie ; la cloche les avait alors rappelés dans leurs prisons respectives ; chacun d'eux avait reçu un pain de neuf cent dix-sept grammes ou trois cents grammes de biscuit de mer, ainsi que quarante-huit centilitres de vin. Les condamnés à perpétuité étaient remontés sur leur banc, et leur sbire les y avait aussitôt enchaînés ; les condamnés à temps pouvaient librement circuler dans toute la longueur de la salle. Au coup de sifflet de l'adjudant, ils s'étaient accroupis autour de gamelles renfermant une soupe faite toute l'année de fèves sèches. Tel était leur ordinaire quotidien, et encore ces malheureux n'avaient-ils droit à leur ration de vin que les jours de corvée.

Les travaux devaient être repris à une heure pour être abandonnés à huit heures du soir ; on ramenait alors les condamnés à leur prison, et ils devaient chercher le sommeil sur le plancher des batteries dans les bagnes flottants, ou sur des lits de camp dans les salles à terre, sans autre préservatif contre le froid ou la dureté de leur couche qu'un lambeau d'une grossière étoffe de laine grise !

II

Les forçats ne devaient pas revenir aux travaux avant une demi-heure. M. Bernardon profita de leur absence pour se promener sur les quais, examinant la distribution du port, les vaisseaux abrités sous leurs cales couvertes, les immenses carcasses emprisonnées dans les bassins de carénage, les lourdes pièces de fonte entassées sous les grues ; mais il ne donnait qu'une vague attention à ces merveilles de l'industrie. Sans doute, il avait besoin de quelques détails sur la vie intime des condamnés, car il s'approcha d'un adjudant en chef, et lui dit :

« A quelle heure, Monsieur, les prisonniers doivent-ils rentrer au port ?

— A une heure, répondit le gardien.

— Est-ce que tous sont indistinctement soumis aux mêmes travaux ?

— Non pas ; sous la conduite de contremaîtres spéciaux, il en est qui se livrent à des industries particulières : dans les ateliers de serrurerie, de corderie, de fonderie, qui réclament des connaissances pratiques, se rencontrent d'excellents ouvriers.

— Que peuvent-ils gagner ?

— C'est selon ; ils travaillent ou à la journée, ou à la tâche : la journée peut leur rapporter de cinq à vingt centimes ; la tâche, selon leur habileté et leur promptitude, en produit quelquefois trente.

— Cette modique somme, demanda le Marseillais avec empressement, peut-elle améliorer leur sort ?

— Elle leur suffit pour acheter du tabac, car, malgré les défenses, on tolère qu'ils fument ; pour quelques centimes aussi ils reçoivent parfois des portions de ragoût ou de légumes.

— Les condamnés à vie et les condamnés à temps jouissent-ils du même salaire ?

— La paie est la même pour tous ; mais ces derniers ont un supplément d'un tiers qu'on leur garde jusqu'à l'expiration de leur peine ; alors ils en reçoivent le montant, afin de ne pas être dans un dénuement complet à leur sortie du bagne.

— Je le sais, dit M. Bernardon, et il soupira profondément.

— Ma foi, Monsieur, reprit l'adjudant, ils ne sont pas malheureux, et si par leurs fautes ou leurs tentatives d'évasion, ils ne redoublaient pas la dureté du châtiment, sous le rapport du bien-être ils seraient moins à plaindre qu'une foule d'ouvriers des villes ! »

Cet homme, fait au spectacle de la douleur, appelait cela du bien-être !

« La prolongation de peine, demanda le Marseillais d'une voix un peu altérée, n'est-elle donc pas la seule punition qu'on leur inflige en cas d'évasion ?

— Non ! Il y a la bastonnade et la double chaîne !

— La bastonnade ? répéta M. Bernardon.

— Qui consiste en une application de quinze à soixante coups sur les épaules, avec une corde goudronnée !

— Est-ce que toute fuite est impossible pour un condamné mis à la double chaîne ?

— A peu près, répondit l'adjudant. Les forçats sont alors attachés au pied de leur banc, et ne sortent jamais. De là, la difficulté de s'évader !

— C'est donc pendant les travaux qu'ils s'échappent le plus facilement.

— Sans doute ! Les couples, quoique surveillés par un garde-chiourme, ont une certaine liberté qu'exige le travail, et telle est l'habileté de ces gens-là, qu'en dépit d'une surveillance active, en moins de cinq minutes, la chaîne la plus forte est coupée. Lorsque la clavette rivée dans le boulon mobile est trop dure, ils gardent l'anneau qui leur entoure la jambe et rompent le premier maillon de leur chaîne. Beaucoup de forçats sont employés aux ateliers de serrurerie, et là ils trouvent facilement les matières dont ils ont besoin ; souvent la plaque de fer-blanc qui porte leur numéro leur suffit. S'ils parviennent à se procurer un ressort de montre, le canon d'alarme ne tarde pas à tonner ! Enfin ils ont mille ressources, et un condamné, un jour, a vendu vingt-deux de ces secrets pour se soustraire à une bastonnade !

— Mais où peuvent-ils cacher leurs outils ?

— Partout et nulle part. Un forçat s'était taillé des fentes sous les aisselles, et glissait de petits morceaux d'acier entre chair et peau. Dernièrement, j'ai saisi à un condamné un panier en paille, dont chaque brin renfermait des limes et des scies imperceptibles ! Rien n'est impossible, Monsieur, à des hommes qui s'appellent Petit, Collonge ou le comte de Sainte-Hélène ! »

En ce moment, une heure sonna ; l'adjudant salua M. Bernardon, et se rendit à son poste.

« Espoir et justice ! se dit le négociant. Mais si j'échouais ! Grand Dieu ! La bastonnade ! Et la double chaîne ! »

Les forçats sortaient alors du bagne, les uns seuls, les autres accouplés deux à deux, sous la surveillance d'un garde-chiourme. Le port retentit du bruit des voix, du retentissement des fers, des menaces des argousins. M. Bernardon en fut douloureusement impressionné, et pour ne pas mettre trop d'empressement à visiter ces malheureux, il se dirigea vers le parc d'artillerie.

Là, il trouva affiché, comme dans toutes les localités, le code pénal de la chiourme.

> « Sera puni de mort, — tout condamné qui frappera un agent, qui tuera son camarade, se révoltera ou occasionnera une révolte. Sera puni de trois ans de double chaîne, le condamné à vie qui se sera évadé, — de trois ans de prolongation de peine, le condamné à temps qui aura commis le même crime, et d'une prolongation déterminée par un jugement tout forçat qui volera une somme au-dessus de cinq francs.
>
> Sera puni de la bastonnade, — tout condamné qui aura limé ses fers, ou employé un moyen quelconque pour s'évader, sur lequel il sera trouvé des travestissements, qui volera une somme au-dessous de cinq francs, qui s'enivrera, qui jouera à des jeux de hasard, qui fumera dans le port ou les localités, vendra ou dégradera ses hardes, qui écrira sans permission, sur lequel il sera trouvé une somme au-dessus de dix francs, qui battra son camarade, qui refusera de travailler, insubordonné. »

Le Marseillais demeura pensif, après avoir lu ; il fut tiré de son abattement par l'arrivée des galériens. Le port était en pleine activité ; le travail se distribuait sur tous les points. Les contremaîtres faisaient entendre çà et là leurs voix avinées :

« Dix couples pour Saint-Mandrier [1] !

— Quinze *chaussettes* pour la corderie !

— Vingt couples à la mâture !

— Un renfort de six *rouges* au bassin ! »

Les couples demandés se dirigeaient aux endroits désignés, excités par les injures des adjudants, et plus souvent encore par leurs redoutables bâtons. Le Marseillais les considérait attentivement, et cherchait surtout à reconnaître leur numéro. Les uns s'attelaient à des charrettes pesamment chargées ; les autres transportaient sur leurs épaules de lourdes pièces de charpente,

1. Presqu'île face à la rade de Toulon. [NDCC]

empilaient et déblayaient les bois de construction, ou remorquaient à la cordelle les vaisseaux en désarmement, et pourtant, le soleil versait à flots sa chaleur brûlante.

Les forçats étaient indistinctement vêtus d'une casaque de mouï rouge, d'un gilet de même couleur, et d'un pantalon de grosse toile grise ; les condamnés à vie portaient un bonnet de laine tout vert, et étaient employés aux plus rudes travaux, à moins de capacités spéciales ; les condamnés suspects, à raison de leurs vicieux instincts ou de leurs tentatives d'évasion, étaient coiffés du bonnet vert, entouré d'une large bordure rouge. Le bonnet entièrement rouge désignait les condamnés à temps, et sur ces derniers, M. Bernardon jetait des regards empressés. Au bonnet était attachée une plaque de fer-blanc portant le numéro d'immatriculation de chaque forçat.

Les uns, enchaînés deux à deux, avaient des fers de huit à vingt-deux livres ; la chaîne partant du pied de l'un de ces condamnés remontait à sa ceinture où elle était fixée, et retombait pour s'attacher à la ceinture et au pied de l'autre. Ces malheureux se nommaient plaisamment les *chevaliers de la guirlande* ! Les autres, découplés, ne portaient qu'un anneau et une demi-chaîne de neuf ou dix livres, ou même un anneau seul appelé *chaussette,* pesant de deux à quatre livres. Quelques galériens redoutables avaient le pied pris dans un *martinet,* ferrement en forme de triangle, qui, rivé à chacune de ses extrémités autour de la jambe, et trempé d'une manière spéciale, résiste à tout effort de rupture.

M. Bernardon, interrogeant tantôt les forçats, tantôt les gardes-chiourme, parcourut les divers travaux du port. Parfois une question lui arrivait sur les lèvres, mais il n'osait la faire ; il cherchait évidemment à reconnaître un de ces malheureux, et une fiévreuse impatience l'agitait sourdement.

Devant lui se dressait ce déchirant tableau encadré par le droit et la loi, où se peignait sous un triste jour la dégradation des passions humaines ! Car la fatalité n'avait rencontré que de sombres couleurs sur la palette du crime ! Mais l'inquiet visiteur ne s'arrêtait pas à l'ensemble ; parmi cette foule, il cherchait quelqu'un, qui ne l'attendait pas !

C'était le numéro 2224 ; de son nom et de sa famille, il ne

lui restait plus rien ; il n'était relié au monde que par quelques chiffres déshonorants, qui le classaient dans une caste honteuse — triste nom de baptême dont le bagne décore ses enfants !

En dépit des recherches de M. Bernardon, 2224 était introuvable. Alors le négociant s'adressa à un gardien, et lui demanda si ce numéro était en prison, ou retenu par une cause quelconque.

« Excusez-moi, répondit celui-ci, il vire au cabestan de la mâture !

— Quel homme est-ce ?

— Ma foi, un homme paisible, quoique *cheval de retour.* »

Cette dénomination indiquait que le forçat en était à sa seconde station au bagne.

« Si vous voulez lui parler, reprit l'adjudant, allez du côté de la machine à mâter. »

M. Bernardon s'y dirigea rapidement et aperçut 2224 qui garnissait une des barres. Le Marseillais ne le perdit plus du regard et une tristesse humide noya bientôt ses yeux.

III

C'était un homme de trente ans, solidement bâti, que le numéro 2224. Sa figure était franche et respirait une intelligence plutôt honnête que criminelle. On recontrait une résignation profonde sur le front de cet homme ; mais ce n'était pas de l'abrutissement que cette résignation, car de vifs éclairs brillaient parfois à travers l'abattement de ses yeux. Cette énergie intérieure devait être dirigeable ; on ne lisait pas la vocation du crime sur les traits réguliers de ce malheureux qu'une propice éducation devait inévitablement ramener au bien.

Il était accouplé à un vieux condamné, qui, plus endurci et plus bestial, contrastait fortement avec lui. Sous le front déprimé du vieux forçat, veillaient incessamment des pensées coupables ! Honteuse et hideuse liaison, qui constitue l'immense solidarité du crime ! D'où vient cette loi fatale qui oblige les bonnes natures à se perdre au contact des mauvaises ? Pourquoi le mal est-il donc le ver rongeur du bien ?

Les couples employés en ce moment hissaient les bas-mâts d'un vaisseau nouvellement lancé, et, pour mesurer leur effort, ils chantaient la chanson de la *Veuve*. La *Veuve*, c'est la guillotine, veuve de tous ceux qu'elle tue !

Oh ! oh ! oh ! Jean-Pierre, oh !
Fais toilette !
V'là ! v'là ! l'barbier ! oh !
Oh ! oh ! oh ! Jean-Pierre, oh !
V'là la charrette !
Ah ! Ah ! Ah !
Faucher Colas !

Quelle existence ! Quelles pensées ! Quel horizon borné par le bagne et l'échafaud !

M. Bernardon attendit patiemment que les travaux fussent interrompus. Alors, profitant du répit qu'on leur accordait, les couples se reposèrent. Le plus vieux des deux forçats s'étendit tout de son long sur le sol ; le plus jeune s'appuya sur les pattes d'une ancre, silencieux et morne.

Le Marseillais s'avança vers lui.

« Mon ami, dit-il affectueusement, je voudrais vous parler. »

Le numéro 2224 s'avança vers son interlocuteur, et le mouvement de la chaîne tira le vieux forçat de sa somnolence.

« Hé donc ! fit-il, vas-tu te tenir, que tu vas nous faire serrer par les *renards !*

— Tais-toi, Romain ; je veux parler à ce monsieur.

— Eh non, que je te dis !

— File un peu de ta chaîne par le bout !

— Non ! j'embraque ma moitié !

— Romain ! Romain ! fit le numéro 2224 qui commençait à se fâcher.

— Eh bien, jouons-la, dit Romain, et il tira un jeu de cartes de sa poche.

— Ça y est, » répliqua le jeune condamné.

La chaîne des deux forçats était faite de dix-huit maillons de six pouces ; chacun en avait neuf, et pouvait jouer ainsi son rayon de liberté. Les deux adversaires étaient aux prises, et l'enjeu dévoilait une ardente cupidité. Ils entremêlaient leur langage de mots inintelligibles.

M. Bernardon s'avança vers Romain.

« Je vous achète votre part de chaîne, lui dit-il.

— Y a-t-il gras ? »

Le négociant tira cinq francs de sa bourse.

« Cinq ronds ! dit le vieux forçat. C'est dit ! » et il se précipita sur l'argent qui disparut on ne sait où, puis, développant ses maillons qu'il avait enroulés devant lui, il reprit sa place, et se coucha le dos au soleil.

« Que me voulez-vous donc ? » demanda le jeune condamné au Marseillais.

Celui-ci le regarda fixement et lui dit :

« Vous vous nommez Pierre-Jean ; vous avez fait cinq ans de galère pour un vol qualifié ; il y a trois ans, vous avez été relâché à l'expiration de votre peine ; mais quelque temps après, vous étiez pris en récidive, et condamné de nouveau à dix ans de fers.

— C'est vrai ! fit Pierre-Jean.

— Vous êtes le fils de Jeanne Renaud.

— Ma pauvre bonne femme de mère, dit le condamné tout tristement ; ne m'en parlez plus ! elle est morte !

— Elle est morte depuis deux ans, ajouta M. Bernardon.

— Eh bien, Monsieur, je travaille ferme, car je veux amasser de quoi acheter une tombe à la pauvre Jeanne Renaud.

— Elle est enterrée sous une belle plaque de marbre, répondit le négociant.

— Avec des arbres verts ?

— Oui ! Pierre-Jean.

— Oh ! merci ! Monsieur ! mais qui êtes-vous ?

— Ecoutez, et veillons à ne pas causer trop longtemps ensemble. D'ici un ou deux jours, préparez-vous à fuir. Achetez à prix d'or le silence de votre compagnon. Promettez tout, je tiendrai vos promesses ; quand vous serez prêt, vous recevrez les instruments nécessaires à votre délivrance ; car d'ici là, ils pourraient vous compromettre. Adieu, Pierre-Jean ! »

Le Marseillais continua tranquillement son inspection, laissant le condamné tout stupéfait de ce qu'il venait d'entendre. Il fit quelques tours dans l'arsenal, visita divers ateliers, et rejoignit bientôt son équipage, dont les chevaux l'entraînèrent promptement à l'hôtel.

Pierre-Jean n'était pas encore revenu de son étonnement ; d'où venait que cet homme connaissait si bien les diverses circonstances de sa vie ? A quel propos lui avait-il parlé de sa mère ? Pourquoi Jeanne Renaud avait-elle une belle tombe ombragée d'arbres ? Quel intérêt cet homme avait-il à le délivrer ? Néanmoins, il saisit avec empressement l'occasion offerte, et résolut de tout préparer pour sa fuite.

Il dut d'abord instruire son compagnon du coup qu'il méditait ; chose indispensable, car le lien qui les enchaînait ne pouvait être rompu par l'un sans que l'autre ne s'en aperçût. Peut-être Romain voudrait-il profiter de l'évasion, et diminuer ainsi les chances de réussite.

Ce vieux forçat n'avait plus que dix-huit mois de fers. Aussi Pierre-Jean, en l'engageant à demeurer, lui démontra que, pour si peu, il ne devait pas risquer une augmentation de peine ; mais Romain, qui voyait de l'argent au bout de tout cela, ne voulait entendre raison, et refusait de se prêter à toutes les imaginations de son camarade. Seulement, lorsque celui-ci parla de quelques milliers de francs qui pourraient bien attendre le vieux à sa sortie du bagne, le vieux commença de ne plus faire la sourde oreille, et de donner dans les idées de Pierre-Jean. La difficulté consistait à s'assurer du mode de payement ; après de nombreux pourparlers, dans lesquels Romain montra un souverain mépris pour les promesses et les paroles d'honneur, il fut convenu qu'on lui fournirait d'avance quelques diamants, qu'il se chargeait de cacher en lieu sûr ; pour le surplus, il consentait à se fier à la loyauté de Pierre-Jean, augmentée des intérêts de la somme au taux légal.

Alors celui-ci réfléchit au mode d'évasion. Son affaire était de quitter le port sans être aperçu ; il fallait échapper aux regards exercés des factionnaires et des gardes-chiourme. Devait-il employer l'audace ou la ruse ? L'une et l'autre peut-être ! Une fois dans la campagne, avant que les brigades de gendarmerie fussent prévenues, il était facile d'en remontrer aux paysans, et ceux que l'espoir de la prime rendrait plus actifs ou plus heureux ne résisteraient certainement pas à l'appât d'une somme supérieure.

Pierre-Jean trouva la nuit favorable à ses projets ; il était condamné à terme, mais, au lieu d'être emprisonné dans un des vieux navires qui forment les bagnes flottants, par exception, il était renfermé dans les salles ; en sortir était difficile ; l'important était donc de n'y pas rentrer. Alors, les rades à peu près désertes lui offraient quelques chances de réussite, car il ne pouvait songer à quitter l'arsenal autrement que par la mer. La terre une fois gagnée, il appartenait à son protecteur de lui indiquer sa route.

Ainsi ramené par ses réflexions à compter sur l'inconnu, résolut-il d'attendre ses conseils, et de savoir si tout d'abord il ratifierait les promesses faites à Romain. Le temps s'écoulait donc lentement au gré de son impatience.

Le lendemain, le Marseillais venait droit à lui.

« Eh bien ?

— Tout est convenu, Monsieur, et si vous désirez m'être utile, tout ira bien.

— Que vous faut-il ?

— J'ai promis trois mille francs à mon compagnon à sa sortie du bagne.

— Il les aura ! Après ?

— Mais il veut quelque chose de plus certain qu'une promesse, et demande des diamants comme acompte. »

M. Bernardon examina s'il n'était pas surveillé, et laissa tomber son épinglette aux pieds du vieux forçat, qui la fit instantanément disparaître. En même temps, il remit un sac à Pierre-Jean.

« Voici, dit-il, de l'or et une lime des mieux trempées.

— Merci, Monsieur. Où dois-je me sauver ?

— Du côté de Notre-Dame-des-Maures[1], dans les montagnes.

1. A une vingtaine de kilomètres, à vol d'oiseau, à l'est de Toulon. [NDCC]

— C’est dit !

— Quand partirez-vous ?

— Ce soir. A la nage !

— Bien ! Tâchez d’aborder au cap de la Garonne[1]. Vous trouverez là les déguisements nécessaires. Courage et prudence !

— Et reconnaissance », ajouta Pierre-Jean.

Les forçats retournèrent au travail. M. Bernardon, froid et impassible, examina fort attentivement les travaux de l’arsenal, et s’entretint longtemps avec deux célèbres galériens, qui le prirent pour un archiphilanthrope.

IV

Pierre-Jean s’étudia à paraître le plus tranquille des prisonniers ; mais, en dépit de lui-même, un observateur attentif aurait été frappé de son agitation inaccoutumée. L’amour de la liberté soufflait dans son cœur, et y rallumait toutes ses espérances qui couvaient sous la cendre de la résignation. Il travailla même avec une ardeur insolite et faillit se trahir par trop de bonne volonté. L’indifférence était le meilleur masque.

Pour celer quelques instants son absence à la rentrée du soir, il imagina de se faire remplacer par un camarade près de son compagnon de chaîne. Un forçat chaussette — ainsi nommé du léger anneau qu’il porte à la jambe — n’ayant plus que quelques jours à rester au bagne, et comme tel découplé, entra pour trois pièces d’or dans les idées de Pierre-Jean ; il consentit à rattacher à son pied, pendant quelques minutes, la chaîne de ce dernier, après sa rupture.

Vers les sept heures du soir, Pierre-Jean profita d’un moment de repos pour scier son ferrement ; grâce à la perfection de sa

1. Actuellement cap de Carqueiranne, pointe est de la Grande Rade de Toulon. [NDCC]

lime, et quoique cette manille fût d'une trempe particulière, il s'en acquitta promptement. Un peu avant la rentrée dans les salles, après avoir vu le chaussette prendre sa place, il se blottit derrière des pièces de bois.

Non loin de lui se trouvait une immense chaudière destinée à une frégate à vapeur ; on l'avait mise à sécher devant l'atelier des machines. Ce vaste réservoir était placé sur sa base, et l'ouverture des fourneaux offrait au forçat un asile impénétrable ; profitant d'un moment utile, il s'y glissa sans bruit, emportant un bout de madrier, qu'il avait creusé en forme de bonnet et percé de trous : il attendit.

La nuit vint à tomber ; l'horloge sonna huit heures ; et les forçats, abandonnant les travaux, se dirigèrent vers leurs prisons sous la conduite de gardes-chiourme. Le ciel chargé de nuages augmentait l'obscurité et favorisait Pierre-Jean. Lorsque l'arsenal fut désert, il sortit de sa cachette, et rampant en silence, se dirigea du côté des formes ou bassins de carénage, car il ne pouvait passer devant les bâtiments du bagne ; de l'autre côté de la rade, la presqu'île de Cépet[1] s'emplissait de ténèbres. Quelques adjudants erraient encore çà et là, aussi Pierre-Jean suspendait parfois sa marche horizontale et s'enfouissait dans de sombres cavités ; heureusement, il avait pu rompre tous ses fers, et ses mouvements étaient muets et libres.

Il parvint enfin à la mer, en deçà de la Darse Neuve, mais non loin de l'ouverture qui donnait accès dans la rade. Son espèce de bonnet de bois à la main, il s'affala le long d'une corde, et disparut sans bruit sous les flots.

Quand il revint à leur surface, il se coiffa prestement de cette coiffure bizarre ; sa tête disparaissait ainsi à tout regard, et les trous pratiqués d'avance lui permettaient de se diriger : on l'eût pris pour une bouée en dérive.

Soudain un coup de canon retentit.

« C'est la fermeture du port, » pensa-t-il.

Un second, un troisième éclatèrent !

« Le canon d'alarme ! Ma fuite est découverte ! Hardi ! » Et

1. Actuellement presqu'île de Saint-Mandrier. [NDCC]

Pierre-Jean, évitant avec soin l'approche des navires et la chaîne des ancres, s'avança dans la petite rade, du côté de la poudrière de Millau. La mer était un peu forte, mais, vigoureux nageur, il se sentait de force à aller loin. Ses habits gênant sa marche, furent abandonnés à la dérive ; son petit sac d'or était attaché sur sa poitrine.

Il arriva sans encombre jusqu'au milieu de la petite rade, et s'appuyant sur un corps mort, sorte de bouée en fer, il ôta avec précaution le bonnet qui le protégeait.

« Ouf ! fit-il ; cette promenade n'est qu'une partie de plaisir auprès de ce qu'il me reste à faire ; en pleine mer, je n'ai pas de rencontre à craindre ; mais il faut passer le goulet, et, là, bon nombre d'embarcations vont de la grosse tour au fort de l'Aiguillette[1] ; ce sera bien le diable si je leur échappe. En attendant, orientons-nous, et ne mettons pas le diable de la partie tant qu'il n'y est pas. »

Pierre-Jean, par la poudrière de la Goubnin et le fort Saint-Louis, releva sa direction exacte : il lui fallait filer en droite ligne et, pour n'être remarqué ni d'un côté ni de l'autre, prendre le milieu de la passe.

La tête abritée sous son appareil, il nagea silencieusement ; le vent fraîchissait, et se confondant avec les bruits dangereux, pouvait tromper la finesse de son ouïe ; aussi se tenait-il sur ses gardes, et, quelque importance qu'il y eût à être sorti de la petite rade, s'avançait-il lentement pour ne pas doter la fausse bouée qui le cachait d'une vitesse imprudente.

Une demi-heure s'écoula ; son estime lui indiquait le rapprochement de la passe, lorsque, sur la gauche il crut entendre un bruit de rames ; il s'arrêta, prêta l'oreille, et attendit.

« Ohé ! criait-on d'un canot. Quelles nouvelles ?

— Rien de neuf ! répondait-on d'une embarcation qui passait sur la droite de l'évadé.

— Jamais nous ne pourrons le retrouver !

— Mais est-il sûr qu'il soit parti par mer ?

1. Le fort de l'Aiguillette, à l'ouest, et la Tour Royale, à l'est, commandent l'entrée de la Petite Rade.

— Sans doute ! On a repêché ses habits.

— Eh bien, nous courons risque d'aller jusqu'aux grandes Indes !

— Hardi ! nageons ferme. »

Les embarcations se séparèrent. Pierre-Jean était activement poursuivi. Profitant de l'éloignement des canots de la marine, il hasarda quelques brasses vigoureusement allongées, et fila rapidement vers le goulet, luttant contre les vagues et le désespoir qui grossissaient autour de lui.

« Oh ! si j'étais en pleine mer ! »

Conçoit-on l'horrible position de cet homme ? La pleine mer ! c'était la mort, et il la préférait encore au bagne. Quelle ténacité ! Quelle puissance de caractère on trouve parfois chez ces malheureux ! On répète souvent qu'une telle énergie appliquée au bien accomplirait de grandes choses : oui, mais cette force est en dehors de la nature. Pour la produire, il a fallu de terribles aspirations vers la liberté. Dans la placidité ordinaire de la vie, ces gens seraient demeurés vains, inertes, impuissants. La société avait repoussé ces malheureux ; ils s'y étaient heurtés, et le choc en faisait jaillir des étincelles.

Parfois des cris retentissaient à l'oreille de Pierre-Jean ; les embarcations multipliaient leurs recherches sur la rade et devaient nécessairement concentrer leur surveillance sur le goulet. Pierre-Jean nageait toujours !

« Je me noierai plutôt ! » se dit-il.

Déjà la grosse tour et le fort de l'Aiguillette se dessinaient à ses yeux. Des torches couraient sur le rivage, comme des étoiles de mauvais augure ; les brigades de gendarmerie étaient sur pied. Le fugitif ralentit sa marche et se laissa pousser par les vagues et le vent d'ouest qui le drossaient vers la mer.

Soudain une lueur éclaira les flots, et Pierre-Jean aperçut autour de lui trois ou quatre embarcations portant des torches allumées ; il ne bougea plus, un faux mouvement pouvait le perdre.

« Eh, là-bas !

— Rien !

— A-t-on veillé du côté du Lazaret ?

— Et du côté des batteries ?

— Les soldats de marine sont prévenus.
— Ainsi, il n'a pu débarquer sur la côte.
— Impossible !
— En route ! »

Pierre-Jean respira. Les embarcations n'étaient pas à dix brasses de lui ; il était forcé de nager perpendiculairement.

« Tiens ! Qu'y a-t-il là-bas ? cria un matelot.
— Quoi ? répondit-on.
— Ce point noir qui nage !
— Au milieu de nous ?
— Oui !
— Ce n'est rien ! une bouée en dérive.
— Eh bien, rattrapez-la ! »

Pierre-Jean fut prêt à plonger. Mais le sifflet d'un contre-maître se fit entendre.

« En route, les enfants ! Nous avons autre chose à faire qu'à repêcher un bout de madrier. Allez de l'avant ! »

Et les embarcations continuèrent leur route. Le malheureux reprit courage ; sa ruse n'était pas découverte ! Les forces lui revinrent avec l'espoir. Une masse noire se dressait au loin.

« Qu'est cela ? fit-il. La tour du Balaguier ! Je serais sauvé si je parvenais là. Mais où suis-je ? »

Il se retourna vers la gauche et reconnut le fort Saint-Louis.

« C'est bien la tour ! Après avoir passé la batterie, je serais en grande rade. Oh ! La liberté ! La liberté ! »

Soudain, il se trouva dans des ténèbres profondes. Un corps opaque interceptait à ses yeux la vue du fort ! C'était une des dernières embarcations qui se heurta contre lui. Elle s'arrêta au choc et un des matelots se pencha par-dessus le bord.

« C'est une bouée, dit-il. En route ! »

Et le canot reprit sa marche. Fatalité ! Une rame frappa la fausse bouée, la renversa, et avant que l'évadé pût songer à disparaître, sa tête rasée se montra au-dessus de l'eau !

« Nous le tenons ! s'écrièrent les marins. Hardi là ! »

Pierre-Jean plongea, et pendant que les sifflets appelaient de toutes parts les embarcations dispersées, il nagea entre deux eaux du côté de la plage du Lazaret. Il s'éloignait ainsi du lieu de rendez-vous, car cette plage est située à gauche en entrant de la grande rade, tandis que le cap de la Garonne s'avance sur la droite ; mais il espérait donner le change à ses poursuivants, en se dirigeant du côté le moins propice à son évasion.

Cependant, l'endroit désigné par le Marseillais devait être atteint. Après quelques brasses faites à l'opposé, il revint sur ses pas. Les embarcations se croisaient autour de lui. A chaque instant, il plongeait pour ne pas être reconnu. Enfin ses habiles manœuvres trompèrent les poursuivants ; mais il fallait arriver ! Pierre-Jean se sentait défaillir, il perdait ses forces ; plusieurs fois ses yeux se fermèrent, et son cerveau s'emplit de tournoiements vertigineux ; plusieurs fois ses mains se détendirent, et ses pieds alourdis s'enfoncèrent vers l'abîme ; mais la providence et les vagues le prenant en pitié le jetèrent évanoui sur le rivage du cap de la Garonne. Un homme était penché sur lui lorsqu'il reprit ses sens, et lui faisait boire quelques gorgées d'eau-de-vie.

« Vous êtes sauvé, lui dit-il. Vêtu d'habits étrangers, et coiffé d'une perruque, vous arriverez aisément à Notre-Dame-des-Maures, dans les montagnes de l'Anti. Partez vite ! Je vais allumer une torche et surveiller la plage ; on ne croira pas que vous êtes débarqué ici. »

Ma foi, Pierre-Jean s'élança dans la direction indiquée ; au bout de quelque temps, il tomba à genoux, pria pour sa mère, et s'enfuit d'un pas précipité.

V

Le pays situé à l'est de Toulon, hérissé de bois et de montagnes, sillonné de ravins et de cours d'eau, offrait au fugitif de nombreuses chances de salut. Ces terrains souvent arpentés par lui n'avaient point de retraites qui lui fussent étrangères. Il ne désespéra plus d'être complètement sauvé, et ses réflexions se reportèrent sur ce généreux protecteur dont il ne pouvait deviner le but. Ce Marseillais avait-il besoin d'un homme entreprenant, décidé à tout, ayant le cœur au bout des bras, qu'il était allé choisir au bagne ? Mais Pierre-Jean avait juré de se refuser à tout mauvais coup, et de fuir les indignes propositions comme il avait fui les galères.

Il était dix heures du soir, lorsqu'il s'aventura parmi les montagnes de la Garonne : évitant de suivre les sentiers battus, se jetant dans les fossés et les taillis lorsqu'un pas d'homme ou le bruit d'une charrette résonnaient au milieu du silence, il employait toute la circonspection d'un malfaiteur qui va tenter un crime ; seulement sa prudence était honnêtement habillée. Quoique son déguisement le rendît méconnaissable, il redoutait une inspection trop familière et son costume provençal pouvait avoir quelque chose d'emprunté. Outre les brigades de gendarmerie qui sont sur pied dès les avertissements du canon d'alarme, le forçat évadé rencontre un ennemi intraitable dans chaque paysan ; les raisons de sécurité et les motifs pécuniaires ajoutent à l'acuité de leur regard, à la rapidité de leurs jambes et à la vigueur de leurs bras. Si le fugitif est aperçu, il est reconnu, car il lui reste toujours quelque infirmité physique ou morale, soit qu'habitué au poids des fers, il traîne un peu la jambe gauche, soit qu'un trouble délateur lui monte au visage.

Cependant, Pierre-Jean arriva sain et sauf à la Grande-Bastide. Une bouteille de vin et une tranche de lard lui furent servis dans une auberge, où il entra avec le plus d'assurance possible. Il eut soin de payer sa dépense en gros sols. Fort à propos restauré, et craignant les imprudences du sommeil, il se mit en marche. Après avoir suivi quelque temps la route de Saint-Vincent, par prudence il la laissa sur la droite, et, sans avoir rencontré âme qui vive, parvint au village de Roubeaux, qu'il jugea fort inutile de traverser.

Un moment, il songea à fuir le lieu du rendez-vous, toujours tracassé par la perspective d'une mauvaise affaire ; mais sa confiance l'emporta sur ses craintes, et remontant vers le nord, abandonnant Hyères sur sa droite, il rentra une seconde fois dans les montagnes.

Le jour commençait à poindre ; et dès lors, ne pas se laisser examiner de près, ne pas éviter les regards éloignés, suivre les grandes routes, marcher droit et le plus honnêtement possible, telle fut sa ligne de conduite. Sur ce, rajustant sa perruque et boutonnant son gilet, il fila d'un pas délibéré.

Ses réflexions l'absorbaient depuis quelques instants, lorsqu'il crut entendre le pas de plusieurs chevaux. Il monta sur un talus pour observer au loin. La courbe du chemin l'empêcha de rien voir ; mais il ne pouvait s'être trompé, et, se couchant l'oreille contre terre, il saisit distinctement le bruit qui l'avait frappé.

A l'instant, et avant qu'il pût se relever, trois paysans se précipitèrent sur lui ; soudain, il était bâillonné, lié par les mains et ses assaillants le forçaient à revenir sur ses pas.

Deux gendarmes à cheval débouchaient sur la route ; ils arrivèrent près des paysans, et l'un d'eux les interrogea.

« Un forçat évadé, gendarme, un forçat évadé que nous venons de prendre !

— Oh ! Oh ! fit un gendarme ; celui de cette nuit ?

— Ça se peut bien, mais, lui ou un autre, nous le tenons !

— Une bonne prime pour vous !

— Ma foi, ce n'est pas de refus ! Ses habits n'appartiennent pas à la chiourme, on nous les donnera par-dessus le marché.

— Avez-vous besoin de nous ? demanda l'un des gendarmes.

— Ah ! parbleu, non ! Il est solidement amarré, et nous le mènerons bien tout de même !

— C'est au mieux, répondit le gendarme, car nous suivons une piste, et ça dérangerait notre tournée.

— Allons ! Au revoir, et bonne chance ! »

Les gendarmes continuèrent leur route, et les paysans s'en furent en sens inverse. Pierre-Jean était anéanti, et marchait machinalement. Lié et bâillonné, il ne pouvait pas même tenter de corrompre ses gardiens. Lorsque les gendarmes eurent disparu, les paysans, quittant la grande route, prirent par des chemins déserts et, après une longue marche, pendant laquelle ils n'adressèrent pas la parole à Pierre-Jean, atteignirent la rivière de Gapau. Pendant qu'ils la traversaient sur un bac, le malheureux fugitif voulut se précipiter à l'eau ; mais retenu par des mains vigoureuses, il dut renoncer à toute tentative de suicide.

Ces paysans évitaient, eux aussi, les grands chemins, et bientôt ils se trouvèrent au milieu des montagnes. Pierre-Jean ne comprit rien à leurs façons d'agir. C'étaient les montagnes de l'Anti. Ils tournaient le dos à Toulon et devaient être fort rapprochés de Notre-Dame-des-Maures. En effet, la Teste des Caneaux s'offrait bientôt à eux ; ils tournèrent ce village et parvinrent à la grande route. Un homme était de l'autre côté, et semblait les attendre. Pierre-Jean fut mené à cet homme ; c'était M. Bernardon. Le prisonnier voulut faire un geste, mais le Marseillais marcha devant, prit la conduite de la troupe, qui ne tarda pas à atteindre une petite maison écartée du bourg de Notre-Dame-des-Maures.

Pierre-Jean fut introduit dans une salle basse où se trouvait une vieille femme. M. Bernardon le suivit avec les trois paysans, et le fugitif fut délivré de ses liens.

« Que me veut-on ? C'est mal, Monsieur, dit-il au Marseillais.

— Ces hommes me sont dévoués, répondit M. Bernardon ; s'ils n'avaient pas feint de vous ramener à Toulon, les gendarmes vous arrêtaient, et vous étiez perdu ! »

Pierre-Jean ne comprenait plus rien. Sur un signe, il s'assit et M. Bernardon lui dit :

« Ecoutez. Il y a trois ans, Pierre-Jean sortait du bagne, où il venait d'achever sa peine, car il avait été condamné à cinq ans de galère. L'heure de la liberté avait enfin sonné pour lui ; muni de son passeport, vêtu d'un pantalon de drap, d'une chemise neuve et d'un chapeau ciré, il quittait le bagne et suivait à peu près la même route qu'aujourd'hui. Sa fortune montait à une cinquantaine de francs, pauvre pécule qu'il avait amassé sol par sol. Certainement il ne pensait pas à mal ; un jour d'égarement, il avait failli, mais son châtiment sévère, loin de le corrompre, en le mêlant aux scélérats de toutes sortes, l'avait amené à de bonnes et sérieuses réflexions ; il voulait revoir sa vieille mère, la soutenir de tout son travail, et l'aimer de tout son cœur. Aussi, son pas était rapide et joyeux, car il l'éloignait du bagne et le ramenait au pays. Seulement, il rougissait bien quand les gendarmes l'obligeaient à dérouler ce passeport jaune qu'une loi trop cruelle affiche sur le forçat libéré. Après une longue marche, ayant atteint ce village de Notre-Dame-des-Maures, il s'arrêta dans cette maison même. Une vieille femme s'y trouvait — et cette vieille femme, la voici ! Elle pleurait seule dans un coin, et se tordait les bras de désespoir. Pierre-Jean voulut connaître la cause de sa douleur : « Hélas, dit-elle, mon fils est loin de moi, il a passé les mers pour s'enrichir, et me tirer de peine ; mais voici que depuis son départ, les malheurs se sont accumulés sur ma tête, les charges ont augmenté, les mauvaises récoltes sont survenues, et faute d'une somme de cinquante francs, les gens de loi vont vendre ma pauvre chaumière ! » Il paraît que chez cette vieille femme, il y avait l'éloquence des larmes et de la vérité ; l'huissier pouvait venir d'un instant à l'autre, et la jeter sur la grande route ! Pierre-Jean aimait bien sa mère ; Jeanne Renaud, malheureuse et âgée aussi, s'était peut-être trouvée dans un semblable dénuement, et le devoir de toute âme charitable avait été de la secourir ; il possédait cinquante francs pour tout avoir, il les donna à la bonne femme. Pierre-Jean avait fait une bonne action ; il sortit fier de son cœur et content de lui ; à ce moment, l'huissier entrait dans la chaumière. Tout en cheminant, et sans aucunement regretter sa compassion, Pierre-Jean calculait que s'il avait eu cent francs, il lui en serait demeuré cinquante, cinquante bien utiles, autant pour achever son voyage, car il allait loin, que pour subvenir aux premiers besoins de son existence, car sa mère était pauvre ! Aussi bien, il était malaisé de trouver du travail, quand on verrait d'où venait Pierre-Jean ! Or, voici que l'huissier, satisfait du paiement de la vieille femme, à laquelle il avait donné quittance de son argent, vint à passer comme il retournait chez lui. Je ne sais quelle mauvaise inspiration saisit Pierre-Jean, mais sans dépouiller autrement l'huissier, il rentra dans la possession de ses cinquante francs, ni plus, ni moins, et pensant que la bonne action rachèterait la mauvaise, il continua son chemin ! Mais avant d'avoir revu sa mère, dénoncé et poursuivi pour vol sur la personne de l'huissier, il était de nouveau traduit en cour d'assises et condamné à dix ans de fer ! — Pauvre homme, il était à plaindre, car sa vieille mère mourait bientôt sans avoir embrassé son fils ! »

M. Bernardon s'arrêta ; Pierre-Jean sentait de grosses larmes mouiller ses yeux. Le Marseillais prit la main de la vieille femme et la mit dans celle de Pierre-Jean.

« Voici ma mère, lui dit-il, et vous l'avez sauvée ! Nous avons prié tous deux pour la vôtre ! »

Pierre-Jean tomba à genoux, M. Bernardon le releva.

« Mon ami, aujourd'hui-même nous retournons à Marseille ; un de mes navires vous conduira dans le Nouveau Monde. Prenez cet argent qui vous mettra pour jamais à l'abri du besoin ! Cependant, jurez-moi de travailler.

— Je vous le jure, Monsieur, ne fût-ce que pour me réhabiliter à mes yeux ! »

M. Bernardon lui serra la main, en disant :

« Il y a bien longtemps que pour moi vous êtes honnête homme ! »

Le soir même, en compagnie du négociant et de sa mère, Pierre-Jean arrivait à Marseille, et, le lendemain, le trois-mâts la *Cérès,* de sept cents tonneaux, ayant reçu le nouveau passager qu'elle attendait, voguait toutes voiles dehors, vers le détroit de Gibraltar.

MONSIEUR RE-DIEZE
ET MADEMOISELLE MI-BEMOL

Un conte de Noël

LE TERRIBLE MONDE DES ADULTES

Amiens, le 23 Xbre 1892

Cher Monsieur,

[...] En ce moment où je suis accablé d'épreuves... d'imprimerie, je ne puis me remettre à ma nouvelle. Il est vrai qu'elle est entièrement écrite, mais non moins vrai que ce « premier jet » n'est point encore *bon* à être copié. J'ai là dessus un travail de deux à trois semaines. Mais ne vous désolez pas : Le manuscrit vous sera remis dans le courant de février [...]

Veuillez recevoir, cher Monsieur, les meilleurs compliments de

Votre tout dévoué
Jules Verne [1]

Cette lettre, signée Jules Verne, est adressée le 23 décembre 1892 (Jules Verne a toujours une curieuse façon de marquer

1. Lettre de Jules Verne à Théophile Gautier fils, Bibliothèque Thiers, Paris. MS Thiers 680, folio 164. Cette lettre a été publiée en intégralité par Volker Dehs (ainsi d'ailleurs que six autres) dans le *Bulletin de la Société Jules Verne* n° 26, 1998. Tout ce qui suit au sujet de l'historique de la version de *Ré-dièze* destinée au *Figaro illustré* est basé sur cette publication de Volker Dehs.

les dates sur ses courriers, parfois il ne les date pas du tout) à Théophile Gautier fils, rédacteur du Figaro illustré. *Ce journal avait déjà édité huit ans plus tôt* Frritt-Flacc. *En 1891, Gautier fils rend visite à Verne et au cours de la conversation qu'ils ont ensemble, l'écrivain promet à son visiteur de lui remettre un conte de Noël qui devrait normalement paraître pour Noël 1892 (Verne pense l'avoir fini dès mars). Cependant, « une sorte d'influenza très pénible » le retient au lit durant « 15 jours ». Apparemment, ces quinze jours affectent l'année entière, car le projet pour le* Figaro illustré *est remis pour Noël 1893. On voit, d'après la lettre concernée par l'extrait ci-dessus, que Verne prend également du retard pour cette date. Le 12 février 1893, enfin, Verne annonce qu'il a terminé son manuscrit. Mais déjà, il laisse entendre qu'il a « un important travail de correction à faire » sur les épreuves et qu'il aura certainement « une centaine de lignes » à supprimer pour entrer « dans la dimension voulue » par le cadre de l'édition. Le 2 mars, en définitive, l'écrivain écrit à Gautier : « Environ 150 lignes ont sauté » !*

En apparence, un tel morcelage ne lui procure aucune amertume, si l'on en croit sa lettre du 30 novembre 1893 : « J'ai bien reçu le magnifique exemplaire du Figaro ilustré *[sic] que vous m'avez envoyé. C'est superbe par la composition et l'illustration, et je vous en fais mon sincère compliment. » Quelques jours plus tard, la nouvelle paraît donc dans le journal.*

L'apparente philosophie avec laquelle Jules Verne accueille cette auto-déformation de l'ouvrage[1] *vient peut-être du fait qu'il a d'autre projet pour ce conte. C'est en effet l'époque à laquelle il envisage pour la première fois de préparer un autre recueil de nouvelles*[2] *dans lequel* Monsieur Ré-dièze... *trouverait sa place et, sans doute, retrouverait sa forme d'origine. On*

1. Sans compter qu'il n'est pas impossible qu'un correcteur du *Figaro* ait parfois commis certaines erreurs en relisant Verne : Christian Chelebourg a relevé plusieurs anomalies, provenant de la difficulté « de distinguer les 'e' et les 'é' des 'i' dans son écriture. » Voir C. Chelebourg, « Le miroir de Jules (Imaginaire et fantastique dans M. Ré-dièze et Mlle Mi-bémol) », *Bulletin de la Société Jules Verne* n° 72, 1984.

2. Voir à ce sujet la Postface d'*Hier et Demain* d'Olivier Dumas, dans le présent ouvrage.

sait que ce projet ne vit le jour que dix-sept ans plus tard, après sa mort. A priori, Michel Verne estimait aussi (son père lui en avait-il parlé ?) que la version Figaro *ne pourrait convenir pour le recueil : il se rapporte au manuscrit original, mais plusieurs erreurs sont commises lorsque sa dactylographe recopie le texte ; d'autre part, les éditions modernes de l'œuvre apportent de nouvelles coquilles*[1] *auxquelles nous avons tenté de remédier ici.*

Il suffit de lire le titre et le sous-titre du conte pour comprendre qu'il est question de musique et que le cadre se situe autour de la nuit de Noël. Les articles sont déjà nombreux, qui traitent de la musicalité de cette œuvre[2]*. Aussi me tournerai-je plutôt du côté d'un autre problème, à relever dans cet ouvrage : la parole donnée à un enfant.*

Si l'on prend l'ensemble de la création vernienne, plusieurs œuvres ont pour héros des enfants : Les Enfants du capitaine Grant, Un capitaine de quinze ans, Deux ans de vacances, P'tit-Bonhomme *et* Bourses de voyage. *A cette liste, il faut ajouter* Monsieur Ré-dièze..., *lequel présente une originalité par rapport aux autres titres : c'est le garçon, Joseph Muller, qui raconte l'histoire. C'est donc à travers ses yeux d'enfant que nous est présenté le monde, lequel se résume à la bourgade de Kalfermatt pour le présent, et à l'histoire de Guillaume Tell pour le passé. Ce procédé d'écriture confirme une fois de plus*

1. Voir à ce sujet « *Monsieur Ré-dièze et Mademoiselle Mi-bémol,* en toute originalité », article-préface d'Olivier Dumas à l'édition du conte par le *Bulletin de la Société Jules Verne,* n° 92, 1989.

2. Voir particulièrement :
— Jean-François Pioud, « Musicologie d'une nouvelle », *Bulletin de la Société Jules Verne,* n° 39, 1976 ;
— Daniel Compère, « Le rôle de la musique dans les romans de Jules Verne », *Le Musicien picard,* juin 1978 ;
— Robert Pourvoyeur, « Jules Verne et le romantisme musical », *Colloque d'Amiens,* Paris, Minard, 1980 ;
— François Raymond, « Les Machines musicales de Jules Verne : Esquisse pour une esthétique vernienne », *Romantisme* n° 669, 1983 ;
— Christian Porcq, « Symphonie pour une genèse », *Bulletin de la Société Jules Verne* n° 92, 1989.

le désir constant chez Verne de se renouveler. Mais si l'on se souvient que dans le premier projet de recueil intitulé Souvenirs d'enfance et de jeunesse, *la nouvelle de ce nom devait justement être suivie de* Monsieur Ré-dièze, *on ne peut que constater l'importance de l'enfance dans ce projet vernien, mais surtout, comme le souligne Christian Chelebourg, l'importance des souvenirs de l'enfance (car Joseph Muller est déjà âgé lorsqu'il nous narre son histoire) : « les souvenirs de Jules auraient ainsi ouvert la voie aux souvenirs de Joseph ».* [1]

Pourquoi l'enfance ? En réaction contre les adultes, sans doute. Or, ceux-ci, fort nombreux dans le récit, sont surtout, comme l'a remarqué Jean Bellemin-Noël, représentés par trois figures : Eglisak et maître Effarane, l'un représentant le « pôle du Bien », l'autre « celui du Mal » ; et, au milieu, comme médiateur, l' « inoffensif maître d'école Valrügis » [2]*. De ce fait, les parents sont peu esquissés, souvent absents ; lorsqu'on prend la peine de les faire parler, c'est pour ordonner à Joseph d'aller se coucher. Plus grave, quand dans son « rêve » (car est-ce vraiment un rêve, dont se souviendrait des années plus tard Joseph Muller, ou une manière de raconter ce qu'il redoutait ?) il se retrouve en danger d'être* ingurgité *par Effarane, ses parents, ceux de ses camarades, spectateurs de cette scène, sont sans réaction. Les parents officiels étant écartés, restent donc les trois figures centrales.*

Jules Verne, en se réfugiant dans des souvenirs d'enfance, se calfeutre, comme la bourgade Kalfern*att* [3]*, se met en position de défense contre le monde des adultes, ceux qui, toujours en position de dominance dans la société, en imposent aux autres, les plus faibles, les « enfants », mais en même temps sont obligés de tenir compte de leurs égaux : d'où la nécessité de ne pas faire de vague, de toujours parler à l'unisson ; Hetzel, le « père » de Jules Verne écrivain, n'a cessé d'arrondir les angles*

1. Christian Chelebourg, article cité précédemment.

2. Idée déjà développée par Jean Bellemin-Noël, « Analectures de Jules Verne », *Critique* n° 279, 1970. Pour Bellemin-Noël, ces deux pôles représentent l'opposition des deux sexes.

3. Comme l'a déjà remarqué Christian Chelebourg.

de sa création artistique du fait de la morale bien-pensante de l'époque : pas de voix discordante dans le discours officiel de la Troisième République ! Similitude avec la réaction de maître Effarane qui se refuse à entendre « seize voix différentes » et qui veut « n'en entendre qu'une ! ». Lorsque les enfants se trouvent transformés en instrument musical, que Effarane s'apprête à s'emparer de leur âme en captant leur note, il faut sans doute y voir un reflet d'Hetzel (entre autres, car bien d'autres personnes ont joué le rôle de censeurs dans l'existence de Verne : son véritable père, les autres éditeurs, par la suite son propre fils, etc.), lequel dévaste, par ses coupes, l'âme des œuvres.

Face à ce monde redoutable, l'écrivain, solitaire, dont les chercheurs découvrent peu à peu le caractère anarchiste, n'a d'autre refuge que le repli sur soi, l'écriture, le retour à un univers poétisé par les yeux d'un enfant, la fuite : car de même que la fantaisie du docteur Ox *couvrait plusieurs significations, la* fugue d'Eglisak, *le seul adulte vraiment sympathique du conte, cette fugue qui ne peut jamais être jouée, ne renferme pas uniquement un terme musical.*

Samuel SADAUNE

1

Nous étions une trentaine d'enfants à l'école de Kalfermatt, — une vingtaine de garçons entre six et douze ans, une dizaine de filles entre quatre et neuf ans. Si vous désirez savoir où se trouve exactement cette bourgade, c'est, d'après ma Géographie, page 47, dans un des cantons catholiques de la Suisse, pas loin du lac de Constance, au pied des montagnes de l'Appenzel.

« Eh ! donc, vous là-bas, Joseph Muller ?

— Monsieur Valrügis ?... répondis-je.

— Qu'est-ce que vous écrivez pendant que je fais la leçon d'histoire ?

— Je prends des notes, Monsieur.

— Bien. »

La vérité est que je dessinais un bonhomme, tandis que le maître nous racontait pour la millième fois l'histoire de Guillaume Tell et du farouche Gessler. Personne ne la possédait comme lui. Le seul point qui lui restât à élucider était celui-ci : à quelle espèce, reinette ou calville, appartenait la pomme historique que le héros de l'Helvétie avait placée sur la tête de son fils [1] — pomme aussi discutée que celle dont notre mère Eve dépouilla l'arbre du bien et du mal.

1. Rappelons que l'histoire (légendaire) de Guillaume Tell se situe au XIVe siècle, sous la domination de la Suisse par les Habsbourg. Tell ayant refusé de saluer le chapeau de Gessler, bailli des Habsbourg, celui-ci le fit arrêter et, le sachant très habile arbalétrier, le condamna à traverser d'une

Le bourg de Kalfermatt est agréablement situé au fond d'une de ces dépressions qu'on appelle « van », creusée sur le côté d'avers de la montagne, celui que les rayons du soleil ne peuvent atteindre l'été. L'école, ombragée de larges frondaisons [1], à l'extrémité du bourg, n'a point l'aspect farouche d'une usine d'instruction primaire. Elle est gaie d'aspect, en bon air, avec une vaste cour plantée, un préau pour la pluie, et un petit clocher où la cloche chante comme un oiseau entre les branches.

C'est M. Valrügis [2] qui tient l'école, de compte à demi avec sa sœur Lisbeth, une vieille fille plus sévère que lui. Tous deux suffisent à l'enseignement : lecture, écriture, calcul, géographie, histoire — histoire et géographie de la Suisse s'entend. Nous avons classe tous les jours, sauf le jeudi et le dimanche. On vient à huit heures avec son panier et ses livres sous la boucle de la courroie. Dans le panier, il y a de quoi manger à midi, du pain, de la viande froide, du fromage, des fruits, avec une demi-bouteille de vin coupé. Dans les livres, il y a de quoi s'instruire, des dictées, des chiffres, des problèmes. A quatre heures, on remporte chez soi le panier vide jusqu'à la dernière miette.

« Mademoiselle Betty Clère ?...

— Monsieur Valrügis ?... répondit la fillette.

— Vous n'avez pas l'air de prêter attention à ce que je dicte ! Où en suis-je, s'il vous plaît ?

— Au moment, dit Betty en balbutiant, où Guillaume refuse de saluer le bonnet...

— Erreur !... Nous n'en sommes plus au bonnet, mais à la pomme, de quelque espèce qu'elle soit ! »

Mlle Betty Clère, toute confuse, baissa les yeux, après m'avoir adressé ce bon regard que j'aimais tant.

« Sans doute, reprit ironiquement M. Valrügis, si cette histoire se chantait au lieu de se réciter, vous y prendriez plus de plaisir, avec votre goût pour les chansons ! Mais jamais un musicien n'osera mettre pareil sujet en musique ! »

flèche une pomme placée sur la tête de son jeune fils, épreuve dont Guillaume Tell sortit victorieux. Plus tard, Guillaume Tell tua Gessler.

1. Feuillage des arbres.

2. Jean-Bellemin Noël voit dans ce nom un anagramme de *vulgaris* : le maître est un vulgarisateur.

Peut-être notre maître d'école avait-il raison ? Quel compositeur prétendrait faire vibrer de telles cordes !... Et pourtant, qui sait ?... dans l'avenir ?...

Mais M. Valrügis continue sa dictée. Grands et petits, nous sommes tout oreilles. On aurait entendu siffler la flèche de Guillaume Tell à travers la classe... une centième fois depuis les dernières vacances.

2

Il est certain que M. Valrügis n'assigne à l'art de la musique qu'un rang très inférieur, renfermé dans des limites étroites. A-t-il raison ? Nous étions trop jeunes alors pour avoir une opinion là-dessus. Songez donc, je suis parmi les grands, et je n'ai pas encore atteint ma dixième année. Et, pourtant, une bonne douzaine de nous aimait bien les chansons du pays, les vieux lieds des veillées, et aussi les hymnes des fêtes carillonnées, les antiennes de l'antiphonaire, lorsque l'orgue de l'église de Kalfermatt les accompagne. Alors les vitraux frémissent, les enfants de la maîtrise jettent leurs voix en fausset, les encensoirs se balancent, et il semble que les versets, motets, répons, s'envolent au milieu des vapeurs parfumées...

Je ne veux pas me vanter, c'est un mauvais sentiment, et quoique je fusse un des premiers de la manécanterie[1], ce n'est pas à moi de le dire. Maintenant, si vous me demandez pourquoi moi, Joseph Muller, fils de Guillaume Muller et de Marguerite Has, actuellement, après son père, maître de poste à Kalfermatt, on m'avait surnommé *Ré-dièze,* et pourquoi elle, Betty Clère, fille de Jean Clère et de Jenny Rose, cabaretiers audit lieu, portait le surnom de *Mi-bémol,* je vous répondrai : patience, vous le saurez tout à l'heure. N'allez pas plus vite qu'il ne convient,

1. *manécanterie :* école de chant attachée à une paroisse pour y former les enfants de chœur. [définition du Petit Larousse]

mes enfants. Ce qui est certain, c'est que nos deux voix se mariaient admirablement, en attendant que nous fussions mariés l'un à l'autre. Et j'ai déjà un bel âge, mes enfants, à l'époque où j'écris cette histoire, sachant des choses que je ne savais pas alors — même en musique.

Oui ! M. *Ré-dièze* a épousé Mlle *Mi-bémol,* et nous sommes très heureux, et nos affaires ont prospéré avec du travail et de la conduite !... Si un maître de poste ne savait pas se conduire, qui le saurait ?

Tant il y a que, voilà quelque quarante ans, nous chantions à l'église ; car il faut vous dire que les petites filles comme les petits garçons appartenaient à la manécanterie de Kalfermatt. On ne trouvait point cette coutume déplacée, et on avait raison. Qui ne s'est jamais inquiété de savoir si les séraphins des concerts du ciel sont d'un sexe ou d'un autre ?

3

La maîtrise de notre bourgade avait grande réputation, grâce à son directeur, l'organiste Eglisak. Quel maître de solfège, et quelle habileté il mettait à nous faire vocaliser ! Comme il nous apprenait la mesure, la valeur des notes, la tonalité, la modalité, la composition de la gamme ! Très fort, très fort, le digne Eglisak. On disait que c'était un musicien de génie, un contrapontiste sans rival, et qu'il avait fait une fugue extraordinaire, une fugue à quatre parties.

Comme nous ne savions pas trop ce que c'était, nous le lui demandâmes un jour.

« Une fugue ? répondit-il, en redressant sa tête en forme de coquille de contrebasse.

— C'est un morceau de musique ? dis-je.

— De musique transcendante, mon garçon.

— Nous voudrions bien l'entendre, s'écria un petit Italien, du nom de Farina, doué d'une jolie voix de haute-contre, et qui montait, montait... jusqu'au ciel.

— Oui ! ajouta un petit Allemand, nommé Hoct, dont la voix descendait, descendait... jusqu'au fond de la terre.

— Allons, Monsieur Eglisak ?... répétèrent les autres, garçonnets et fillettes.

— Non, mes enfants ! Vous ne connaîtrez ma fugue que lorsqu'elle sera achevée...

— Et quand le sera-t-elle ? demandai-je.

— Jamais. » [1]

On se regarda, et lui de sourire finement.

« Une fugue n'est jamais achevée, nous dit-il. On peut toujours y ajouter de nouvelles parties. »

Donc, nous n'avions point entendu la fameuse fugue du professeur Eglisak ; mais il avait pour nous mis en musique le psaume de Guy d'Arrezo, vous savez, ce psaume en vers dont les premières syllabes ont donné leur nom aux notes de la gamme :

Ut queant laxis
*Re*sonare fibris
*Mi*ra gestorum
*Fa*mili tuorum,
*Sol*ve polluti,
*La*be reatum,

Le *Si* n'existait pas à cette époque. Ce fut en 1026 seulement qu'un certain Guido compléta la gamme par l'adjonction de la note sensible, et m'est avis qu'il a bien fait. Vraiment, quand nous chantions ce psaume, on serait venu de loin rien que pour l'entendre. Quant à ce que signifiaient ces mots bizarres, personne ne le savait à l'école, pas même M. Valrügis. On croyait que c'était du latin, mais on n'était pas sûr. Et cependant, il paraît que ce psaume sera chanté au jugement dernier, et il est probable que le Saint-Esprit, qui parle toutes les langues, le traduira en langage édénique.

Il n'en reste pas moins que M. Eglisak passait pour être un

1. Tout ce dialogue est supprimé dans la version du *Figaro illustré.*

grand compositeur. Par malheur, il était affligé d'une infirmité bien regrettable et qui tendait à s'accroître avec l'âge. Il avait l'oreille dure. Nous nous en apercevions, mais lui n'aurait pas voulu en convenir. D'ailleurs, afin de ne pas le chagriner, on criait quand on lui adressait la parole, et nos faussets parvenaient à faire vibrer son tympan. Mais l'heure n'était pas éloignée où il serait complètement sourd.

Cela arriva, un dimanche, à vêpres. Le dernier psaume de Complies[1] venait d'être achevé, et Eglisak s'abandonnait sur l'orgue aux caprices de son imagination. Il jouait, il jouait, et cela ne finissait pas. On n'osait sortir, crainte de lui faire de la peine. Mais voici que le souffleur, n'en pouvant plus, s'arrête. La respiration manque à l'orgue... Eglisak ne s'en est pas aperçu. Les accords, les arpèges se plaquent ou se déroulent sous ses doigts. Pas un son ne s'échappe, et, cependant dans son âme d'artiste, il s'entend toujours...

On a compris. Un malheur vient de le frapper. Nul n'ose l'avertir. Et pourtant le souffleur est descendu par l'étroit escalier de la tribune...

Eglisak ne cesse pas de jouer. Et toute la soirée ce fut ainsi, toute la nuit également, et, le lendemain encore, il promenait ses doigts sur le clavier muet. Il fallut l'entraîner... Le pauvre homme s'en rendit compte enfin... Il était sourd. Mais ça ne l'empêchait pas de finir sa fugue. Il ne l'entendait pas, voilà tout.

Et, depuis ce jour, les grandes orgues ne résonnaient plus dans l'église de Kalfermatt.

1. *complies :* dernière partie de l'office divin, après vêpres, qui sanctifie le repos de la nuit. [définition du Petit Larousse]

4

Six mois se passèrent. Vint novembre, très froid. Un manteau blanc couvrait la montagne et traînait jusque dans les rues. Nous arrivions à l'école le nez rouge, les joues bleuies. J'attendais Betty au tournant de la place. Qu'elle était gentille sous sa capeline rabattue !

« C'est toi, Joseph ? disait-elle.

— C'est moi, Betty. Cela pince, ce matin. Enveloppe-toi bien ! Ferme ta pelisse...

— Oui, Joseph. Si nous courrions ?...

— C'est cela. Donne-moi tes livres, je les porterai. Prends garde de t'enrhumer. Ce serait un vrai malheur de perdre ta jolie voix...

— Et toi la tienne, Joseph ! »

C'eût été malheureux, en effet. Et, après avoir soufflé dans nos doigts, nous filions à toutes jambes pour nous réchauffer. Par bonheur, il faisait chaud dans la classe. Le poêle ronflait. On n'y épargnait pas le bois. Il y en a tant au pied de la montagne, et c'est le vent qui se charge de l'abattre. La peine de le ramasser seulement. Comme ces branches sèches pétillaient joyeusement ! On s'empilait autour. M. Valrügis se tenait dans sa chaire, sa toque fourrée jusqu'aux yeux. Des pétarades éclataient, qui accompagnaient comme une arquebusade l'histoire de Guillaume Tell. Et je pensais que si Gessler ne possédait qu'un bonnet, il avait dû s'enrhumer pendant que le sien figurait au bout de la perche, si ces choses-là s'étaient passées l'hiver !

Et alors, on travaillait bien, la lecture, l'écriture, le calcul, la récitation, la dictée, et le maître était content. Par exemple, la musique chômait. On n'avait trouvé personne capable de remplacer le vieil Eglisak. Bien sûr, nous allions oublier tout ce qu'il nous avait appris ! Quel peu d'apparence qu'il vînt jamais à Kalfermatt un autre directeur de manécanterie ! Déjà nos gosiers se rouillaient, l'orgue aussi, et cela coûterait des réparations, des réparations...

M. le curé ne cachait point son ennui. Maintenant que l'orgue ne l'accompagnait plus, ce qu'il détonnait, le pauvre homme, surtout dans la préface de la messe ! Le ton baissait graduellement, et, quand il arrivait à *supplici confessione dicentes,* il avait beau chercher des notes sous son surplis, il n'en trouvait plus. Cela excitait à rire quelques-uns. Moi, cela me faisait pitié, — à Betty aussi. Rien de lamentable comme les offices à présent. A la Toussaint, il n'y avait eu aucune belle musique, et la Noël qui s'approchait avec ses *Gloria,* ses *Adeste Fideles,* ses *Exultet !...*

M. le curé avait bien essayé d'un moyen. C'avait été de remplacer l'orgue par un serpent. Au moins, avec un serpent, il ne détonnerait plus. La difficulté ne consistait pas à se procurer cet instrument antédiluvien. Il y en avait un pendu au mur de la sacristie, et qui dormait là depuis des années. Mais où trouver le serpentiste ? Au fait, ne pourrait-on utiliser le souffleur d'orgue, maintenant sans ouvrage.

« Tu as du souffle ? lui dit un jour M. le curé.

— Oui, répondit ce brave homme, avec mon soufflet, mais pas avec ma bouche !

— Qu'importe ! Essaie pour voir...

— J'essaierai ! »

Et il essaya, il souffla dans le serpent, mais le son qui en sortit était abominable. Cela venait-il de lui, cela venait-il de la bête en bois ? Question insoluble. Il fallut donc y renoncer, et il était probable que la prochaine Noël serait aussi triste que l'avait été la dernière Toussaint. Car, si l'orgue manquait faute d'Eglisak, la maîtrise ne fonctionnait pas davantage. Personne pour nous donner des leçons, personne pour battre la mesure, et les Kalfermattiens étaient désolés, lorsqu'un soir, la bourgade fut mise en révolution.

On était au 15 décembre. Il faisait un froid sec, un de ces froids qui portent les bruits au loin. Une voix, au sommet de la montagne, arriverait alors jusqu'au village ; un coup de pistolet tiré de Kalfermatt s'entendrait à Reischarden, et il y a une bonne lieue.

J'étais allé souper chez M. Clère, un samedi. Pas d'école le lendemain. Quand on a travaillé toute la semaine, il est permis, n'est-ce pas, de se reposer le dimanche. Guillaume Tell a également le droit de chômer, car il doit être fatigué après huit jours passés sur la sellette de M. Valrügis.

La maison de l'aubergiste était sur la petite place, au coin à gauche, presque en face de l'église, dont on entendait grincer la girouette au bout de son clocher pointu. Il y avait une demi-douzaine de clients chez Clère, des gens de l'endroit, et, ce soir-là, il avait été convenu que Betty et moi, nous leur chanterions un joli nocturne de Salviati.

Donc, le souper achevé, on avait desservi, rangé les chaises, et nous allions commencer, lorsqu'un son lointain parvint à nos oreilles.

« Qu'est-ce que cela ? dit l'un.

— On croirait que ça vient de l'église, répondit l'autre.

— Mais c'est l'orgue...

— Allons donc ! L'orgue jouerait tout seul !... »

Cependant, les sons se propageaient nettement, tantôt *crescendo,* tantôt *diminuendo,* s'enflant parfois comme s'ils fussent sortis des grosses bombardes de l'instrument.

On ouvrit la porte de l'auberge, malgré le froid. La vieille église était sombre. Aucune lueur ne perçait à travers les vitraux de la nef. C'était le vent, sans doute, qui se glissait par quelque hiatus de la muraille. Nous nous étions trompés, et la veillée allait être reprise, lorsque le phénomène se reproduisit avec une telle intensité que l'erreur ne fut pas possible.

« Mais on joue dans l'église ! s'écria Jean Clère.

— C'est le diable, bien sûr, dit Jenny.

— Est-ce que le diable sait jouer de l'orgue ? répliqua l'aubergiste.

— Et pourquoi pas ? » pensai-je à part moi.

Betty me prit la main.

« Le diable ? » dit-elle.

Cependant, les portes de la place se sont peu à peu ouvertes. Des gens se montrent aux fenêtres. On s'interroge. Quelqu'un de l'auberge dit :

« Monsieur le curé aura trouvé un organiste, et il l'a fait venir ! »

Comment n'avons-nous pas songé à cette explication si simple ? Justement, M. le curé vient d'apparaître sur le seuil du presbytère.

« Qu'est-ce qui se passe ? demande-t-il.

— On joue de l'orgue, monsieur le curé, lui crie l'aubergiste.

— Bon ! c'est Eglisak qui s'est remis à son clavier ! »

En effet, d'être sourd n'empêche pas de faire courir ses doigts sur les touches, et il est possible que le vieux maître ait eu cette fantaisie de remonter à la tribune avec le souffleur. Il faut voir. Mais le porche est clos.

« Joseph, me dit M. le curé, va donc chez Eglisak. »

J'y cours, tenant Betty par la main, car elle n'a pas voulu me quitter.

Cinq minutes après, nous sommes de retour.

« Eh bien ? me demande M. le curé.

— Le maître est chez lui ! » répondis-je, hors d'haleine.

C'était vrai. Sa servante m'avait affirmé qu'il dormait dans son lit comme un sourd, et tout le vacarme de l'orgue n'aurait pu le réveiller.

« Alors qui est donc là ? dit Mme Clère, peu rassurée.

— Nous le saurons ! » s'écria M. le curé, en boutonnant sa pelisse.

L'orgue continuait à se faire entendre. C'était comme une tempête de sons qui en sortait. Les seize-pieds travaillaient à plein vent ; le gros nasard poussait des sonorités intenses. Même le trente-deux-pieds, celui qui possède la note la plus grave, se mêlait à cet assourdissant concert. La place était comme balayée par une rafale de musique. On eût dit que l'église n'était plus qu'un énorme buffet d'orgue, avec son clocher comme bourdon[1], qui donnait des *contre-fa* fantastiques.

J'ai dit que le porche était fermé ; mais, en faisant le tour, la petite porte, précisément en face du cabaret Clère, était entrouverte. C'était par là que l'intrus avait dû pénétrer.

1. *bourdon :* Jules Verne produit ici un jeu de mots ; un bourdon est en effet à la fois une cloche émettant un son grave, et un jeu de l'orgue, qui fait sonner des tuyaux bouchés, ce qui permet d'obtenir une sonorité douce.

D'abord M. le curé, puis le bedeau[1] qui venait de le rejoindre, entrèrent. En passant, ils trempèrent leurs doigts dans la coquille d'eau bénite, par précaution, et se signèrent. Puis, toute la suite en fit autant.

Soudain l'orgue se tut. Le morceau, joué par le mystérieux organiste, s'arrêta sur un accord de quarte et sixte qui se perdit sous la sombre voûte.

Etait-ce l'entrée de tout ce monde qui avait coupé court à l'inspiration de l'artiste ? Il y avait lieu de le croire. Mais, à présent, la nef, naguère pleine d'harmonies, était retombée au silence. Je dis le silence, car nous étions tous muets, entre les piliers, avec une sensation semblable à celle que l'on éprouve quand, après un vif éclair, on attend les fracas de la foudre.

Cela ne dura pas. Il fallait savoir à quoi s'en tenir. Le bedeau et deux ou trois des plus braves se dirigèrent vers la vis qui monte à la tribune au fond de la nef. Ils gravirent les marches ; mais, arrivés à la galerie, ils ne trouvèrent personne. Le couvercle du clavier était rabattu ! Le soufflet, à demi gonflé encore de l'air qui ne pouvait s'échapper faute d'issue, restait immobile, son levier en l'air.

Très probablement, profitant du tumulte et de l'obscurité, l'intrus avait pu descendre la vis, disparaître par la petite porte, et s'enfuir à travers la bourgade.

N'importe ! le bedeau pensa qu'il serait peut-être convenable d'exorciser par prudence, mais M. le curé s'y refusa, et il eut raison, car il en aurait été pour ses exorcismes.

5

Le lendemain, le bourg de Kalfermatt comptait un habitant de plus — et même deux. On put les voir se promener sous la

1. *bedeau :* employé laïque d'une église, chargé de veiller au bon déroulement des offices, des cérémonies. [définition du petit Larousse]

neige, aller et venir le long de la grande rue, pousser une pointe jusqu'à l'école, et, finalement, retourner à l'auberge de Clère, où il retinrent une chambre à deux lits pour un temps dont ils n'indiquèrent point la durée.

« Cela peut être un jour, une semaine, un mois, un an ! » avait dit le plus important de ces personnages, — à ce que me rapporta Betty, lorsqu'elle m'eut rejoint sur la place.

« Est-ce que ce serait l'organiste d'hier ? demandai-je.

— Dame, ça se pourrait, Joseph !

— Avec son souffleur ?...

— Sans doute, le gros, répondit Betty.

— Et comment sont-ils ?

— Comme tout le monde ! »

Comme tout le monde, c'est évident, puisqu'ils avaient une tête sur leurs épaules, des bras emmanchés à leur torse, des pieds au bout des jambes. Mais on peut posséder tout cela et ne ressembler à personne. Et c'était ce que je reconnus, lorsque, vers onze heures, j'aperçus enfin ces deux étrangers si étranges.

Ils marchaient l'un derrière l'autre.

L'un, de trente-cinq à quarante ans, efflanqué, maigre, une sorte de grand héron, emplumé d'une longue lévite[1] jaunâtre, les jambes doublées d'un flottard étroit du bas et d'où sortent des pieds pointus, coiffé d'une large toque avec aigrette[2]. Quelle figure mince, glabre, des yeux plissés, petits mais perçants avec une braise au fond de leur pupille, des dents blanches et aiguës, un nez effilé, une bouche serrée, un menton de galoche[3]. Et quelles mains ! des doigts longs, longs, de ces doigts qui sur un clavier peuvent prendre une octave et demie !

L'autre est trapu, tout en épaules, tout en buste, une grosse tête ébouriffée sous un feutre grisâtre, une face de taureau têtu,

1. *lévite :* redingote.

2. *aigrette :* une fois de plus, Jules Verne s'amuse avec les mots : l'aigrette est un ornement, à base de plumes, que l'on place sur un chapeau ; mais c'est aussi le nom donné à un grand héron blanc des pays chauds : animal auquel est largement comparé ce personnage.

3. *menton de galoche :* long, pointu et relevé en avant... comme le bec d'un héron !

un ventre en clef de *fa*. C'est un gars d'une trentaine d'années, fort à pouvoir rosser les plus vigoureux de la commune.

Personne ne connaissait ces individus. C'était la première fois qu'ils venaient dans le pays. Pas des Suisses à coup sûr, mais plutôt des gens de l'est, par-delà les montagnes, du côté de la Hongrie. Et, de fait, cela était, ainsi que nous l'apprîmes plus tard.

Après avoir payé une semaine d'avance à l'auberge Clère, ils avaient déjeuné de grand appétit, sans épargner les bonnes choses. Et maintenant, ils faisaient un tour, l'un précédant l'autre, le grand ballant, regardant, baguenaudant, chantonnant, les doigts sans cesse en mouvement, et, par un geste singulier, se frappant parfois le bas de la nuque avec la main, et répétant :

« La naturel... la naturel ! Bien ! »

Le gros roulait sur ses hanches, fumant une pipe en forme de saxophone, d'où s'échappaient des torrents de fumée blanchâtre.

Je les regardais à pleins yeux, lorsque le grand m'avisa et me fit signe d'approcher.

Ma foi, j'eus un peu peur, mais enfin je me risquai, et il me dit d'une voix comme le fausset d'un enfant de chœur :

« La maison du curé, petit ?

— La maison du... le presbytère ?...

— Oui. Veux-tu m'y conduire ? »

Je pensai que M. le curé m'admonesterait de lui avoir amené ces personnes, — le grand surtout, dont le regard me fascinait. J'aurais voulu refuser. Ce fut impossible, et me voilà filant vers le presbytère.

Une cinquantaine de pas nous en séparaient. Je montrai la porte, et m'ensauvai tout courant, tandis que le marteau battait trois croches suivies d'une noire.

Des camarades m'attendaient sur la place, M. Valrügis avec eux. Il m'interrogea. Je racontai ce qui s'était passé. On me regardait... Songez donc ! *Il* m'avait parlé !

Mais ce que je pus dire n'avança pas beaucoup sur ce que ces deux hommes venaient faire à Kalfermatt. Pourquoi entretenir le curé ? Quelle avait été la réception de celui-ci, et ne lui était-il pas arrivé malheur, ainsi qu'à sa servante, une vieille d'âge canonique, dont la tête déménageait parfois ?

Tout fut expliqué dans l'après-midi.

Ce type bizarre — le plus grand — se nommait Effarane. C'était un Hongrois de x..., à la fois artiste, accordeur, facteur d'orgues, organier[1] comme on disait, se chargeant des réparations, allant de ville en ville et gagnant de quoi vivre à ce métier.

C'était lui, on le devine, qui, la veille, entré par la porte latérale avec l'autre, son aide et souffleur, avait réveillé les échos de la vieille église, en déchaînant des tempêtes d'harmonie. Mais, à l'entendre, l'instrument, défectueux en de certaines parties, exigeait quelques réparations, et il offrait de les faire à très bas prix. Des certificats témoignaient de son aptitude aux travaux de ce genre.

« Faites... faites ! avait répondu M. le curé, qui s'était empressé d'accepter cette offre. Et il avait ajouté :

— Le Ciel soit deux fois béni, qui nous envoie un organier de votre valeur, et trois fois le serait-il, s'il nous gratifiait d'un organiste...

« Ainsi ce pauvre Eglisak ?... demanda maître Effarane.

— Sourd comme un mur. Vous le connaissiez ?...

— Eh ! qui ne connait l'homme à la fugue ?

— Voilà six mois qu'il ne joue à l'église, ni ne professe à l'école.[2] Aussi avons-nous eu une messe sans musique à la Toussaint, et est-il probable qu'à la Noël...

— Rassurez-vous, monsieur le curé, répondit maître Effarane. En quinze jours, les réparations peuvent être achevées, et, si vous le voulez, Noël venue, je tiendrai l'orgue... »

Et en disant cela, il agitait ses doigts interminables, il les décraquait aux phalanges, il les détirait comme des gaines de caoutchouc.

Le curé remercia l'artiste en bons termes, et lui demanda ce qu'il pensait de l'orgue de Kalfermatt.

« Il est bon, répondit maître Effarane, mais incomplet...

1. *facteur d'orgues, organier :* sont des synonymes et désignent celui qui fabrique les orgues ; Effarane, donc, fabrique les orgues, les répare et joue de cet instrument avec virtuosité.

2. Les quatre dernières phrases disparaissent dans l'édition du *Figaro illustré.*

— Et que lui manque-t-il donc ? N'a-t-il pas vingt-quatre jeux, sans oublier le jeu des voix humaines ?

— Eh ! ce qui lui manque, monsieur le curé, c'est précisément un registre que j'ai inventé, et dont je cherche à doter ces instruments...

— Lequel ?

— Le registre des voix enfantines, répliqua le singulier personnage en redressant sa longue taille. Oui ! j'ai imaginé ce perfectionnement... Ce sera l'idéal, et alors mon nom dépassera les noms des Fabri, des Kleng, des Erhart Smid, des André, des Castendorfer, des Krebs, des Müller, des Agricola, des Kranz, les noms des Antegnati, des Costanzo, des Graziadei, des Serassi, des Tronci, des Nanchini, des Calido, les noms des Sébastien Erard, des Abbey, des Cavaillé-Coll...[1] »

M. le curé dut croire que la nomenclature ne serait pas terminée pour l'heure des vêpres, qui approchait.

Et l'organier d'ajouter en ébouriffant sa chevelure :

« Et si je réussis pour l'orgue de Kalfermatt, aucun ne pourra lui être comparé, ni celui de Saint-Alexandre à Bergame, ni celui de Saint-Paul à Londres, ni celui de Fribourg, ni celui de Haarlem, ni celui d'Amsterdam, ni celui de Francfort, ni celui de Weingarten, ni celui de Notre-Dame de Paris, de la Madeleine, de Saint-Roch, de Saint-Denis, de Beauvais... »

Et il disait ces choses d'un air inspiré, avec des gestes qui décrivaient des courbes capricieuses. Certes, il aurait fait peur à tout autre qu'à un curé qui, avec quelques mots de latin, peut toujours réduire le diable à néant.

1. C'est l'occasion ici de rappeler qu'il faut se méfier des longues listes de noms propres de Jules Verne : de même que pour celles des espèces minérales, végétales et animales, il peut toujours se glisser des noms « forgés », des canulars (« humbug », pour reprendre un terme vernien provenant du nom d'une de ses nouvelles américaines) ; ici, en tout cas, deux noms sont assurés authentiques : les français Sébastien Erard (1752-1831) et Aristide Cavaillé-Coll (1811-1899), tous deux facteurs d'orgues. On s'étonnera à l'inverse de l'absence, dans cette liste, de Christophe Mouscherel, pourtant l'un des plus prestigieux noms de cette profession. Pour en finir, remarquons la présence d'un Müller, homonyme du narrateur.

Heureusement la cloche des vêpres[1] se fit entendre, et, prenant sa toque dont il frisa l'aigrette d'un léger coup de doigt, maître Effarane salua superbement et vint rejoindre son souffleur sur la place. N'empêche que, dès qu'il fût parti, la vieille bonne crut sentir comme une odeur de soufre.

La vérité, c'est que le poële renvoyait.

6

Il va de soi que, dès ce jour, il ne fut plus question que du grave événement qui passionnait la bourgade. Ce grand artiste qui avait nom Effarane, doublé d'un grand inventeur, se faisait fort d'enrichir notre orgue d'un registre de voix enfantines. Et alors, à la prochaine Noël, après les bergers et les Mages, accompagnés par les trompettes, les bourdons et les flûtes, on entendrait les voix fraîches et cristallines des anges papillonnant autour du petit Jésus et de sa divine Mère.

Les travaux de réparation avaient commencé dès le lendemain. Maître Effarane et son aide s'étaient mis à l'ouvrage. Pendant les récréations, moi et quelques autres de l'école, nous venions voir. On nous laissait monter à la tribune, sous condition de ne point gêner. Tout le buffet était ouvert. Réduit à l'état rudimentaire, un orgue n'est qu'une flûte de Pan, adaptée à un sommier, avec soufflet et registre, c'est-à-dire une règle mobile qui régit l'entrée du vent. Le nôtre était d'un grand modèle, comportant vingt-quatre jeux principaux, quatre claviers de cinquante-quatre touches, et aussi un clavier de pédales pour basses fondamentales de deux octaves. Combien nous paraissait immense cette forêt de tuyaux à anches ou à bouches, en bois ou en étain ! On se serait perdu au milieu de ce massif touffu ! Et quels noms drôles, qui sortaient des lèvres du maître Effa-

1. *vêpres :* heure de l'office que l'on célèbre le soir, au coucher du soleil. [définition du petit Larousse]

rane, les doublettes, les larigots, les cromornes, les bombardes, les prestants, les gros nazards ! Quand je pense qu'il y avait des seize-pieds en bois et des trente-deux pieds en étain ! Dans ces tuyaux-là, on aurait pu fourrer l'école tout entière et M. Valrügis avec !

Nous regardions ce fouillis avec une sorte de stupéfaction voisine de l'épouvante.

« Hein, disait Hoct, en risquant un regard en dessous, c'est comme une machine à vapeur...

— Non, plutôt comme une batterie, répondait Farina, des canons qui vous jettent des boulets de musique ! »

Moi, je ne trouvais pas de comparaison ; [1] mais, quand je songeais aux bourrasques que le double soufflet pouvait envoyer à travers cet énorme tuyautage, il me prenait un frisson dont j'étais secoué pendant des heures.

Maître Effarane travaillait au milieu de ce pêle-mêle, et sans jamais être embarrassé. En réalité, l'orgue de Kalfermatt était en assez bon état et n'exigeait que des réparations peu importantes, plutôt un nettoyage des poussières de plusieurs années. Ce qui offrirait plus de difficultés, ce serait l'ajustement du registre des voix enfantines. Cet appareil était là, dans une boîte, une série de flûtes de cristal qui devaient produire des sons délicieux. Maître Effarane, aussi habile organier que merveilleux organiste, espérait enfin réussir, là où il avait échoué jusqu'alors. Néanmoins, je m'en apercevais, il ne laissait pas que de tâtonner, essayant d'un côté, puis de l'autre, et lorsque ça n'allait pas, poussant des cris comme un perroquet rageur, agacé par sa maîtresse.

Brrr !... Ces cris me faisaient passer des frissons sur tout le corps, et je sentais mes cheveux se dresser électriquement sur ma tête.

J'insiste sur ce point que ce que je voyais m'impressionnait au dernier degré. L'intérieur du buffet d'orgue, cet énorme animal éventré dont les organes s'étalaient, cela me tourmentait

1. Les trois dernières phrases disparaissent dans l'édition du *Figaro illustré*.

jusqu'à l'obsession. J'en rêvais la nuit, et, le jour, ma pensée y revenait sans cesse. Surtout la boîte aux voix enfantines, à laquelle je n'eusse pas osé toucher, me faisait l'effet d'une cage pleine d'enfants, que maître Effarane élevait pour les faire chanter sous ses doigts d'organiste.

« Qu'as-tu, Joseph ? me demandait Betty.

— Je ne sais pas, répondais-je.

— C'est peut-être parce que tu montes trop souvent à l'orgue ?

— Oui, peut-être !

— N'y vas plus, Joseph...

— Je n'irai plus, Betty. »

Et j'y retournais le jour même, malgré moi. L'envie me prenait de me perdre au milieu de cette forêt de tuyaux, de me glisser dans les coins les plus obscurs, d'y suivre maître Effarane, dont j'entendais le marteau claquer au fond du buffet. Je me gardais de rien dire de tout cela à la maison : mon père et ma mère m'auraient cru fou.

7

Huit jours avant la Noël, nous étions à la classe du matin, les fillettes d'un côté, les garçons de l'autre. M. Valrügis trônait dans sa chaire ; la vieille sœur, en son coin, tricotait avec de longues aiguilles, de vraies broches de cuisine. Et déjà Guillaume Tell venait d'insulter le chapeau de Gessler, lorsque la porte s'ouvrit.

C'était M. le curé qui entrait.

Tout le monde se leva par convenance.

Mais, derrière M. le curé apparut maître Effarane.

Tout le monde baissa les yeux devant le regard perçant de l'organier. Que venait-il faire à l'école, et pourquoi M. le curé l'accompagnait-il ?

Je crus m'apercevoir qu'il me dévisageait plus particulièrement. Il me reconnaissait sans doute, et je me sentis mal à l'aise.

Cependant, M. Valrügis, descendu de sa chaire, venait de se porter au devant de M. le curé, disant :

« Qui me procure l'honneur ?...

— Monsieur le magister, j'ai voulu vous présenter maître Effarane, qui a désiré faire visite à vos écoliers.

— Et pourquoi ?

— Il m'a demandé s'il y avait une maîtrise à Kalfermatt, monsieur Valrügis. Je lui ai répondu affirmativement, et j'ai ajouté qu'elle était excellente du temps où le pauvre Eglisak la dirigeait. Alors maître Effarane a manifesté le désir de l'entendre. Aussi l'ai-je amené ce matin à votre classe, en vous priant de l'excuser... »

M. Valrügis n'avait point à recevoir d'excuses. Tout ce que faisait M. le curé était bien fait. Guillaume Tell attendrait cette fois.

Et alors, sur un geste de M. Valrügis, on s'assit, M. le curé dans un fauteuil que j'allai lui chercher, maître Effarane sur un angle de la table des fillettes, qui s'étaient vivement reculées pour lui faire place.

La plus rapprochée était Betty, et je vis bien que la chère petite s'effrayait des longues mains et des longs doigts, qui décrivaient près d'elle des arpèges [1] aériens.

Maître Effarane prit la parole, et, de sa voix perçante, il dit :

— « Ce sont là les enfants de la maîtrise ?

— Ils n'en font pas tous partie, répondit M. Valrügis.

— Combien ?...

— Seize.

— Garçons et filles ?...

— Oui, dit le curé, garçons et filles, et, comme à cet âge, ils ont la même voix...

— Erreur, répliqua vivement maître Effarane, et l'oreille d'un connaisseur ne s'y tromperait pas ! »

Si nous fûmes étonnés de cette réponse ! Précisément la voix de Betty et la mienne avaient un timbre si semblable, que l'on

1. *arpèges :* il s'agit d'un type d'accord particulier ; au lieu de jouer les notes simultanément, on les joue successivement.

ne pouvait distinguer entre elle et moi, lorsque nous parlions. Plus tard, il devait en être différemment, car la mue modifie également le timbre des adultes des deux sexes.

Dans tous les cas, il n'y avait pas à discuter avec un personnage tel que maître Effarane, et chacun se le tint pour dit.

« Faites avancer les enfants de la maîtrise », commanda-t-il en levant son bras comme un bâton de chef d'orchestre.

Huit garçons, dont j'étais, huit fillettes, dont était Betty, vinrent se placer sur deux rangs, face à face. Et alors maître Effarane de nous examiner avec plus de soin que nous ne l'avions jamais été du temps d'Eglisak. Il fallut ouvrir la bouche, tirer la langue, aspirer et expirer longuement, lui montrer jusqu'au fond de la gorge les cordes vocales qu'il semblait vouloir pincer avec ses doigts. J'ai cru qu'il allait nous accorder comme des violons ou des violoncelles. Ma foi, nous n'étions rassurés ni les uns ni les autres.

M. le curé, M. Valrügis et sa vieille sœur étaient là, interloqués, n'osant prononcer une parole.

« Attention ! cria maître Effarane, la gamme *d'ut majeur,* en solfiant. Voici le diapazon. »

Le diapazon ? Je m'attendais à ce qu'il tirât de sa poche une petite pince à deux branches, semblable à celle du bonhomme Eglisak, et dont les vibrations donnent le *la* officiel à Kalfermatt comme ailleurs... [1]

Ce fut bien un autre étonnement.

Maître Effarane venait de baisser la tête, et, de la phalange de son pouce à demi fermé, il se frappa d'un coup sec au bas de la nuque.

O surprise ! sa vertèbre supérieure rendit un son métallique, et ce son était précisément le *la* avec ces six cent trente-cinq vibrations normales.

Maître Effarane avait en lui le diapazon naturel. Et alors

1. *diapazon :* comme nous l'explique Joseph, le diapason sert à accorder les voix et les instruments à partir d'une note de référence (le *la*), et c'est également un petit instrument formé d'une tige métallique qui aide à produire cette note. C'est Jules Verne qui marque « diapason » avec un « z ».

nous donnant l'*ut,* une tierce mineure au-dessus, tandis que son index tremblottait au bout de son bras :

« Attention ! répéta-t-il, une mesure pour rien ! »

Et nous voici, solfiant la gamme d'*ut,* ascendante d'abord, descendante ensuite.

« Mauvais... mauvais ! s'écria maître Effarane, lorsque la dernière note se fut éteinte. J'entends seize voix différentes, et je devrais n'en entendre qu'une ! »

Mon avis est qu'il se montrait trop difficile, car nous avions l'habitude de chanter d'ensemble avec grande justesse, ce qui nous avait toujours valu force compliments.

Maître Effarane secouait la tête, lançait à droite, à gauche, des regards de mécontentement. Il me semblait que ses oreilles, douées d'une certaine mobilité, se tendaient comme celles des chiens, des chats et autres quadrupèdes.

« Reprenons ! s'écria-t-il. L'un après l'autre maintenant. Chacun de vous doit avoir une note personnelle, une note physiologique, pour ainsi dire, et la seule qu'il devrait jamais donner dans un ensemble ! »

Une seule note, — physiologique ! Qu'est-ce que ce mot signifiait ? Eh bien, j'aurais voulu savoir qu'elle était la sienne, à cet original, et aussi celle de M. le curé, qui en possédait une jolie collection, pourtant, et toutes plus fausses les unes que les autres.

On commença, non sans de vives appréhensions — le terrible homme n'allait-il pas nous malmener ? — et non sans quelque curiosité de savoir quelle était notre note personnelle, celle que nous aurions à cultiver dans notre gosier comme une plante dans son pot de fleur ?

Ce fut Hoct qui débuta, et, après qu'il eut essayé les diverses notes de la gamme, le *sol* lui fut reconnu « physiologique » par maître Effarane, comme étant sa note la plus juste, la plus vibrante de celles que son larynx pouvait émettre.

Après Hoct, ce fut le tour de Farina, qui se vit condamné au *la* naturel à perpétuité.

Puis mes autres camarades suivirent ce minutieux examen, et leur note favorite reçut l'estampille officielle de maître Effarane.

Je m'avançai alors.

« Ah ! c'est toi, petit ! » dit l'organiste.

Et mc prenant la tête, il la tournait et la retournait à me faire craindre qu'il ne finit pas la dévisser.

« Voyons ta note », reprit-il.

Je fis la gamme d'*ut* à *ut* en montant puis en descendant. Maître Effarane ne parut point satisfait. Il m'ordonna de recommencer... Ça n'allait pas. J'étais très mortifié. Moi, l'un des meilleurs de la manécanterie, est-ce que je serais dépourvu d'une note individuelle ?

« Allons ! s'écria maître Effarane, la gamme chromatique... ou diatonique, comme tu voudras ! Peut-être y découvrirai-je ta note ! »

Et me voici procédant par intervalles de demi-tons sur l'octave.

« Bien... bien ! fit l'organiste, je tiens ta note, et toi, tiens-la pendant toute la mesure !

— Et c'est ? demandai-je un peu tremblant.

— C'est le *ré dièze !* »

Et je filai ce *ré dièze* d'une seule haleine.

M. le curé et M. Valrügis ne dédaignèrent pas de faire un signe de satisfaction.

« Au tour des filles ! » commanda maître Effarane.

Et moi je pensai :

« Si Betty pouvait avoir aussi le *ré dièze !* Ça ne m'étonnerait pas, puisque nos deux voix se marient si bien ! »

Les fillettes furent examinées l'une après l'autre. Celle-ci eut le *si naturel,* celle-la le *mi naturel.* Quand ce fut à Betty Clère de chanter, elle vint se placer debout, très intimidée, devant maître Effarane.

« Va, petite ! »

Et elle alla de sa voix si douce, si agréablement timbrée, qu'on eût dit un chant de chardonnerette. Mais, voilà, il en fut de Betty comme de son ami Joseph Muller. Il fallut recourir à la gamme chromatique pour lui trouver sa note, et finalement, le *mi bémol* finit par lui être attribué.

Je fus tout d'abord chagriné, mais en y réfléchissant, je n'eus qu'à m'applaudir. Betty avait le *mi bémol,* moi le *ré dièze.* Eh bien, est-ce que ce n'est pas identique ?... Et je me mis à battre des mains.

« Qu'est-ce qui te prend, petit ? me demanda l'organiste, qui fronçait le sourcil.

— Il me prend beaucoup de joie, Monsieur, osai-je répondre, parce que Betty et moi, nous avons la même note...

— La même ! » s'écria maître Effarane.

Et il se redressa d'un mouvement si allongé que son bras toucha le plafond.

« La même note ! reprit-il. Ah ! tu crois qu'un *ré dièze* et un *mi bémol,* c'est la même chose, ignare que tu es, oreilles d'âne que tu mérites !... Est-ce que c'est votre Eglisak qui vous apprenait de telles stupidités ? Et vous souffriez cela, curé ?... Et vous aussi, magister... Et vous de même, vieille demoiselle ! »...

La sœur de M. Valrügis cherchait un encrier pour le lui jeter à la tête. Mais il continuait en s'abandonnant à tout l'éclat de sa colère.

« Petit malheureux, tu ne sais donc pas ce que c'est qu'un comma, ce huitième de ton qui différencie le *ré dièze* du *mi bémol,* le *la dièze* du *si bémol,* et autres ? Ah ça ! est-ce que personne ici n'est capable d'apprécier des huitièmes de ton ? Est-ce qu'il n'y a que des tympans parcheminés, durcis, racornis, crevés dans les oreilles de Kalfermatt ? »

On n'osait pas bouger. Les vitres des fenêtres grelottaient sous la voix aiguë de maître Effarane. J'étais désolé d'avoir provoqué cette scène, et tout triste qu'entre la voix de Betty et la mienne, il y eût cette différence, ne fût-elle que d'un huitième de ton. M. le curé me faisait de gros yeux, M. Valrügis me lançait des regards !...

Mais l'organiste de se calmer soudain, et de dire :

« Attention et chacun à son rang dans la gamme ! »

Nous comprimes ce que cela signifiait, et chacun alla se placer suivant sa note personnelle, Betty à la quatrième place en sa qualité de *mi bémol,* et moi après elle, immédiatement après elle, en qualité de *ré dièze.* Autant dire que nous figurions une flûte de Pan, ou mieux les tuyaux d'un orgue avec la seule note qu'ils puissent donner.

« La gamme chromatique, s'écria maître Effarane, et juste, ou sinon... »

On ne se le fit pas dire deux fois. Notre camarade, chargé de l'*ut* commença ; cela suivit ; Betty donna son *mi bémol,* puis moi mon *ré dièze,* dont les oreilles de l'organiste, paraît-il, appréciaient la différence. Après être monté, on redescendit trois fois de suite. Maître Effarane parut assez satisfait.

« Bien, les enfants ! dit-il. J'arriverai à faire de vous un clavier vivant ! »

Et, comme M. le curé hochait la tête d'un air peu convaincu :

« Pourquoi pas ? répondit maître Effarane. On en a bien fabriqué un piano avec des chats, des chats choisis pour le miaulement qu'ils poussaient quand on leur pinçait la queue ! Un piano de chats, un piano de chats ! » répéta-t-il.

Nous nous mimes à rire, sans trop savoir si maître Effarane parlait ou non sérieusement. Mais, plus tard, j'appris qu'il avait dit vrai, en parlant de ce piano de chats qui miaulaient lorsque leur queue était pincée par un mécanisme ! Seigneur Dieu ! Qu'est-ce que les humains n'inventeront pas !

Alors, prenant sa toque, maître Effarane salua, tournoya sur ses talons, et sortit en disant :

« N'oubliez pas votre note, surtout toi, monsieur *Ré-dièze,* et toi aussi, mademoiselle *Mi-bémol !* »

Et le surnom nous en est resté.

8

Telle fut la visite de maître Effarane à l'école de Kalfermatt. J'en étais demeuré très vivement impressionné. Il me semblait qu'un *ré dièze* vibrait sans cesse au fond de mon gosier.

Cependant, les travaux de l'orgue avançaient. Encore huit jours, et nous serions à la Noël. Tout le temps que j'étais libre, je le passais à la tribune. C'était plus fort que moi. J'aidais même, de mon mieux, l'organier et son souffleur dont on ne pouvait tirer une parole. Maintenant, les registres étaient en bon état, la soufflerie prête à fonctionner, le buffet remis à neuf, ses cuivres reluisant sous la pénombre de la nef. Oui, on serait prêt pour la fête, sauf peut-être en ce qui concernait le fameux appareil des voix enfantines.

En effet, c'est par là que le travail clochait. Cela ne se voyait que trop au dépit de maître Effarane. Il essayait, il réessayait... Les choses ne marchaient pas. Je ne sais ce qui manquait à son registre, lui non plus. De là un désappointement qui se traduisait par de violents éclats de colère. Il s'en prenait à l'orgue, à la soufflerie, au souffleur, à ce pauvre *Ré-dièze* qui n'en pouvait mais ! Des fois, je croyais qu'il allait tout briser, et je m'ensauvais... Et que dirait la population Kalfermattienne, déçue dans son espérance, si le grand annuel majeur n'était pas célébré avec toutes les pompes qu'il comporte ? Ne point oublier que la maîtrise ne devait pas chanter à cette Noël-là, puisqu'elle était désorganisée, et qu'on en serait réduit au jeu de l'orgue.

Bref, le jour solennel arriva. Pendant les dernières vingt-quatre heures, maître Effarane, de plus en plus désappointé, s'était abandonné à de telles fureurs que l'on pouvait craindre pour sa raison. Lui faudrait-il donc renoncer à ses voix enfantines ? Je ne savais, car il m'épouvantait à ce point que je n'osais plus remettre les pieds dans la tribune, ni même dans l'église.

Le soir de la Noël, d'habitude on faisait coucher les enfants dès le crépuscule, et ils dormaient jusqu'au moment de l'office. Cela leur permettait de rester éveillés pendant la messe de minuit. Donc, ce soir-là, après l'école, je reconduisis jusqu'à sa porte la petite *Mi-bémol,* — j'en étais venu à l'appeler ainsi !

« Tu ne manqueras pas la messe, lui dis-je.

— Non, Joseph, et toi, n'oublie pas ton paroissien.

— Sois tranquille ! »

Je revins à la maison où l'on m'attendait.

« Tu vas te coucher, me dit ma mère.

— Oui, répondis-je, mais je n'ai pas envie de dormir.

— N'importe !

— Pourtant...

— Fais ce que dit ta mère, répliqua mon père, et nous te réveillerons lorsqu'il sera temps de te lever ! »

J'obéis, j'embrassai mes parents et je montai à ma chambrette. Mes habits propres étaient sur le dos d'une chaise, et mes souliers cirés auprès de la porte. Je n'aurais qu'à mettre tout cela au saut du lit, après m'être lavé la figure et les mains.

En un instant, glissé sous mon drap, j'éteignis la chandelle. Mais il restait une demi-clarté, à cause de la neige qui recouvrait les toits voisins.

Il va sans dire que je n'étais plus d'âge à placer un soulier dans l'âtre avec l'espoir d'y trouver un cadeau de Noël. Et le souvenir me reprit que c'était là le bon temps, et qu'il ne reviendrait plus. La dernière fois, — il y avait trois ou quatre ans, — ma chère *Mi-bémol* avait trouvé une jolie croix d'argent dans sa pantoufle... Ne le dites pas, mais c'est moi qui l'y avait mise !

Puis ces joyeuses choses s'effaçèrent de mon esprit. Je songeai à maître Effarane. Je le voyais assis près de moi, sa longue lévite, ses longues jambes, ses longues mains, sa longue figure... J'avais beau fourrer ma tête sous mon traversin, je l'apercevais toujours, je sentais ses doigts courir le long de mon lit...

Bref, après m'être tourné et retourné, je parvins à m'endormir.

Combien de temps dura mon sommeil ? je l'ignore. Mais, tout à coup, je fus brusquement réveillé. Une main s'était posée sur mon épaule.

« Allons, *Ré-dièze !* » me dit une voix que je reconnus aussitôt.

C'était la voix de maître Effarane.

« Allons donc, *Ré-dièze,* lève-toi... Il est temps... Veux-tu donc manquer la messe ? »

J'entendais sans comprendre.

« Faut-il donc que je te tire du lit comme on tire le pain du four ? »

Mes draps furent vivement écartés. J'ouvris mes yeux, qui furent éblouis par la lueur d'un fanal, pendu au bout d'une main...

De quelle épouvante je fus saisi ! C'était bien maître Effarane en personne qui me parlait.

« Allons, *Ré-dièze,* habille-toi !

— M'habiller ?...

— A moins que tu ne veuilles aller en chemise à la messe ! Est-ce que tu n'entends pas la cloche ? »

En effet, la cloche sonnait à toute volée.

« Dis donc, *Ré-dièze,* veux-tu t'habiller ? »

Inconsciemment, mais en une minute, je fus vêtu. Il est vrai, maître Effarane m'avait aidé, et ce qu'il faisait, il le faisait vite !

« Viens, dit-il, en reprenant sa lanterne.

— Mais, mon père... ma mère ? observai-je.

— Ils sont déjà à l'église ! »

Cela m'étonnait qu'il ne m'eussent point attendu. Enfin, nous descendons ; la porte de la maison est ouverte, puis refermée, et nous voilà dans la rue.

Quel froid sec ! La place est toute blanche, le ciel tout épinglé d'astres. Au fond se détache l'église, et son clocher dont la pointe semble allumée d'une étoile.

Je suivais maître Effarane. Mais au lieu de se diriger vers l'église, voici qu'il prend des rues de-ci de-là, il s'arrête devant des maisons dont les portes s'ouvrent sans qu'il ait besoin d'y frapper. Mes camarades en sortent, vêtus de leurs habits de fête, Hoct, Farina, tous ceux qui faisaient partie de la maîtrise. Puis c'est le tour des fillettes, et, en premier lieu, ma petite *Mi-bémol.* Je la prends par la main.

« J'ai peur ! » me dit-elle.

Je n'osais répondre : « Moi aussi ! » par crainte de l'effrayer davantage.

Enfin, nous sommes au complet, tous ceux qui ont leur note personnelle, la gamme chromatique tout entière, quoi !

Mais quel est donc le projet de l'organiste ? A défaut de son appareil de voix enfantines, est-ce qu'il voudrait former un registre avec les enfants de la maîtrise ?

Qu'on le veuille ou non, il faut obéir à ce personnage fantastique, comme des musiciens obéissent à leur chef d'orchestre, lorsque le bâton frémit entre ses doigts. La porte latérale de l'église est là. Nous la franchissons deux à deux. Personne encore dans la nef qui est froide, sombre, silencieuse. Et lui qui m'avait dit que mon père et ma mère m'y attendaient ! Je l'interroge, j'ose l'interroger.

« Tais-toi, *Ré-dièze,* me répond-il, et aide la petite *Mi-bémol* à monter. »

C'est ce que je fis. Nous voici tous engagés dans l'étroite vis et nous arrivons au palier de la tribune. Soudain, elle s'illumine. Le clavier de l'orgue est ouvert, le souffleur est à son poste. On dirait que c'est lui qui est gonflé de tout le vent de sa soufflerie, tant il paraît énorme !

Sur un signe de maître Effarane, nous nous rangeons en ordre. Il tend le bras ; le buffet de l'orgue s'ouvre, puis se referme sur nous...

Tous les seize, nous sommes enfermés dans les tuyaux du grand jeu, chacun séparément mais voisins les uns des autres. Betty se trouve dans le quatrième en sa qualité de *mi bémol,* et moi dans le cinquième en ma qualité de *ré dièze !* J'avais donc deviné la pensée de maître Effarane. Pas de doute possible : n'ayant pu ajuster son appareil, c'est avec les enfants de la maîtrise qu'il a composé le registre des voix enfantines, et quand le souffle nous arrivera par la bouche des tuyaux, chacun donnera sa note ! Ce ne sont pas des chats, c'est moi, c'est Betty, c'est tous nos camarades qui vont être actionnés par les touches du clavier ! [1]

« Betty, me suis-je écrié, tu es là ?

— Oui, Joseph !

— N'aie pas peur... je suis près de toi !

— Silence ! » cria la voix de Maître Effarane.

Et on se tut.

9

Cependant l'église s'est peu à peu remplie. A travers la fente en sifflet de mon tuyau, je puis voir la foule des fidèles se répandre à travers la nef, brillamment illuminée maintenant. Et

1. La fin du chapitre disparaît dans l'édition du *Figaro illustré.*

ces familles qui ne savent pas que seize de leurs enfants sont emprisonnés dans cet orgue ! J'entendais distinctement le bruit des pas sur le pavé de la nef, le choc des chaises, le cliquetis des souliers et des socques, avec cette sonorité particulière aux vastes églises. Les fidèles prenaient leur place pour la messe de minuit, et la cloche tintait toujours.

« Tu es là ? demandai-je encore à Betty.

— Oui, Joseph, me répondit une petite voix tremblante.

— N'aie pas peur... n'aie pas peur, Betty !... Nous ne sommes ici que pour l'office... Après, on nous relâchera ! »

Au fond, je pensais qu'il n'en serait rien. Jamais maître Effarane ne donnerait la volée à ses oiseaux en cage, et quelque puissance diabolique saurait nous y retenir longtemps... toujours peut-être !

Enfin, la sonnette du chœur retentit. M. le curé et ses deux assistants arrivent devant les marches de l'autel. La [cérémonie] [1] va commencer.

Mais comment nos parents ne s'étaient-ils pas inquiétés de nous ? J'apercevais mon père et ma mère à leur place, tranquilles. — Tranquilles aussi M. et Mme Clère. — Tranquilles les familles de nos camarades... C'était inexplicable...

Or, je réfléchissais à cela, lorsqu'un tourbillon passa à travers le buffet de l'orgue. Tous les tuyaux frémirent comme une forêt sous une rafale. Le soufflet fonctionnait à pleins poumons.

Maître Effarane venait de débuter en attendant l'*Introït.* Les grands jeux, même le pédalier, donnaient avec des roulements de tonnerre. Cela se termina par un formidable accord final, appuyé sur la basse des bourdons de trente-deux pieds. Puis, M. le curé entonna l'*Introït : Dominus dixit ad me : Filius meus es tu.* Et, sur le *Gloria,* nouvelle attaque de maître Effarane avec le registre éclatant des trompettes.

J'épiais, épouvanté, le moment où les bourrasques de la soufflerie s'introduiraient dans nos tuyaux ; mais l'organiste nous réservait sans doute pour le milieu de l'office...

Après l'Oraison, vient l'Epître. Après l'Epître, le Graduel

1. Mot oublié dans le manuscrit.

terminé par deux superbes *Alleluia* avec accompagnement des grands jeux.

Et alors, l'orgue se tait pour un certain laps de temps pendant l'Evangile et le prône, dans lequel M. le curé félicite l'organiste d'avoir rendu à l'église de Kalfermatt ses voix éteintes...

Ah ! si j'avais pu crier, envoyer mon *ré dièze* par la fente du tuyau !...

On est à l'Offertoire. Sur ces paroles : *Loetentur coeli, et exultet terra ante faciem Domini quoniam venit,* admirable prélude de maître Effarane avec le jeu des prestants de flûte mariés aux doublettes. C'est magnifique, il faut en convenir. Sous ses harmonies d'un charme inexprimable, les cieux sont en joie, et il semble que les chœurs célestes chantent la gloire de l'enfant divin.

Cela dure cinq minutes, qui me paraissent cinq siècles, car je pressentais que le tour des voix enfantines allait venir au moment de l'Elévation, pour laquelle les grands artistes réservent les sublimes improvisations de leur génie...

En vérité, je suis plus mort que vif. Il me semble que jamais une note ne pourra sortir de ma gorge, desséchée par les affres de l'attente. Mais je comptais sans le souffle irrésistible qui me gonflerait, lorsque la touche qui me commandait fléchirait sous le doigt de l'organiste !

Enfin, elle arriva, cette Elévation redoutée. La sonnette fait entendre ses tintements aigrelets. Un silence de recueillement général règne dans la nef. Les fronts se courbent, tandis que les deux assistants soulèvent la chasuble[1] de M. le curé...

Eh bien, quoique je fusse un enfant pieux, je ne suis pas recueilli, moi ! Je ne songe qu'à la tempête qui va se déchaîner sous mes pieds !... Et alors, à mi-voix, pour n'être entendu que d'elle :

« Betty ? dis-je.

— Que veux-tu, Joseph ?

— Prends garde ! ça va être à nous !

1. *chasuble :* vêtement liturgique ayant la forme d'un manteau sans manches que le prêtre met pour célébrer la messe. [définition du petit Larousse]

— Ah ! Jésus Marie ! » s'écrie la pauvre petite.

Je ne me suis pas trompé. Un bruit sec retentit. C'est le bruit de la règle mobile qui distribue l'entrée du vent dans le sommier auquel aboutit le jeu des voix enfantines. Une mélodie, douce et pénétrante, s'envole sous les voûtes de l'église, au moment où s'accomplit le divin mystère. J'entends le *sol* de Hoct, le *la* de Farina ; puis c'est le *mi bémol* de ma chère voisine ; puis, un souffle gonfle ma poitrine, un souffle doucement ménagé, qui emporte le *ré dièze* à travers mes lèvres. On voudrait se taire, on ne le pourrait. Je ne suis plus qu'un instrument dans la main de l'organiste. La touche qu'il presse sur son clavier, c'est comme une valve de mon cœur qui s'entr'ouvre...

Ah ! que cela est déchirant ! Non ! s'il continue ainsi, ce qui sort de nous, ce ne seront plus des notes, ce seront des cris, des cris de douleur !... Et comment peindre la torture que j'éprouve, lorsque maître Effarane plaque d'une main terrible un accord de septième diminuée, dans lequel j'occupais la seconde place, *ut naturel, ré dièze, fa dièze, la naturel !...* Et comme le cruel, l'implacable artiste la prolonge interminablement, une syncope me saisit, je me sens mourir, et je perds connaissance...

Ce qui fait que cette fameuse septième diminuée, n'ayant plus son *ré dièze,* ne put être résolue suivant les règles de l'harmonie...

10

« Eh bien, qu'as-tu donc ? me dit mon père.

— Moi... je...

— Allons, réveille-toi ! C'est l'heure d'aller à l'église...

— L'heure ?...

— Oui... hors du lit, où tu manqueras la messe, et, tu sais, pas de messe, pas de réveillon ! »

Où étais-je ? Que s'était-il passé ? Est-ce que, tout cela, n'était qu'un rêve... l'emprisonnement dans les tuyaux de l'orgue, le morceau de l'Elévation, mon cœur se brisant, mon gosier ne pouvant plus donner son *ré dièze...* Oui, mes enfants, depuis le moment où je m'étais endormi jusqu'au moment où mon père venait de me réveiller, j'avais rêvé tout cela, grâce à mon imagination surexcitée outre-mesure !

« Maître Effarane ? demandai-je.

— Maître Effarane est à l'Eglise ! répondit mon père. Ta mère s'y trouve déjà !... Voyons, t'habilleras-tu ? »

Je m'habillai, comme si j'avais été ivre, entendant toujours cette septième diminuée, torturante et interminable...

J'arrivai à l'église. Je vis tout le monde à sa place habituelle dans la nef, ma mère, M. et Mme Clère, ma chère petite Betty, bien emmitouflée, car il faisait très froid. La cloche bourdonnait encore derrière les abat-sons du clocher, et je pus en entendre les dernières volées.

M. le curé, vêtu de ses ornements des grandes fêtes, arriva devant l'autel, attendant que l'orgue fit retentir une marche triomphale.

Quelle surprise ! au lieu de lancer les majestueux accords qui doivent précéder l'*Introït,* l'orgue se taisait. Rien ! pas une note !

Le bedeau monta jusqu'à la tribune... Maître Effarane n'était pas là. On le chercha. Vainement. Disparu, l'organiste. Disparu, le souffleur. Furieux, sans doute, de n'avoir pu réussir à installer son jeu de voix enfantines, il avait quitté l'église, puis la bourgade, sans réclamer son dû, et, de fait, on ne le vit jamais reparaître à Kalfermatt.

Je n'en fus pas fâché, je l'avoue, mes enfants, car, dans la compagnie de cet étrange personnage, loin d'en être quitte pour un rêve, je serais devenu fou à mettre dans un cabanon !

Et s'il était devenu fou, M. *Ré-dièze* n'aurait pu dix ans plus tard épouser Mlle *Mi-bémol,* mariage béni du ciel, s'il en fût. Ce qui prouve que malgré la différence d'un huitième de ton, d'un « comma », ainsi que disait maître Effarane, on peut tout de même être heureux en ménage.

AVENTURES DE LA FAMILLE RATON

Conte de fées

ATTENTION A L'HUITRE !

S'il est un genre littéraire qui pose toujours d'énormes problèmes d'interprétation, c'est bien celui des contes de fées : en règle générale, ils sont construits de telle façon qu'ils peuvent être parfaitement compris, tant par les adultes que par les enfants ; mais l'interprétation diverge. Or, contrairement à ce qui est prétendu de façon caricaturale, cette interprétation ne consiste pas à un premier degré destiné aux « mioches » (pour reprendre un terme vernien[1]*) et à un autre, plus enfoui, que seuls peuvent comprendre les grands. Bien au contraire, il y a un monde de fantasmes et de poésies que ne peuvent comprendre que les « hybrides » : les adultes ayant gardé un cœur d'enfant, les « Lewis Carroll », si vous préférez.*

Mais lorsque l'auteur est Jules Verne, passé maître en écriture à double sens, en messages cachés, l'interprétation devient un véritable casse-tête. Nous avons cependant la chance de disposer d'une synthèse brillante[2] *qui, à la fois, récapitule les*

1. Utilisé lors d'une lettre destinée à Hetzel, au sujet du *docteur Ox.* Les « mioches » en question représentaient le public familial, donc principalement les enfants *qui ne peuvent pas tout lire,* en fin de compte principal prétexte de bien des censures de l'époque.

2. Il s'agit du travail réalisé par Volker Dehs dans le *Bulletin de la Société Jules Verne* n° 90 (1989), entièrement consacré à ce conte de fées. Outre l'édition du conte, avec les principales variantes, V. Dehs nous propose deux articles : « La *Famille Raton* sans ratures » et « Les métamorphoses du 'Rat

démêlés éditoriaux de la Famille Raton, *et propose de nombreuses sources à ce texte, carrefour de très nombreux autres textes. Je m'appuierai donc principalement sur ce travail avant de proposer un petit commentaire sur l'huître.*

Car tout part de l'huître en ce monde, de même que tout part du Rat goutteux *dans ce texte. Ou plutôt du* Rat-goutteux, *cette enseigne d'une vieille maison de commerce nantaise, remontant probablement « au règne de Louis-Philippe » et représentant « un vieux rat se prélassant dans une embarcation » : « c'est assez dire qu'un petit garçon de Nantes, nommé Jules Verne, né en 1828, et très épris d'insolite, a fort bien pu s'en amuser lui aussi et... s'en souvenir », « surtout si l'on pense que Jules Verne habitait, 2 allée Jean Bart, à cent mètres du 'Rat-goutteux' »*[1]*. Or, précisément, le titre original du conte était* Le Rat goutteux[2].

N'est-ce pas, notamment, en mangeant trop d'huîtres que l'on peut attraper la goutte ?

L'huître est un animal étonnant : elle se présente sous la forme d'une jolie coquille ; on l'ouvre, pour trouver un mets voluptueux... et on peut trouver à côté du mets une perle. C'est bien ce qui se passe lorsqu'on effectue une recherche sur Famille Raton. *On a d'abord la version du* Figaro illustré, *qui est déjà une jolie pièce. On se dit que, comme à l'accoutumée, on va trouver un manuscrit plus dense, bien plus savoureux encore ; et lorsqu'on le retrouve dans le fonds Hetzel, à la bibliothèque nationale de Paris, une perle se tient à ses côtés : « une version antérieure, intitulée* Le Rat goutteux ; *il s'agit là d'une copie, non de la main de Verne, faite pour Hetzel, qui doit correspondre à l'état primitif du manuscrit ». L'autographe*

goutteux' » ; ainsi qu'un compte-rendu de presse de l'époque. C'est sur tout cet ensemble que s'appuie principalement cette partie de notice. Toutes les citations non signalées en bas de page proviennent donc de cette source.

1. Ce passage sur l'enseigne du *Rat-goutteux* est extrait de l'article de Luce Courville, « Jules Verne, la Famille Raton et le 'Rat-goutteux' de Nantes, *Histoires inattendues,* Paris, 10/18, 1978.

2. Il y eut aussi : *Raton et Cie* et *La famille Raton.*

de cette version a disparu. « Le Rat goutteux *est donc* la Famille Raton *à l'état d'ébauche, moins dense, comptant un grand nombre de redites, quelques erreurs, et, après tout, peu de variantes significatives.* »

Récapitulons l'histoire, cette fois dans l'ordre chronologique. En 1886 (environ), Jules Verne a rédigé Le Rat goutteux. *Il propose l'histoire à Hetzel fils (le père est mort quelques mois plus tôt) qui la refuse (et qui la refusera toujours du vivant de Verne). Invité fin 1887 à une série de conférences en Belgique et en Hollande, Verne remanie* Le Rat *qui devient probablement dès ce moment* Aventures de la Famille Raton. *L'idée de Jules Verne est, selon le terme d'un journaliste du* Figaro, *d'« essayer sur son auditoire l'effet que produira sur le public un conte d'enfant ». Résultats très inégaux : à certains endroits, la moitié de l'auditoire quitte la salle ; ailleurs, au contraire, le succès est total.*

Verne espère toujours pouvoir faire publier chez Hetzel son conte, désormais transformé. Les refus se réitèrent et finalement, le Figaro illustré *lui réclamant en 1890 une histoire pour Noël*[1]*, Jules Verne opte pour sa* Famille Raton. *Comme toujours, il sera obligé de procéder à des coupures et des variantes pour entrer dans le cadre imposé par la place disponible. Vingt ans plus tard, en 1910, Hetzel se décide enfin à publier le conte dans le cadre du recueil* Hier et Demain. *Mais Michel Verne « ne peut pas retrouver le manuscrit, que le rédacteur du* Figaro *a conservé et qu'il ne remet, plus tard, qu'aux archives Hetzel, et reprend, faute de mieux, la version du* Figaro, *avec une cinquantaine de retouches et deux suppressions mineures ».* C'est la version que reprendront la plupart des éditions modernes.

L'huître est multiforme, multigenre : animal, végétal, minéral à la fois, elle ne pouvait que fasciner quelqu'un d'aussi multi-culturel que Verne. De la même manière, Aventures de la Famille Raton *est le carrefour d'un nombre considérable de*

1. On se rappelle que trois ans plus tard, en décembre 1893, le même *Figaro illustré* publiera *M. Ré-dièze et Mlle Mi-bémol.* Ils ont également porté dans leurs colonnes, en 1884, *Frritt-Flacc.*

genres littéraires, de textes. Volker Dehs en a plus particulièrement relevé quatre, « la fable, le conte de fées, le théâtre ainsi que le roman d'aventures ». La fable, avec « plusieurs allusions à La Fontaine » (par ailleurs auteur d'une République des Rats*). Le conte de fées, « étiquette expressément réclamée par la nouvelle », avec la présence de sorcière, de fée, de prince, d'animaux parlants, de métamorphoses — mais le tout complètement perverti : longtemps le sorcier ne dispose d'aucun pouvoir ; ceux de la fée sont toujours à long terme ; le prince est tout, sauf charmant ; les animaux parlent, pour la plupart, à tort et à travers ; et les métamorphoses sont incomplètes, concernant le malheureux cousin Raté. (Ce qui m'incite à ajouter un cinquième genre à cette liste : le canular, si prisé par Verne ; sachant que pour autant, il se passe toujours des choses sérieuses derrière l'apparence de canular.)*

Volker Dehs signale également la présence du théâtre du fait des indications du narrateur et de la présence de procédés de la scène (Gardafour qui disparaît dans une trappe, entrée impromptue de Kissador, reparties des personnages, etc.). Enfin, le roman d'aventures : plus particulièrement le roman vernien *d'aventures (V. Dehs songe tout particulièrement à* Kéraban-le-Têtu, *l'un des* Voyages Extraordinaires, *mais aussi à* César Cascabel*). Autant d'indices qui prouvent une volonté parodique de la part de Jules Verne. Il est possible, comme le suggère de son côté Daniel Compère, que ce conte soit avant tout un texte sur l'*art *(anagramme de « rat ») et une présentation du travail intertextuel.* [1]

Mais pourquoi l'huître ?

Toute la critique s'accorde à considérer qu'il y a ici volonté de pasticher les principes darwiniens et ceux de la métempsycose [2]*, deux philosophies totalement d'actualité en ce dernier*

1. Voir Daniel Compère, *Jules Verne : texte et intertexte.* Université de Rennes 2, 1987. Thèse de doctorat d'Etat. Déjà signalé dans l'article de Volker Dehs.

2. Le principe darwinien, c'est la théorie de l'évolution des espèces : nous avons été d'abord des poissons, puis des animaux terriens, des singes, finalement des hommes : « l'homme descend du singe » ; la métempsycose, c'est la réincarnation de l'âme, après la mort, dans le corps d'un humain, d'un animal ou d'un végétal.

quart du siècle. La position de Verne par rapport à Darwin n'a jamais été totalement claire[1] *et le fait de pasticher une idée ne signifie nullement qu'on y soit opposé. Mais de toute façon, l'idée de l'huître, qui finit par conduire à l'homme, peut avoir une autre source.*

On sait le rôle important que joue la science du XVIIIe *siècle dans l'œuvre de Jules Verne ; et notamment l'*Encyclopédie. *Or, l'huître est très présente dans les définitions qu'y donne Diderot. Dans deux articles,* « animal » *et* « inné », *on trouve des allusions aux transformations dont pourrait bénéficier une huître, que ce soit en singe ou en homme. Dans l'article* « inné », *le philosophe va jusqu'à dire :*

> « [...] il n'y a d'*inné* que la faculté de sentir et de penser ; tout le reste est acquis. Supprimez l'œil, et vous supprimez en même temps toutes les idées qui appartiennent à la vue [suivent des exemples parallèles pour chacun des sens]. Or, toutes ces idées et tous ces sens supprimés, il ne reste aucune notion abstraite ; car c'est par le sensible que nous sommes réduits à l'abstrait. Mais [...] suivons la méthode contraire. Supposons une masse informe, mais sensible ; elle aura toutes les idées qu'on peut obtenir du toucher ; perfectionnons son organisation ; développons cette masse, et en même temps nous ouvrirons la porte aux sensations et aux connaissances. C'est par l'une et l'autre de ces méthodes qu'on peut réduire l'homme à la condition de l'huître, et élever l'huître à la condition de l'homme.[2] » [C'est moi qui souligne.]

D'autre part, dans Le Rêve de d'Alembert *(1769), Diderot revient encore sur la manière de faire descendre l'homme « de plusieurs degrés ». Ici, il est vrai, il ne cite pas l'huître, mais simplement « une masse de chair inorganisée ». Mais une fois*

1. D'une manière générale, il faut faire attention de distinguer les positions officielles que prend Jules Verne, citoyen d'Amiens dépendant des opinions tranchées de la bonne société, et celles qu'il développe, entre les lignes, par messages codés : ce qui vaut pour ses positions sur l'anarchie, la religion, l'affaire Dreyfus, etc. D'une manière encore plus générale, ce *distingo* vaut pour tout artiste.

2. Diderot, article « inné », *Encyclopédie,* in *Œuvres,* t. I : « Philosophie », Paris, Robert Laffont, coll. « Bouquins », 1994, p. 467.

de plus, il dénigre l'idée de génération spontanée, d'êtres préexistants, il croit en une évolution sur grande échelle et met en place une véritable « science-fiction » avant la lettre en remplaçant en quelque sorte la Nature, et en pratiquant en un temps réduit une réduction de l'homme au plus bas de l'échelle, dans une forme faisant songer à l'huître. Puis il le remonte du stade de masse inorganisée en celui de l'homme dans le sens humaniste et génial du terme, celui de Newton. Tout cela par un trait de plume, ou une saillie de conversation, ou un coup de baguette magique ! *Par ailleurs,* Le Rêve de d'Alembert *présente un duel verbal entre Mlle de Lespinasse, présentée comme très pure et candide, et le docteur Bordeu qui joue les apprentis-sorciers. Comme peu à peu ils rivalisent tous deux d'idées quant aux spéculations scientifiques, je ne peux m'empêcher de penser à la rivalité entre la fée et le sorcier dans* Aventures de la Famille Raton, *qui jouent eux aussi avec l'évolution de l'échelle des espèces.*

De là à déduire que Verne avait Le Rêve *et certains articles de l'*Encyclopédie *en tête lorsqu'il rédige le conte, c'est peut-être aller loin. Cependant, les allusions à l'encyclopédiste sont fréquentes dans* Les Voyages extraordinaires, *particulièrement dans* Vingt Mille Lieues sous les mers. *D'autre part, dans* L'Etoile du Sud, *au chapitre III, Cyprien, lorsqu'il parle du charbon, nous fait une présentation du mélange de la matière et de l'humain très proche de celle de Diderot dans la première du* Rêve de d'Alembert *(mais lui nous propose du marbre).*

Analogies troublantes, surtout quand on sait que Paulin, l'éditeur des œuvres de Diderot au XIX*e siècle, était un ancien compagnon de Hetzel*[1]*. De toute manière, l'exemple de l'huître comme base de théories évolutives semble avoir été dans l'air du temps au* XVIII*e siècle, de Maupertuis à Dupont de Nemours.*

Pour en finir avec l'huître, rappelons qu'en 1871 était paru De l'autre côté du miroir, *de Lewis Carroll, avec l'irrésistible poème intitulé :* « Le Morse et le Charpentier ». *L'ouvrage ne*

1. Ce renseignement m'a été fourni par Volker Dehs.

sera traduit en français qu'en 1930, mais l'illustration de Tenniel, qui accompagne le poème, mettant en scène le Morse et le Charpentier sur le sable, au bord de la mer, devant le banc d'huîtres, rappelle Kissador et Gardafour circulant dans le même décor.

Et de même que le sage Raton avait résolu, non sans sagesse, de demeurer un rat,

> « La plus vieille des huîtres regarda le Morse,
> Mais sans proférer un seul mot ;
> La plus vieille des huîtres leur cligna de l'œil
> En hochant lourdement la tête,
> Par là signifiant qu'elle, elle préférait
> Prudemment demeurer au sein du parc à huîtres.[1] »

Samuel SADAUNE

1. Lewis Carroll, *De l'autre côté du miroir et ce qu'Alice y trouva,* in *Œuvres,* éd. J. Gattégno, Paris, Gallimard, « Bibl. de la Pléiade », 1990, p. 293.

I[1]

Il y avait une fois une honnête famille de rats, composée du père Raton, de la mère Ratonne, de la fille Ratine et du cousin Raté. Ses deux domestiques, c'étaient le cuisinier Rata et la bonne Ratane. Or, il est arrivé à ces dignes rongeurs des aventures si extraordinaires, mes chers enfants, que je ne résiste pas au désir de vous les raconter.

Cela se passait au temps des fées et des enchanteurs, au temps aussi où les bêtes parlaient. C'est même de cette époque que date, sans doute, l'expression : dire des bêtises. Et cependant, ces bêtes n'en disaient pas plus que les hommes de jadis et d'aujourd'hui n'en ont dit et n'en disent ! Ecoutez donc, mes chers enfants, et surtout soyez sages. Je commence.

1. Cette édition correspond au manuscrit des *Aventures de la Famille Raton,* destiné au *Figaro illustré,* mais dans lequel Verne n'a pas encore procédé aux coupes et variantes que lui imposait le cadre éditorial. Cette version a déjà été éditée par Volker Dehs dans le *Bulletin de la Société Jules Verne* n° 90 en 1989, mais jamais encore en édition publique. Quelques fautes glissées dans le *Bulletin* ont été corrigées. Plusieurs notes de Volker Dehs ont été reprises ici et sont signalées par le sigle [NDVD].

II

Dans une des plus belles villes de ce temps-là, et dans la plus belle maison de la ville demeurait une bonne fée. Elle s'appelait Firmenta. Elle faisait autant de bien qu'une fée en peut faire, et on l'aimait beaucoup.

A cette époque, paraît-il, tous les êtres vivants étaient soumis aux lois de la métempsychose[1]. Ne vous effrayez pas de ce mot : cela signifie qu'il y avait une échelle de la création, dont chaque être devait franchir successivement les échelons, avant d'atteindre le dernier pour prendre rang dans l'humanité. Ainsi, on naissait mollusque, on devenait poisson, puis oiseau, puis quadrupède, puis homme ou femme. Comme vous le voyez, il fallait monter de l'état le plus rudimentaire à l'état le plus parfait. Toutefois, il pouvait arriver que l'on redescendît, grâce à la maligne influence de quelque enchanteur. Et alors, quelle triste existence ! Par exemple, après avoir été homme, être redevenu huître ! Heureusement, cela ne se voit plus de nos jours, physiquement du moins.

Sachez aussi que ces diverses métamorphoses s'opéraient par l'intermédiaire des génies. Les bons génies faisaient monter, les mauvais faisaient descendre, et si ces derniers abusaient parfois de leur puissance, le Créateur pouvait les en priver pour un certain temps.

Il va sans dire que la fée Firmenta était un bon génie, et jamais personne n'avait eu à se plaindre d'elle.

Or, un beau matin, elle se trouvait dans la salle à manger de son palais — une salle ornée de tapisseries superbes et de magnifiques fleurs. Les rayons du soleil se glissaient à travers la fenêtre, piquant çà et là de touches lumineuses les porcelaines et l'argenterie, placées sur la table.

La suivante venait d'annoncer à sa maîtresse que le déjeuner

1. *métempsycose :* voir notice, p. 254, note 2.

était servi, un joli déjeuner, comme les fées ont bien le droit d'en faire, sans être accusées de gourmandise. Mais, à peine la fée s'était-elle assise, que l'on frappa à la porte du palais.

Aussitôt la suivante d'aller ouvrir, et, un instant après, elle prévenait la fée Firmenta qu'un beau jeune homme désirait lui parler.

« Fais entrer ce beau jeune homme », répondit Firmenta.

Beau, en effet, d'une taille au-dessus de la moyenne, l'air bon, l'air brave aussi. Si ce beau jeune homme avait vingt-deux ans, c'était tout. Mis très simplement, il se présentait avec grâce.

Tout d'abord, la fée eut bonne opinion de lui. Elle pensa qu'il venait pour quelque service, comme tant d'autres qu'elle avait obligés, et elle se sentait disposée à le lui rendre.

« Que me voulez-vous, beau jeune homme ? dit-elle de sa voix la plus douce. N'ayez crainte de me parler.

— Bonne fée, répondit-il, je suis bien malheureux, et je n'ai d'espoir qu'en vous ! »

Et comme il hésitait :

« Expliquez-vous, reprit Firmenta. Quel est votre nom ?

— Je me nomme Ratin, répondit-il. Je ne suis pas riche, et, pourtant, ce n'est point la fortune que je viens vous demander. Non ! c'est le bonheur.

— Pensez-vous donc que l'un puisse aller sans l'autre ? répliqua la fée en souriant.

— Oui, certes !

— Et vous avez raison. Continuez.

— Il y a quelque temps, reprit-il, avant d'être homme, j'étais rat et, comme tel, très bien accueilli dans une excellente famille à laquelle je comptais m'attacher par les plus doux liens. Je plaisais au père, qui est un rat plein de bon sens. Peut-être la mère, un peu ambitieuse, me voyait-elle d'un moins bon œil, parce que je ne suis pas riche. Mais la fille Ratine me regardait si tendrement ! Enfin j'allais être agréé lorsqu'un grand malheur vint couper court à toutes mes espérances !

— Qu'est-il donc arrivé ? demanda la fée avec le plus vif intérêt.

— Et d'abord, je suis devenu homme, tandis que ma Ratine restait rate !

— Eh bien, répondit Firmenta, attendez que sa dernière transformation en ait fait une jeune fille...

— Sans doute, bonne fée ! Malheureusement, Ratine a été également remarquée par un puissant seigneur qui pourrait être fils de roi. Habitué à satisfaire ses fantaisies, il ne souffre pas la moindre résistance. Tout doit plier devant ses volontés.

— Et quel est ce seigneur ? demanda la fée.

— C'est le prince Kissador. Il proposa à ma chère Ratine de l'emmener dans son palais, où elle serait, disait-il, la plus heureuse des rates. Elle s'y refusa, bien que sa mère Ratonne fût très flattée de la demande. Le prince tenta alors de l'acheter à haut prix ; mais le père Raton, sachant combien sa fille m'aimait, et que je mourais de douleur si on nous séparait, ne voulut point consentir. Je renonce à vous peindre la fureur du prince Kissador. Voyant Ratine si belle en rate, il se disait qu'elle serait encore plus belle en jeune fille ! Oui, bonne fée, plus belle encore ! Et il l'épouserait, — ce qui était bien raisonné pour lui, et bien malheureux pour nous !

— Sans doute, répondit la fée, mais puisque le prince a été éconduit !... qu'avez-vous à craindre ?...

— Tout, reprit Ratin, car, pour arriver à ses fins, il s'est adressé à Gardafour...

— Cet enchanteur, s'écria Firmenta, ce mauvais génie qui ne se plaît qu'à faire le mal, et avec lequel je suis toujours en lutte ?

— Lui-même, bonne fée !

— Ce Gardafour, dont la redoutable puissance ne cherche qu'à ramener au bas de l'échelle les êtres qui s'élèvent peu à peu vers les plus hauts degrés !

— Comme vous dites !

— Heureusement, Gardafour, ayant abusé de son pouvoir, vient d'en être privé pour quelque temps...

— Cela est vrai, répondit Ratin ; mais au moment où le prince a eu recours à lui, il le possédait encore tout entier. Aussi, alléché par les promesses de ce seigneur, autant qu'effrayé de ses menaces, promit-il de le venger des dédains de la famille Raton !

— Et il l'a fait ?...

— Il l'a fait, bonne fée !

— Et comment ?

— Il a métamorphosé ces braves rats !

— En quoi les a-t-il changés ?

— En huîtres, et, maintenant, ils végètent sur le banc de Samobrives, où ces mollusques, je dois le dire, sont d'excellente qualité, à trois francs la douzaine, ce qui est bien naturel, puisque la famille Raton se trouve parmi eux ! Vous voyez, bonne fée, toute l'étendue de mon malheur ! »

Firmenta écoutait avec pitié et bienveillance ce récit du jeune Ratin. Elle compatissait volontiers, d'ailleurs, aux douleurs humaines, et surtout aux amours contrariées.

« Et que puis-je faire pour vous ? demanda-t-elle.

— Bonne fée, répondit Ratin, puisque ma Ratine est attachée au banc de Samobrives, faites-moi huître à mon tour, afin que j'aie cette consolation d'y vivre près d'elle ! »

Ce fut dit d'un ton si triste, que la fée Firmenta se sentit tout émue ; et, prenant la main du beau jeune homme :

« Ratin, lui dit-elle, je consentirais à vous satisfaire, que je ne pourrais y réussir. Vous le savez, il m'est interdit de faire redescendre aux êtres vivants l'échelle de l'humanité ! Mais, si je ne puis vous réduire à l'état de mollusque, — ce qui est un état bien humble, — je puis faire remonter Ratine...

— Oh ! faites, bonne fée, faites !

— Mais il faudra qu'elle repasse par les degrés intermédiaires, avant de redevenir la charmante rate, destinée à être jeune fille un jour. Donc, soyez patient ! Soumettez-vous aux lois de la nature ! Ayez confiance aussi...

— En vous, bonne fée !...

— Oui, en moi ! Je ferai tout pour vous venir en aide. Mais nous aurons à soutenir de violentes luttes. Vous avez dans le prince Kissador, bien qu'il soit le plus sot des princes, un ennemi puissant. Et si Gardafour recouvrait son pouvoir avant que vous ne fussiez l'époux de la belle Ratine, il me serait difficile de le vaincre, car il serait redevenu mon égal ! »

La fée Firmenta et Ratin en étaient là de leur conversation, lorsqu'une petite voix se fit entendre. D'où sortait cette voix ? Cela semblait difficile à deviner.

Et cette voix disait :

« Ratin !... Mon pauvre Ratin... je t'aime !

— C'est la voix de Ratine ! s'écria le beau jeune homme. Ah ! madame la fée ! Madame la fée, ayez pitié d'elle ! »

En vérité, Ratin était comme fou. Il courait à travers la salle, il regardait sous les meubles, il ouvrait les dressoirs dans la pensée que Ratine pouvait y être cachée, et il ne la trouvait pas !

La fée l'arrêta d'un geste.

Et alors, mes chers enfants, il se produisit un singulier effet. Il y avait sur la table, rangées dans un plat d'argent, une demi-douzaine d'huîtres qui venaient précisément du banc de Samo-brives. Au milieu se voyait la plus jolie, avec sa coquille bien luisante, bien ourlée. Et la voilà qui grossit, s'élargit, se développe, puis ouvre ses deux valves. Des plis de sa collerette se dégage alors une adorable figure, avec des cheveux blonds, comme les blés, deux yeux les plus doux du monde, un petit nez bien droit, une bouche charmante qui répète :

« Ratin !... mon cher Ratin !

— C'est elle ! » s'écrie le beau jeune homme.

C'était Ratine, en effet. Il l'avait bien reconnue. Car, il faut vous dire, mes chers enfants, qu'en cet heureux temps de magie, les êtres avaient déjà visage humain, même avant d'appartenir à l'humanité.

Et que Ratine était jolie sous la nacre[1] de sa coquille ! On eût dit un bijou dans son écrin.

Et elle s'exprimait ainsi :

« Ratin, mon cher Ratin, j'ai entendu tout ce que tu viens de dire à madame la fée. Madame la fée, vous avez daigné promettre de réparer le mal que nous a fait ce méchant Gardafour ! Oh ! ne m'abandonnez pas, car s'il m'a changée en huître, c'est pour que je ne puisse plus m'enfuir. Alors, le prince Kissador viendra me détacher du banc auquel est liée ma famille, il m'emportera, il me mettra dans son vivier, il attendra que je sois devenue jeune fille, et je serai à jamais perdue pour mon pauvre et cher Ratin ! »

1. *nacre :* substance dure, riche en calcaire, produite par les huîtres notamment à l'intérieur de leur coquille.

Elle parlait d'une voix si plaintive, que le jeune homme, profondément ému, pouvait à peine répondre :

« Oh ! ma Ratine ! » murmurait-il.

Dans un élan de tendresse, il étendait la main vers elle, lorsque la fée l'arrêta. Et, après avoir enlevé délicatement une perle magnifique qui s'était formée au fond de la valve :

« Prends cette perle, lui dit-elle.

— Cette perle, bonne fée ?

— Oui, elle vaut toute une fortune. Cela pourra te servir plus tard. Maintenant nous allons reporter Ratine sur le banc de Samobrives, et là, je la ferai remonter d'un échelon...

— Pas seule, bonne fée ! répondit Ratine d'une voix suppliante. Songez à mon bon père Raton, à ma bonne mère Ratonne, à mon cousin Raté ! Songez à nos fidèles serviteurs Rata et Ratane ! »

Mais, pendant qu'elle parlait ainsi, les deux valves de sa coquille se refermaient lentement et reprenaient leurs dimensions ordinaires.

« Ratine ! s'écria le jeune homme.

— Emporte cette huître ! » dit la fée.

Et, après l'avoir prise, Ratin la pressa sur ses lèvres. Ne contenait-elle pas tout ce qu'il avait de plus cher au monde !

III

La mer est basse. Le ressac bat doucement le pied du banc de Samobrives. Il y a des flaques d'eau entre les roches. Le granit brille comme de l'ébène ciré. On marche sur les goémons visqueux dont les cosses éclatent en faisant jaillir de petits jets liquides. Il faut prendre garde de glisser, car la chute serait douloureuse.

Quelle quantité de mollusques sur ce banc, des vigneaux, semblables à de gros limaçons, des moules, des clovisses, des mâcles, surtout des huîtres par millions.

Une demi-douzaine des plus belles se cache sous les plantes

marines. Je me trompe : il n'y en a que cinq. La place de la sixième est vide !

Voilà, maintenant, que ces huîtres s'ouvrent aux rayons du soleil, afin de respirer la fraîche brise du large. En même temps, s'échappe un chant plaintif, comme une litanie de semaine sainte.

Les valves de ces mollusques se sont lentement écartées. Entre leurs franges transparentes se dessinent quelques figures faciles à reconnaître.

L'une est Raton, le père, un philosophe, un sage, qui sait accepter la vie sous toutes ses formes.

« Sans doute, pense-t-il, après avoir été rat, redevenir mollusque, cela ne laisse pas d'être pénible, mais il faut se faire une raison et prendre les choses comme elles viennent ! »

Dans la deuxième huître s'agite une figure contrariée, dont les yeux jettent des éclairs. En vain cherche-t-elle à s'élancer hors de sa coquille ! C'est dame Ratonne, et elle dit :

« Etre enfermée dans cette prison humiliante, moi qui tenais le premier rang dans notre ville de Ratopolis ! Moi qui, arrivée à la phase humaine, aurait été grande dame, princesse peut-être !... Ah ! le misérable Gardafour ! »

Dans la troisième huître grimace la face bébête du cousin Raté, un franc nigaud, quelque peu poltron, qui dresse l'oreille au moindre bruit, comme un lièvre ! Il faut vous dire que, tout naturellement, en sa qualité de cousin, il faisait la cour à sa cousine. Ratine, on le sait, en aimait un autre, et cet autre, Raté le jalousait cordialement.

« Ah !... ah ! faisait-il, être aplati entre deux coquilles, quelle destinée ! Au moins, quand j'étais rat, je pouvais courir, me sauver, éviter les chats et les ratières ! Mais, ici, il suffit que l'on me cueille avec une douzaine de mes semblables, et le couteau grossier d'une écaillère m'ouvrira brutalement, et j'irai figurer sur la table d'un riche, et je serai avalé... vivant peut-être ! »

Dans la quatrième huître, c'est le cuisinier Rata, un chef très fier de ses talents, très vaniteux de son savoir.

« Le maudit Gardafour ! s'écriait-il. Si jamais je le tiens d'une main, je lui tords le cou de l'autre ! Moi, Rata, qui en faisais de si bons, que le nom leur en est resté, collé entre les deux écailles. Et ma femme Ratane...

— Je suis là, dit une voix qui sortait de la cinquième huître. Ne te fais pas de chagrin, mon pauvre Rata ! Si je ne puis me rapprocher de toi, je n'en suis pas moins à ton côté ! Et quand tu remonteras l'échelle, nous la remonterons ensemble ! »

Bonne Ratane ! Une grosse boulotte, toute simple, toute modeste, aimant bien son mari, et, comme lui, très dévouée à ses maîtres.

Puis, alors, la triste litanie reprit sur un mode lugubre. Quelques centaines d'huîtres, attendant leur délivrance, elles aussi, se joignirent à ce concert de lamentations. Cela vous serrait le cœur. Et quel surcroît de douleur pour Raton, le père, et pour dame Ratonne, s'ils avaient su que leur fille n'était plus avec eux !

Soudain, tout se tut. Les écailles se refermèrent.

Gardafour venait d'arriver sur la grève, vêtu de sa longue robe d'enchanteur, coiffé du bonnet traditionnel, il inquiétait par sa physionomie farouche. Près de lui marchait le prince Kissador, richement vêtu. On imaginerait difficilement à quel point ce seigneur était infatué de sa personne, et comme il se déhanchait ridiculement pour se donner des grâces.

« Où sommes-nous ? demanda-t-il.

— Au banc de Samobrives, mon prince, répondit obséquieusement Gardafour.

— Et cette famille Raton ?...

— Toujours à la place où je l'ai incrustée pour vous être agréable !

— Ah ! Gardafour, reprit le prince en frisant sa moustache, cette petite Ratine ! J'en suis ensorcelé ! Il faut qu'elle soit à moi ! Je te paye pour me servir, et si tu ne réussis pas, prends garde !...

— Prince, répondit Gardafour, avant que mon pouvoir fût suspendu, j'ai bien pu changer toute cette famille de rats en mollusques, mais je n'aurais pu en faire des êtres humains ! Seule la fée Firmenta a cette puissance !...

— Eh bien, Gardafour, pourquoi ne t'es-tu pas uni à elle ?

— Je le lui ai maintes fois proposé, mon prince. A nous deux, nous aurions été maîtres du monde !... Elle m'a repoussé !

— Maladroit ! répondit le prince dont la suffisance était sans égale, j'aurais réussi, moi ! Enfin, où est l'huître de cette petite sotte ? »

Tous deux prirent pied sur le banc pour se rendre à la place où Gardafour croyait trouver Ratine.

En ce moment, deux personnes parurent sur l'autre côté de la grève. C'étaient la fée Firmenta et le jeune Ratin. Celui-ci tenait précieusement sur son cœur la double coquille qui renfermait sa bien-aimée.

Soudain, ils aperçurent le prince et l'enchanteur. Le beau jeune homme devint tout pâle.

« Gardafour, dit la fée, que viens-tu faire ici ? Préparer encore tes machinations criminelles ?

— Firmenta, répondit l'enchanteur, pourquoi as-tu refusé d'unir ton pouvoir au mien ?...

— Le génie du bien allié au génie du mal, jamais !

— Fée Firmenta, dit alors le prince Kissador, tu sais que je suis fou de cette gentille Ratine, assez peu avisée pour repousser un seigneur de ma tournure ! Eh bien, tout ce que tu voudras, je te le donnerai, si elle est à moi, quand tu la rendras jeune fille...

— Quand je la rendrai jeune fille, répondit Firmenta, ce sera pour appartenir à celui qu'elle préfère.

— Cet impertinent ! riposta le prince Kissador, ce Ratin dont Gardafour n'aura pas de peine à faire un âne, quand je lui aurai allongé les oreilles ! »

A cette insulte, le jeune homme bondit. Il allait s'élancer sur le prince afin de châtier son insolence, lorsque la fée lui saisit la main.

« Calme ta colère, dit-elle. Il n'est pas temps de te venger, et les insultes du prince tourneront un jour contre lui. Fais ce que tu as à faire, et partons. »

Ratin obéit, et, après l'avoir pressée une dernière fois sur ses lèvres, il alla déposer l'huître à la place qu'elle occupait naguère au milieu de sa famille. Puis, la fée et lui se retirèrent.

Mais le prince Kissador et Gardafour avaient bien compris

ce qui s'était passé. Il ne leur eût été que trop facile de s'emparer de Ratine, si, en ce moment, la marée n'eût commencé à recouvrir le banc de Samobrives. Tous deux n'eurent que le temps de se mettre à l'abri du flot.

Bientôt l'eau eut envahi les dernières pointes, et tout disparut jusqu'à l'horizon de la haute mer, dont le contour se confondait avec celui du ciel.

IV

Cependant, à droite, quelques roches plus élevées sont restées à découvert. La marée ne peut atteindre leur sommet, même lorsque la tempête pousse les lames à la côte.

C'est là que le prince et l'enchanteur se sont réfugiés. Aucun péril ne les y menace. En remontant, ils pourront toujours retrouver la terre ferme. Lorsque le banc sera à sec, ils iront chercher la précieuse huître et l'emporteront avec son trésor. Au fond, le prince est furieux. Si puissants que soient les princes et même les rois, ils ne pouvaient rien en ce temps-là contre les fées, et il en serait encore de même si nous revenions jamais à cette heureuse époque.

Mais voici que la fée et le jeune Ratin reparaissent sur le haut de la grève. Aussitôt le prince Kissador et Gardafour de se cacher, afin de les observer sans être vus.

Ils eurent d'abord raison, puis tort, ainsi qu'on va le voir.

Le beau jeune homme se tenait à côté de la fée Firmenta, qui lui disait :

« Oui, maintenant que la mer est haute, Raton et les siens vont remonter d'un échelon vers l'humanité. De mollusques, je vais les faire poissons, et, sous cette forme, ils n'auront plus rien à craindre de leurs ennemis.

— Même si on les pêche ?... fit observer Ratin.

— Sois tranquille ! Je veillerai sur eux. »

Par malheur, Gardafour avait entendu la fée et imaginé un plan.

« Suivez-moi, mon prince », dit-il en se dirigeant vers la terre.

Le prince Kissador l'accompagna, non sans impatience.

Alors la fée Firmenta étendit sa baguette vers le banc de Samobrives, caché sous les eaux. Les huîtres de la famille Raton s'entrouvrirent. Il en sortit des poissons frétillants, et tout heureux de cette nouvelle transformation.

Raton, le père : un brave et digne turbot, avec des tubercules sur son flanc brunâtre, et qui, s'il n'eût eu face humaine, vous aurait regardé de ses deux gros yeux placés sur le côté gauche.

Madame Ratonne : une vive, avec la forte épine de son opercule[1] et les piquants acérés de sa première dorsale, très belle, d'ailleurs, sous ses couleurs changeantes.

Mademoiselle Ratine : une jolie et élégante dorade de Chine, presque diaphane[2] et bien attrayante dans son vêtement mélangé de noir, de rouge et d'azur.

Rata : un farouche brochet de mer, corps allongé, bouche fendue jusqu'aux yeux, dents tranchantes, l'air furieux comme un requin en miniature, et d'une surprenante voracité.

Ratane : une grosse truite saumonée, avec ses taches oscellées, couleur vermillon[3], les deux croissants dessinés sur le fond argenté de ses écailles, et qui eût fait bonne figure sur la table d'un gourmet.

Enfin le cousin Raté : un merlan au dos d'un gris verdâtre. Mais, par une bizarrerie de la nature, ou peut-être une méchanceté de Gardafour, ne voilà-t-il pas qu'il n'est qu'à moitié poisson ! Oui ! l'extrémité de son corps, au lieu d'être terminée par une queue, est encore engagée entre deux écailles d'huître ! N'est-ce pas là le comble du ridicule ! Pauvre cousin !

Et alors, merlan, truite, brochet, dorade, vive, turbot, rangés sous les eaux claires, au pied de la roche où Firmenta agitait sa baguette, semblaient dire :

« Merci, bonne fée, merci ! »

1. *opercule :* il s'agit d'une partie se terminant en pointe qui recouvre les branchies, à l'exception d'une légère fente qui sert d'ouïe.

2. *diaphane :* qui laisse passer la lumière sans être transparent.

3. *vermillon :* rouge vif tirant sur l'orangé.

V

Gardafour n'avait attendu que cette occasion pour mener à bien ses indignes projets.

En effet, une masse, venant du large, s'approche et se dessine plus nettement. C'est une chaloupe, avec sa grande misaine [1] rougeâtre et son foc au vent. Elle arrive au fond de la baie, poussée par une fraîche brise.

Le prince et l'enchanteur sont à bord, et c'est à eux que l'équipage doit vendre toute sa pêche.

Le chalut a été envoyé à la mer. Dans cette vaste poche que l'on promène sur le fond, se prennent par centaines toutes sortes de poissons, de mollusques et de crustacés, crabes, crevettes, homards, limandes, raies, soles, barbues, anges, vives, dorades, turbots, bars, rougets, grondins, mulets, surmulets et bien d'autres !

Aussi, quel danger menace la famille Raton, à peine délivrée de sa prison d'écaille ! Si, par malheur, le chalut l'a ramassée, elle n'en pourra plus sortir !

Alors, le turbot, la vive, le brochet, la truite, le merlan, saisis par la grosse main des matelots, seront jetés dans les paniers des mareyeurs [2], expédiés vers quelque grande capitale, étalés, palpitants encore, sur le marbre des revendeuses, tandis que la dorade, emportée par le prince, sera à jamais perdue pour son bien-aimé Ratin !

Mais voici le temps qui change. La mer grossit et se démonte. Le vent siffle. L'orage éclate. C'est la rafale, c'est la tempête.

Le bateau est horriblement secoué par la houle. Il n'a pas le temps de relever son chalut qui se rompt, et, malgré les efforts

1. *misaine :* nom donné au mât, d'aspect vertical, positionné le plus en avant sur une embarcation.

2. *mareyeurs :* marchands en gros qui ramassent directement les produits de la mer pour les vendre aux poissonniers.

du timonnier [*sic*], est drossé vers la côte, où il se fracasse sur les récifs. A peine si le prince Kissador et Gardafour peuvent échapper au naufrage. Malheureusement, ils sont sauvés, grâce au dévouement des pêcheurs.

C'est la bonne fée, mes chers enfants, qui a déchaîné cet orage pour le salut de la famille Raton. Elle est là, sur une haute roche, accompagnée du beau jeune homme, et sa merveilleuse baguette à la main.

Alors Raton et les siens frétillent joyeusement sous les eaux qui se calment. Le turbot se tourne et se retourne, la vive nage coquettement, le brochet ouvre et ferme ses vigoureuses mâchoires, dans lesquelles s'engouffrent de petits poissons, la truite fait des grâces, et le merlan, avec sa queue d'écaille, se meut gauchement. Quant à la jolie dorade, elle semble attendre que Ratin se précipite vers elle. Oui ! il le voudrait, mais la fée le retient.

« Non, dit-elle, pas avant que Ratine n'ait repris la forme sous laquelle elle a d'abord su te plaire ! »

VI

Une bien jolie ville, que la ville de Ratopolis. Elle est située dans un royaume dont j'ai oublié le nom, qui n'est ni en Europe, ni en Asie, ni en Afrique, ni en Océanie, ni en Amérique, bien qu'il se trouve quelque part.

En tout cas, le paysage, autour de Ratopolis, ressemble beaucoup à un paysage hollandais. C'est frais, c'est vert, c'est propre, avec des cours d'eau limpides, des canaux ombragés de beaux arbres, des prairies grasses où paissent les plus heureux troupeaux du monde.

Comme toutes les villes, Ratopolis a des rues, des places, des boulevards ; mais ces boulevards, ces places, ces rues, sont bordés de fromages magnifiques, en guise de maisons, des gruyères, des croûtes-rouges, des mareuils, des chesters, de vingt espèces. Ils sont creusés à l'intérieur en étages, appartements, chambres. C'est là que vit, en république, une nombreuse population de rats, sage, modeste et prévoyante [1].

Il pouvait être alors sept heures. La nuit ne tarderait pas à venir. C'était un dimanche. En famille, rats et rates se promenaient pour respirer la brise du soir. Après avoir bien travaillé toute la semaine à refaire les provisions du ménage, ils se reposaient le septième jour.

Or, le prince Kissador était alors à Ratapolis, accompagné de l'inséparable Gardafour. Ils avaient appris que les membres de la famille Raton, après avoir été poissons pendant quelques temps, étaient redevenus rats. Aussi venaient-ils leur préparer de secrètes embûches.

« Oui ! répétait le prince, c'est encore à cette fée maudite qu'ils doivent leur nouvelle transformation !

— Et ! tant mieux ! répondit Gardafour. Ils seront maintenant plus faciles à prendre ! Des poissons, cela s'échappe trop aisément ! A présent, les voilà rats ou rates, et nous saurons bien nous en emparer !

— Puisses-tu dire vrai, Gardafour !

— Et, une fois en votre pouvoir, ajouta l'enchanteur, la belle Ratine finira par être folle de votre seigneurie ! »

A ce discours, le fat se rengorgeait, se panavait, et lançait des œillades aux jolies rates en promenade.

« Gardafour, dit-il, nous n'avons pas une minute à perdre !

— Tout est préparé, mon prince, et Ratine n'échappera pas au piège que je lui ai tendu !

— Où est ce piège ?...

— Le voici ! »

Et Gardafour montrait un élégant berceau de feuillage, disposé au coin de la place.

« C'est avec ce berceau que tu comptes prendre Ratine ?

— Oui, mon prince !

1. La république de Ratopolis figure déjà dans la fable du *Rat qui s'est retiré du monde* et qui vit « dans un fromage de Hollande ». Parmi les autres fables de La Fontaine qui montrent, par leur sujet, des similitudes avec la nouvelle de Verne, il convient de citer *La Souris métamorphosée en jeune fille.* [NDVD]

— Et comment ?...

— Vous le verrez, et je vous promets que la belle sera aujourd'hui même dans le palais de votre seigneurie. Et alors, comment pourrait-elle résister aux grâces de votre esprit et aux séductions de votre personne ? »

Et l'imbécile de gober ces grosses flatteries de l'enchanteur !

« La voilà, dit Gardafour. Venez, prince, il ne faut pas qu'elle nous aperçoive ! »

Tous deux gagnèrent la rue voisine.

C'était Ratine, en effet, mais Ratin l'accompagnait pour entrer au logis. Qu'elle était charmante avec sa jolie figure de blonde et sa gracieuse tournure de rate ! Et le jeune homme lui disait :

« Ah ! chère Ratine, que n'es-tu déjà une demoiselle ! Si, pour t'épouser tout de suite, j'avais pu redevenir rat, je n'aurais pas hésité ! Mais cela est impossible...

— Eh bien, mon cher Ratin, il faut attendre...

— Attendre ! Toujours attendre !

— Qu'importe, puisque tu sais que je t'aime et ne serai jamais qu'à toi ! D'ailleurs, la bonne fée nous protège, et nous n'avons plus rien à craindre du méchant Gardafour ni du prince Kissador...

— Cet impertinent, s'écria Ratin, ce sot que je corrigerai...

— Non, mon Ratin, non ! Ne lui cherche pas querelle ! Il est puissant ! Il a des gardes qui le défendraient !... Tu succomberais, et que deviendrais-je alors ! Aie patience, puisqu'il le faut, et confiance, puisque je t'aime !... »

Ratine disait si gentiment ces choses que le jeune homme n'aurait pu lui résister. Il la pressait sur son cœur, il lui baisait ses petites pattes. Et, comme elle se sentait un peu fatiguée de sa promenade :

« Ratin, dit-elle, voilà le berceau sous lequel j'ai l'habitude de me reposer ! Va à la maison prévenir mon père et ma mère que je les attends ici pour aller à la fête. »

Et Ratine se glissa sous le berceau.

Soudain il se fit un bruit sec, comme le craquement d'un ressort qui se détend...

C'est que le feuillage cachait une perfide ratière ! Ratine, qui ne pouvait s'en défier, venait de toucher le ressort, une grille s'était abattue devant le berceau, et, maintenant, elle était prise !

Ratin jeta un cri de colère, auquel répondit le cri de désespoir de Ratine, auquel répondit le cri de triomphe de Gardafour, qui accourait avec le prince Kissador. En vain, le jeune homme, s'accrochait-il à la grille, pour en briser les barreaux, c'était peine perdue ! Aussi, dans un accès de fureur, il voulut se jeter sur le prince pour l'étrangler...

Mais, à un signe de Gardafour, une douzaine de serviteurs se montrèrent. Ratin comprit que s'il se laissait arrêter, il ne pourrait plus quérir aide et assistance. Le mieux était d'aller chercher du secours pour délivrer la malheureuse Ratine à son ravisseur.

Et c'est ce qu'il fit en s'échappant par la grande rue de Ratopolis.

Pendant ce temps, Ratine était extraite de la ratière, et le prince Kissador lui disait le plus galamment du monde :

« Je te tiens, petite, et maintenant, tu ne m'échapperas plus ! »

VII

C'était dans une des plus élégantes maisons de Ratopolis, un magnifique fromage de Hollande, que demeurait la famille Raton. Le salon, la salle à manger, les chambres à coucher, toutes les pièces nécessaires au service, étaient distribuées avec goût et confort ! C'est que Raton et les siens comptaient parmi les notables de la ville, et jouissaient de l'estime universelle.

Ce retour à son ancienne situation n'avait point enflé le cœur de notre brave et digne philosophe. Ce qu'il avait été, il devait toujours l'être, modeste dans ses ambitions, un vrai sage, dont La Fontaine eût fait le président de son conseil de rats[1]. On se

1. Selon la fable : *Conseil tenu par les rats.* [NDVD]

fût toujours bien trouvé de suivre ses avis. Seulement, il était devenu goutteux et marchait avec une béquille, lorsque la goutte ne le retenait pas dans son grand fauteuil. Il attribuait cela à l'humidité du banc de Samobrives, où il avait végété plusieurs mois. Bien qu'il eût été aux eaux réputées les meilleures, il en était revenu plus goutteux encore. Cela était d'autant plus fâcheux pour lui, que, — phénomène très bizarre — cette goutte le rendait impropre à toute métamorphose ultérieure. En effet, la métempsychose ne pouvait s'exercer sur les individus atteints de cette maladie des riches. Raton resterait donc rat, tant qu'il serait goutteux.

Mais Ratonne, elle, n'était pas philosophe. Voyez-vous sa situation, alors que, devenue dame et grande dame, elle aurait pour mari un simple rat, et un rat goutteux encore ! Ce serait à mourir de honte ! Aussi était-elle plus acariâtre, plus irritable que jamais, cherchant noise à son époux, gourmandant ses servantes, à propos d'ordres mal exécutés parce qu'ils étaient mal donnés, faisant enfin la vie dure à toute la maison.

« Il faudra pourtant vous guérir, monsieur, disait-elle, et je saurai bien vous y contraindre !

— Je ne demanderais pas mieux, ma bonne, répondait Raton, mais je crains que ce ne soit impossible, et je devrai me résigner à rester rat...

— Rat ! Moi, la femme d'un rat ! De quoi aurais-je l'air ! Et ne voilà-t-il pas, d'autre part, notre fille amoureuse d'un garçon qui n'a pas le sol ! quelle honte ! Supposez que je sois princesse un jour, Ratine sera princesse aussi !...

— C'est donc que je serai prince alors, répliqua Raton, non sans une pointe de malice.

— Vous, prince, avec une queue et des pattes ! Voyez-vous le beau seigneur ! »

C'était ainsi que, toute la journée, on entendait geindre dame Ratonne ! Le plus souvent, elle essayait de passer sa mauvaise humeur sur le cousin Raté. Il est vrai, le pauvre cousin prêtait à la plaisanterie. Cette fois encore, la métamorphose n'avait pas été complète. Il n'était rat qu'à moitié, rat par devant, mais poisson par derrière, avec une queue de merlan, — ce qui le rendait absolument grotesque. Dans ces conditions, allez donc plaire à la belle Ratine, ou même aux jolies autres rates de Ratopolis !

« Mais, qu'ai-je donc fait à la nature, pour qu'elle me traite ainsi, s'écriait-il, qu'ai-je donc fait ?

— Veux-tu bien cacher cette vilaine queue ! disait Madame Ratonne.

— Je ne peux pas, ma tante !

— Eh bien, coupe-la, imbécile, coupe-la ! »

Et le cuisinier Rata offrait de procéder à cette section. Mais la bonne Ratane intercédait pour le cousin. Et, cependant, l'habile chef aurait bien su accommoder cette queue de merlan d'une façon supérieure. Quel régal c'eût été pour un jour de fête, tel que celui-ci !

Jour de fête à Ratopolis ? Oui, mes chers enfants ! Aussi, la famille Raton se proposait-elle de prendre part aux réjouissances publiques. Elle n'attendait plus que le retour de Ratine pour partir.

En ce moment, un carrosse s'arrêta à la porte de la maison. C'était celui de la fée Firmenta, en costume de brocard et d'or, qui venait rendre visite à ses protégés. Son amitié pour eux n'avait point faibli. Si elle souriait parfois des ambitions risibles de Ratonne, des jactances ridicules de Rata, des bêtises de Ratane, des lamentations du cousin Raté, elle faisait grand cas du bon sens de Raton, elle adorait la charmante Ratine et s'employait au succès de son mariage. Et, en sa présence, dame Ratonne n'osait plus reprocher au beau jeune homme de ne pas même être un prince !

On fit donc bon accueil à la fée, sans lui ménager les remerciements pour tout ce qu'elle avait fait et ce qu'elle ferait encore.

« Car nous avons bien besoin de vous, madame la fée ! dit Ratonne. Ah ! quand serai-je dame ?

— Patience ! patience ! répondit Firmenta. Il faut que vous passiez par les derniers échelons, et cela demande un certain temps !

— Mais ne pourrait-on abréger ?...

— La nature s'y oppose.

— Elle veut donc aussi que j'aie une queue de merlan,

quoique je sois redevenu rat, s'écria le cousin en faisant une mine pitoyable ! Madame la fée, ne pourrait-on m'en débarrasser ?...

— Hélas ! non, répondit Firmenta. Cette queue fait partie de votre individu. Il faudrait qu'elle disparût à la prochaine transformation. Vraiment, vous n'avez pas de chance ! C'est votre nom de Raté qui veut cela, probablement ! Espérons, cependant, que vous n'aurez point une queue de rat quand vous deviendrez oiseau !

— Oh ! lorsque nous en serons là, s'écria dame Ratonne, je voudrais être une reine de volière !

— Et moi, un roi de basse-cour ! dit Rata.

— Et moi, une belle grosse dinde truffée ! ajouta naïvement la bonne Ratane.

— Vous serez ce que vous serez ! riposta Raton. Quant à moi, je suis rat, et le resterai sans doute, et, mieux vaut l'être, après tout, que de se retrousser les plumes, comme bien des oiseaux de ma connaissance ?

— Quel être ! » murmura dédaigneusement son épouse.

En ce moment, la porte s'ouvrit. Le jeune Ratin parut, pâle, défait. En quelques mots, il eut raconté l'histoire de la ratière, et comment Ratine était tombée dans le piège du perfide Gardafour !

« Ah ! c'est ainsi, répondit la fée. Tu veux lutter encore, maudit enchanteur ! Soit ! A nous deux ! »

VIII

Oui, mes chers enfants, tout Ratopolis est en fête, et cela vous eût bien amusés, si vos parents avaient pu vous y conduire. Jugez donc ! Partout, de larges arceaux avec des transparents de mille couleurs, des arcs de feuillage au-dessus des rues pavoisées, des maisons tendues de tapisseries, des pièces d'artifices se croisant dans les airs, de la musique à chaque coin de carrefour, et, je vous prie de le croire, les rats en remontreraient aux meilleurs orphéons du monde. Ils ont de petites voix douces, douces, des voix de flûte, d'un charme inexprimable. Aussi, lorsqu'ils chantent, on croirait entendre un orchestre d'harmonie. Et comme ils interprètent les œuvres de leurs compositeurs, les Rassini, les Ragner, les Rassenet et tant d'autres maîtres[1] !

Mais ce qui eût excité votre admiration, c'est un cortège de tous les rats de l'univers et de tous ceux qui, sans être rats, ont mérité ce nom significatif.

On y voit des rats qui ressemblent à Harpagon, portant sous la patte leur précieuse cassette d'avare ; des rats à poil, vieux grognards, dont la guerre a fait des héros, toujours prêts à égorger le genre humain pour conquérir un galon de plus ; des rats à trompe, avec une vraie queue sur le nez, comme en fabriquent ces farceurs de zouaves africains, des rats d'église humbles et modestes ; des rats de cave, habitués à fourrer leur museau dans la marchandise pour le compte des gouvernements ; et surtout des quantités fabuleuses de ces gentils rats de la danse qui exécutent les passes et contrepasses d'un merveilleux ballet d'opéra !

C'est au milieu de ce concours de beau monde que s'avançait la famille Raton, conduite par la fée. Mais elle ne voyait rien de cet éblouissant spectacle. Elle ne songeait qu'à Ratine, la pauvre Ratine, enlevée à l'amour de ses père et mère comme à l'amour de son fiancé !

On arriva ainsi sur la grande place. Si la ratière était toujours là sous le berceau, Ratine ne s'y trouvait plus. Elle avait été entraînée loin, bien loin, sans doute.

« Rendez-moi ma fille ! » s'écriait dame Ratonne, dont toute l'ambition n'allait plus qu'à retrouver son enfant.

Cela faisait tellement pitié de l'entendre et jetait comme un voile de tristesse sur la ville en fête !

La fée essayait vainement de dissimuler sa colère contre

1. Il s'agit bien sûr d'une allusion à Rossini, Wagner et Massenet. Dans la version du *Rat goutteux,* Verne avait déjà opté pour Massenet, appelé « Ratassenet », mais à la place des deux autres compositeurs, on trouvait Ratossini, Raterbeer, Raverdi, Ratounod... Autrement dit Rossini et Meyerbeer, que nous avons déjà croisé dans *Une fantaisie du docteur Ox,* Verdi et Gounod.

Gardafour. On le voyait à ses lèvres pincées, à ses yeux qui avaient perdu leur douceur habituelle.

Un grand brouhaha s'éleva alors au fond de la place. C'était un cortège de princes, de ducs, de marquis, enfin des plus magnifiques seigneurs en costumes superbes, précédés de gardes armés de toutes pièces.

En tête du principal groupe se détachait le prince Kissador, distribuant des sourires, des saluts protecteurs, à toutes ces petites gens qui lui faisaient la cour.

Puis, au milieu des serviteurs rangés en arrière, une pauvre et jolie rate se traînait à peine. C'était Ratine, si surveillée, si entourée, qu'elle ne pouvait songer à fuir. Ses jolis yeux, pleins de larmes, en disaient plus que je ne saurais vous en dire. Gardafour, marchant près d'elle, ne la quittait pas du regard. Ah ! il la tenait bien, cette fois !

« Ratine... ma fille !...

— Ratine... ma fiancée ! » s'écrièrent Ratonne et Ratin, qui essayèrent vainement d'arriver jusqu'à elle.

Il fallait voir les ricanements dont le prince Kissador saluait la famille Raton, et quel coup d'œil provocateur Gardafour lançait à la fée Firmenta. Elle était vaincue, l'impuissante enchanteresse ! Bien qu'il fût privé de son pouvoir de génie, Gardafour avait triomphé, rien qu'en employant un piège naturel, une simple ratière. Et, en même temps, les seigneurs complimentaient le prince sur sa nouvelle conquête. Avec quelle fatuité ce sot recevait ces compliments, je le laisse à penser.

Tout à coup, la fée étend le bras, agite sa baguette, et aussitôt s'opère une nouvelle métamorphose.

Si le père Raton reste rat, grâce à sa goutte, voilà dame Ratonne changée en perruche, Rata en paon, Ratane en oie, et le cousin Raté en héron. Mais, cette fois encore, la mauvaise chance ne l'a pas abandonné, et au lieu d'une belle queue d'oiseau, c'est une piteuse queue de rat qui frétille sous son plumage !

Au même moment, une colombe s'élève légèrement du groupe des seigneurs : c'est Ratine !

Que l'on juge de l'hébêtement du prince Kissador, de la

colère de Gardafour ! Et les voilà tous, courtisans et serviteurs, à la poursuite de Ratine, qui s'enfuit à tire d'aile.

Mais le décor a changé. Ce n'est plus la grande place de Ratopolis, c'est un paysage admirable dans un cadre de grands arbres. Et des divers coins du ciel s'approchent mille oiseaux, qui viennent faire accueil à leurs nouveaux frères aériens.

Alors dame Ratonne, fière de son plumage, heureuse de son caquetage, se livre aux ébats les plus gracieux, tandis que, toute honteuse d'être en oie, la bonne Ratane ne sait plus où se cacher.

De son côté, Rata — dom Rata, s'il vous plaît — fait la roue. On dirait vraiment qu'il a été paon toute sa vie ! Et le pauvre cousin, considérant cette queue de rat qui lui reste, murmure à voix base :

« Raté encore !... Raté toujours ! »

Le ciel s'est éclairé de ses plus beaux feux, comme s'il était baigné des splendeurs d'une aurore boréale. Les feuilles des arbres deviennent lumineuses, et ce sont autant d'étoiles qui tremblent doucement à la brise, dont le souffle ravive leurs mille couleurs.

Mais voici qu'une colombe traverse l'espace, en poussant de petits cris joyeux ; elle décrit les courbes les plus élégantes, et vient se poser légèrement sur l'épaule du beau jeune homme.

C'est la charmante Ratine, et on peut l'entendre qui murmure à l'oreille de son fiancé en battant de l'aile :

« Je t'aime, mon Ratin, je t'aime ! »

IX

Où sommes-nous, mes chers enfants ? Toujours dans un de ces pays que je ne connais pas, et dont je ne pourrais dire le nom ! Mais celui-ci est très beau, et je vous engage à l'aller voir. Avec ses vastes paysages encadrés d'arbres de la zone tropicale, ses temples d'architecture bouddhique qui se découpent un peu crûment sur un ciel très bleu, il ressemble à l'Inde, et ses habitans [*sic*] à des Indous. On voit même la population, qui se plonge dans les fleuves sacrés pour adorer Wishnou en tirant sa coupe !

Entrons dans ce caravansérail. Une sorte d'immense auberge, ouverte à tout venant. C'est là qu'est réunie la famille Raton, au complet. Suivant le conseil de la fée Firmenta, elle s'est mise en voyage. Le plus sûr, en effet, c'était de quitter Ratopolis pour échapper aux vengeances du prince et aux colères de l'enchanteur, tant que l'on ne serait pas assez fort pour se défendre. Ratonne, Ratane, Ratine, Rata et Raté ne sont que de simples volatiles. Qu'ils deviennent des fauves, et il ne sera plus si facile de les vaincre !

Oui, de simples volatiles, et la bonne Ratane, changée en oie, a été une des moins favorisées. Aussi, se promène-t-elle seule dans la cour du caravansérail. Sa voix plaintive se fait entendre et toucherait les cœurs les plus durs. Il semble même qu'elle chante ses malheurs.

« Hélas ! Hélas ! Après avoir été une truite élégante, une rate qui a su plaire, devenir une oie, une oie domestique, une de ces oies de basse-cour, que n'importe quel cuisinier peut farcir de vulgaires marrons ! »

Et elle soupirait à cette idée, ajoutant :

« Qui sait même si mon mari n'aura pas la pensée de le faire ! C'est qu'il me dédaigne, à présent ! Comment voulez-vous qu'un paon si majestueux ait la moindre considération pour une oie si commune ! Ah ! je suis bien malheureuse ! »

Puis, réfléchissant et portant sa patte à son bec :

« Si encore j'étais dinde, ce serait plus distingué ! Mais non ! et Rata ne me trouve plus à son goût ! »

Et cela ne parut que trop lorsque le vaniteux Rata entra dans la cour. Mais aussi, quel beau paon ! Il agite sa légère et mobile aigrette, peinte des plus brillantes couleurs. Il hérisse son plumage, qui semble brodé de fleurs et chargé de pierres précieuses. Il déploie largement le superbe éventail de ses plumes et les barbes soyeuses qui recouvrent ses pennes caudales. Comment cet admirable oiseau pourrait-il s'abaisser jusqu'à cette oie, si peu attrayante sous son duvet gris cendré et son manteau brun ?

« Mon cher Rata ! dit-elle.

— Qui ose prononcer mon nom ? répond le paon.

— Moi !

— Une oie ! Quelle est cette oie ?...

— Je suis votre Ratane !

— Ah ! fi ! quelle horreur ! Passez votre chemin, je vous prie !

— Mon cher Rata...

— Non, vous dis-je. Je ne sais qui vous êtes, et je ne veux pas le savoir ! »

Vraiment, la vanité fait dire bien des sottises !

C'est que l'exemple lui venait de haut, à cet orgueilleux ! Est-ce que sa maîtresse Ratonne montrait plus de bon sens ? Est-ce qu'elle ne traitait pas Raton son époux aussi dédaigneusement que Rata traitait Ratane ?

Et, précisément, la voilà qui fait son entrée, accompagnée de son mari, de sa fille, de Ratin et du cousin Raté.

Ratine est ravissante en colombe, avec son plumage cendré-bleuâtre, le dessous de son cou vert-doré à nuances changeantes, sa poitrine d'un roux vénitien, et la délicate tache blanche qui la marque à chaque aile.

Aussi, comme Ratin la dévore des yeux ! Et quel mélodieux ron-ron elle fait entendre en voletant autour du beau jeune homme !

Le digne Raton, appuyé sur sa béquille, regardait sa fille avec admiration. Comme il la trouvait belle ! Mais ce qui est certain, c'est que dame Ratonne se trouvait plus belle encore ?

Ah ! que la nature avait bien fait de la métamorphoser en perruche ! Elle bavardait, elle bavardait ! Elle étageait sa queue à rendre jaloux dom Rata lui-même. Si vous l'aviez vue, quand elle se plaçait dans un rayon de soleil pour faire miroiter le duvet jaune de son cou, lorsqu'elle agitait coquettement ses plumes vertes et ses remiges bleuâtres ! C'était, en vérité, un des plus admirables spécimens des perruches de l'Orient.

« Eh bien, es-tu contente de ta destinée, bobonne ? lui demanda Raton.

— Il n'y a plus ici de bobonne ! répondit-elle d'un ton sec.

Je vous prie de mesurer vos expressions et de ne pas oublier la distance qui nous sépare maintenant !

— Moi ! ton mari ?...

— Un rat, le mari d'une perruche ! Vous êtes fou, mon cher ! »

Et dame Ratonne de se rengorger plus prétentieusement encore, tandis que Rata se pavanait près d'elle.

Raton fit alors un petit signe d'amitié à sa servante, qui n'avait point démérité à ses yeux.

Puis il se dit :

« Ah ! les femmes ! les femmes ! Les voyez-vous, lorsque la vanité leur tourne la tête, — et même quand elle ne la leur tourne pas ! — Mais, soyons philosophe ! »

Et, pendant cette scène de famille, que devenait le cousin Raté ? Franchement, il avait quelque droit de se plaindre des injustices du sort à son égard. Quoi ! toujours cet appendice qui n'appartient même pas à son espèce ! Après avoir été rat avec une queue de merlan, être héron avec une queue de rat ! Mais, si cela continuait de la sorte, à mesure qu'il s'élèverait dans l'échelle des êtres, ce serait déplorable !

Aussi, ne cessait-il de gémir, l'infortuné. Son oncle Raton et sa cousine, qui avaient bon cœur, essayaient en vain de le consoler.

Il demeurait là, dans un coin de la cour, perché sur une patte, ainsi que font les hérons pensifs, montrant le devant de son corps dont la blancheur se relevait de petites lames noires, son plumage cendré, et sa huppe mélancoliquement rabattue en arrière.

« Non, oncle Raton, répondait-il. Non, cousine Ratine, laissez-moi ! » Et il cherchait à se cacher afin que l'on ne vît point passer sa queue de rongeur ! En vérité, il lui tardait d'être homme, espérant bien qu'il serait enfin délivré de cet ornement caudal, qui n'appartient qu'à l'animalité.

Il fut alors question de continuer le voyage, pour admirer le pays dans toute sa beauté.

Mais dame Ratonne n'admirait qu'elle, et dom Rata n'admirait que lui. Ni l'un ni l'autre ne regardaient ces incomparables paysages. Ce qu'ils cherchaient, c'était une glace pour se voir, et une foule pour les contempler.

Aussi, de préférence, voulaient-ils se diriger vers les villes et bourgades, afin d'y déployer leurs grâces et humer l'encens des complimenteurs, — bien différents, en cela, du jeune Ratin et de sa douce colombe, pour lesquels la solitude offrait tant de charmes !

Enfin, on discutait là-dessus, lorsqu'un nouveau personnage parut à la porte du caravansérail.

C'était un de ces guides du pays, vêtu à la mode indoue, qui venait offrir ses services aux voyageurs.

« Mon ami, lui demanda Raton, qu'y a-t-il de curieux à voir ?

— Une merveille sans égale, répondit le guide, c'est le grand Sphinx du désert.

— Du désert ! fit dédaigneusement dame Ratonne.

— Nous ne sommes pas venus pour visiter un désert ! dit dom Rata.

— Oh ! répondit le guide, un désert qui n'en sera plus un aujourd'hui, car c'est la fête du sphinx, et on vient l'adorer de tous les coins du monde ! »

Cela était bien pour engager nos vaniteux volatiles à lui rendre visite. Peu importait, d'ailleurs, à Ratine et à son fiancé en quel endroit on les conduirait, pourvu qu'ils y allassent ensemble ! Quant au cousin Raté et à cette pauvre oie Ratane, c'est bien au fond d'un désert qu'ils eussent voulu se réfugier.

« En route, dit dame Ratonne.

— En route », répondit le guide.

Un instant après, tous avaient quitté le caravansérail, sans se douter que ce guide fût l'enchanteur Gardafour, méconnaissable sous son déguisement, et qui les attirait dans un nouveau piège.

X

Quel superbe sphinx, infiniment plus beau que ces sphinx d'Egypte, dont la célébrité, pourtant, est universelle. Celui-là s'appelait le sphinx de Romiradour, et c'était la huitième merveille du monde.

La famille Raton, venait d'arriver à la lisière d'une vaste plaine, entourée de forêts épaisses, que dominait en arrière une chaîne de montagnes, revêtues de neiges éternelles.

Au milieu de cette plaine, figurez-vous un animal taillé dans le marbre. Il est couché sur l'herbe, la face droite, les pattes de devant croisées l'une sur l'autre, le corps allongé comme une colline. Il mesure au moins cinq cents pieds de longueur sur cent de large, et sa tête s'élève à quatre-vingts pieds au-dessus du sol.

Ce sphinx a bien l'air indéchiffrable qui distingue ses confrères. Jamais il n'a livré le secret qu'il garde depuis des milliers de siècles. Et cependant, son vaste cerveau est ouvert à quiconque veut le visiter. On y pénètre par une porte ménagée entre les pattes. Des escaliers intérieurs donnent accès à ses yeux, à ses oreilles, à son nez, à sa bouche, et jusque dans cette forêt de cheveux qui hérisse son crâne.

Au surplus, pour bien vous rendre compte de l'énormité de ce monstre, sachez que dix personnes tiendraient à l'aise dans l'orbite de ses yeux, trente dans le pavillon de ses oreilles, quarante entre les cartilages de son nez, soixante dans sa bouche où l'on pourrait donner un bal, et une centaine dans sa chevelure touffue comme une forêt d'Amérique. Aussi, de partout, venait-on, non pas le consulter, puisqu'il ne veut rien répondre de crainte de se tromper, mais le visiter comme on fait de la statue de saint-Charles, dans une des îles du lac Majeur. Seulement, cette statue-là si renommée qu'elle soit, ne lui irait pas à la cheville.

On me permettra, mes chers enfants, de ne pas insister davantage sur la description de cette merveille qui fait honneur au génie de l'homme. Ni les pyramides d'Egypte, ni les jardins suspendus de Babylone, ni le colosse de Rhodes, ni le Phare d'Alexandrie, ni la tour Eiffel, ne peuvent lui être comparés. Lorsque les géographes seront enfin fixés sur le pays où se trouve le grand sphinx de Romiradour, je vous le ferai savoir, et je compte bien que vous irez lui rendre visite pendant vos vacances.

Mais Gardafour le connaissait, lui, et c'est là qu'il conduisait la famille Raton. En lui disant qu'il y aurait grand concours de populaire dans le pays, il l'avait indignement trompée. Voilà qui allait singulièrement contrarier le paon et la perruche ! Du superbe sphinx, ils ne se souciaient guère ! Gardafour, il est vrai, ne s'inquiétait pas davantage des récriminations que dame Ratonne et dom Rata ne manqueraient pas de lui faire !

Comme vous le pensez, il y avait eu un plan arrêté entre l'enchanteur et le prince Kissador. Aussi le prince était-il là, sur la lisière d'une forêt voisine, avec une centaine de ses gardes. Dès que la famille Raton serait enfermée dans le sphinx, on l'y prendrait comme dans une ratière. Si cent hommes ne parvenaient pas à s'emparer de cinq oiseaux, d'un rat et d'un jeune amoureux, c'est que ceux-ci seraient protégés par quelque puissance surnaturelle.

En les attendant, le prince allait et venait. Il donnait des signes de la plus vive impatience. D'avoir été vaincu dans ses entreprises contre la belle Ratine, cela l'enrageait. Ah ! si Gardafour avait recouvré son pouvoir, quelle vengeance il eût tiré de cette famille ! Mais, que voulez-vous ! L'enchanteur était encore réduit à l'impuissance et il s'en fallait de quelques semaines que son pouvoir lui fût rendu.

Cependant, cette fois, toutes les mesures avaient été bien prises. Vraisemblablement, ni Ratine, ni les siens n'échapperaient aux machinations de leur persécuteur.

En ce moment, l'enchanteur se montra en tête de la petite caravane, et le prince, entouré de ses gardes, se tint prêt à intervenir.

XI

Le père Raton marchait d'un bon pas, malgré sa goutte. La colombe décrivant de grands cercles dans l'espace, venait de temps en temps se poser sur l'épaule de Ratin. La perruche, voltigeant d'arbre en arbre, s'élevait pour tâcher d'apercevoir la foule promise. Le paon tenait sa queue soigneusement repliée pour ne point la déchirer aux épines, tandis que Ratane se dandinait sur ses larges pattes. Derrière eux allait le héron, bec baissé, frappant rageusement l'air de sa queue de rat. Il avait bien essayé de la fourrer dans sa poche, je veux dire sous son aile ; mais il avait dû y renoncer, parce qu'elle était trop courte.

Enfin, les voyageurs arrivèrent au pied du sphinx. Jamais ils n'avaient rien vu de si beau.

Cependant, dame Ratonne et dom Rata interrogeaient le guide, disant : « Où est donc ce grand concours de monde que vous nous avez promis ?

— Il se montrera, répondit Gardafour, dès que vous aurez atteint la tête du monstre. De là, vous dominerez la foule, et vous serez vus de plusieurs lieues à la ronde !

— Eh bien, entrons vite ! dit dame Ratonne.

— Entrons », répondit Gardafour.

Tous pénétrèrent à l'intérieur, sans défiance. Ils ne s'aperçurent même pas que le guide était resté dehors, après avoir refermé sur eux la porte ménagée entre les pattes du gigantesque animal.

Au-dedans régnait une demi-clarté, grâce à la lumière qui se glissait par les ouvertures de la face, le long des escaliers intérieurs. Après quelques instants, on put voir le digne Raton se promenant entre les lèvres du sphinx, dame Ratonne voletant sur le bout du nez où elle se livrait aux plus coquets ébats, dom Rata au sommet du crâne, faisant une roue à éclipser les rayons du soleil.

Le jeune Ratin et la jeune Ratine étaient placés dans le pavillon de l'oreille droite, où ils se chuchotaient les plus douces choses.

Dans l'œil droit était Ratane, dont on ne pouvait apercevoir le modeste plumage ; dans l'œil gauche, le cousin Raté, dont on ne pouvait apercevoir la queue lamentable.

De ces divers points de la face, la famille Raton se trouvait admirablement postée pour contempler le splendide panorama qui se déroulait jusqu'à l'extrême limite de l'horizon.

Le temps était superbe alors. Pas un seul nuage au ciel. Pas une vapeur à la surface du sol.

Soudain, une masse animée se montre sur la lisière de la forêt. Elle s'avance, elle s'approche. Est-ce donc la foule des adorateurs du sphinx de Romiradour ?

Non ! Ce sont des gens armés de piques, de sabres, d'arcs d'arbalètes. Ils marchent en peloton serré. Ils ne peuvent avoir que de mauvais desseins.

En effet, le prince Kissador est à leur tête, suivi de l'enchanteur, qui a quitté son vêtement de guide. La famille Raton se sent perdue, à moins que ceux de ses membres qui ont des ailes, ne s'envolent à travers l'espace.

« Fuis, ma chère Ratine ! s'écrie son fiancé. Fuis !... Laisse-moi aux mains de ces misérables !

— Jamais je ne t'abandonnerai ! » répond Ratine.

Et d'ailleurs, c'eût été trop imprudent. Une flèche aurait pu percer la colombe, et aussi la perruche, le paon, l'oie, le héron. Mieux valait se cacher dans les profondeurs du sphinx. Peut-être pourrait-on échapper à la poursuite des gardes et, quand la nuit serait venue, se sauver par quelque issue secrète, sans rien craindre des arbalétriers du prince.

Ah ! combien il était regrettable que la fée Firmenta n'eût pas accompagné ses protégés pendant ce voyage !

Cependant, le jeune homme avait eu une idée, et très simple comme toutes les bonnes idées. C'était de barricader la porte à l'intérieur, et c'est ce qui fut fait sans retard.

Il était temps, car le prince Kissador, Gardafour et les gardes, après s'être arrêtés à quelques pas du sphinx, interpellaient les prisonniers pour les sommer de se rendre.

Un non ! bien accentué, qui sortit des lèvres du monstre, ce fut la seule réponse qu'ils obtinrent.

Alors, les gardes de se précipiter vers la porte, et comme ils l'assaillirent avec d'énormes quartiers de roches, il fut manifeste qu'elle ne tarderait pas à céder.

Mais, en ce moment, voici qu'une légère vapeur enveloppe la chevelure du sphinx, et lorsqu'elle s'est dissipée, la fée Firmenta, se dégageant de ses dernières volutes, apparaît debout sur la tête de Romiradour.

A cette miraculeuse apparition, les gardes s'arrêtent, puis reculent. Mais Gardafour parvient à les ramener à l'assaut : les ais de la porte commencent à s'ébranler sous leurs coups.

Il n'y a plus rien à attendre que d'une intervention surnaturelle, et elle se produit dans toute sa puissance.

En effet, la fée abaisse vers le sol la baguette qui tremble dans sa main...

Soudain, quelle irruption inattendue se fait à travers la porte disjointe.

Une tigresse, un ours, une panthère, se précipitent sur les gardes. La tigresse, c'est Ratonne, avec son pelage fauve. L'ours, c'est Rata, le poil hérissé, les griffes ouvertes. La panthère, c'est Ratane qui bondit effroyablement. Cette dernière métamorphose les a changés tous trois en bêtes féroces.

En même temps, Ratine s'est transformée en une biche élégante, et le cousin Raté a pris la forme d'un baudet, qui brait avec une voix terrible. Mais voyez le mauvais sort ! Il a conservé sa queue de héron, et, maintenant, c'est cette queue qui pend à l'extrémité de sa croupe ! Décidément, il est impossible de fuir sa destinée !

Cependant, à la vue des trois formidables fauves, les gardes n'ont pas hésité un instant : ils ont détalé comme s'ils avaient le feu à leurs trousses. Rien n'aurait pu les retenir, d'autant plus que le prince Kissador et Gardafour leur ont tout d'abord donné l'exemple. D'être dévorés vivants, cela ne leur convenait pas, paraît-il.

Mais si le prince et l'enchanteur ont pu gagner la forêt, une vingtaine de leurs gardes ont été moins heureux. La tigresse, l'ours et la panthère étaient parvenus à leur barrer la route. Aussi, les pauvres diables ne songèrent-ils qu'à chercher refuge à l'intérieur du sphinx, et bientôt on les vit s'entasser dans sa vaste bouche.

Pour une mauvaise idée, c'était une mauvaise idée, et quand ils le reconnurent, il était trop tard.

En effet, la fée Firmenta étend de nouveau sa baguette, et des hurlements épouvantables se font entendre, qui se propagent comme les éclats de la foudre jusqu'aux dernières limites de l'espace.

Le sphinx vient de se changer en lion.

Et quel lion ! Sa crinière se hérisse, ses yeux jettent des flammes. Puis, ses formidables mâchoires commencent leur œuvre de mastication... Un instant après, il ne reste plus rien des gardes du prince Kissador, broyés par les dents du formidable animal.

Alors la fée Firmenta saute légèrement sur le sol. A ses pieds viennent ramper la tigresse, l'ours, la panthère, comme les animaux féroces aux pieds de la dompteuse qui les tient sous son regard.

Et depuis cette époque, le sphinx est devenu le lion de Romiradour.

XII

Un certain temps s'est écoulé. La famille Raton a définitivement conquis la forme humaine, sauf le père, qui, toujours aussi goutteux que philosophe, est resté rat. A sa place, d'autres se seraient dépités, ils auraient crié à l'injustice du sort et maudit l'existence. Lui se contentait de sourire, heureux, disait-il, de n'avoir rien à changer à ses habitudes.

Quoiqu'il en soit, tout rat qu'il est, c'est un riche seigneur. Comme sa femme n'eût pas consenti à habiter son vieux fromage de Ratopolis, c'est dans une grande cité, la capitale d'un pays encore inconnu, qu'il occupe un palais somptueux, sans en être plus fier pour cela. La fierté ou plutôt la vanité, il la laisse à dame Ratonne, devenue duchesse. Il faut la voir se promener dans ses appartements, dont elle finira par user les glaces à force de s'y regarder.

Ce jour-là, du reste, le duc Raton a brossé son poil avec le plus grand soin, et fait autant de toilette qu'on peut en attendre de lui. Quant à la duchesse, elle s'est parée de ses plus beaux atours, robe à ramages, où se mélangent le velours frappé, le crêpe de Chine, le surah, la peluche, le satin, le brocard et la moire, traîne brodée de jais, de saphirs et de perles, longue de plusieurs aunes, remplaçant les diverses queues qu'elle portait avant d'être femme, diamants qui jettent des feux étincelants, dentelles que l'habile Arachné [1] n'aurait pu faire ni plus fines, ni plus riches, chapeau Rembrandt, sur lequel s'étage un parterre de fleurs — enfin, tout ce qu'il y a de plus à la mode.

Mais, demanderez-vous, pourquoi ce luxe d'ajustements ? Le voici :

C'est aujourd'hui que l'on va célébrer, dans la chapelle du palais, le mariage de la charmante Ratine avec le prince Ratin. Oui, il est devenu prince, pour plaire à sa belle-mère. Mais comment ? En achetant une principauté. Bon ! Les principautés, bien qu'elles soient en baisse, doivent coûter assez cher. Sans doute ! Aussi, Ratin a-t-il consacré à cette acquisition une partie du prix de la perle, vous n'avez point oublié la fameuse perle, trouvée dans l'huître de Ratine, et qui valait plusieurs millions !

Il est donc riche. Pourtant n'attendez point que la richesse ait modifié ses goûts et ceux de sa fiancée qui va devenir princesse en l'épousant ! Non ! Bien que sa mère soit duchesse, elle est toujours la jeune fille modeste que vous connaissez, et le prince Ratin en est plus épris que jamais. Elle est si belle dans sa toilette blanche, enguirlandée de fleurs d'oranger !

Il va sans dire que la fée Firmenta est venue assister à ce mariage, qui est un peu son œuvre.

C'est donc un grand jour pour toute la famille. Aussi dom Rata est-il superbe. En sa qualité d'ex-cuisinier, il est devenu tout naturellement homme politique. Rien de beau comme son habit de pair, qui a dû lui coûter gros, car, en le retournant, on peut en faire un habit de sénateur — ce qui est très avantageux.

1. Arachne, jeune Lydienne, fameuse pour son tissage ; après son suicide à la suite d'une querelle avec Athéna, elle fut métamorphosée par la déesse jalouse en araignée. (Ovide, *Métamorphoses*) [NDVD]

Ratane, elle, n'est plus une oie, à sa grande satisfaction. C'est une dame pour accompagner. Son époux s'est fait pardonner ses dédaigneuses manières d'autrefois. Il lui est revenu tout entier, et se montre même un peu jaloux des seigneurs qui papillonnent autour de son épouse.

Quant au cousin Raté... Mais il va entrer tout à l'heure, et vous pourrez l'observer à votre aise.

Les invités sont réunis dans le grand salon, constellé de lumières, embaumé du parfum des fleurs, orné des meubles les plus riches, drapé de tentures comme on n'en fait plus de nos jours, car elles encadrent les fenêtres sans les alourdir et sont pénétrables à la lumière.

On est venu de tous les environs pour assister au mariage du prince Ratin. Les seigneurs, les grandes dames, ont voulu faire cortège à ce couple charmant. Un majordome annonce que tout est prêt pour la cérémonie. Alors commence le plus merveilleux défilé que l'on puisse voir et qui se dirige vers la chapelle.

Une harmonieuse musique, due aux orchestres cachés sous les massifs du parc se fait entendre. On dirait que les fleurs elles-mêmes jouent une marche triomphale en l'honneur des jeunes époux.

Il ne fallut pas moins d'une heure pour le défilé de ces importants personnages. Enfin, dans un des derniers groupes, parut le cousin Raté.

Un fort joli jeune homme, ma foi, vêtu à la dernière mode, manteau de cour, chapeau orné d'une magnifique plume qui balaie le sol à chaque salut.

Le cousin est marquis, s'il vous plaît, et ne fait point tache dans la famille. Il a fort bonne mine, il se présente avec grâce. Aussi, les compliments ne lui manquent-ils pas. En somme, c'est une bonne nature, et il les reçoit non sans une certaine modestie. On peut observer, toutefois, que sa physionomie est empreinte de quelque tristesse, son attitude légèrement embarrassée. Il baisse volontiers les yeux et détourne son regard de ceux qui l'approchent. Pourquoi cette réserve ? N'est-il pas homme, maintenant, et autant que n'importe quel duc ou prince de la cour ?

Aussi, s'avance-t-il à son rang dans le cortège, marchant

d'un pas rythmé, un pas de cérémonie. Peut-être eût-il préféré rester en arrière. Mais non, il doit suivre les autres seigneurs, et, arrivé à l'angle du salon, il est forcé de se retourner pour remonter... Horreur !...

Entre les pans de son habit, sous son manteau de cour, passe une queue, une queue de baudet ! En vain cherche-t-il à dissimuler ce honteux témoignage de sa transformation précédente !... Il est dit qu'il ne s'en débarrassera jamais !

Voilà, mes chers enfants, lorsque l'on commence mal la vie, il est bien difficile de reprendre la bonne route. Le cousin est homme désormais. Il a atteint le dernier échelon ! Il n'a plus à compter sur une métamorphose qui le délivrerait de cette queue ! Il la gardera jusqu'à son dernier soupir !...

Pauvre cousin Raté !

XIII

C'est ainsi que fut célébré le mariage du prince Ratin et de la princesse Ratine avec une extrême magnificence, digne de ce beau jeune homme et de cette belle jeune fille, si bien faits l'un pour l'autre !

Au retour de la chapelle, le cortège revint dans le même ordre. Et toujours le même comme il faut, la même correction de tenue et d'allure, enfin une noblesse d'attitude qui ne se rencontre à un tel degré que dans les hautes classes, paraît-il.

Si on objecte que tous ces seigneurs ne sont pourtant que des parvenus, qu'en vertu des lois de la métempsychose, ils ont passé par bien des phases humiliantes, qu'ils ont été des mollusques sans esprit, des poissons sans intelligence, des volatiles sans cervelle, des quadrupèdes sans raisonnement, je répondrai qu'on ne s'en douterait guère à les voir si convenables. D'ailleurs, les belles manières, cela s'apprend comme l'histoire ou la géographie. Il suffit de s'y appliquer. Toutefois, en songeant à ce qu'il a pu être, l'homme ferait bien de se montrer plus modeste, et l'humanité y gagnerait.

Après la cérémonie du mariage, il y eut un repas splendide dans la grande salle du palais. Dire que l'on y mangea de l'ambroisie apprêtée par les premiers cuisiniers du siècle, que l'on y but du nectar puisé aux meilleures caves de l'Olympe, ce ne serait pas assez.

Enfin, la fête se termina par un bal, où de jolies bayadères et de gracieuses almées, vêtues de leurs costumes orientaux, vinrent émerveiller l'auguste assemblée par leurs ravissants ballets.

Le prince Ratin, comme il convient, avait ouvert le bal avec la princesse Ratine, dans un quadrille où la duchesse Ratonne figurait au bras d'un seigneur de sang royal. Dom Rata y prenait part avec une ambassadrice, et Ratane y fut conduite par le propre neveu d'un Grand Electeur.

Quant au cousin Raté, il hésita longtemps à payer de sa personne. Il lui en coûtait, pourtant, de se tenir à l'écart ; mais il n'osait inviter les femmes charmantes auxquelles il eût été si heureux d'offrir son bras à défaut de sa main. Enfin, il se décida à faire danser une délicieuse comtesse d'une remarquable distinction. Cette aimable femme accepta... un peu légèrement peut-être, et voilà le nouveau couple lancé dans un tourbillon d'une valse de Gung'l[1].

Ah ! quel effet ! La place ne fut bientôt plus tenable ! Vainement le cousin Raté avait voulu ramasser sous son bras sa queue de baudet, comme les valseuses font de leur traîne. Cette queue, emportée par un mouvement de force centrifuge, lui échappa. Et alors, la voilà qui se détend comme une lanière, qui cingle les groupes dansants, qui s'entortille à leurs jambes, qui provoque les chutes les plus compromettantes, et amène enfin celle du marquis Raté et de la délicieuse comtesse.

Il fallut l'emporter, à demi-pamée de honte, pendant que le cousin s'enfuyait à toutes jambes, jurant mais un peu tard, qu'on ne le reprendrait plus[2] à se fourrer au milieu des danses !

Cet épisode fâcheux termina la fête, et chacun se retira au

1. Joseph Gungl (1810-1889), chef de musique et compositeur hongrois, dont les danses de société étaient très répandues à l'époque. [NDVD]

2. Comme le corbeau de la fable (*Le corbeau et le renard*). [NDVD]

moment où le bouquet d'un feu d'artifice développait sa gerbe éblouissante dans les profondeurs de la nuit.

XIV

La chambre du prince Ratin et de la princesse Ratine est certainement l'une des plus belles du palais. Le prince ne la considère-t-il pas comme l'écrin de l'inestimable joyau qu'il possède ? En vain essaierais-je de la décrire. Imaginez-la aussi merveilleuse que vous le pourrez, mes chers enfants, et vous serez encore au-dessous de la réalité.

C'est donc là que les jeunes époux, la fête achevée, viennent d'être conduits en grand apparat. Le duc et la duchesse Raton les ont accompagnés, et la fée Firmenta qui n'a pas voulu quitter le beau jeune homme et la belle jeune fille dont elle a protégé les amours. Sans doute, ils n'ont plus rien à craindre du prince Kissador, ni de l'enchanteur Gardafour, qu'on n'a jamais vus dans le pays. Ils sont à l'abri de leurs atteintes... Et cependant, la fée éprouve une certaine inquiétude, comme un pressentiment secret. Sur quoi repose-t-il ? Elle serait fort embarrassée de l'expliquer.

Il va sans dire que Ratane est là, offrant ses services à sa jeune maîtresse, et aussi dom Rata, qui n'abandonnait plus sa femme, et aussi le cousin Raté, bien qu'en ce moment, la vue de celle qu'il aimait toujours, dût lui briser le cœur.

Mais, avant eux, deux personnages ont pu pénétrer dans cette chambre sans avoir été aperçus. C'est même ce qui a produit chez la fée Firmenta ce singulier pressentiment. Si puissante qu'elle fût, elle n'avait pas le don de voir à travers les murailles, don qui n'appartient qu'aux génies d'un ordre supérieur.

Or, ces deux personnages, vous l'avez compris, sont le prince Kissador et l'enchanteur Gardafour.

Et voici les propos qu'ils ont échangés :

« Tu sais ce que tu m'as promis, Gardafour !

— Oui, mon prince, et, cette fois, rien ne pourra m'empêcher d'enlever Ratine et de vous venger.

— J'y compte, et quand elle sera la princesse Kissador, je crois qu'elle n'aura pas lieu de le regretter ! »

On le voit, ce fat a toujours une excellente opinion de sa personne. Il y a de ces natures qui sont incorrigibles.

« C'est bien mon avis, répond ce flatteur de Gardafour.

— Tu es sûr de toi aujourd'hui ? reprend le prince.

— Jugez-en ! répond Gardafour, en tirant sa montre. Dans trois minutes, le temps pendant lequel j'ai été condamné à perdre mon pouvoir d'enchanteur, sera écoulé. Dans trois minutes, ma baguette sera redevenue aussi puissante que celle de la fée Firmenta, mais d'une autre manière. Si Firmenta a pu élever ces membres de la famille Raton jusqu'au rang des êtres humains, moi je puis les faire redescendre au rang des plus vulgaires animaux !

— Bien, Gardafour, je m'en rapporte à toi pour en faire des brutes !...

— A votre service, mon prince !

— Mais, Gardafour, j'entends que Ratin et Ratine ne restent pas seuls dans cette chambre !...

— Et ils n'y resteront pas, si j'ai recouvré tout mon pouvoir avant qu'ils n'arrivent !

— De combien de temps s'en faut-il encore ?

— De deux minutes !...

— Deux minutes !... Et les voilà qui montent l'escalier !...

— Vite, mon prince, retirez-vous ! dit Gardafour. Je vais me cacher dans ce cabinet et, lorsqu'il en sera temps, j'apparaîtrai. Quant à vous, tenez-vous derrière cette grande porte, et ne l'ouvrez qu'au moment où je crierai : à toi, Ratin ! et vous assisterez à une scène comique !

— C'est convenu, mais, surtout, n'épargne pas cet inepte rival !

— Soyez tranquille ! »

Et tous deux disparurent.

On voit quel danger menace encore cette honnête famille, si éprouvée déjà ! Elle ne peut s'en douter ! Elle ne sait pas le prince et l'enchanteur si près ! Elle ignore que Gardafour est à l'instant de recouvrer cette puissance, dont il va faire un si détestable usage !

Quant à la fée Firmenta, toujours anxieuse, elle n'a qu'une hâte : c'est de voir si Gardafour n'est pas caché quelque part, derrière un rideau, sous un meuble...

Elle regarde...

Personne !

Et, maintenant que le prince Ratin et la princesse Ratine sont dans cette chambre, où ils vont rester seuls, elle reprend tout à fait confiance.

Soudain, une porte latérale s'ouvre brusquement, au moment où la fée disait au jeune couple :

« Soyez heureux !

— Pas encore ! » crie une voix terrible, qui fait tressaillir tout le monde.

Gardafour vient d'apparaître ! La fée comprend que sa puissance d'enchanteur lui est rendue, en voyant la baguette magique frémir dans sa main. Firmenta ne peut plus rien pour cette malheureuse famille !

Aussi, quelle stupeur les a frappés tous ! Ils sont d'abord comme immobilisés. Puis, ils reculent en groupe, se pressant autour de la fée, de manière à faire face au redoutable Gardafour.

« Bonne fée, s'écrièrent-ils, est-ce que vous nous abandonnez ? Bonne fée, protégez-nous !

— Vous protéger ! répond Gardafour. Firmenta, tu as épuisé ton pouvoir en leur faveur, et j'ai retrouvé le mien tout entier pour les perdre ! Ah ! tu as voulu lutter ! Eh bien, tu succomberas dans la lutte ! Maintenant, ta baguette ne peut plus rien pour eux, tandis que la mienne !... »

Et ce disant, Gardafour l'agite, elle décrit des ronds, elle siffle à travers l'air. On dirait qu'elle est douée d'une existence surnaturelle.

Raton et les siens sont prêts à défaillir. Ils ont compris que la fée est désarmée, puisqu'elle ne peut plus les sauver par une métamorphose supérieure.

« Oui, s'écrie Gardafour, Fée Firmenta, tu en as fait des humains ! Eh bien, moi, je vais en faire des brutes !

— Grâce ! grâce ! murmure Ratine, en tendant ses mains vers l'enchanteur.

— Pas de grâce ! » répond Gardafour.

Et il ajoute :

« Le premier qui va être touché par ma baguette sera changé en un affreux singe ! »

Cela dit, Gardafour marche sur le groupe infortuné qui se disperse à son approche.

Si vous les aviez vus courir à travers la chambre, d'où ils ne peuvent s'enfuir, car les portes sont fermées, Ratin entraînant Ratine sans songer au péril qui le menace, cherchant à lui faire un rempart de son corps.

Oui ! péril pour lui-même, car l'enchanteur vient d'ajouter :

« Quant à toi, beau jeune homme, Ratine ne te regardera bientôt plus qu'avez dégoût ! »

A ces paroles, Ratine tombe évanouie dans les bras de sa mère. Ratin fuit du côté de la porte, mais Gardafour se précipite vers lui :

« A toi, Ratin ! » s'écrie-t-il.

Et il se fend en lui portant un coup de baguette, comme il eût fait d'une épée...

A cet instant, la porte s'ouvre, le prince paraît... et c'est lui qui reçoit le coup destiné au jeune Ratin.

Le prince Kissador, qui a été touché par la baguette, n'est plus qu'un horrible chimpanzé !

A quelle fureur il s'abandonne alors ! Lui, si vain de sa beauté physique, si plein de morgue et de jactance, maintenant, un singe avec une face grimaçante, des oreilles longues de ça, un museau proéminent, des bras qui lui descendent jusqu'aux genoux, un nez écrasé, une peau jaunâtre dont les poils se hérissent !

Une glace est là sur un des panneaux de la chambre. Il se regarde !... Il pousse un cri terrible. Il fond sur Gardafour, stupéfait de sa maladresse ! Il le saisit au cou, et l'étrangle de son vigoureux bras de chimpanzé.

Alors, le parquet s'entrouvre, comme cela se fait dans toutes les féeries, une vapeur s'en échappe, et le méchant Gardafour disparaît au milieu d'un tourbillon de flammes.

Puis, le prince Kissador pousse une fenêtre, la franchit d'une gambade et va rejoindre ses semblables dans la forêt voisine.

XV

Et alors, je ne surprendrai personne en disant que tout cela va finir dans une apothéose au milieu d'un éblouissant décor, pour la complète satisfaction de la vue, de l'ouïe, de l'odorat, et même du goût. L'œil admire les plus beaux sites du monde, sous un ciel de l'Orient. L'oreille s'emplit d'harmonies paradisiaques. Le nez aspire des parfums enivrants, distillés par des milliards de fleurs. Les lèvres se parfument d'un air chargé de la saveur des fruits les plus délicieux.

Enfin, toute l'heureuse famille est dans l'extase, à ce point que Raton, le père Raton lui-même, ne sent plus sa goutte ! Il est guéri et envoie au diable sa bonne béquille !

« Ah ! s'écrie la duchesse Ratonne, vous n'êtes donc plus goutteux, mon cher ?...

— Eh non ! dit Raton, et me voilà débarrassé...

— Et vous allez pouvoir prendre place dans l'humanité !...

— Mon père ! s'écrie la princesse Ratine.

— Ah ! monsieur Raton ! » ajoutent Rata et Ratane en le félicitant.

Aussitôt la fée Firmenta s'avance, disant :

« En effet, Raton, il ne dépend plus que de vous, maintenant, de devenir homme, et, si vous le voulez, je puis...

— Homme, madame la fée ?...

— Eh oui ! riposte dame Ratonne, homme et duc, comme je suis femme et duchesse !...

— Ma foi, non ! répond notre philosophe. Rat je suis et rat je demeurerai. Cela est préférable, à mon sens, et comme le disait déjà le poète Ménandre, il y a bien des siècles, chien, cheval, bœuf, âne, tout vaut mieux que d'être homme, ne vous en déplaise ! » [1]

1. Ménandre (341/2-292 avant J.-C.) : poète grec dont la plupart des comédies ne nous sont parvenues qu'en fragments impossibles à identifier.

XVI

Voilà, mes chers enfants, quel est le dénouement de ce conte. La famille Raton n'a plus rien à craindre, désormais, ni de Gardafour, étranglé par le prince Kissador, ni du prince Kissador, qui ne peut plus s'adorer.

Il s'ensuit donc qu'ils vont être maintenant très heureux, et goûter ce qu'on appelle proprement un bonheur sans mélange.

D'ailleurs, la fée Firmenta éprouve pour eux une véritable affection, et ne doit pas leur épargner ses bienfaits.

Seul, le cousin Raté a quelque droit de se plaindre, puisqu'il n'est pas arrivé à une métamorphose complète. Il ne peut se résigner, et cette queue de baudet fait son désespoir. En vain veut-il la dissimuler... Elle passe toujours !

Quant au bonhomme Raton, il sera rat pendant toute sa vie, en dépit de la duchesse Ratonne, qui lui reproche sans cesse son refus inconvenant de s'élever jusqu'au rang des humains. Et, quand l'acariâtre grande dame l'assomme par trop de ses récriminations, il se contente de répéter, en lui appliquant le mot du fabuliste : « Ah ! les femmes ! les femmes ! De belles têtes souvent, mais de cervelles, point ! »

La citation de Raton se rapporte au monologue (c'est un certain K/raton qui parle !) :

> Si un des dieux s'approchait de moi
> pour me dire en face : « Quand tu meurs,
> O Kraton, tu vas ressussiter dès l'origine
> et tu deviendras ce que tu désires :
> un chien, un agneau, un bouc, un cheval,
> un homme — car c'est deux fois
> que tu dois vivre, c'est ton destin — donc,
> fais ton choix, qu'est-ce que tu désires ? »
> Alors je dirais : « Fais, Dieu, de moi,
> ce que tu veux, mais non un homme ; (...)
> (...) car mieux vaut-il
> de rester un âne que de voir
> briller les coquins en ce monde. [NDVD]

Mentionnons, en passant que Rata et Ratanne, ne cessèrent plus de faire bon ménage.

Quant au prince Ratin et à la princesse Ratine, ils furent très heureux et eurent beaucoup d'enfants.

C'est ainsi que finissent généralement les contes de fées, et je m'en tiens à cette manière, parce que c'est la bonne.

Jules VERNE

LA JOURNEE D'UN JOURNALISTE AMERICAIN EN 2890

UNE NOUVELLE A QUATRE MAINS[1]

En 1888, Jules prête la main à un nouveau choix de carrière pour son fils, Michel, avec qui il vient de se réconcilier. On ne peut savoir avec certitude si Jules Verne s'est contenté d'encourager son fils à concrétiser une passion subite pour l'écriture, ou s'il l'a poussé parce qu'au moins pendant ce temps il ne ferait pas de « vilain ». Cependant, à voir les résultats obtenus par Michel, qui sont loin d'être médiocres, on peut être tenté de penser que le jeune homme (il a 27 ans) avait une véritable vocation. Il s'était d'abord essayé à la poésie, sans grand résultat. C'est finalement à la science qu'il s'attaque à son tour, mais d'une façon finalement plus systématique, plus directe (et moins poétique) que son père. On possède une lettre de Jules Verne adressée au rédacteur du supplément littéraire du Figaro, *dans laquelle l'écrivain exprime sa joie d'apprendre que le rédacteur apprécie le texte soumis par Michel.*[2] *De fait, neuf textes du jeune homme vont être publiés dans ce journal : le*

1. Cette notice est en grande partie fondée sur un article de Piero Gondolo della Riva, « A propos d'une nouvelle », *Cahiers de l'Herne* n° 25, 1974. Référence incontournable pour toute étude de *La Journée d'un journaliste en...*

2. Lettre publiée intégralement par Frédéric Hermès dans l'article « Michel Verne, soutenu par son père », *Bulletin de la Société Jules Verne* n° 110, 1994.

premier paraît le 19 mai 1888, le dernier à la fin novembre. L'ensemble s'intitule « Zigzags à travers la science » et l'auteur signe : Michel Jules Verne. L'un de ces articles, « Un express de l'avenir », fut même pendant longtemps attribué à Jules Verne : la signature de l'auteur, M. Jules Verne, étant traduite par « Monsieur Jules Verne ».

La série des « Zigzags » s'acheva avant que Michel ait le temps de proposer un nouvel article qui était, là aussi, une nouvelle : La Journée d'un journaliste américain en 2889.

En réalité, le titre d'origine de cette nouvelle est : In the Year 2889. *Signée Jules Verne, elle paraît en anglais dans le numéro de février 1889 du mensuel new-yorkais* The Forum. *Mais une lettre écrite par Jules Verne à l'intention de Hetzel fils ne laisse aucun doute sur le véritable auteur : « L'article dont je vous ai parlé pendant votre visite à Amiens a paru dans le* Forum *de New York ; après arrangement entre Michel et moi, il a été entièrement écrit par lui (ceci entre nous) et il paraît avoir beaucoup plu. Ainsi que vous l'aviez dit, sur 1000 francs, j'ai donné 500 à Michel ; il reste 500 pour nous, et je vous prie de me* débiter *de 250.*[1] *»*

En 1890, la nouvelle, officiellement œuvre de Jules Verne, donc, paraît en français dans les Mémoires de l'Académie d'Amiens. *Pour mieux frapper les esprits, on modifie légèrement le titre pour qu'elle corresponde à l'année nouvelle :* La Journée d'un journaliste américain en 2890. *Rééditée en 1891 dans le* Supplément illustré du Petit Journal, *elle paraît finalement pour la première fois en volume dans la version* Hier et Demain *de Michel Verne, en 1910, sous le titre :* Au XXIXe siècle. La Journée d'un journaliste américain en 2889.

Une fois de plus, toutes ces éditions successives font apparaître chaque fois de nouvelles variantes. On peut cependant dire que les deux versions 2889 *varient peu entre elles ; même chose pour les deux versions 2890. La chose s'explique par le fait que ces deux dernières versions ont été remaniées par Jules*

1. Lettre citée dans l'article de P. Gondolo della Riva. Ce dernier nous signale que c'est Simone Vierne qui, la première, a découvert l'existence de cette lettre.

Verne, qui, ainsi se venge à l'avance des futurs « tripatouillages » de son fils[1]*. Vengeance, il est vrai, à court terme puisque, en 1910, Michel redonne à son récit ses couleurs d'origine, à quelques variations près. L'ironie de cette situation est que le fils produit donc un « faux » en faveur de son père, puisque la nouvelle qu'il publie dans le recueil* Hier et Demain *est (probablement) entièrement de sa main ; elle a en tout cas moins sa place dans un ouvrage d'œuvres de son père que la version* 2890.

*C'est pour cette raison, mais aussi et surtout du fait que c'est cette version que Jules Verne souhaitait pour son projet d'*Hier et Demain, *que nous choisissons ici* La Journée d'un journaliste américain en 2890, *tout en nous efforçant de montrer quelques exemples d'apports personnels de Jules Verne dans l'œuvre, réellement cette fois de Michel Verne.*[2]

Samuel SADAUNE

1. De surcroît, cette nouvelle doit beaucoup à un ouvrage d'Albert Robida, *Vingtième Siècle*, publié en 1883.

2. Là aussi, ce travail de notes devra beaucoup à l'article de Piero Gondolo della Riva cité ci-dessus. S'agissant de la comparaison entre les versions plus michel-vernienne que jules-vernienne nous sommes obligés de nous reporter à *Hier et Demain* version 1910 et au *Journal d'Amiens :* aucun manuscrit n'a en effet pu être retrouvé.

[1]

Les hommes de ce XXIXe siècle vivent au milieu d'une féerie continuelle, sans avoir l'air de s'en douter. Blasés sur les merveilles, ils restent froids devant celles que le progrès leur apporte chaque jour. Avec plus de justice, ils apprécieraient comme ils le méritent les raffinements de notre civilisation. En la comparant au passé ils se rendraient compte du chemin parcouru. Combien leur apparaîtraient plus admirables les cités modernes aux voies larges de cent mètres, aux maisons hautes de trois cents, à la température toujours égale, au ciel sillonné par des milliers d'aéro-cars et d'aéro-omnibus. Auprès de ces villes, dont la population atteint parfois jusqu'à dix millions d'habitants, qu'étaient ces villages, ces hameaux d'il y a mille ans, ces Paris, ces Londres, ces Berlins, ces New Yorks, bourgades mal aérées et boueuses, où circulaient des caisses cahotantes, traînées par des chevaux — oui ! des chevaux ! c'est à ne pas le croire ! S'ils se souvenaient du défectueux fonctionnement des paquebots et des chemins de fer, de leurs collisions fréquentes, de leur lenteur aussi, quel prix les voyageurs n'attacheraient-ils pas aux aéro-trains, et surtout à ces tubes pneumatiques, jetés à travers les océans, et dans lesquels on les transporte avec une vitesse de 1.500 kilomètres à l'heure ?[2]

1. Dans son édition de 1910, Michel Verne précédait la nouvelle de la note suivante : « Cette fantaisie a paru pour la première fois, en langue anglaise, en février 1889, dans la revue américaine *The Forum,* puis elle a été reproduite, avec quelques modifications, en langue française. Dans la version actuelle, on s'est parfois référé au texte primitif anglais. M. J.V. »

2. Ce passage rappelle une autre nouvelle de Michel Verne, *Un express de l'avenir* (voir notice).

Enfin ne jouirait-on pas mieux du téléphone et du téléphote, en se rappelant les anciens appareils de Morse[1] et de Hugues, si insuffisants pour la transmission rapide des dépêches ?

Chose étrange ! Ces surprenantes transformations reposent sur des principes parfaitement connus que nos aïeux avaient peut-être trop négligés. En effet, la chaleur, la vapeur, l'électricité, sont aussi vieilles que l'homme. A la fin du XIXe siècle, les savants n'affirmaient-ils pas déjà que la seule différence entre les forces physiques et chimiques réside dans un mode de vibration, propre à chacune d'elles, des particules éthériques ?

Puisqu'on avait fait ce pas énorme de reconnaître la parenté de toutes ces forces, il est vraiment inconcevable qu'il ait fallu un temps si long pour arriver à déterminer chacun des modes de vibration qui les différencient. Il est extraordinaire, surtout, que le moyen de les reproduire directement l'une sans l'autre, ait été découvert tout récemment.

C'est cependant ainsi que les choses se sont passées, et c'est seulement en 2790, il y a cent ans, que le célèbre Oswald Nyer y est parvenu.

Un véritable bienfaiteur de l'humanité, ce grand homme ! Sa trouvaille de génie fut la mère de toutes les autres ! Une pléiade d'inventeurs en naquit, aboutissant à notre extraordinaire James Jackson. C'est à ce dernier que nous devons les nouveaux accumulateurs qui condensent, les uns la force contenue dans les rayons solaires, les autres l'électricité emmagasinée au sein de notre globe, ceux-là, enfin, l'énergie provenant d'une source quelconque, chutes d'eau, vents, rivières et fleuves, etc. C'est de lui que nous vient également le transformateur qui, puisant la force vive dans les accumulateurs sous forme de chaleur, de lumière, d'électricité, de puissance mécanique, la rend à l'espace, après en avoir obtenu le travail désiré[2].

Oui ! c'est du jour où ces deux instruments furent imaginés

1. L'Américain Samuel Morse (1791-1872) est l'inventeur d'un télégraphe électrique conçu en 1832 (très prisé par les navires, il permet notamment d'envoyer le fameux S.O.S.).

2. Ce passage, déjà présent dans la version *2889,* se rapporte cependant à l'un des sujets préférés de Jules Verne : l'énergie.

que date véritablement le progrès. Leurs applications ne se comptent plus. En atténuant les rigueurs de l'hiver par la restitution du trop plein des chaleurs estivales, ils sont venus puissamment en aide à l'agriculture. En fournissant la force motrice aux appareils de navigation aérienne, ils ont permis au commerce de prendre un magnifique essor. C'est à eux que l'on doit la production incessante de l'électricité sans piles ni machines, la lumière sans combustion ni incandescence, et enfin cette intarissable source de travail, qui a centuplé la production industrielle.

*

* *

Eh bien ! l'ensemble de ces merveilles, nous allons le rencontrer dans un hôtel incomparable, — l'hôtel du *Earth Herald* — récemment inauguré dans la 16823e avenue d'Universal-City, la capitale actuelle des Etats-Unis des deux Amériques.

Si le fondateur du *New York Herald,* Gordon Benett, renaissait aujourd'hui, que dirait-il, en voyant ce palais de marbre et d'or, qui appartient à son illustre petit-fils Francis Benett ? Vingt-cinq générations se sont succédées, et le *New York Herald* s'est maintenu dans cette remarquable famille des Benett. Il y a deux cents ans, lorsque le gouvernement de l'Union fut transféré de Washington à Universal-City, le journal suivit le mouvement — à moins que ce ne soit le gouvernement qui ait suivi le journal, — et il prit pour titre *Earth Herald*[1].

Et que l'on ne s'imagine pas qu'il ait périclité sous l'admi-

1. Piero Gondolo della Riva, dans son article déjà cité en notice, signale que dans la version américaine *In the Year 2889,* c'est le *Earth Chronicle,* dirigé par Fritz Napoleon Smith, qui a remplacé le *Manhattan Chronicle,* fondé par George Washington Smith. P. Gondolo della Riva nous fournit une explication « fondée sur le fait que Gordon Bennett et son *New York Herald* existaient réellement au moment de la publication de notre nouvelle. James Gordon Bennet (non Benett comme l'écrivait Jules Verne) vécut de 1795 à 1872, fut effectivement le fondateur du *New York Herald.* Son fils James Gordon Bennett (1841-1918) développa l'activité de son père et finança l'expédition de Stanley à la recherche de Livingstone en Afrique et l'expédition polaire *Jeannette.* »

nistration de Francis Benett. Non ! Son nouveau directeur allait au contraire lui inculquer une puissance et une vitalité sans égales, en inaugurant le journalisme téléphonique.

On connaît ce système, rendu pratique par l'incroyable diffusion du téléphone. Chaque matin, au lieu d'être imprimé, comme dans les temps antiques, le *Earth Herald* est « parlé » : c'est dans une rapide conversation avec un reporter, un homme politique ou un savant, que les abonnés apprennent ce qui peut les intéresser. Quant aux acheteurs au numéro, on le sait, pour quelques *cents,* ils prennent connaissance de l'exemplaire du jour dans d'innombrables cabinets phonographiques.

Cette innovation de Francis Benett galvanisa le vieux journal. En quelques mois, sa clientèle se chiffra par quatre-vingt-cinq millions d'abonnés, et la fortune du directeur s'éleva progressivement à trente milliards, de beaucoup dépassés aujourd'hui. Grâce à cette fortune, Francis Benett a pu bâtir son nouvel hôtel, — colossale construction à quatre façades, mesurant chacune trois kilomètres, et dont le toit s'abrite sous le glorieux pavillon soixante-quinze fois étoilé de la Confédération.

A cette heure, Francis Benett, roi des journalistes, serait le roi des deux Amériques, si les Américains pouvaient jamais accepter la personnalité d'un souverain quelconque. Vous en doutez ? Mais les plénipotentiaires de toutes les nations et nos ministres eux-mêmes se pressent à sa porte, mendiant ses conseils, quêtant son approbation, implorant l'appui de son tout puissant organe. Comptez les savants qu'il encourage, les artistes qu'il entretient, les inventeurs qu'il subventionne. Royauté fatigante que la sienne ; travail sans repos, et, bien certainement, un homme d'autrefois n'aurait pu résister à un tel labeur quotidien. Très heureusement, les hommes d'aujourd'hui sont de constitution plus robuste, grâce aux progrès de l'hygiène et de la gymnastique, qui de trente-sept a fait monter à cinquante-huit la moyenne de la vie humaine, — grâce aussi à la préparation des aliments scientifiques, en attendant la prochaine découverte de l'air nutritif, qui permettra de se nourrir... rien qu'en respirant.

Et maintenant, s'il vous plaît de connaître tout ce que comporte la journée d'un directeur du *Earth Herald,* prenez la peine de le suivre dans ses multiples occupations, — aujourd'hui même, ce 25 juillet[1] de la présente année 2890.

*

* *

Francis Benett, ce matin-là, s'est réveillé d'assez maussade humeur. Depuis huit jours, sa femme était en France. Il se trouvait donc un peu seul. Le croirait-on ? Depuis dix ans qu'ils sont mariés, c'était la première fois que Mrs Edith Benett, la *professional beauty,* faisait une si longue absence. D'ordinaire, deux ou trois jours suffisaient à ses fréquents voyages en Europe, et plus particulièrement à Paris, où elle allait acheter ses chapeaux.

Le premier soin de Francis Benett fut donc de mettre en action son phonotéléphote, dont les fils aboutissaient à l'hôtel qu'il possédait aux Champs-Elysées.

Le téléphone, complété par le téléphote, encore une conquête de notre époque. Si, depuis tant d'années, on transmet la parole par des courants électriques, c'est d'hier seulement que l'on peut aussi transmettre l'image. Précieuse découverte, dont Francis Benett, ce matin-là, ne fut pas le dernier à bénir l'inventeur, lorsqu'il aperçut sa femme, reproduite dans un miroir téléphotique, malgré l'énorme distance qui l'en séparait.

Douce vision ! Un peu fatiguée du bal ou du théâtre de la veille, Mrs Benett est encore au lit. Bien qu'il soit près de midi là-bas, elle dort, sa tête charmante enfouie sous les dentelles de l'oreiller.

Mais la voilà qui s'agite, ses lèvres tremblent... Elle rêve sans doute ? Oui ! elle rêve... Un nom s'échappe de sa bouche : « Francis... mon cher Francis !... »

Son nom, prononcé par cette douce voix, a donné à l'humeur de Francis Benett un tour plus heureux, et, ne voulant pas réveil-

1. Dans la version *In the Year 2889,* il s'agit de la journée du 25 septembre. Détail relevé dans l'article de Piero Gondolo della Riva. Michel Verne a laissé 25 juillet dans sa version de 1910.

ler la jolie dormeuse, il saute rapidement hors de son lit, et pénètre dans son habilleuse mécanique.

Deux minutes après, sans qu'il eut [*sic*] recouru à l'aide d'un valet de chambre, la machine le déposait, lavé, coiffé, chaussé, vêtu et boutonné du haut en bas sur le seuil de ses bureaux. La tournée quotidienne allait commencer.

Ce fut dans la salle des romanciers-feuilletonistes que Francis pénétra tout d'abord.

Très vaste, cette salle, surmontée d'une large coupole translucide. Dans un coin divers appareils téléphoniques par lesquels les cent littérateurs du *Earth Herald* racontent cent chapitres de cent romans au public enfiévré.

Avisant un des feuilletonistes qui prenait cinq minutes de repos :

— Très bien, mon cher, lui dit Francis Benett, très bien, votre dernier chapitre. La scène où la jeune villageoise aborde avec son galant quelques problèmes de philosophie transcendante, est d'une très fine observation. On n'a jamais mieux peint les mœurs champêtres. Continuez, mon cher Archibald, bon courage. Dix mille abonnés nouveaux, depuis hier, grâce à vous !

— M. John Last, reprit-il en se tournant vers un autre de ses collaborateurs, je suis moins satisfait de vous. Ça n'est pas vécu, votre roman ! Vous courez trop vite au but. Et bien, et les procédés documentaires ? Il faut disséquer ! Ce n'est pas avec une plume qu'on écrit de notre temps, c'est avec un bistouri. Chaque action dans la vie réelle est la résultante de pensées fugitives et successives, qu'il faut dénombrer avec soin, pour créer un être vivant. Et quoi de plus facile en se servant de l'hypnotisme électrique, qui dédouble l'homme et dégage sa personnalité. Regardez-vous vivre, mon cher John Last ! Imitez votre confrère que je complimentais tout à l'heure. Faites-vous hypnotiser... Hein ? Vous le faites, dites-vous ?... Pas assez alors, pas assez !

Cette petite leçon donnée, Francis Benett poursuit son inspection et pénètre dans la salle du reportage. Ses quinze cents reporters, placés alors devant un égal nombre de téléphones, communiquaient aux abonnés les nouvelles reçues pendant la nuit des quatre coins du monde. L'organisation de cet incomparable service a été souvent décrite. Outre son téléphone, chaque reporter a devant lui une série de commutateurs, permettant d'établir la communication avec telle ou telle ligne téléphotique. Les abonnés ont donc non seulement le récit, mais la vue des événements, obtenues par la photographie intensive.

Francis Benett interpelle un des dix reporters astronomiques, attachés à ce service, qui accroîtra avec les nouvelles découvertes opérées dans le monde stellaire.

— Et bien, Cash, qu'avez-vous reçu ?...

— Des phototélégrammes de Mercure, de Vénus et de Mars, monsieur.

— Intéressant, ce dernier ?...

— Oui ! une révolution dans le Central-Empire, au profit des démocrates[1] libéraux contre les républicains conservateurs.

— Comme chez nous, alors. Et de Jupiter ?...

— Rien encore ! Nous n'arrivons pas à comprendre les signaux des Joviens. Peut-être les nôtres ne leur parviennent-ils pas ?

— Cela vous regarde, et je vous en rends responsable, monsieur Cash ! répondit Francis Benett, qui, fort mécontent, gagna la salle de rédaction scientifique.

Penchés sur leurs compteurs, trente savants s'y absorbaient dans des équations du quatre-vingt-quinzième degré. Quelques-uns se jouaient même au milieu des formules de l'infini algébrique et de l'espace à vingt-quatre dimensions, comme un élève d'élémentaires avec les quatre règles de l'arithmétique.

Francis Benett tomba parmi eux à la façon d'une bombe.

— Eh bien, messieurs, que me dit-on ? Aucune réponse de Jupiter ?... Ce sera donc toujours la même chose ! Voyons, Corley, depuis vingt ans que vous potassez cette planète, il me semble...

— Que voulez-vous, monsieur, répondit le savant interpellé, notre optique laisse encore beaucoup à désirer, et, même avec nos télescopes de trois kilomètres...

1. Dans la version de 1910, Michel Verne remplace « démocrates libéraux » par « réactionnaires libéraux ».

— Vous entendez, Peer, interrompit Francis Benett, en s'adressant au voisin de Corley, l'optique laisse à désirer !... C'est votre spécialité, cela, mon cher ! Mettez des lunettes, que diable ! Mettez des lunettes !

Puis revenant à Corley :

— Mais à défaut de Jupiter, obtenons-nous au moins un résultat du côté de la Lune ?...

— Pas davantage, monsieur Benett !

— Ah ! cette fois, vous n'accuserez pas l'optique ! La lune est six cents fois moins éloignée que Mars, avec lequel, cependant, notre service de correspondance est régulièrement établi. Ce ne sont pas les télescopes qui manquent...

— Non, mais ce sont les habitants, répondit Corley, avec un fin sourire de savant truffé d'X.

— Vous osez affirmer que la Lune est inhabitée ?

— Du moins, monsieur Benett, sur la face qu'elle nous présente. Qui sait si de l'autre côté...

— Eh bien, Corley, il y a un moyen très simple de s'en assurer...

— Et lequel ?...

— C'est de retourner la Lune ! [1]

Et, ce jour-là, les savants de l'usine Benett piochèrent les moyens mécaniques, qui devaient amener le retournement de notre satellite.

Du reste Francis Benett avait lieu d'être satisfait. L'un des astronomes du *Earth Herald* venait de déterminer les éléments de la nouvelle planète Gandini. C'est à seize cents millions, trois cent quarante huit mille, deux cent quatre-vingt-quatre kilomètres et demi, que cette planète décrit son orbite autour du Soleil, et pour l'accomplir il lui faut deux cent soixante-douze ans, cent quatre-vingt-quatorze jours, douze heures, quarante-trois minutes, neuf secondes et huit dixièmes de seconde [2].

1. Dans son article « L'anticipation populaire », *Europe* n° 542, 1974, Daniel Compère remarque « qu'on peut s'étonner, par exemple, de constater que, en 2889 [et encore plus en 2890], les hommes n'ont pas atteint la Lune ». Ce qui semble confirmer que la science-fiction n'était pas la spécialité des deux Verne, en tout cas certainement pas de Jules.

2. Dans sa version de 1910, Michel Verne écrit que « c'est à douze trillions, huit cent quarante et un billions, trois cent quarante-huit millions, deux

Francis Benett fut enchanté de cette précision.

Bien ! s'écria-t-il, hâtez-vous d'en informer le service du reportage. Vous savez quelle passion le public apporte à ces questions astronomiques. Je tiens à ce que la nouvelle paraisse dans le numéro d'aujourd'hui.

Avant de quitter la salle des reporters, Francis Benett poussa une pointe vers le groupe spécial des interviewers, et s'adressant à celui qui était chargé des personnages célèbres :

— Avez-vous interviewé le président Wilcox ? demanda-t-il.

— Oui, monsieur Benett, et je publie dans la colonne des informations que c'est décidément d'une dilatation de l'estomac dont il souffre, et qu'il se livre aux lavages tubiques les plus consciencieux.

— Parfait. Et cette affaire de l'assassin Chapmann ?... Avez-vous interviewé les jurés qui doivent siéger aux assises ?...

— Oui, et tous sont d'accord sur la culpabilité de telle sorte que l'affaire ne sera même pas renvoyée devant eux. L'accusé sera exécuté avant d'avoir été condamné...

— Exécuté... Electriquement ?...

— Electriquement, monsieur Benett, et sans douleur... à ce qu'on suppose, parce qu'on n'est pas encore fixé sur ce détail.

La salle adjacente, vaste galerie longue d'un demi-kilomètre, était consacrée à la publicité, et l'on imagine aisément ce que doit être la publicité d'un journal tel que le *Earth Herald.* Elle rapporte en moyenne trois millions de dollars par jour. Grâce à un ingénieux système, d'ailleurs, une partie de cette publicité se propage sous une forme absolument nouvelle, due à un brevet acheté au prix de trois dollars à un pauvre diable qui est mort de faim. Ce sont d'immenses affiches, réfléchies par les nuages, et dont la dimension est telle que l'on peut les apercevoir d'une contrée tout entière [1].

cent quatre-vingt-quatre mille six cent vingt-trois mètres et sept décimètres, que cette planète décrit son orbite autour du Soleil, en cinq cent soixante-douze ans, cent quatre-vingt-quatorze jours, douze heures, quarante-trois minutes, neuf secondes et huit dixièmes de secondes. »

1. Il est possible que l'auteur de ce passage ait été inspiré par *L'Affichage*

De cette galerie, mille projecteurs étaient sans cesse occupés à envoyer aux nues, qui les reproduisaient en couleur, ces annonces démesurées.

Mais, ce jour-là, lorsque Francis Benett entra dans la salle de publicité, il vit que les mécaniciens se croisaient les bras auprès de leurs projecteurs inactifs. Il s'informe... Pour toute réponse, on lui montre le ciel d'un bleu pur.

— Oui !... du beau temps, murmure-t-il, et pas de publicité aérienne possible ! Que faire ? S'il ne s'agissait que de pluie, on pourrait la produire ! Mais ce n'est pas de la pluie, ce sont des nuages qu'il nous faudrait !...

— Oui... de beaux nuages bien blancs ! répondit le mécanicien-chef.

— Eh bien ! monsieur Samuel Mark, vous vous adresserez à la rédaction scientifique, service météorologique. Vous lui direz de ma part qu'elle s'occupe activement de la question des nuages artificiels. On ne peut vraiment pas rester ainsi à la merci du beau temps.

*

* *

Après avoir achevé l'inspection des diverses branches du journal, Francis Benett passa au salon de réception, où l'attendaient les ambassadeurs et ministres plénipotentiaires, accrédités près du gouvernement américain. Ces messieurs venaient chercher les conseils du tout puissant directeur. Au moment où Francis Benett entrait dans ce salon, on y discutait avec une certaine vivacité.

— Que Votre Excellence me pardonne, disait l'ambassadeur de France à l'ambassadeur de Russie, mais je ne vois rien à changer à la carte de l'Europe. Le Nord aux Slaves, soit ! Mais le Midi aux Latins ! Notre commune frontière du Rhin me paraît excellente. D'ailleurs, sachez-le bien, mon gouvernement résis-

céleste de Villiers de L'Isle-Adam (1881). Voir à ce sujet l'article de Daniel Compère, « Les Monstres nouveaux », *Romantisme* nº 41, 1984.

tera à toute entreprise qui serait faite contre nos préfectures de Rome, de Madrid et de Vienne[1].

— Bien parlé ! dit Francis Benett, en intervenant dans le débat. Comment, monsieur l'Ambassadeur de Russie, vous n'êtes pas satisfait de votre vaste empire, qui des bords du Rhin s'étend jusqu'aux frontières de la Chine, un empire dont l'Océan Glacial, l'Atlantique, la mer Noire, le Bosphore, l'Océan Indien, baignent l'immense littoral ? Et puis, à quoi bon des menaces ? La guerre est-elle possible avec les inventions modernes, ces obus asphyxiant qu'on envoie à des distances de cent kilomètres, ces étincelles électriques, longues de vingt lieues, qui peuvent anéantir d'un seul coup tout un corps d'armée, ces projectiles que l'on charge avec les microbes de la peste, du choléra, de la fièvre jaune, et qui détruiraient toute une nation en quelques heures ?[2]

— Nous le savons, monsieur Benett, répondit l'ambassadeur de Russie. Mais fait-on ce que l'on veut ? Poussés nous-mêmes par les Chinois sur notre frontière orientale, il nous faut bien, coûte que coûte tenter quelque effort vers l'Ouest...

— N'est-ce que cela, monsieur, répliqua Francis Benett, d'un ton protecteur. Eh bien ! puisque la prolification chinoise est un danger pour le monde, nous pèserons sur le Fils du Ciel. Il faudra bien qu'il impose à ses sujets un maximum de natalité qu'ils ne pourront dépasser sous peine de mort. Cela fera compensation.

1. Quatre-vingts ans avant ce roman, en 1810, sous le règne de Napoléon, Rome est réellement une préfecture française ; Madrid est occupée par les soldats de la Grande Armée ; et un an plus tôt, après Wagram, les Français entraient à Vienne pour la seconde fois en cinq ans. Par ailleurs, par son mariage avec Marie-Louise d'Autriche, Napoléon fait entrer l'empire des Habsbourg dans son réseau d'alliances. Exemple classique d'une présentation de l'avenir avec des données anciennes amplifiées. C'est l'occasion ici de remarquer que Verne est l'un des rares auteurs du XIXe siècle à avoir si peu évoqué Napoléon.

2. Voilà qui rappelle « l'équilibre nucléaire » de la guerre froide : on ne se fait pas la guerre car on sait que l'ennemi peut nous anéantir en quelques minutes. Sur ce point, on peut dire que l'auteur de ce paragraphe est véritablement visionnaire.

— Et vous, monsieur, dit le directeur du *Earth Herald,* en s'adressant au consul d'Angleterre, que puis-je pour votre service ?...

— Beaucoup, monsieur Benett, répondit ce personnage, en s'inclinant humblement. Il suffirait que votre journal voulût bien entamer une campagne en notre faveur...

— Et à quel propos ?...

— Tout simplement pour protester contre l'annexion de la Grande-Bretagne aux Etats-Unis.

— Tout simplement ! s'écria Francis Benett, en haussant les épaules. Une annexion vieille de cent cinquante ans déjà ! Mais messieurs les Anglais ne se résigneront donc jamais à ce que, par un juste retour des choses ici-bas, leur pays soit devenu colonie américaine ? C'est de la folie pure. Comment votre gouvernement a-t-il pu croire que j'entamerais cette antipatriotique campagne...

— Monsieur Benett, la doctrine de Munro, c'est toute l'Amérique aux Américains, vous le savez, rien que l'Amérique, et non pas... [1]

— Mais l'Angleterre n'est qu'une de nos colonies, monsieur, l'une des plus belles, j'en conviens, et ne comptez pas que nous consentions jamais à la rendre.

— Vous refusez ?

— Je refuse, et si vous insistiez, nous ferions naître un casus belli, rien que sur l'interview de l'un de nos reporters !

— C'est donc la fin ! murmura le consul accablé. Le Royaume-Uni, le Canada et la Nouvelle-Bretagne sont aux Américains, les Indes sont aux Russes, l'Australie et la Nouvelle-Zélande sont à elles-mêmes ! De tout ce qui fut autrefois l'Angleterre, que nous reste-t-il ?... Plus rien !

1. Bien entendu, il s'agit là d'un clin d'œil à la doctrine de James Monroe, président des Etats-Unis de 1817 à 1825. D'après lui, les Européens ne devaient pas intervenir dans les affaires de l'Amérique, de même que les Américains ne devaient pas intervenir dans les affaires européennes. En 1917, Wilson combattra victorieusement cette doctrine et obtiendra l'intervention d'unités américaines en Europe. Roosevelt sera cependant obligé, en 1941, de batailler fort à son tour contre la doctrine Monroe, toujours enracinée dans la culture américaine. Elle est aujourd'hui bien dépassée.

— Plus rien, monsieur ! riposta Francis Benett. Eh bien, et Gibraltar ?

*
* *

Midi sonnait en ce moment. Le directeur du *Earth Herald*, terminant l'audience d'un geste quitta le salon, s'assit sur un fauteuil roulant et gagna en quelques minutes sa salle à manger, située à un kilomètre de là, à l'extrémité de l'hôtel.

La table est dressée. Francis Benett y prend place. A portée de sa main est disposée une série de robinets, et, devant lui, s'arrondit la glace d'un phonotéléphote, sur laquelle apparaît la salle à manger de son hôtel à Paris. Malgré la différence d'heures, Mr et Mrs Benett se sont entendus pour faire leur repas en même temps. Rien de plus charmant comme de déjeuner ainsi en tête-à-tête à mille lieues de distance, de se voir, de se parler au moyen des appareils phonotéléphotiques.

Mais, en ce moment, la salle de Paris est vide.

« Edith se sera mise en retard ! se dit Francis Benett. Oh ! l'exactitude des femmes ! Tout progresse, excepté cela... »

Et, en faisant cette trop juste réflexion, il tourne un des robinets.

Comme tous les gens à leur aise de notre époque, Francis Benett, renonçant à la cuisine domestique, est un des abonnés à la grande Société d'alimentation à domicile. Cette Société distribue par un réseau de tubes pneumatiques des mets de mille espèces. Ce système est coûteux, sans doute, mais la cuisine est meilleure, et il a cet avantage qu'il supprime la race horripilante des cordons-bleus des deux sexes.

Francis Benett déjeune donc seul, non sans quelque regret, et il achevait son café, lorsque Mrs Benett, rentrant chez elle, apparut dans la glace du téléphote.

— Et d'où viens-tu donc, ma chère Edith ? demanda Francis Benett.

— Tiens ! répondit Mrs Benett, tu as fini ? Je suis donc en retard ?... D'où je viens ?... Mais de chez mon modiste !... Il y a, cette année, des chapeaux ravissants ! Ce ne sont même plus des chapeaux... ce sont des dômes, des coupoles ! Je me serais un peu oubliée... [1]

— Un peu, ma chère, si bien que voilà mon déjeuner fini...

— Eh bien, va, mon ami... va à tes occupations, répondit Mrs Benett. J'ai encore une visite à faire chez mon couturier-modeleur.

Et ce couturier n'était rien moins que le célèbre Wormspire, celui qui a si judicieusement proclamé ce principe : « la femme n'est qu'une question de formes » [2].

Francis Benett baisa la joue de Mrs Benett sur la glace du téléphote, et se dirigea vers la fenêtre, où l'attendait son aéro-car.

— Où va monsieur ? demanda l'aéro-coachman.

— Voyons, j'ai le temps, répondit Francis Benett. Conduisez-moi à mes fabriques d'accumulateurs du Niagara.

L'aéro-car, machine admirable, fondée sur le principe du plus lourd que l'air, s'élança à travers l'espace avec une vitesse de six cents kilomètres à l'heure. Au-dessous de lui défilaient les villes et leurs trottoirs mouvants qui transportaient les passants le long des rues, les campagnes recouvertes comme d'une immense toile d'araignée, du réseau des fils électriques.

En une demi-heure, Francis Benett eut atteint sa fabrique du Niagara, dans laquelle, après avoir utilisé la force des cataractes à produire de l'énergie, il la vend ou la loue aux consommateurs. Puis, sa visite achevée, il revint par Philadelphie, Boston et New York à Universal-City [3], où son aéro-car le déposa vers cinq heures.

1. Piero Gondolo della Riva signale dans son article précité que ce passage sur les chapeaux, absent dans la version américaine de 1889, est très certainement de Jules Verne. Il y a déjà un passage similaire dans *Une ville idéale,* parue en 1875.

2. Pareillement, P. Gondolo della Riva signale l'absence de ce passage dans la version de 1889 et remarque cette fois une phrase pratiquement identique dans *L'Ile à hélice.*

3. Dans sa version de 1910, Michel Verne remplace « Universal-City » par « Centropolis ».

*

* *

Il y avait foule dans la salle d'attente du *Earth-Herald.* On guettait le retour de Francis Benett pour l'audience quotidienne qu'il accorde aux solliciteurs. C'étaient des inventeurs quémandant des capitaux, des brasseurs d'affaires proposant des opérations, toutes excellentes à les entendre. Parmi ces propositions diverses, il faut faire un choix, rejeter les mauvaises, examiner les douteuses, accueillir les bonnes.

Francis Benett eut rapidement expédié ceux qui n'apportaient que des idées inutiles ou impraticables. L'un ne prétendait-il pas faire revivre la peinture, cet art tombé en telle désuétude que l'Angélus de Millet venait d'être vendu quinze francs, et cela grâce aux progrès de la photographie en couleur, inventée à la fin du XIXe siècle, par le Japonais Aruziswa-Riochi-Nichome-Sanjukamboz-Kio-Baski-Kû, dont le nom est devenu si facilement populaire. L'autre n'avait-il pas trouvé le bacille primogène, qui devait rendre l'homme immortel, après avoir été introduit dans l'organisme humain sous forme de bouillon bacillaire ? Celui-ci, un chimiste pratique, ne venait-il pas de découvrir un nouveau corps simple, le Nihilium, dont le kilogramme ne coûtait que trois millions de dollars ? Celui-là, un médecin audacieux, n'affirmait-il pas que si les gens mouraient encore, du moins ils mouraient guéris ? Et cet autre, plus audacieux, ne prétendait-il pas qu'il possédait un spécifique contre le rhume du cerveau ?...

Tous ces rêveurs furent promptement éconduits.

Quelques autres reçurent meilleur accueil, et, d'abord, un jeune homme, dont le vaste front annonçait la vive intelligence.

— Monsieur, dit-il, si autrefois on comptait soixante-quinze corps simples, ce nombre est réduit à trois aujourd'hui, vous le savez ?

— Parfaitement, répondit Francis Benett.

— Eh bien, monsieur, je suis sur le point de ramener ces trois à un seul. Si l'argent ne me manque pas, dans quelques semaines, j'aurai réussi.

— Et alors ?

— Alors, monsieur, j'aurai tout bonnement déterminé l'absolu.

— Et la conséquence de cette découverte ?

— Ce sera la création facile de toute matière, pierre, bois, métal, fibrine...

— Prétendriez-vous donc parvenir à fabriquer une créature humaine ?...

— Entièrement... Il n'y manquera que l'âme...

— Que cela ! répondit ironiquement Francis Benett, qui attacha cependant ce jeune chimiste à la rédaction scientifique du journal.

Un second inventeur, se basant sur de vieilles expériences qui dataient du XIXe siècle, et souvent renouvellées depuis, avait l'idée de déplacer une ville entière d'un seul bloc. Il s'agissait, en l'espèce de la ville de Staaf, située à une quinzaine de milles de la mer, et qu'on transformait en station balnéaire, après l'avoir amenée sur rails jusqu'au littoral. D'où une énorme plus-value pour les terrains bâtis et à bâtir.

Francis Benett, séduit par ce projet, consentit à se mettre de moitié dans l'affaire.

— Vous savez, monsieur, lui dit un troisième postulant, que, grâce à nos accumulateurs et transformateurs solaires et terrestres, nous avons pu égaliser les saisons. Transformons en chaleur une part de l'énergie dont nous disposons, et envoyons cette chaleur aux contrées polaires dont elle fondra les glaces...

— Laissez-moi vos plans, répondit Francis Benett, et revenez dans huit jours.

Enfin, un quatrième savant apportait la nouvelle que l'une des questions qui passionnaient le monde entier, allait recevoir sa solution ce soir même.

On sait qu'il y a un siècle une hardie expérience avait attiré l'attention publique sur le docteur Nathaniel Faithburn. Partisan convaincu de l'hibernation humaine, c'est-à-dire de la possibilité de suspendre les fonctions vitales, puis de les faire renaître après un certain temps, il s'était décidé à expérimenter sur lui-même l'excellence de sa méthode. Après avoir, par testament olographe, indiqué les opérations propres à le ramener à la vie dans cent ans jour pour jour, il s'était soumis à un froid de 172 degrés ; réduit alors à l'état de momie, le docteur Faithburn avait été enfermé dans un tombeau pour la période convenue.

Or, c'était précisément ce jour-ci, 25 juillet 2890, que le délai expirait, et l'on venait offrir à Francis Benett de procéder dans l'une des salles du *Earth Herald* à la résurrection si impatiemment attendue. Le public pourrait de la sorte être tenu au courant seconde par seconde.

La proposition fut acceptée, et comme l'opération ne devait pas se faire avant neuf heures du soir, Francis Benett vint s'étendre dans le salon d'audition sur une chaise longue. Puis, tournant un bouton, il se mit en communication avec le Central-Concert.

Après une journée si occupée, quel charme il trouva aux œuvres des meilleurs maestros de l'époque, basées sur une succession de savantes formules harmonico-algébriques !

L'obscurité s'était faite, et, plongé dans un sommeil demi-extatique, Francis Benett ne s'en apercevait même pas. Mais une porte s'ouvrit soudain.

— Qui va là ? dit-il en tournant un commutateur placé sous sa main.

Aussitôt, par un ébranlement électrique produit sur l'éther, l'air devint lumineux.

— Ah ! c'est vous docteur ? dit Francis Benett.

— Moi-même, répondit le docteur Sam, qui venait faire sa visite quotidienne — abonnement à l'année. Comment va ?

— Bien.

— Tant mieux... Voyons cette langue ?

Et il la regarda au microscope.

— Bonne... et ce pouls ?...

Il le tâta avec un sismographe, à peu près analogue à ceux qui enregistrent les trépidations du sol.

— Excellent !... Et l'appétit ?...

— Euh !

— Oui... l'estomac !... Il ne va plus bien, l'estomac ! Il vieillit l'estomac ! Mais la chirurgie a fait tant de progrès ! Il faudra vous en faire remettre un neuf !... Vous savez, nous avons des estomacs de rechange, garantis deux ans...

— Nous verrons, répondit Francis Benett. En attendant, docteur, vous dînez avec moi.

Pendant le repas, la communication phonotéléphonique avait été établie avec Paris. Cette fois, Edith Benett était devant sa table, et le diner, entremêlé des bons mots du docteur Sam, fut charmant. Puis, à peine terminé :

— Quand comptes-tu revenir à Universal-City, ma chère Edith ? demanda Francis Benett.

— Je vais partir à l'instant.

— Par le tube ou l'aéro-train ?

— Par le tube.

— Alors tu seras ici ?

— A onze heures cinquante-neuf du soir.

— Heure de Paris ?...

— Non, non ! Heure d'Universal-City.

— A bientôt donc, et surtout ne manque pas le tube.

Ces tubes sous-marins, par lesquels on venait d'Europe en 295 minutes, étaient préférables aux aéro-trains, qui ne faisaient que 1 000 kilomètres à l'heure.

*
* *

Le docteur se retira, après avoir promis de revenir assister à la résurrection de son confrère Nathaniel Faithburn, et Francis Benett, voulant arrêter les comptes du jour, passa dans son bureau. Opération énorme, quand il s'agit d'une entreprise dont les frais quotidiens s'élèvent à 1500 dollars[1]. Très heureusement, le progrès de la mécanique moderne facilite singulièrement ce genre de travail. A l'aide du piano-compteur-électrique, Francis Benett eut achevé sa besogne en vingt-cinq minutes.

Il était temps. A peine avait-il frappé la dernière touche de l'appareil totalisateur, que sa présence était réclamée au salon d'expériences. Il s'y rendit aussitôt et fut accueilli par un nombreux cortège de savants, auxquels s'était joint le docteur Sam.

1. Dans sa version de 1910, Michel Verne élève les frais quotidiens à 800 000 dollars.

Le corps de Nathaniel Faithburn est là, dans sa bière, qui est placée sur des tréteaux au milieu de la salle.

Le téléphote est actionné, et le monde entier va pouvoir suivre les diverses phases de l'opération.

On ouvre le cercueil... On en sort Nathaniel Faithburn... Il est toujours comme une momie, jaune, dur, sec. Il résonne comme du bois. On le soumet à la chaleur... à l'électricité... Aucun résultat... On l'hypnotise... On le suggestionne... Rien n'a raison de cet état ultra-cataleptique...

— Eh bien, docteur Sam ? demande Francis Benett.

Le docteur Sam se penche sur le corps, il l'examine avec la plus vive attention... Il lui introduit, au moyen d'une injection hypodermique, quelques gouttes du fameux élixir Brown-Séquard, qui était encore à la mode... La momie est plus momifiée que jamais.

— Eh bien, répond le docteur Sam, je crois que l'hibernation a été trop prolongée...

— Et alors ?

— Et alors, Nathaniel Faithburn est mort.

— Mort ?

— Aussi mort qu'on peut l'être !

— Pouvez-vous dire depuis quand ?

— Depuis quand ? répond le docteur Sam. Mais depuis qu'il a eu la fâcheuse idée de se faire congeler par amour pour la science...

— Allons, dit Francis Benett, voilà une méthode qui a besoin d'être perfectionnée !

— Perfectionnée est le mot, répondit le docteur Sam, tandis que la commission scientifique d'hibernation remportait son funèbre colis.

*

* *

Francis Benett, suivi du docteur Sam, regagna sa chambre, et comme il paraissait très fatigué après une journée aussi remplie, le docteur lui conseilla de prendre un bain avant de se coucher.

— Vous avez raison, docteur... Cela me remettra...

— Tout-à-fait, monsieur Benett, et si vous le voulez, je vais commander en sortant...

— C'est inutile, docteur. Il y a toujours un bain préparé dans l'hôtel, et je n'ai même pas l'ennui d'aller le prendre hors de ma chambre. Tenez, rien qu'en touchant ce bouton, la baignoire va se mettre en mouvement, et vous la verrez se présenter toute seule avec de l'eau à la température de trente-sept degrés.

Francis Benett venait de presser le bouton. Un bruit sourd naissait, s'enflait, grandissait... Puis, une des portes s'ouvrant, la baignoire apparut, glissant électriquement sur ses rails.

Ciel ! Tandis que le docteur Sam se voile la face, de petits cris de pudeur effarouchée s'échappent de la baignoire...

Arrivée depuis une demi-heure à l'hôtel par le tube transocéanique, Mrs Benett était dedans...

Le lendemain, 26 juillet 2890, le directeur du *Earth Herald* recommençait sa tournée de vingt kilomètres à travers ses bureaux, et le soir, quand son totalisateur eût opéré, ce fut par deux cent cinquante mille dollars qu'il chiffra le bénéfice de cette journée — cinquante mille de plus que la veille.

Un bon métier, le métier de journaliste à la fin du vingt-neuvième siècle !

EDOM

L'ETERNEL JULES

Volker Dehs et Olivier Dumas ouvrent déjà, dans l'Introduction et la Postface, le débat sur l'historique de Edom *et le problème de son attribution. Je n'y reviens pas.*

Les différentes études critiques de Edom *n'ont pas manqué de relever le constat amer de Jules verne, quant à l'illusion, si présente au* XIX*e siècle, d'une constante évolution du monde vers un progrès incessant : en réalité, l'histoire ne serait qu'un éternel recommencement (et l'homme un* Eternel Adam, *pour reprendre le premier titre que Verne avait attribué à sa nouvelle). La Science, si puissante et avancée qu'elle soit, ne peut rien contre la Nature et ses éléments déchaînés.*

Mais, arrivé au terme de son œuvre, comme il devait bien le sentir (sa santé devenait de plus en plus mauvaise depuis déjà plusieurs années), Jules Verne n'a pu que constater à quel point l'écriture courait le risque de n'être elle aussi qu'un éternel recommencement. Fréquemment, la série des Voyages extraordinaires *s'avère une mécanique répétitive, avec le même type de personnages et de situations (mais fréquemment aussi, Verne parviendra à transgresser cette mécanique). Avec* Edom, *le « vieux conteur » tend à engloutir ce monde si familier : tous les personnages mis en scène dans le texte que trouve le zartog, sont ceux que nous retrouvons sans cesse dans les* Voyages *: héros plein de détermination, savants, domestique fidèle, jeune* *fille orpheline, commandant de navire, etc. Cette humanité vernienne rejoint le sort de l'Humanité. Verne raye d'un trait le cycle des* Voyages extraordinaires, *non seulement en faisant disparaître ses créatures, mais également toutes ces terres, réelles à l'origine, mais retracées de façon vernienne par le crayon, que sont les six continents.*

Puis, Verne fait surgir du fond de l'Océan une terre, à la taille incertaine (quelqu'un a-t-il déjà calculé le lieu, à partir des données que nous fournit Verne dès le premier paragraphe ? [1]*), dans laquelle évolue le dernier maillon de l'humanité détruite, qui, régressant en quelques années, devient le premier maillon de l'humanité suivante, celle qui va fonder peu à peu l'empire des Quatre-Mers. Mais comme il est difficile de* totalement inventer ! *Jules Verne, qui, une fois de plus, prouve qu'il n'est pas un auteur de science-fiction,* réinvente *ce qui existait déjà : les hommes de l'empire suivent une évolution qui ressemble à celle de l'humanité précédente ; évolution plus lente, simplement. La langue diverge, mais pas plus que l'esperanto auquel commençait à s'intéresser l'écrivain (et qui devait jouer un grand rôle dans le dernier récit inachevé). Mais, et nous retrouvons là les principes de la création vernienne, de sa poésie, de la raison de son continuel succès, le rapport au temps et à l'espace sont totalement modifiés : je crois qu'il n'est pas exagéré de dire que Verne crée de la* philosophie-fiction. *Le véritable but de l'histoire est de montrer la transformation du zartog : tel Trifulgas se retrouvant devant une copie de lui-même, agonisant, Sofr, à la lecture du texte retrouvé, voit son avenir, ou en tout cas celui de ses frères, de ses descendants, autres lui-même, se dérouler, inévitablement. Plus fort encore, il s'est reconnu également dans ses ascendants, dont le sort est identique. Récit circulaire, certes ; mais seulement lorsqu'on le regarde du haut de son formidable statut de lecteur du tout, c'est-à-dire du texte mystérieux qui nous conte les affres du zartog, et de celui que le zartog lui-même lit et qui, à bien y*

1. On songe, s'agissant de cette terre, à l'Atlantide, à laquelle il est souvent fait allusion dans l'œuvre vernienne.

penser, n'est plus du tout mystérieux, une fois la lecture achevée. Pour Sofr, au contraire, il n'y a plus de circularité, il n'y a plus de mouvement. Face à cette multitude de passés et de futurs toujours recommençants, l'homme perd le Passé et le Futur : il rappelle cette « génération perdue » entre deux guerres mondiales dont parlait Sartre. Comment avoir un idéal lorsque tout mène au cataclysme inévitable ?

Uniquement en cultivant l'idée du Présent. Nous retrouvons cette esthétique temporelle vernienne, souvent illustrée par ces scènes, ces personnages à jamais figés par l'écriture et par des éléments tels que la chaleur pour Schultze et le froid pour Pym[1]*. Il y aurait beaucoup à dire à ce sujet, et à bien des égards il me semble que le kaw-djer (dans* En Magellanie*), l'anarchiste rattrapé par l'Histoire et la civilisation, aurait aimé être dans cette situation que le zartog redoute tant : devenir le seul héros d'un degré zéro (pas dans le sens du départ, dans le sens du néant) des lieux et des temps. Seule la solitude permet d'échapper aux déceptions de l'Histoire : on peut s'engloutir au centre de la terre, il suffit de rencontrer un être humain pour subitement avoir conscience de la vanité de la science, de l'absurdité de l'Histoire. Liddenbrock est-il de la période qui devance ou qui précède cette rencontre ?*

On ne sait. C'est une même question qu'on peut se poser quand on cherche à se situer par rapport à bien des textes de Jules Verne.

Samuel SADAUNE

1. C'est la mise en apothéose de cette esthétique dans *Edom* qui me persuade que l'auteur du récit est bien Jules Verne, non Michel.

I[1]

Le zartog Sofr-Aï-Sr — c'est-à-dire le docteur, troisième représentant mâle de la cent-unième génération de la lignée des Sofr — suivait à pas lents la principale rue de Basidra, capitale du Hars-Iten-Schu, — autrement dit l'Empire-des-Quatre-Mers. Quatre mers, en effet : la Tubélone ou Septentrionale, la Ehone ou australe, la Spone ou orientale, et la Mérone ou occidentale, limitaient cette vaste contrée, de forme très irrégulière, dont les pointes extrêmes — en comptant d'après les mesures connues du lecteur — atteignaient, en longitude, le quatrième degré Est et le soixante-deuxième degré Ouest, et, en latitude, le cinquante-quatrième degré Nord et le cinquante-cinquième degré Sud. Quant à l'étendue respective de ces mers, comment l'évaluer, fût-ce d'une manière approximative, puisqu'elles se rejoignaient toutes, et qu'un navigateur, parti de l'un quelconque de leurs rivages et voguant toujours devant lui, fût nécessairement arrivé au rivage diamétralement opposé ? Car, sur toute la surface du globe, il n'existait pas d'autre terre que celle du Hars-Iten-Schu.

Sofr marchait à pas lents, d'abord parce qu'il faisait très chaud. On entrait dans la saison brûlante, et, sur Basidra, située

1. Dans l'édition de 1910, Michel Verne indique en note : « Ecrite par Jules Verne en ses dernières années, jusqu'à présent inédite, cette nouvelle offre la particularité de tendre à des conclusions plutôt assez pessimistes, contraires au fier optimisme qui anime les *Voyages extraordinaires.* M.J.V. »

au bord de la Spone-Schu, ou mer orientale, à moins de vingt degrés au Nord de l'Equateur, une terrible cataracte de rayons tombait du soleil, proche alors du zénith.

Mais, plus que la lassitude et la chaleur, le poids de ses pensées ralentissait les pas de Sofr, le savant zartog. Tout en s'épongeant le front d'une main distraite, il se remémorait la séance qui venait de prendre fin, où tant d'orateurs éloquents, parmi lesquels il s'honorait d'être compté, avaient magnifiquement célébré le cent-quatre-vingt-quinzième anniversaire de la fondation de l'Empire.

Les uns en avaient retracé l'histoire, c'est-à-dire celle même de l'humanité tout entière. Ils avaient montré la Mahart-Iten-Schu, la Terre-des-Quatre-Mers, divisée, à l'origine, entre un nombre immense de peuplades sauvages qui s'ignoraient les unes les autres. C'est à ces peuplades que remontaient les plus antiques traditions. Quant aux faits antérieurs, nul ne les connaissait, et c'est à peine si les sciences naturelles commençaient à discerner une faible lueur dans les ténèbres impénétrables du passé. En tout cas, ces temps reculés échappaient à la critique historique, dont les vagues notions relatives aux anciennes peuplades éparses formaient les premiers rudiments.

Pendant plus de huit mille ans, l'histoire, par degrés plus complète et plus exacte, de la Mahart-Iten-Schu ne relatait que combats et guerres, d'abord d'individu à individu, puis de famille à famille, enfin de tribu à tribu, chaque être vivant, chaque collectivité, petite ou grande, n'ayant dans le cours des âges, d'autre objectif que d'assurer sa suprématie sur ses compétiteurs, et s'efforçant, avec des fortunes diverses et souvent opposées, de les asservir à ses lois.

En deçà de ces huit mille ans, les souvenirs des hommes se précisaient un peu. La légende commençait à mériter plus justement le nom d'histoire au début de la deuxième des quatre périodes en lesquelles on divisait communément les annales de la Mahart-Iten-Schu. D'ailleurs, histoire ou légende, la matière des récits ne changeait guère. C'étaient toujours des massacres et des tueries, non plus, il est vrai, de tribu à tribu, mais de peuple à peuple désormais, si bien que cette deuxième période n'était pas, à tout prendre, fort différente de la première.

Et il en était de même de la troisième, close il y avait deux cents ans à peine, après avoir duré près de trois fois autant. Plus atroce encore peut-être, cette troisième époque, pendant laquelle, groupés en armées innombrables, les hommes avaient, avec une rage insatiable, abreuvé la terre de leur sang.

Un peu moins de huit siècles avant le jour où le zartog Sofr suivait la principale rue de Basidra, l'humanité s'était trouvée mûre, en effet, pour les convulsions de vaste envergure. A ce moment, les armes, le feu, la violence ayant déjà accompli une partie de leur œuvre nécessaire, les faibles ayant succombé devant les forts, les hommes peuplant la Mahart-Iten-Schu formaient trois nations homogènes, dans chacune desquelles le temps avait atténué les différences entre les vainqueurs et les vaincus d'autrefois. C'est alors que l'une de ces nations avait entrepris de soumettre ses voisines. Situés vers le centre de la Mahart-Iten-Schu, les Andarti-ha-Sammgor, ou Hommes-à-Face-de-Bronze, luttèrent sans merci pour agrandir leurs frontières, dans lesquelles étouffait leur race ardente et prolifique. Les uns après les autres, au prix de guerres séculaires, ils vainquirent les Andarti-Mahart-Horis, les Hommes-du-Pays-de-la-Neige, qui habitaient les contrées du Sud, et les Andarti-Mitra-Psul, les Hommes-de-l'Etoile-Immobile, dont l'empire était situé vers le Nord et vers l'Ouest.

Près de deux cents ans s'étaient écoulés depuis que l'ultime révolte de ces deux derniers peuples avait été noyée dans des torrents de sang, et la terre avait enfin connu une ère de paix. C'était la quatrième période de l'histoire. Un seul Empire remplaçant les trois nations de jadis, tous obéissant à la loi de Basidra, l'unité politique tendait à fondre les races. Nul ne parlait plus des Hommes-à-Face-de-Bronze, des Hommes-du-Pays-de-la-Neige, des Hommes-de-l'Etoile-Immobile, et la Terre ne contenait plus qu'un peuple unique, les Andarti-Iten-Schu, les Hommes-des-Quatre-Mers, qui résumait tous les autres en lui.

Mais voilà qu'après ces deux cents années de paix une cinquième période semblait en voie de gestation. Des bruits fâcheux, venus on ne savait d'où, circulaient depuis quelque temps. Il s'était révélé des penseurs pour réveiller dans les âmes des souvenirs ancestraux qu'on eût pu croire abolis. L'ancien sentiment de la race ressuscitait, sous une forme nouvelle caractérisée par des mots nouveaux. On parlait couramment d' « atavisme », d' « affinités », de « nationalités », etc., tous vocables de création récente, qui, répondant à un besoin, avaient aussitôt conquis droit de cité. Suivant les communautés d'origine, d'aspect physique, de tendances morales, d'intérêts ou simplement de région et de climat, des groupements se formaient qu'on voyait grandir peu à peu et qui commençaient à s'agiter. Comment cette évolution naissante tournerait-elle ? L'Empire allait-il se désagréger à peine formé ? La Mahart-Iten-Schu allait-elle être divisée, comme jadis, entre un grand nombre de nations, ou du moins, pour en maintenir l'unité, faudrait-il avoir encore recours aux effroyables hécatombes qui, durant tant de millénaires, avaient fait de la Terre un charnier ?...

Sofr, d'un mouvement de tête, rejeta ces pensées. L'avenir, ni lui ni personne ne le connaissait. Pourquoi donc s'attrister à l'avance d'événements incertains ? En tout cas, ce n'était pas le jour d'agiter ces sinistres hypothèses. Aujourd'hui, tout était à la joie, et on ne devait songer qu'à la grandeur auguste de Mogar-Si, douzième empereur du Hars-Iten-Schu, dont le sceptre menait l'univers vers de glorieuses destinées.

Au surplus, pour un zartog, les sujets de se réjouir ne manquaient pas. Outre l'historien qui avait retracé les fastes de la Mahart-Iten-Schu, une pléiade de savants, à l'occasion du grandiose anniversaire, avaient établi, chacun dans sa spécialité, le bilan du savoir humain et précisé le point où son effort séculaire avait amené l'humanité. Or, si le premier avait suggéré, dans une certaine mesure, de tristes réflexions, en racontant par quelle route lente et tortueuse elle s'était évadée de sa bestialité originelle, les autres avaient donné un aliment au légitime orgueil de leur auditoire.

Oui, en vérité, la comparaison entre ce qu'était l'homme, arrivant nu et désarmé sur la Terre, et ce qu'il était aujourd'hui, incitait à l'admiration. Pendant des siècles, malgré ses discordes et ses haines fratricides, pas un instant il n'avait cessé sa lutte contre la nature, augmentant de jour en jour l'ampleur de sa victoire. Lente tout d'abord, sa marche triomphale s'était étonnamment accélérée depuis deux cents ans, la stabilité des institutions politiques et la paix universelle qui en était résultée ayant provoqué un merveilleux essor de la science. L'humanité avait vécu par le cerveau et non plus seulement par les membres, elle avait réfléchi au lieu de s'épuiser en guerres insensées, et c'est pourquoi, au cours des deux derniers siècles, elle avait marché d'un pas toujours plus rapide vers la connaissance et vers la domestication de la matière.

A grands traits, Sofr, tout en suivant sous le brûlant soleil la longue rue de Basidra, esquissait dans son esprit le tableau des conquêtes de l'homme.

Celui-ci avait d'abord — cela se perdait dans la nuit des temps — imaginé l'écriture, afin de fixer la pensée, puis — l'invention remontait à plus de cinq cents ans — il avait trouvé le moyen de répandre la parole écrite en un nombre infini d'exemplaires, à l'aide d'un moule disposé une fois pour toutes. C'est de cette invention que découlaient en réalité toutes les autres. C'est grâce à elle que les cerveaux s'étaient mis en branle, que l'intelligence de chacun s'était accrue de celle du voisin, et que les découvertes, dans l'ordre théorique et pratique, s'étaient prodigieusement multipliées. A présent, on ne les comptait plus.

L'homme avait pénétré dans les entrailles de la terre et il en extrayait la houille, généreuse dispensatrice de chaleur ; il avait libéré la force latente de l'eau, et la vapeur traînait désormais sur des rubans de fer des convois pesants ou actionnait d'innombrables machines puissantes, délicates et précises ; grâce à ces machines, il tissait les fibres végétales et pouvait travailler à son gré les métaux, le marbre et la roche. Dans un domaine moins concret ou tout au moins d'une utilisation moins directe et moins immédiate, il pénétrait graduellement le mystère des nombres et explorait sans cesse plus avant l'infini des vérités mathématiques. Par elles, sa pensée avait parcouru le ciel. Il savait que le soleil n'était qu'une étoile gravitant dans l'espace selon des lois rigoureuses, en entraînant les sept planètes de son cortège dans son orbe enflammé. Il connaissait l'art, soit de combiner certains corps bruts de manière à en former de nouveaux n'ayant plus rien de commun avec les premiers, soit de diviser certains autres corps en leurs éléments constitutifs et primordiaux. Il soumettait à l'analyse le son, la chaleur, la lumière, et commençait à en déterminer la nature et les lois. Cinquante ans plus tôt, il avait appris à produire cette force dont le tonnerre et les éclairs sont les terrifiantes manifestations, et aussitôt il en avait fait son esclave ; déjà cet agent mystérieux transmettait à d'incalculables distances la pensée écrite ; demain il transmettrait le son ; après-demain, sans doute, la lumière... Oui, l'homme était grand, plus grand que l'univers immense, auquel il commanderait en maître, un jour prochain.

Alors, pour que l'on possédât la vérité intégrale, ce dernier problème resterait à résoudre : cet homme, maître du monde, qui était-il ? D'où venait-il ? Vers quelles fins inconnues tendait son inlassable effort ?

C'est précisément ce vaste sujet que le zartog Sofr venait de traiter au cours de la cérémonie dont il sortait. Certes, il n'avait fait que l'effleurer, car un tel problème était actuellement insoluble et le demeurerait sans doute longtemps encore. Quelques vagues lueurs commençaient pourtant à éclairer le mystère. Et, de ces lueurs, n'était-ce pas le zartog Sofr qui avait projeté les plus puissantes, lorsque, codifiant, systématisant les patientes observations de ses prédécesseurs et ses remarques personnelles, il avait abouti à sa loi de l'évolution de la matière vivante, loi universellement admise maintenant et qui ne rencontrait plus un seul contradicteur ?

Cette théorie reposait sur une triple base.

Sur la science géologique, tout d'abord, qui, née du jour où l'on avait fouillé les entrailles du sol, s'était perfectionnée simultanément au développement des exploitations minières. L'écorce du globe était si parfaitement connue que l'on osait fixer son âge à quatre cent mille ans, et à vingt mille ans celui de la Mahart-Iten-Schu telle qu'elle existait aujourd'hui. Auparavant, ce continent dormait sous les eaux de la mer, ainsi qu'en témoignait l'épaisse couche de limon marin recouvrant, sans aucune interruption, les couches rocheuses sous-jacentes. Par quel mécanisme avait-il jailli hors des flots ? Sans doute par suite d'une contraction du globe refroidi. Quoiqu'il en fût à cet égard, l'émersion de la Mahart-Iten-Schu devait être considérée comme certaine.

Les sciences naturelles avaient fourni à Sofr les deux autres bases de son système, en démontrant l'étroite parenté des plantes entre elles, des animaux entre eux. Sofr était allé plus loin. Il avait prouvé jusqu'à l'évidence que presque tous les végétaux existants se reliaient à une plante marine leur ancêtre, et que presque tous les animaux terrestres ou aériens dérivaient d'animaux marins. Par une lente mais incessante évolution, ceux-ci s'étaient adaptés peu à peu à des conditions de vie, d'abord voisines, ensuite plus lointaines, de celles de leur vie primitive, et, de stade en stade, ils avaient donné naissance à la plupart des formes vivantes qui peuplaient la terre et le ciel.

Malheureusement, cette théorie ingénieuse n'était pas inattaquable. Que les êtres vivants de l'ordre animal ou végétal procédassent d'ancêtres marins, cela paraissait incontestable pour presque tous, mais non pour tous. Il existait, en effet, quelques plantes et quelques animaux qu'il semblait impossible de rattacher à des formes aquatiques. Là était un des deux points faibles du système.

L'homme — Sofr ne se le dissimulait pas — était l'autre point faible. Entre l'homme et les animaux, aucun rapprochement n'était possible. Certes, les fonctions et les propriétés primordiales, telles que la respiration, la nutrition, la motilité étaient les mêmes et s'accomplissaient ou se révélaient sensiblement de pareille manière, mais un abîme infranchissable subsistait entre les formes extérieures, le nombre et la disposition des organes. Si, par une chaîne dont peu de maillons manquaient, on pouvait rattacher la grande majorité des animaux à des ancêtres issus de la mer, une pareille filiation était inadmissible en ce qui concernait l'homme. Pour conserver intacte la théorie de l'évolution, on était donc dans la nécessité d'imaginer gratuitement l'hypothèse d'une souche commune aux habitants des eaux et à l'homme, souche dont rien, absolument rien, ne démontrait l'existence antérieure.

Un moment, Sofr avait espéré trouver dans le sol des arguments dans le sens de ses préférences. A son instigation et sous sa direction, des fouilles avaient été faites pendant une longue suite d'années, mais pour aboutir à des résultats diamétralement opposés à ceux qu'en attendait leur promoteur.

Après avoir traversé une mince pellicule d'humus formée par la décomposition des plantes et d'animaux semblables ou analogues à ceux qu'on voyait tous les jours, on était arrivé à l'épaisse couche de limon, dans laquelle les vestiges du passé avaient changé de nature. Dans ce limon, plus aucune trace de la flore et de la faune existantes, mais un amas colossal de fossiles exclusivement marins et dont les congénères vivaient encore le plus souvent dans les océans ceinturant la Mahart-Iten-Schu.

Qu'en conclure, sinon que les géologues avaient raison en professant que le continent avait jadis servi de fond à ces mêmes océans, et que Sofr non plus n'avait pas tort en affirmant l'origine marine de la faune et de la flore contemporaines ? Puisque, sauf des exceptions si rares qu'on était en droit de les considérer comme des monstruosités, les formes aquatiques et les formes terrestres étaient les seules dont on relevât la trace, celles-ci avaient été nécessairement engendrées par celles-là.

Malheureusement pour la généralisation du système, on fit encore d'autres trouvailles. Epars dans toute l'épaisseur de l'humus et jusque dans la partie la plus superficielle du dépôt de limon, d'innombrables ossements humains furent ramenés au jour. Rien d'exceptionnel dans la structure de ces fractions de squelettes, et Sofr dut renoncer à leur demander les organismes intermédiaires dont l'existence eût affirmé sa théorie. Ces ossements étaient des ossements d'homme, ni plus, ni moins.

Toutefois, une particularité assez remarquable ne tarda pas à être constatée. Jusqu'à une certaine antiquité, qui pouvait être grossièrement évaluée à deux ou trois mille ans, plus l'ossuaire était ancien, plus les crânes découverts étaient de petite taille. Par contre, au-delà de ce stade, la progression se renversait, et, dès lors, plus on reculait dans le passé, plus augmentait la capacité de ces crânes et, par la suite, la grandeur des cerveaux qu'ils avaient contenus. Le maximum dans cet ordre d'idée fut précisément rencontré parmi les débris, d'ailleurs fort rares, trouvés à la superficie de la couche de limon. L'examen consciencieux de ces restes vénérables ne permit pas de mettre en doute que les hommes vivant à cette époque reculée n'eussent dès lors acquis un développement cérébral de beaucoup supérieur à celui de leurs successeurs, jusque et y compris les contemporains du zartog Sofr eux-mêmes. Il y avait donc eu, pendant cent-soixante ou cent-soixante-dix siècles, régression certaine, suivie d'une nouvelle ascension.

Sofr, troublé par ces faits étranges, poussa ses recherches plus avant. La couche de limon fut traversée de part en part, sur une épaisseur telle que, selon les avis les plus modérés, le dépôt n'en avait pas exigé moins de quinze à vingt mille ans. Au-delà, on eut la surprise de trouver de faibles restes d'une ancienne couche d'humus, puis, au-dessous de cet humus, ce fut la roche, de nature variable selon le siège des recherches. Mais, ce qui porta l'étonnement à son comble, ce fut de ramener quelques débris d'origine incontestablement humaine de ces profondeurs mystérieuses. C'étaient des parcelles d'ossements ayant appartenu à des hommes et aussi des fragments d'armes ou de machines, des morceaux de poterie, des lambeaux d'inscriptions en langage inconnu, des pierres dures finement travaillées, parfois sculptées en forme de statues presque intactes, des chapiteaux délicatement ouvragés, etc., etc. De l'ensemble de ces trouvailles, on fut logiquement amené à penser que quarante mille ans plus tôt, c'est-à-dire vingt mille avant le moment où avaient surgi, on ne savait d'où ni comment, les premiers représentants de la race contemporaine, des hommes avaient déjà vécu dans ces mêmes lieux et y étaient parvenus à un degré de civilisation fort avancée.

Telle fut, en effet, la conclusion généralement admise. Toutefois, il y eut au moins un dissident.

Ce dissident n'était autre que Sofr. Admettre que d'autres hommes, séparés de leurs successeurs par un abîme de vingt mille ans, eussent une première fois peuplé la Terre, c'était, à son estime, pure folie. D'où seraient venus, dans ce cas, ces descendants d'ancêtres depuis si longtemps disparus et auxquels nul lien ne les rattachait ? Plutôt que d'accueillir une hypothèse aussi absurde, mieux valait rester dans l'expectative. De ce que ces faits singuliers ne fussent pas expliqués, il ne fallait pas conclure qu'ils fussent inexplicables. On les interpréterait un jour. Jusque-là, il convenait de n'en tenir aucun compte et de rester attaché à ces principes, qui satisfont pleinement la raison pure :

La vie planétaire se divise en deux phases : avant l'homme, depuis l'homme. Dans la première, la terre, en état de perpétuelles transformations, est pour cette raison inhabitable et inhabitée. Dans la seconde, l'écorce du globe est arrivée à un degré de cohésion permettant la stabilité. Aussitôt, ayant enfin un substratum solide, la vie apparaît. Elle débute par les formes les plus simples, et va en se compliquant de siècle en siècle, pour aboutir finalement à l'homme, sa dernière et sa plus parfaite expression. L'homme, à peine apparu sur la terre, commence aussitôt et poursuit sans arrêt son ascension. D'une marche lente mais sûre, il s'achemine vers sa fin, qui est la connaissance parfaite et la domination absolue de l'Univers.

Emporté par la chaleur de ses convictions, Sofr avait dépassé sa maison. Il fit volte-face en maugréant.

« Eh quoi ! se disait-il, admettre que l'homme — il y aurait quarante mille ans ! — soit parvenu à une civilisation comparable, sinon supérieure à celle dont on jouit actuellement, et que ses connaissances, ses acquisitions aient disparu sans laisser la moindre trace, au point de contraindre ses descendants à recommencer l'œuvre par la base, comme s'ils étaient les pionniers d'un monde inhabité avant eux ? Mais ce serait nier l'avenir, proclamer que notre effort est vain et que tout progrès est aussi fragile qu'une bulle d'écume à la surface des flots ! »

Sofr fit halte devant sa maison.

« Upsa ni !... hartchok ! » — Non, non en vérité ! — « Andart mir'hoë spha ! » — L'homme est le maître des choses ! murmura-t-il en poussant la porte.

*

* *

Quand le zartog se fut reposé quelques instants, il déjeuna de bon appétit, puis s'étendit en vue de faire sa sieste quotidienne. Mais les questions qu'il avait agitées en regagnant son domicile continuaient à l'obséder et chassaient le sommeil.

Quel que fût son désir d'établir la parfaite unité des

méthodes de la nature, il avait trop d'esprit critique pour méconnaître la faiblesse de son système dès qu'on abordait le problème de l'origine et de la formation de l'homme. Contraindre les faits à cadrer avec une hypothèse préalable, c'est une manière d'avoir raison contre les autres, ce n'en est pas une d'avoir raison contre soi-même.

Si, au lieu d'être un savant, un très éminent zartog, Sofr avait fait partie de la classe des illettrés, il eût été moins embarrassé. Le peuple, en effet, sans perdre son temps à de profondes spéculations, se contentait d'accepter les yeux fermés la vieille légende que, de temps immémorial, on se transmettait de père en fils. Expliquant le mystère par un autre mystère, elle faisait remonter l'origine de l'homme à l'intervention d'une volonté supérieure. Un jour, cette puissance extraterrestre avait créé de rien Edom et Hiva, le premier homme et la première femme, dont les descendants avaient peuplé la terre. Ainsi tout s'enchaînait très simplement.

Trop simplement, songeait Sofr. Quand on désespère de comprendre quelque chose, il est vraiment trop facile de faire intervenir la divinité. De cette façon, il devient inutile de chercher la solution des énigmes de l'univers, les problèmes étant supprimés aussitôt que posés.

Si encore la légende populaire avait eu, ne fût-ce que l'apparence d'une base sérieuse !... Mais elle ne reposait sur rien. Ce n'était qu'une tradition, née aux époques d'ignorance, et transmise ensuite d'âge en âge. Jusqu'à ce nom : Edom !... D'où venait ce vocable bizarre, à la consonance étrangère, qui ne semblait pas appartenir à la langue des Andarti-Iten-Schu ? Rien que sur cette petite difficulté philologique, une infinité de savants avaient pâli, sans trouver de réponse satisfaisante... Allons ! billevesées que tout cela, indignes de retenir l'attention d'un zartog.

Sofr, énervé, descendit dans son jardin. C'était l'heure, au surplus, où il avait coutume de le faire. Le soleil déclinant versait sur la terre une chaleur moins brûlante, et une brise tiède commençait à souffler de la Spone-Schu. Le zartog erra par les allées, à l'ombre des arbres, dont les feuilles frissonnantes murmuraient au vent du large, et, peu à peu, ses nerfs retrouvèrent leur équilibre habituel. Il put chasser ses absorbantes pensées, jouir paisiblement du plein air, s'intéresser aux fruits, richesse des jardins, aux fleurs, leur parure.

Le hasard de la promenade l'ayant ramené du côté de sa maison, il s'arrêta au bord d'une profonde excavation, dans laquelle gisaient de nombreux outils. Là seraient bâties à bref délai les fondations d'une construction neuve qui doublerait la surface de son laboratoire. Mais, en ce jour de fête, les ouvriers avaient déjà abandonné leur travail pour se livrer au plaisir.

Sofr estimait machinalement l'ouvrage déjà fait et l'ouvrage restant à faire, quand, dans la pénombre de l'excavation, un point brillant attira son attention. Intrigué, il descendit au fond du trou et dégagea l'objet brillant de la terre qui le recouvrait aux trois quarts.

Remonté au jour, le zartog examina sa trouvaille. C'était une sorte d'étui, fait d'un métal inconnu, de couleur grise, de texture granuleuse, et dont un long séjour dans le sol avait atténué l'éclat. Au tiers de sa longueur, une fente indiquait que l'étui était formé de deux parties s'emboîtant l'une dans l'autre. Sofr essaya de l'ouvrir.

A sa première tentative, le métal, désagrégé par le temps, se réduisit en poussière, découvrant un second objet qui y était inclus.

La substance de cet objet était aussi nouvelle pour le zartog que le métal qui l'avait protégé jusqu'alors. C'était un rouleau fait de feuillets superposés et couverts de signes étranges, dont la régularité montrait qu'ils étaient des caractères d'écriture, mais d'une écriture inconnue, et telle que Sofr n'en avait jamais vu de semblable, ni même d'analogue.

Le zartog, tout tremblant d'émotion, courut s'enfermer dans son laboratoire, et, ayant étalé avec soin le précieux document, il l'examina longuement.

Oui, c'était bien de l'écriture, rien de plus certain. Mais il ne l'était pas moins que cette écriture ne ressemblait en rien à aucune de celles que, depuis l'origine des temps historiques, on avait pratiquées sur toute la surface de la Terre.

D'où venait ce document ? Que signifiait-il ? Telles furent

les deux questions qui se posèrent d'elles-mêmes à l'esprit de Sofr.

Pour répondre à la première il fallait nécessairement être en état de répondre à la seconde. Il s'agissait donc, tout d'abord de lire, de traduire ensuite, car on pouvait affirmer *a priori* que la langue du document serait aussi ignorée que son écriture.

Cela était-il impossible ? Le zartog Sofr ne le pensa pas, et, sans plus tarder, il se mit fiévreusement au travail.

Ce travail dura longtemps, longtemps, des années entières. Sofr ne se lassa point. Sans se décourager, il poursuivit l'étude méthodique du mystérieux document, avançant pas à pas vers la lumière. Un jour vint enfin où il posséda la clef de l'indéchiffrable rébus, un jour vint où, avec beaucoup d'hésitation et beaucoup de peine encore, il put le traduire dans la langue des Hommes-des-Quatre-Mers.

Or, quand ce jour arriva, le zartog Sofr-Aï-Sr lut ce qui suit :

II

Rosario, le 24 mai 2...

Je date de cette façon le début de mon récit, bien qu'en réalité il ait été rédigé à une autre date beaucoup plus récente et en des lieux bien différents. Mais, en pareille matière, l'ordre est, à mon sens, impérieusement nécessaire, et c'est pourquoi j'adopte la forme d'un « journal » écrit au jour le jour.

C'est donc le 24 mai que commence le récit des effroyables événements que j'entends ici relater pour l'enseignement de ceux qui viendront après moi, si toutefois l'humanité est encore en droit de compter sur un avenir quelconque.

En quelle langue écrirai-je ? En anglais ou en espagnol que je parle couramment ? Non, j'écrirai dans la langue de mon pays : en français.

Ce jour-là, le 24 mai, j'avais réuni quelques amis dans ma villa de Rosario.

Rosario est, ou plutôt était, une ville du Mexique située sur le rivage du Pacifique, un peu au sud du golfe de Californie. Une dizaine d'années auparavant, je m'y étais installé pour diriger l'exploitation d'une mine d'argent qui m'appartenait en propre. Mes affaires avaient étonnamment prospéré. J'étais un homme riche, très riche même, — ce mot-là me fait bien rire aujourd'hui ! — et je projetais de rentrer à bref délai en France, ma patrie d'origine.

Ma villa, des plus luxueuses, était située au point culminant d'un vaste jardin qui descendait en pente vers la mer et finissait brusquement en une falaise à pic de plus de cent mètres de hauteur. En arrière de ma villa, le terrain continuait à monter, et, par des routes en lacets, on pouvait atteindre la crête de montagnes dont l'altitude dépassait quinze cents mètres. Souvent, ce qui constituait une agréable promenade, j'en avais fait l'ascension dans mon automobile, un superbe et puissant double phaéton de trente-cinq chevaux, de l'une des meilleures marques françaises.

J'étais installé à Rosario avec mon fils, Jean, un beau garçon de vingt ans, quand, à la mort de parents, éloignés par le sang mais près de mon cœur, je recueillis leur fille, Hélène, restée orpheline et sans fortune. Depuis cette époque, cinq ans s'étaient écoulés. Mon fils Jean avait vingt-cinq ans ; ma pupille Hélène, vingt ans. Dans le secret de mon cœur, je les destinais l'un à l'autre.

Notre service était assuré par un valet de chambre, Germain ; par Modeste Simonat, un chauffeur des plus débrouillards, et par deux femmes, Edith et Mary, filles de mon jardinier, George Raleigh, et de sa femme, Anna.

Ce jour-là, 24 mai, nous étions huit assis autour de ma table, à la lumière des lampes électriques qu'alimentaient des groupes électrogènes installés dans le jardin. Il y avait, outre le maître de céans, son fils et sa pupille, cinq autres convives, dont trois appartenaient à la race anglo-saxonne et deux à la race mexicaine.

Le docteur Barthurst figurait parmi les premiers, et le docteur Moreno parmi les seconds. C'étaient deux savants, dans la plus large acception du mot, ce qui ne les empêchait pas d'être rarement d'accord. Au demeurant de braves gens et les meilleurs amis du monde.

Les deux autres Anglo-Saxons avaient nom Williamson, propriétaire d'une importante pêcherie de Rosario, et Rowling, un audacieux qui avait fondé aux environs de la ville un établissement de primeurs, où il était en train de récolter une sérieuse fortune.

Quant au dernier convive, c'était le senor Mendoza, président du tribunal de Rosario, homme estimable, esprit cultivé, juge intègre.

Nous arrivâmes sans incident notable à la fin du repas. Les paroles qu'on avait prononcées jusque-là, je les ai oubliées. Par contre, il n'en est pas ainsi de ce qui fut dit au moment des cigares.

Non pas que ces propos aient par eux-mêmes une importance particulière, mais le commentaire brutal qui devait bientôt en être fait ne laisse pas de leur donner quelque saveur, et c'est pourquoi ils ne sont jamais sortis de mon esprit.

On en était venu — par quel chemin, peu importe — à parler des progrès merveilleux réalisés par l'homme. Le docteur Bathurst dit à un certain moment :

« Il est de fait que si Adam (naturellement, en sa qualité d'Anglo-Saxon, il prononçait Edèm*) et Eve (il prononçait* Iva, *bien entendu) revenaient sur la terre, ils seraient joliment étonnés ! »*

Ce fut l'origine de la discussion. Fervent darwiniste, partisan convaincu de la sélection naturelle, Moreno demanda d'un ton ironique à Bathurst si celui-ci croyait sérieusement à la légende du paradis terrestre. Bathurst répondit qu'il croyait du moins en Dieu, et que, l'existence d'Adam et d'Eve étant affirmée par la Bible, il s'interdisait de la discuter. Moreno répliqua qu'il croyait en Dieu au moins autant que son contradicteur, mais que le premier homme et la première femme pouvaient fort bien n'être que des mythes, des symboles, et qu'il n'y avait rien d'impie par conséquent à supposer que la Bible eût voulu figurer ainsi le souffle de vie répandu par la puissance créatrice dans la première cellule, de laquelle toutes les autres avaient ensuite procédé. Bathurst riposta que l'explication était spé-

cieuse, et que, en ce qui le concernait, il estimait plus flatteur d'être l'œuvre directe de la divinité que d'en descendre par l'intermédiaire de primates plus ou moins simiesques.

Je vis le moment où la discussion allait s'échauffer, quand elle cessa tout à coup, les deux adversaires ayant par hasard trouvé un terrain d'entente. C'est ainsi, d'ailleurs, que les choses finissaient d'ordinaire.

Cette fois, revenant à leur premier thème, les deux antagonistes s'accordaient à admirer, quelle que fût l'origine de l'humanité, la haute culture où elle était parvenue et énuméraient ses conquêtes avec orgueil. Toutes y passèrent. Bathurst vanta la chimie, poussée à un tel degré de perfection qu'elle tendait à disparaître pour se confondre avec la physique, les deux sciences n'en formant plus qu'une, ayant pour objet l'étude de l'immanente énergie. Moreno fit l'éloge de la médecine et de la chirurgie, grâce auxquelles on avait pénétré l'intime nature du phénomène de la vie et dont les prodigieuses découvertes permettaient d'espérer, dans un avenir prochain, l'immortalité des organismes animés. Après quoi, tous deux se congratulèrent des hauteurs atteintes par l'astronomie. Ne conversait-on pas maintenant, en attendant les étoiles, avec sept des planètes du système solaire ?

Fatigués par leur enthousiasme, les deux apologistes prirent un petit temps de repos. Les autres convives en profitèrent pour placer un mot à leur tour, et l'on entra dans le vaste champ des inventions pratiques qui avaient si profondément modifié la condition de l'humanité. On parla des chemins de fer et des steamers affectés au transport des marchandises lourdes et encombrantes, des aéronefs économiques utilisés par les voyageurs à qui le temps ne manque pas, des tubes pneumatiques ou électro-ioniques sillonnant tous les continents et toutes les mers, adoptés par les gens pressés. On parla des innombrables machines plus ingénieuses les unes que les autres, dont une seule, dans certaines industries, exécute le travail de cent hommes. On parla de l'imprimerie, de la photographie des couleurs et de la lumière, de celle du son, de la chaleur et de toutes les vibrations de l'éther. On parla surtout de l'électricité, cet agent si souple, si docile et si parfaitement connu dans ses pro-

priétés et dans son essence, qui permet, sans le moindre connecteur matériel, soit d'actionner un mécanisme quelconque, soit de diriger un vaisseau marin, sous-marin ou aérien, soit de s'écrire, de se parler ou de se voir, et cela quelque grande que soit la distance.

Bref, ce fut un vrai dithyrambe, dans lequel je fis ma partie, je l'avoue. On s'accorda sur ce point, que l'humanité avait atteint un niveau intellectuel inconnu avant notre époque et qui autorisait à croire à sa victoire définitive sur la nature.

— Cependant, dit de sa petite voix flûtée le président Mendoza, profitant de l'instant de silence qui suivit cette conclusion finale, je me suis laissé dire que des peuples, aujourd'hui disparus sans laisser la moindre trace, étaient déjà parvenus à une civilisation égale ou analogue à la nôtre.

— Lesquels ? interrogea la table tout d'une voix.

— Eh mais !... les Babyloniens, par exemple.

Ce fut une explosion d'hilarité. Oser comparer les Babyloniens aux hommes modernes !

— Les Egyptiens, continuait don Mendoza sans s'émouvoir.

On rit plus fort autour de lui.

— Il y a aussi les Atlantes, que notre ignorance seule rend légendaires, poursuivit le Président. Sans compter qu'une infinité d'autres humanités, antérieures aux Atlantes eux-mêmes, ont pu naître, prospérer et s'éteindre sans que nous en ayons aucune connaissance.

Don Mendoza persistant dans son paradoxe, on consentit, afin de ne pas le froisser, à faire semblant de le prendre au sérieux.

— Voyons, mon cher Président, insinua Moreno, du ton qu'on prend pour faire entendre raison à un enfant, vous ne voulez pas prétendre, j'imagine, qu'aucun de ces anciens peuples puisse être comparé à nous ? Dans l'ordre moral, j'admets qu'il se soient élevés à un égal degré de culture, mais dans l'ordre matériel !...

— Pourquoi pas ? objecta don Mendoza.

— Parce que, expliqua Bathurst, le propre de nos inventions est qu'elles se répandent instantanément par toute la terre. La disparition d'un seul peuple, ou même d'un grand nombre de

peuples, laisserait donc intacte la somme de progrès réalisés. Pour que l'effort humain fût perdu, il faudrait que toute l'humanité disparût à la fois. Est-ce là, je vous le demande, une hypothèse admissible ?

Pendant que nous causions ainsi, les effets et les causes continuaient à s'engendrer réciproquement dans l'infini de l'univers, et, moins d'une minute après la question que venait de poser le docteur Bathurst, leur résultante totale n'allait que trop justifier le scepticisme de Mendoza. Mais nous n'en avions aucune conscience, et nous discourions paisiblement, les uns renversés sur le dossier de leur siège, les autres accoudés sur la table, tous faisant converger des regards compatissants sur Mendoza que nous supposions accablé par la réplique de Bathurst.

— D'abord, répondit le Président sans s'émouvoir, il est à croire que la terre avait jadis moins d'habitants qu'elle n'en a aujourd'hui de telle sorte qu'un peuple pouvait fort bien posséder à lui seul le savoir universel. Ensuite, je ne vois rien d'absurde, a priori, *à admettre que toute la surface du globe soit bouleversée en même temps.*

— Allons donc ! nous écriâmes-nous à l'unisson.

Ce fut à cet instant précis que survint le cataclysme.

Nous prononcions encore tous ensemble cet « allons donc » qu'un vacarme effroyable s'éleva. Le sol trembla et manqua sous nos pieds, la villa oscilla sur sa base.

Nous heurtant, nous bousculant, en proie à une terreur indicible, nous nous précipitâmes au dehors.

A peine avions-nous franchi le seuil, que la maison s'écroulait d'un seul bloc, ensevelissant sous ses décombres le Président Mendoza et mon valet de chambre Germain, qui venaient les derniers. Après quelques secondes d'un affolement bien naturel, nous nous disposions à leur porter secours, quand nous aperçûmes Raleigh, mon jardinier, accourir, suivi de sa femme, du bas du jardin où il habitait.

— La mer !... la mer !... criait-il à pleins poumons.

Je me retournai du côté de l'océan et demeurai sans mouvement, frappé de stupeur. Ce n'est pas que je me rendisse nettement compte de ce que je voyais, mais j'eus sur-le-champ la claire notion que la perspective coutumière était changée. Or, cela ne suffisait-il pas à glacer le cœur d'épouvante que l'aspect de la nature, de cette nature que nous considérons comme immuable par essence, eût été si étrangement modifié en quelques secondes ?

Toutefois, je ne tardai pas à reprendre mon sang-froid. La véritable supériorité de l'homme, ce n'est pas de dominer, de vaincre la nature ; c'est, pour le penseur, de la comprendre, de faire tenir l'univers immense dans le microcosme de son cerveau ; c'est, pour l'homme d'action, de garder une âme sereine devant la révolte de la matière, c'est de lui dire : « Me détruire, soit ! m'émouvoir, jamais ! »

Dès que j'eus reconquis mon calme, je compris en quoi le tableau que j'avais sous les yeux différait de celui que j'étais accoutumé de contempler. La falaise avait disparu, tout simplement, et mon jardin s'était abaissé au niveau de la mer, dont les vagues, après avoir anéanti la maison du jardinier, battaient furieusement mes plates-bandes les plus basses.

Comme il était peu admissible que le niveau de l'eau eût monté, il fallait nécessairement que celui de la terre se fût abaissé. La descente dépassait cent mètres, puisque la falaise avait précédemment cette hauteur, mais elle avait dû se faire avec une certaine douceur, car nous ne nous en étions guère aperçus, ce qui expliquait le calme relatif de l'océan.

Un bref examen me convainquit que mon hypothèse était juste et me permit, en outre, de constater que la descente n'avait pas cessé. La mer continuait à gagner, en effet, avec une vitesse qui me parut voisine de deux mètres à la seconde, soit sept ou huit kilomètres à l'heure. Etant donnée la distance qui nous séparait des premières vagues, nous allions par conséquent être engloutis en moins de trois minutes, si la vitesse de chute demeurait uniforme.

Ma décision fut rapide.

— A l'auto ! m'écriai-je.

On me comprit. Nous nous précipitâmes tous vers la remise, et l'auto fut traînée au dehors. En un clin d'œil, on fit le plein d'essence, puis nous nous entassâmes au petit bonheur. Mon chauffeur Simonat actionna le moteur, sauta au volant, embraya, et s'élança sur la route en quatrième vitesse, tandis que Raleigh, ayant ouvert la grille, agrippait l'auto au passage et se cramponnait aux ressorts d'arrière.

Il était temps. Au moment où l'auto atteignait la route, une lame vint, en déferlant, mouiller les roues jusqu'au moyeu. Mais désormais nous pouvions nous rire de la poursuite de la mer. En dépit de sa charge excessive, ma bonne machine saurait nous emporter hors de ses atteintes, et à moins que la descente vers l'abîme ne dût indéfiniment continuer... En somme, nous avions du champ devant nous : deux heures au moins de montée et une altitude disponible de près de quinze cents mètres.

Pourtant, je ne tardai pas à reconnaître qu'il ne convenait pas encore de crier victoire. Après que le premier bond de la voiture nous eut portés à une vingtaine de mètres de la frange d'écume, c'est en vain que Simonat ouvrit les gaz en grand, cette distance ne s'accrut pas. Sans doute, le poids des douze personnes qu'elle portait ralentissait l'allure de la voiture. Quoi qu'il en soit, cette allure était précisément égale à celle de l'eau envahissante, qui restait invariablement à la même distance.

Cette effroyable situation fut bientôt connue, et tous, sauf Simonat, appliqué à diriger sa voiture, nous nous retournâmes vers le chemin que nous laissions en arrière. On n'y voyait plus rien que de l'eau. A mesure que nous l'avions conquise, la route disparaissait sous la mer qui la conquérait à son tour. Celle-ci s'était calmée. A peine si quelques rides venaient doucement mourir sur une grève toujours nouvelle. C'était un lac paisible qui gonflait, gonflait toujours, d'un mouvement uniforme, et rien n'était tragique comme la poursuite de cette eau calme. En vain nous fuyions devant elle, l'eau montait, implacable, avec nous.

Simonat, qui tenait les yeux fixés sur la route, dit, à un tournant :

— Nous voici à moitié de la pente. Encore une heure de montée.

Nous frissonnâmes. Eh quoi ! dans une heure, nous allions atteindre le sommet, et il nous faudrait redescendre, chassés, rejoints alors, quelle que fût notre vitesse, par les masses liquides qui se précipiteraient en avalanche à notre suite !...

L'heure s'écoula sans que rien fût changé dans notre situation. Déjà, nous distinguions le point culminant de la côte, quand la voiture éprouva une violente secousse et fit une embardée qui manqua la fracasser sur le talus de la route. En même temps, une vague énorme se gonfla derrière nous, courut à l'assaut de la route, se creusa, et déferla finalement sur l'auto qui fut entourée d'écume. Allions-nous être engloutis ?...

Non, l'eau se retira en bouillonnant, tandis que le moteur, précipitant tout à coup ses halètements, augmentait notre allure.

D'où provenait ce subit accroissement de vitesse ? Un cri d'Anna Raleigh nous le fit comprendre. Ainsi que la pauvre femme venait de le constater, son mari n'était plus cramponné aux ressorts. Sans doute, le remous avait arraché le malheureux, et c'est pourquoi la voiture délestée gravissait plus allègrement la pente.

Soudain, elle s'arrêta sur place.

— Qu'y a-t-il ? demandai-je à Simonat. Une panne ?

Même dans ces circonstances tragiques, l'orgueil professionnel ne perdit pas ses droits. Simonat haussa les épaules avec dédain, entendant par là me faire comprendre que la panne était inconnue d'un chauffeur de sa sorte, et, de la main, montra silencieusement la route. L'arrêt me fut alors expliqué.

La route était coupée à moins de dix mètres en avant de nous. Coupée est le mot juste : on l'eût dite tranchée au couteau. Au-delà d'une arête vive qui la terminait brusquement, c'était le vide, un abîme de ténèbres, au fond duquel il était impossible de rien distinguer.

Nous nous retournâmes, éperdus, certains que notre dernière heure était venue. L'océan, qui nous avait poursuivis jusque sur ces hauteurs, allait nécessairement nous atteindre en quelques secondes...

Tous, sauf la malheureuse Anna et ses filles, qui sanglotaient à fendre l'âme, nous poussâmes un cri de joyeuse surprise. Non, l'eau n'avait pas continué son mouvement ascensionnel, ou plus exactement, la terre avait cessé de s'enfoncer. Sans doute, la secousse que nous venions de ressentir avait été l'ultime manifestation du phénomène. L'océan s'était arrêté, et son niveau restait en contrebas de près de cent mètres du point sur lequel nous étions groupés, autour de l'auto encore trépidante, pareille à un animal essoufflé par une course rapide.

Réussirions-nous à nous tirer de ce mauvais pas ? Nous ne le saurions qu'au jour. Jusque-là, il fallait attendre. L'un après l'autre, nous nous étendîmes donc sur le sol, et je crois, Dieu me pardonne, que je m'endormis !

*

*   *

Dans la nuit.

Je suis réveillé en sursaut par un bruit formidable. Quelle heure est-il ? Je l'ignore. En tout cas, nous sommes toujours noyés dans les ténèbres de la nuit.

Le bruit sort de l'abîme impénétrable, dans lequel la route s'est effondrée. Que se passe-t-il ?... On jurerait que des masses d'eau y tombent avec violence... Oui, c'est bien cela, car des volutes d'écume arrivent jusqu'à nous, et nous sommes couverts par les embruns.

Puis le calme renaît peu à peu... Tout rentre dans le silence... Le ciel pâlit... C'est le jour.

*

*   *

25 mai.

Quel supplice que la lente révélation de notre situation véritable ! D'abord, nous ne distinguons que nos environs immédiats, mais le cercle grandit, grandit sans cesse, comme si notre espoir toujours déçu eût soulevé l'un après l'autre un nombre infini de voiles légers ; et c'est enfin la pleine lumière, qui détruit nos dernières illusions.

Notre situation est des plus simples et peut se résumer en quelques mots. Nous sommes sur une île. La mer nous entoure de toutes parts. Hier encore, nous eussions aperçu tout un océan de sommets, dont plusieurs dominaient celui sur lequel nous nous trouvons. Ces sommets ont disparu, tandis que, pour des raisons qui resteront à jamais inconnues, le nôtre, plus humble cependant, s'est arrêté dans sa chute tranquille. A leur place, s'étend une nappe d'eau sans limite. De tous côtés, rien que la mer. Nous occupons le seul point solide du cercle immense décrit par l'horizon.

Il nous suffit d'un coup d'œil pour connaître dans toute son étendue l'îlot où une chance extraordinaire nous a fait trouver asile. Il est de petite taille, en effet : mille mètres au plus en longueur, et cinq cents dans l'autre dimension. Vers le Nord, l'Ouest et le Sud, son sommet, élevé d'environ cent mètres au-dessus des flots, les rejoint par une pente assez douce. A l'Est, au contraire, l'îlot se termine en une falaise qui tombe à pic dans l'océan.

C'est de ce côté surtout que se portent nos regards. Dans cette direction, nous devrions voir des montagnes étagées, et, au-delà, le Mexique tout entier. Quel changement dans l'espace d'une courte nuit de printemps ! Les montagnes ont disparu, le Mexique a été englouti ! A leur place, c'est un désert infini, le désert aride de la mer !

Nous nous regardons épouvantés. Parqués, sans vivres, sans eau, sur ce roc étroit et dénudé, nous ne pouvons conserver le moindre espoir. Farouches, nous nous étendons sur le sol, et nous commençons à attendre la mort.

*
* *

A bord de la Virginia, *4 juin.*

Que s'est-il passé pendant les jours suivants ? Je n'en ai pas gardé le souvenir. Il est à supposer que je perdis finalement connaissance, puisque je ne reprends conscience qu'à bord du navire qui nous a recueillis. Alors seulement, j'apprends que nous sommes restés dix jours entiers sur l'îlot et que deux d'entre nous, Williamson et Rowling, y sont morts de soif et de faim. Des quinze êtres vivants qu'abritait ma villa au moment du cataclysme, il n'en subsiste que neuf : mon fils Jean et ma pupille Hélène, mon chauffeur Simonat, inconsolable de la perte de sa machine, Anna Raleigh et ses deux filles, les docteurs Bathurst et Moreno, et moi enfin, moi, qui me hâte de rédiger ces lignes pour l'édification des races futures, en admettant qu'il en doive naître.

La Virginia, *qui nous porte, est un bâtiment mixte, à vapeur et à voiles, de deux mille tonneaux environ, consacré au transport des marchandises. C'est un assez vieux navire, médiocre marcheur. Le capitaine Moris a vingt hommes sous ses ordres. Le capitaine et l'équipage sont anglais.*

La Virginia *a quitté Melbourne sur lest, il y a un peu plus d'un mois, à destination de Rosario. Aucun incident n'a marqué son voyage, sauf dans la nuit du 24 au 25 mai, une série de lames de fond d'une hauteur prodigieuse, mais d'une longueur proportionnée, ce qui les a rendues inoffensives. Quelques singulières qu'elles fussent, ces lames ne pouvaient faire prévoir au capitaine le cataclysme qui s'accomplissait au même instant. Aussi a-t-il été très surpris en ne voyant que la mer à l'endroit où il comptait rencontrer Rosario et le littoral mexicain. De ce littoral, il ne subsistait plus qu'un îlot. Un canot de la* Virginia *aborda cet îlot, sur lequel onze corps inanimés furent découverts. Deux n'étaient plus que des cadavres. On embarqua les neuf autres. C'est ainsi que nous fûmes sauvés.*

*

* *

A terre. Janvier ou février.

Un intervalle de huit mois sépare les dernières lignes qui précèdent des premières qui vont suivre. Je date celles-ci de janvier ou février, dans l'impossibilité où je suis d'être plus précis, car je n'ai plus une exacte notion du temps.

Ces huit mois constituent la période la plus atroce de nos épreuves, celle où, par degrés cruellement ménagés, nous avons connu toute l'étendue de notre malheur.

Après nous avoir recueillis, la Virginia *continua sa route vers l'Est à toute vapeur. Quand je revins à moi, l'îlot où nous avions failli mourir était depuis longtemps sous l'horizon. Comme l'indiqua le point que le capitaine prit par un ciel sans nuages, nous naviguions alors juste à l'endroit où aurait dû être Mexico. Mais, de Mexico, il ne subsistait aucune trace, pas plus qu'on n'en avait trouvé pendant mon évanouissement, des montagnes du centre, pas plus qu'on n'en distinguait maintenant d'une terre quelconque, si loin que portât la vue. De tous côtés, ce n'était que l'infini de la mer.*

Il y avait, dans cette constatation, quelque chose de véritablement affolant. Nous sentions la raison près de nous échapper. Eh quoi ! le Mexique entier englouti !... Nous échangions des regards épouvantés, en nous demandant jusqu'où s'étaient étendus les ravages de l'effroyable cataclysme...

Le capitaine voulut en avoir le cœur net. Modifiant sa route, il mit le cap au Nord. Si le Mexique n'existait plus, il n'était pas admissible qu'il en fût de même de tout le continent américain.

Il en était cependant ainsi. Nous remontâmes vainement au Nord pendant douze jours sans rencontrer la terre, et nous ne la rencontrâmes pas davantage après avoir viré cap pour cap et nous être dirigés vers le Sud pendant près d'un mois. Quelque paradoxale qu'elle nous parût, force nous fut de nous rendre à l'évidence. Oui, la totalité du continent américain s'était abîmée sous les flots !

N'avions-nous donc été sauvés que pour connaître une seconde fois les affres de l'agonie ? En vérité, nous avions lieu de le craindre. Sans parler des vivres qui pourtant manqueraient un jour ou l'autre, un danger pressant nous menaçait. Que deviendrions-nous quand l'épuisement du charbon frapperait la machine d'immobilité, ainsi que cesse de battre le cœur d'un animal exsangue ? C'est pourquoi, le 14 juillet, — nous nous trouvions alors à peu près à l'ancien emplacement de Buenos-Ayres — le capitaine Moris laissa tomber les feux et mit à la voile. Cela fait, il réunit tout le personnel de la Virginia, *équipage et passagers, et, nous ayant résumé la situation, il nous invita à y réfléchir mûrement et à proposer la solution qui aurait nos préférences au conseil qui serait tenu le lendemain.*

Je ne sais si quelqu'un de mes compagnons d'infortune eût trouvé un expédient plus ou moins ingénieux. En tout cas, pour ma part, je flottais, je l'avoue, très incertain du meilleur parti à prendre, quand une tempête qui s'éleva dans la nuit trancha la question. Il nous fallut fuir dans l'Ouest, emportés par un vent déchaîné, sans cesse sur le point d'être engloutis par une mère furieuse.

L'ouragan dura trente-cinq jours, sans une minute d'interruption, voire même de détente. Nous commencions à désespérer qu'il finît jamais, lorsque le 19 août, le beau temps revint avec la même soudaineté qu'il avait cessé. Le capitaine en profita pour faire le point. Le calcul lui donna 40° de latitude Nord et 114° de longitude Est. C'étaient les coordonnées de Pékin !

Ainsi, nous avions passé au-dessus de la Polynésie, et peut-être de l'Australie, sans même nous en rendre compte, et là où nous voguions maintenant s'étendait jadis la capitale d'un Empire de quatre cents millions d'âmes !

L'Asie avait-elle donc eu le sort de l'Amérique ?

Nous en fûmes bientôt convaincus. La Virginia, *continuant sa route cap au Sud-Ouest, arriva à la hauteur du Tibet, puis à celle de l'Himalaya. Ici auraient dû s'élever les plus hauts sommets du globe. Et pourtant, dans toutes les directions, rien n'émergeait de la surface de l'océan. C'était à croire qu'il n'existait plus, sur la terre, d'autre point solide que l'îlot qui nous avait sauvés, que nous étions les seuls survivants du cataclysme, les derniers habitants d'un monde enseveli dans le mouvant linceul de la mer !*

S'il en était ainsi, nous ne tarderions pas à périr à notre tour. Malgré un rationnement sévère, les vivres du bord s'épuisaient, en effet, et nous devions perdre, dans ce cas, tout espoir de les renouveler.

J'abrège le récit de cette navigation effarante. Si, pour la raconter en détail, j'essayais de la revivre jour par jour, le souvenir m'en rendrait fou. Pour étranges et terribles que soient les événements qui l'ont précédée et suivie, quelque lamentable que m'apparaisse l'avenir — un avenir que je ne verrai pas, — c'est encore pendant cette navigation infernale que nous avons connu le maximum de l'épouvante. Oh ! cette course éternelle sur une mer sans fin ! S'attendre tous les jours à aborder quelque part et voir sans cesse reculer le terme du voyage !

Vivre penchés sur des cartes où les hommes avaient gravé la ligne sinueuse des rivages, et constater que rien, absolument rien, n'existe plus de ces lieux qu'ils pensaient éternels ! Se dire que la terre palpitait de vies innombrables, que des millions d'hommes et des myriades d'animaux la parcouraient en tous sens ou en sillonnaient l'atmosphère, et que tout est mort à la fois, que toutes ces vies se sont éteintes ensemble comme une petite flamme au souffle du vent ! Se chercher partout des semblables et les chercher en vain ! Acquérir peu à peu la certitude qu'autour de soi il n'existe rien de vivant, et prendre graduellement conscience de sa solitude au milieu d'un impitoyable univers !...

Ai-je trouvé les mots convenables pour exprimer notre angoisse ? Je ne sais. Dans aucune langue il ne doit en exister d'adéquats à une situation sans précédent.

Après avoir reconnu la mer où était jadis la péninsule indienne, nous remontâmes au Nord pendant dix jours, puis nous mîmes le cap à l'Ouest. Sans qu'aucun changement ne fût apporté à notre situation, nous franchîmes la chaîne de l'Oural devenue montagnes sous-marines, et nous naviguâmes au-dessus de ce qui avait été l'Europe. Nous descendîmes ensuite vers le Sud, jusqu'à vingt degrés au-delà de l'Equateur ; après quoi, lassés de notre inutile recherche, nous reprîmes la route du Nord et traversâmes, jusqu'à passé les Pyrénées, une étendue d'eau qui recouvrait l'Afrique et l'Espagne. En vérité nous commencions à nous habituer à notre épouvante. A mesure que nous avancions, nous pointions notre route sur les cartes, et nous disions : « Ici, c'était Moscou... Varsovie... Berlin... Vienne... Rome... Tunis... Tombouctou... Saint-Louis... Oran... Madrid... » mais avec une indifférence grandissante, et, l'accoutumance aidant, nous en arrivions à prononcer sans émotion ces paroles, en réalité si tragiques.

Pourtant, moi tout au moins, je n'avais pas épuisé ma capacité de souffrance. Je m'en aperçus le jour — c'était à peu près le 11 décembre — où le capitaine Moris me dit : « Ici, c'était Paris. » A ces mots, je crus qu'on m'arrachait l'âme. Que le monde entier fût englouti, soit ! Mais la France — ma France ! — et Paris, qui la symbolisait !...

A mes côtés, j'entendis comme un sanglot. Je me retournai. C'était Simonat qui pleurait.

Pendant quatre jours encore, nous poursuivîmes notre route vers le Nord, puis, arrivés à la hauteur d'Edimbourg, on redescendit vers le Sud-Ouest, à la recherche de l'Irlande, puis la route fut donnée à l'Est. En réalité, nous errions au hasard, car il n'y avait pas plus de raison d'aller dans une direction que dans une autre.

On passa au-dessus de Londres, dont la tombe liquide fut saluée de tout l'équipage. Cinq jours après, nous étions à la hauteur de Dantzig, quand le capitaine Moris fit virer cap pour cap et ordonna de gouverner au Sud-Ouest. Le timonier obéit passivement. Qu'est-ce que cela pouvait bien lui faire ?De tous côtés, ne serait-ce pas la même chose ?

Ce fut le neuvième jour de navigation à cette aire de compas que nous mangeâmes notre dernier morceau de biscuit.

Comme nous nous regardions avec des yeux hagards, le capitaine Moris commanda tout à coup de rallumer les feux. A quelle pensée obéissait-il ? J'en suis encore à me le demander. Quoi qu'il en soit, l'ordre fut exécuté, et la vitesse du navire s'accéléra.

Deux jours plus tard, nous souffrions déjà cruellement de la faim. Le surlendemain, presque tous refusèrent obstinément de se lever. Il n'y eut que le capitaine, Simonat, quelques hommes de l'équipage et moi, pour avoir l'énergie d'assurer la direction du navire.

Le lendemain, cinquième jour de jeûne, le nombre des timoniers et des mécaniciens bénévoles décrut encore. Dans vingt-quatre heures, personnes n'aurait plus la force de se tenir debout.

Nous naviguions, en ce moment, depuis plus de sept mois. Depuis plus de sept mois, nous sillonnions la mer en tous sens. Nous devions être, je crois, le 8 janvier. Je dis : je crois, dans l'impossibilité où je suis d'être plus précis, le calendrier ayant dès lors perdu pour nous beaucoup de sa rigueur.

Or, ce fut ce jour-là, pendant que je tenais la barre et que je consacrais à garder la ligne de foi toute mon attention défail-

lante, qu'il me sembla distinguer quelque chose dans l'Ouest. Croyant être le jouet d'une erreur, j'écarquillai les yeux...

Non, je ne m'étais pas trompé.

Je poussai un véritable rugissement, puis, me cramponnant à la barre, je criai d'une voix forte :

— Terre par tribord devant !

Quel effet magique eurent ces mots ! Tous les moribonds ressuscitèrent à la fois, et leurs figures hâves apparurent au-dessus de la lisse de tribord.

— C'est bien la terre, dit le capitaine Moris, après avoir examiné le nuage qui apparaissait à l'horizon.

Une demi-heure plus tard, il était impossible de conserver le moindre doute. C'était bien la terre que nous trouvions en plein Océan Atlantique, après l'avoir vainement cherchée sur toute la surface des anciens continents !

Vers trois heures de l'après-midi, le détail du littoral qui nous barrait la route devint perceptible, et nous sentîmes renaître notre désespoir. C'est qu'en vérité ce littoral ne ressemblait à aucun autre, et nul d'entre nous n'avait souvenir d'en avoir jamais vu d'une si absolue, d'une si parfaite sauvagerie.

Sur la terre, telle que nous l'habitions avant le désastre, le vert était une couleur très abondante. Nul d'entre nous ne connaissait de côte si déshéritée, de contrée si aride, qu'il ne s'y rencontrât quelques arbustes, voire quelques touffes d'ajoncs, voire simplement des traînées de lichens ou de mousses. Ici, rien de tel. On ne distinguait qu'une haute falaise noirâtre, au pied de laquelle gisait un chaos de rochers, sans une plante, sans un seul brin d'herbe. C'était la désolation dans ce qu'elle peut avoir de plus complet, de plus total.

Pendant deux jours, nous longeâmes cette falaise abrupte sans y découvrir la moindre fissure. Ce fut seulement vers le soir du second que nous découvrîmes une vaste baie, bien abritée contre tous les vents du large, au fond de laquelle nous laissâmes tomber l'ancre.

Ayant aussitôt gagné la terre dans les canots, notre premier soin fut de récolter notre nourriture sur la grève. Celle-ci était couverte de tortues par centaines et de coquillages par millions.

Dans les interstices des récifs, on voyait des crabes, des homards et des langoustes en quantité fabuleuse, sans préjudice d'innombrables poissons. De toute évidence, cette mer si abondamment peuplée suffirait, à défaut d'autres ressources, à assurer notre vie pendant un temps illimité.

Quand nous fûmes restaurés, une coupure de la falaise nous permit d'atteindre le plateau, où nous découvrîmes une large étendue de pays. L'aspect du rivage ne nous avait pas trompé. De tous côtés, dans toutes les directions, ce n'étaient que roches arides, recouvertes d'algues et de goémons généralement desséchés, sans le plus petit brin d'herbe, sans rien de vivant, ni sur la terre, ni dans le ciel. De place en place, de petits lacs, des étangs plutôt, brillaient aux rayons du soleil. Ayant tenté de nous désaltérer, nous reconnûmes que l'eau en était salée.

Nous n'en fûmes pas surpris, à vrai dire. Le fait confirmait ce que nous avions supposé de prime abord, à savoir que ce continent inconnu était né d'hier et qu'il était sorti d'un seul bloc des profondeurs de la mer. Cela expliquait son aridité, ainsi que sa complète solitude. Cela expliquait encore cette épaisse couche de vase uniformément répandue, qui, par suite de l'évaporation, commençait à se craqueler et à se réduire en poussière.

Le lendemain, à midi, le point donna 17°20' de latitude Nord et 23°55' de longitude Ouest. En le reportant sur la carte, nous pûmes voir qu'il se trouvait bien en pleine mer, à peu près à la hauteur du Cap Vert. Et pourtant, dans l'Ouest la terre, la mer dans l'Est, s'étendaient maintenant à perte de vue.

Quelque rébarbatif et inhospitalier que fût le continent sur lequel nous avions pris pied, force nous était de nous en contenter. C'est pourquoi le déchargement de la Virginia *fut entrepris sans plus attendre. On monta sur le plateau tout ce qu'elle contenait, sans choix ni sélection. Auparavant, on avait affourché solidement le bâtiment sur quatre ancres, par quinze brasses de fond. Dans cette baie tranquille, il ne courait aucun risque, et nous pouvions sans inconvénient l'abandonner à lui-même.*

Dès que le débarquement fut achevé, notre nouvelle vie commença. En premier lieu, il convenait...

Arrivé à ce point de sa traduction, le zartog Sofr dut l'interrompre. Le manuscrit avait à cet endroit une première lacune, probablement fort importante d'après la quantité de pages intéressées, lacune suivie de plusieurs autres plus considérables encore, autant qu'on en pouvait juger. Sans doute, un grand nombre de feuillets avaient été atteints par l'humidité, malgré la protection de l'étui ; il ne subsistait, en somme, que des fragments plus ou moins étendus, dont le contexte était à jamais détruit. Ils se succédaient dans cet ordre :

...commençons à nous acclimater.

Combien y a-t-il de temps que nous avons débarqué sur cette côte ? Je n'en sais plus rien. Je l'ai demandé au docteur Moreno, qui tient un calendrier des jours écoulés. Il m'a dit : « Six mois » en ajoutant « à quelques jours près » car il craint de s'être trompé.

Nous en sommes déjà là ! Il n'a fallu que six mois pour que nous ne soyons plus très sûrs d'avoir mesuré exactement le temps. Cela promet !

Notre négligence n'a, au surplus, rien de bien étonnant. Nous employons toute notre attention, toute notre activité à conserver notre vie. Se nourrir est un problème dont la solution exige la journée entière. Que mangeons-nous ? Des poissons, quand nous en trouvons, ce qui devient chaque jour moins facile, car notre poursuite incessante les effarouche. Nous mangeons aussi des œufs de tortue et certaines algues comestibles. Le soir, nous sommes repus, mais exténués, et nous ne pensons qu'à dormir.

On a improvisé des tentes avec les voiles de la Virginia. *J'estime qu'il faudra construire à bref délai un abri plus sérieux.*

De temps en temps, nous tirons un oiseau. L'atmosphère n'est pas si déserte que nous l'avions supposé d'abord. Une dizaine d'espèces connues sont représentées sur ce continent nouveau. Ce sont exclusivement des longs courriers : hirondelles, albatros, cordonniers et quelques autres. Il faut croire qu'ils ne trouvent pas leur nourriture sur cette terre sans végé-

tation, car ils ne cessent de tournoyer autour de notre campement, à l'affût des reliefs de nos misérables repas. Parfois nous en ramassons un que la faim a tué, ce qui épargne notre poudre et nos fusils.

Heureusement, la situation a des chances de devenir meilleure. Nous avons découvert un sac de blé dans la cale de la Virginia, *et on en a semé la moitié. Ce sera une grande amélioration quand ce blé aura poussé. Mais germera-t-il ? Le sol est recouvert d'une couche épaisse d'alluvions, formée d'une vase sableuse engraissée par la décomposition des algues. Quelque médiocre que soit sa qualité, c'est de l'humus tout de même. Lorsque nous avons abordé, il était imprégné de sel, mais, depuis, des pluies diluviennes en ont abondamment lavé la surface, puisque toutes les dépressions sont maintenant pleines d'eau douce.*

Toutefois, la couche alluvionnaire n'est débarrassée de sel que sur une très faible épaisseur. Les ruisseaux, les rivières même, qui commencent à se former, sont tous fortement saumâtres, ce qui prouve qu'elle est encore saturée en profondeur.

Pour semer le blé et pour conserver l'autre moitié en réserve, il a presque fallu se battre. Une partie de l'équipage de la Virginia *voulait en faire du pain tout de suite. Nous avons été contraints de...*

*
* *

...que nous avions à bord de la Virginia. *Ces deux couples de lapins se sont sauvés dans l'intérieur et on ne les a plus revus. Il faut croire qu'ils ont trouvé de quoi se nourrir. La terre, à notre insu, produirait-elle donc...*

*
* *

...deux ans au moins que nous sommes ici ! Le blé a admirablement réussi. Nous avons du pain presque à discrétion, et nos champs gagnent toujours en étendue. Mais quelle lutte contre

les oiseaux ! Ils se sont étrangement multipliés, et, tout autour de nos cultures...

*
* *

Malgré les décès que j'ai relatés ci-dessus, la petite tribu que nous formons n'a pas diminué, au contraire. Mon fils et ma pupille ont trois enfants, et chacun des trois autres ménages en a autant. Toute cette marmaille éclate de santé. C'est à croire que l'espèce humaine possède une vigueur plus grande, une vitalité plus intense, depuis qu'elle est si réduite en nombre. Mais que de causes...

*
* *

...ici depuis dix ans et nous ne savions rien de ce continent. Nous ne le connaissions que sur un rayon de quelques kilomètres autour du lieu de notre débarquement. C'est le docteur Bathurst qui nous a fait honte de notre aveulissement. A son instigation, nous avons armé la Virginia, *ce qui a demandé près de six mois, et nous avons fait un voyage d'exploration.*

Nous voici revenus d'avant-hier. Le voyage a duré plus que nous ne pensions, parce que nous avons voulu qu'il fût complet.

Nous avons fait le tour du continent qui nous porte et qui, tout nous incite à le croire, doit être, avec notre îlot, la dernière parcelle solide existant à la surface du globe. Ses rivages nous ont semblé être partout semblables, c'est-à-dire très heurtés et très sauvages.

Notre navigation a été coupée de plusieurs excursions dans l'intérieur, notamment en vue de trouver trace de l'archipel des Açores et de Madère, situés, avant le cataclysme, dans l'Océan Atlantique, et qui doivent, en conséquence, faire nécessairement partie du continent nouveau. Nous n'en avons pas reconnu le moindre vestige. Tout ce que nous avons pu constater, c'est que le sol était bouleversé et recouvert d'une épaisse couche de lave à l'emplacement de ces îles, qui, sans doute, ont été le siège de violents phénomènes volcaniques.

Par exemple, si nous n'avons pas découvert ce que nous cherchions, nous avons trouvé ce que nous ne cherchions pas. A demi pris dans la lave, des témoins d'un travail humain nous sont apparus à la hauteur des Açores, mais non pas du travail des Açoriens, nos contemporains d'hier. C'étaient des débris de colonnes ou de poteries, telles que nous n'en avions jamais vues. Examen fait, le docteur Moreno suggéra que ces débris devaient provenir de l'antique Atlantide, et que le flux volcanique les aurait ramenés au jour.

Le docteur Moreno a peut-être raison. La légendaire Atlantide aurait occupé, en effet, si elle a jamais existé, à peu près la place du nouveau continent. Ce serait, dans ce cas, une chose singulière que la succession aux mêmes lieux de trois humanités ne procédant pas l'une de l'autre.

Quoi qu'il en soit, j'avoue que le problème me laisse assez froid. Nous avons assez à faire avec le présent, sans nous occuper du passé.

Au moment où nous avons regagné notre campement, cette remarque nous a frappés que, par rapport au reste du pays, ses environs immédiats pouvaient passer pour une région favorisée. Cela tient uniquement à ce que la couleur verte, jadis si abondante dans la nature, n'y est pas tout à fait inconnue, tandis qu'elle est radicalement supprimée dans le reste du continent. Nous n'avions jamais fait cette observation jusqu'alors, mais la chose est indéniable. Des brins d'herbe, qui n'existaient pas au moment de notre débarquement, jaillissent maintenant assez nombreux autour de nous. Ils n'appartiennent, d'ailleurs, qu'à un petit nombre d'espèces parmi les plus vulgaires, dont les oiseaux auront, sans doute, transporté les graines jusqu'ici.

Il ne faudrait pas conclure de ce qui précède qu'il n'y a pas de végétation, en dehors de ces quelques espèces anciennes. Par suite d'un travail d'adaptation des plus étranges, il existe, au contraire, une végétation, à l'état, tout au moins, de rudiment, de promesse, sur toute l'étendue du continent.

Les plantes marines, dont celui-ci était couvert quand il a jailli hors des flots, sont mortes, pour la plupart, à la lumière du soleil. Quelques-unes cependant ont persisté, dans les lacs, les étangs et les flaques d'eau que la chaleur a progressivement desséchés. Mais à ce moment, des rivières et des ruisseaux commençaient à naître, d'autant plus propres à la vie des goémons et des algues que l'eau en était salée. Lorsque la surface, puis la profondeur du sol eurent été privées de sel, et que l'eau devint douce, l'immense majorité de ces plantes furent détruites. Un petit nombre d'entre elles, cependant, ayant pu se plier aux nouvelles conditions de vie, prospérèrent dans l'eau douce comme elles avaient prospéré dans l'eau salée. Mais le phénomène ne s'est pas arrêté là. Quelques-unes de ces plantes, douées d'un pouvoir d'accommodation plus grand, se sont adaptées au plein air, après s'être adaptées à l'eau douce, et sur les berges tout d'abord, puis de proche en proche, ont gagné vers l'intérieur.

Nous avons surpris cette transformation sur le vif, et nous avons pu constater combien les formes se modifiaient en même temps que le fonctionnement physiologique. Déjà quelques tiges s'érigent timidement vers le ciel. On peut prévoir qu'un jour une flore sera ainsi créée de toutes pièces, et qu'une lutte ardente s'établira entre les espèces nouvelles et celles provenant de l'ancien ordre de choses.

Ce qui se passe pour la flore se passe aussi pour la faune. Dans le voisinage des cours d'eau, on voit d'anciens animaux marins, mollusques et crustacés pour la plupart, en train de devenir terrestres. L'air est sillonné de poissons volants, beaucoup plus oiseaux que poissons, leurs ailes ayant démesurément grandi et leur queue incurvée leur permettant...

Le dernier fragment contenait, intacte, la fin du manuscrit. Il était ainsi conçu :

...tous vieux. Le capitaine Moris est mort. Le docteur Bathurst a soixante-cinq ans, le docteur Moreno soixante, moi soixante-huit. Tous, nous aurons bientôt fini de vivre. Auparavant, cependant, nous accomplirons la tâche résolue, et, autant que cela est en notre pouvoir, nous viendrons en aide aux générations futures dans la lutte qui les attend.

Mais verront-elles le jour, ces générations de l'avenir ?

Je suis tenté de répondre oui, si je ne tiens compte que de la multiplication de mes semblables. Les enfants pullulent, et, d'autre part, sous ce climat sain, dans ce pays où les animaux féroces sont inconnus, grande est la longévité. Notre colonie a triplé d'importance.

Par contre, je suis tenté de répondre non, si je considère la profonde déchéance intellectuelle de mes compagnons de misère.

Notre petit groupe de naufragés était cependant dans des conditions favorables pour tirer parti du savoir humain. Il comprenait un homme particulièrement énergique : le capitaine Moris, aujourd'hui décédé ; deux hommes plus cultivés qu'on ne l'est d'ordinaire : mon fils et moi, et deux savants véritables : le docteur Bathurst et le docteur Moreno. Avec de pareils éléments, on aurait pu faire quelque chose. On n'a rien fait. La conservation de notre vie matérielle a été, depuis l'origine, et est encore notre unique souci. Comme au début, nous employons notre temps à chercher notre nourriture, et, le soir, nous tombons, épuisés, dans un lourd sommeil.

Il est, hélas ! trop certain que l'humanité, dont nous sommes les seuls représentants, est en voie de régression rapide et tend à se rapprocher de la brute. Chez les matelots de la Virginia, *gens déjà incultes autrefois, les caractères de l'animalité se sont accentués ; mon fils et moi, nous avons oublié ce que nous savions ; le docteur Bathurst et le docteur Moreno eux-mêmes ont laissé leur cerveau en friche. On peut dire que notre vie cérébrale est abolie.*

Combien il est heureux que nous ayons accompli, il y a de cela bien des années, le périple de ce continent ! Aujourd'hui, nous n'aurions plus le même courage. Et d'ailleurs le capitaine Moris est mort, qui conduisait l'expédition, et morte de vétusté la Virginia *qui nous portait.*

Au début de notre séjour, quelques-uns d'entre nous avaient entrepris de se bâtir des maisons. Ces constructions inachevées tombent en ruines, à présent. Nous dormons tous à même la terre en toutes saisons.

Depuis longtemps il ne reste plus rien des vêtements qui nous couvraient. Pendant quelques années, on s'est ingénié à les remplacer par des algues tissées d'une façon d'abord ingé-

nieuse, puis plus grossière. Puis, on s'est lassé de cet effort que la douceur du climat rend superflu. Nous vivons nus, comme ceux que nous appelions des sauvages.

Manger, manger, c'est notre but perpétuel, notre préoccupation exclusive.

Cependant, il subsiste encore quelques restes de nos anciennes idées et de nos anciens sentiments. Mon fils Jean, homme mûr maintenant et grand-père, n'a pas perdu tout sentiment affectif, et mon ex-chauffeur, Modeste Simonat, conserve une vague souvenance que je fus le maître autrefois.

Mais avec eux, avec nous, ces traces impalpables des hommes que nous fûmes — car nous ne sommes plus des hommes, en vérité — vont disparaître à jamais. Ceux de l'avenir, nés ici, n'auront jamais connu d'autre existence. L'humanité sera réduite à ces adultes — j'en ai sous les yeux, tandis que j'écris — qui ne savent pas lire, ni compter, à peine parler ; à ces enfants aux dents aiguës, qui semblent n'être qu'un ventre insatiable. Puis, après ceux-ci, il y aura d'autres adultes et d'autres enfants, puis d'autres adultes et d'autres enfants encore, toujours plus proches de l'animal, toujours plus loin de leurs aïeux pensants.

Il me semble les voir, ces hommes futurs, oublieux du langage articulé, l'intelligence éteinte, le corps couvert de poils rudes, errer dans ce morne désert...

Eh bien ! nous voulons essayer qu'il n'en soit pas ainsi. Nous voulons faire tout ce qui est en notre pouvoir pour que les conquêtes de l'humanité dont j'ai fait partie ne soient pas à jamais perdues. Le docteur Moreno, le docteur Bathurst et moi, nous réveillerons notre cerveau engourdi, nous l'obligerons à se rappeler ce qu'il a su. Nous partageant le travail, sur ce papier et avec cette encre provenant de la Virginia, *nous énumérerons tout ce que nous connaissons dans les diverses branches de la science, afin que, plus tard, les hommes, s'ils perdurent, et si, après une période de sauvagerie plus ou moins longue, ils sentent renaître leur soif de lumière, trouvent ce résumé de ce qu'ont fait leurs devanciers. Puissent-ils alors bénir la mémoire de ceux qui tentèrent de la sorte d'abréger la route douloureuse de frères qu'ils ne verront pas !*

*

*   *

Au seuil de la mort.

Il y a maintenant environ quinze ans que les lignes ci-dessus furent écrites. Le docteur Bathurst et le docteur Moreno ne sont plus. De tous ceux qui débarquèrent ici, moi, l'un des plus vieux, je reste presque seul. Mais la mort va me prendre à mon tour. Je la sens monter de mes pieds glacés à mon cœur qui s'arrête.

Notre travail est terminé. J'ai enfermé les manuscrits qui contiennent le résumé de la science humaine dans une caisse de fer débarquée de la Virginia, *et que j'ai enfoncée profondément dans le sol. A côté, je vais placer ces quelques pages roulées dans un étui d'aluminium.*

Quelqu'un trouvera-t-il jamais le dépôt confié à la terre ? Quelqu'un le cherchera-t-il seulement ?...

C'est affaire à la destinée. A Dieu vat !...

III

A mesure que le zartog traduisait cet étrange document, une sorte d'épouvante étreignait son âme.

Eh quoi ! la race des Andarti-Iten-Schu descendait de ces hommes, qui, après avoir erré de longs mois sur le désert des océans, étaient venus échouer en ce point du rivage où s'élevait maintenant Basidra ? Ainsi, ces créatures misérables avaient fait partie d'une humanité glorieuse, au regard de laquelle l'humanité actuelle balbutiait à peine ! Et cependant, pour que fussent abolis à jamais la science et jusqu'au souvenir de ces peuples si puissants, qu'avait-il fallu ? Moins que rien. Qu'un imperceptible frisson parcourût l'écorce du globe.

Quel irréparable malheur que les manuscrits dont parlait le document eussent été détruits avec la caisse de fer qui les contenait ! Mais, quelque grand que fût ce malheur, il était impossible de conserver le moindre espoir, les ouvriers ayant, pour creuser les fondations, retourné le sol en tous sens. A n'en pas douter, le fer avait été corrodé par le temps, alors que l'étui d'aluminium résistait victorieusement.

Au reste, il n'en fallait pas plus pour que l'optimisme de Sofr fût irrémédiablement renversé. Si le manuscrit ne contenait aucun détail technique, il abondait en indications générales et prouvait d'une manière péremptoire que l'humanité s'était, dans le passé, avancée plus avant sur la route de la vérité qu'elle ne l'avait fait aujourd'hui. Tout y était, dans ce récit, les notions connues de Sofr, et d'autres qu'il n'aurait même pas osé imaginer, jusqu'à l'explication de ce nom d'Edom, sur lequel tant de vaines polémiques s'était engagées. Edom, c'était la déformation d'Edèm, lui-même déformation d'Adam, lequel Adam n'était peut-être que la déformation de quelque autre mot plus ancien.

Edom, Edèm, Adam, c'est le perpétuel symbole du premier homme, et c'est aussi une explication de son arrivée sur la terre. Sofr avait donc eu tort de nier cet ancêtre, dont le manuscrit établissait sans conteste la réalité, et c'est le peuple qui avait eu raison de se donner des ascendants semblables à lui-même. Mais, pas plus pour cela que pour le reste, les Andarti-Iten-Schu n'avaient rien inventé. Ils s'étaient contentés de redire ce qu'on avait dit avant eux.

Et peut-être, après tout, les contemporains du rédacteur de ce récit n'avaient-ils pas inventé davantage. Peut-être n'avaient-ils fait que refaire eux aussi, le chemin parcouru par d'autres humanités venues avant eux sur la terre. Le document ne parlait-il pas d'un peuple qu'il nommait Atlantes ? C'était de ces Atlantes, sans doute, que les fouilles de Sofr avaient permis de retrouver quelques traces impalpables au-dessous du limon marin. A quelle connaissance de la vérité cette antique nation était-elle parvenue, quand l'invasion de l'océan la raya de la terre ?

Quelle qu'elle fût, il ne subsistait rien de son œuvre après la catastrophe, et l'homme avait dû reprendre du bas de la montée son ascension vers la lumière.

Peut-être en serait-il de même pour les Andarti-Iten-Schu. Peut-être en serait-il encore ainsi après eux, jusqu'au jour...

Mais le jour viendrait-il jamais où serait satisfait l'insatiable désir de l'homme ? Le jour viendrait-il jamais où celui-ci, ayant achevé de gravir la pente, pourrait se reposer sur le sommet enfin conquis ?

Ainsi songeait le zartog Sofr, penché sur le manuscrit vénérable.

Par ce récit d'outre-tombe, il imaginait le drame terrible qui se déroule perpétuellement dans l'univers, et son cœur était plein de pitié. Tout saignant des maux innombrables dont ce qui vécut avait souffert avant lui, pliant sous le poids de ces vains efforts accumulés dans l'infini des temps, le zartog Sofr-Aï-Sr prenait, lentement, douloureusement, conscience de l'éternel recommencement des choses.

POSTFACE

LES *VRAIES* NOUVELLES DE JULES VERNE REHABILITEES

Enfermé dans les limites de son contrat avec ses éditeurs, Jules Verne doit subir jusqu'à sa mort l'emprise de Pierre-Jules Hetzel, puis celle de son fils Louis-Jules. Les nouvelles — comme les romans — subissent une regrettable censure dans les *Voyages extraordinaires.* Heureusement, la plupart d'entre elles, parues auparavant en dehors des éditions Hetzel, peuvent être reprises — comme dans ce volume — dans leur version originale, libre et plus caustique. Les lecteurs ont ainsi pu apprécier les rares premiers textes de *Frritt-Flacc, Maître Zacharius* et *Une Fantaisie du docteur Ox.*

Frritt-Flacc, nouvelle jointe à *Un Billet de loterie* en 1886, fut censurée dans sa version pré-originale du *Magasin d'éducation et de récréation,* mais resta complète dans l'édition de librairie, en raison de la mort d'Hetzel père. Elle parut cependant avec de nombreuses coquilles, car l'auteur, victime d'un attentat, était dans l'impossibilité d'en corriger les épreuves, comme à son habitude. Aussi, pour la première fois, *Frritt-Flacc* paraît, conforme à son écriture initiale.

Maître Zacharius existe en deux versions, rédigées à vingt ans d'intervalle. La première [1] — ici donnée — demeure une

1. Parue dans le *Musée des familles* en 1854.

œuvre de jeunesse, romantique, amoureuse, à l'érotisme diffus où l'orgueil d'un créateur, par sa rivalité avec Dieu, aboutit à l'impuissance et à la mort. A titre d'exemple, relevons une des variantes. Au seuil de la chambre de Gérande, son amoureux Aubert lui conseille : « Laissez l'ange des rêves effeuiller quelques espérances sur votre cœur », phrase remplacée dans le texte remanié par cette sobre recommandation : « Avec le repos, reprenez quelque espérance ! »

Une Fantaisie du docteur Ox subit en conclusion une inadmissible censure et mérite d'être lue dans sa version originale, méconnue [1]. Citons une demande faite à Verne par Hetzel pour imposer ses vues :

> « Il est nécessaire que vos livres puissent se donner de confiance presque à tous les âges et il se peut que la *Ville flottante* et *Les Forceurs de blocus* aient à ce point de vue besoin d'être relus. Il ne faut pas pour quelques lignes perdre un public important [...] et inquiéter ce public pour le reste [2]. »

Le sort d'*Hier et Demain*

En 1893, Verne met au point son deuxième recueil de nouvelles [3], mais l'éditeur Hetzel fils en repousse la parution — pour des raisons commerciales, les nouvelles se vendant moins bien que les romans. Le volume, proposé sans succès à plusieurs reprises, reste dans les cartons de l'écrivain avec, inscrit sur la page de couverture des *Souvenirs d'enfance et de jeunesse,* la liste des textes qu'il contient [4] : « *Souvenirs d'enfance et de jeunesse, Journée d'un journaliste, M. Ré-dièze et Mlle Mi-bémol, Famille Raton* et *Le Comte de Chanteleine.* »

Faute d'être réunies, les nouvelles inédites paraissent une à une en dehors des éditions Hetzel : *Aventures de la famille*

1. *Musée des familles,* 1872.

2. *Correspondance inédite de Jules Verne et de Pierre-Jules Hetzel,* volume I, 1999, Slatkine, Genève ; lettre 107 du 26 mai 1870.

3. Après le premier, *Le Docteur Ox,* Hetzel, 1874.

4. D'après Charles-Noël Martin. Voir *Bulletin de la Société Jules Verne* n° 60, 1981, note 7, p. 140.

Raton et *M. Ré-dièze et Mlle Mi-bémol* dans *Le Figaro illustré*, en 1891 et 1893 ; les *Souvenirs d'enfance et de jeunesse* sont traduits en Amérique (1890) ; *La Journée d'un journaliste américain en 2890* est confiée aux *Mémoires de l'Académie d'Amiens*, en 1890.

Une dizaine d'années plus tard, vers 1903, la création d'*Edom* bouleverse le contenu du recueil. Dès la mort de l'écrivain, son fils Michel signale la présence « d'un volume de nouvelles dont deux seulement sont absolument inédites ». En 1905, dans un projet de contrat entre Jules Hetzel et Michel Verne, le secrétaire de l'avocat Me Poincaré donne, avec des erreurs, la liste des œuvres contenues dans ce volume : « six nouvelles : Pierre-Jean, M. Ré-dièze et Mlle Si-bémol [*sic*], Souvenirs de jeunesse [*sic*], La famille Raton, La Journée d'un Journaliste. [1] » Il manque la sixième nouvelle annoncée, une nouvelle inédite selon Michel Verne, puisque seule *Pierre-Jean* n'avait pas paru. L'oubli d'*Edom* s'explique par une faute du copiste qui confond « edom » et « idem » et s'abstient d'ajouter ce mot jugé inutile, qui correspond pourtant à la sixième nouvelle oubliée.

Pour placer ce nouveau texte, Verne ajoute *Pierre-Jean,* retire son *Comte de Chanteleine* — qui ne sera repris qu'un siècle plus tard, en 1971, dans les éditions Rencontre — et baptise le nouvel ensemble *Hier et Demain,* un titre baudelairien, comme le remarque Christian Porcq [2] : « Hier, demain, toujours, nous fait voir notre image : / Une oasis d'horreur dans un désert d'ennui ! » (« Voyage », in *Les Fleurs du mal*).

Depuis 1970, en raison de l'absence d'un manuscrit de Jules Verne, les verniens s'interrogent sur la paternité d'*Edom* — au fils ou au père ? Des éléments plaident en faveur de l'un et de l'autre. On peut aujourd'hui penser à une intervention semblable à celle réalisée pour *L'Agence Thompson :* une commande faite par Jules Verne à son fils, après lui avoir confié une première mouture ; ce qui expliquerait les nombreuses particularités dont

1. Cité dans *Bulletin de la Société Jules Verne* n° 104, 1992, p. 19.
2. Ch. Porcq, « *Edom,* ou l'arche de Noë de tous les *Voyages* », *Bulletin de la Société Jules Verne* n° 100, 1991, pp. 49-57.

seul le père peut être responsable : le titre biblique, l'usage de l'espéranto, les jeux de mots, etc[1]. Le travail de Michel, une fois remis à son père, a pu encore être remanié par l'écrivain qui le joint au recueil recomposé.

La discussion demeure ouverte, car, seul le manuscrit de Michel Verne a survécu, conforme aux épreuves d'*Edom* pour sa parution dans *Hier et Demain.* Ce manuscrit pourrait être l'ultime étape de la nouvelle, remaniée — après la mort de Jules Verne — au goût du fils qui n'aurait pas conservé le texte de son père, impossible à confier à l'impression, ne serait-ce qu'en raison de son écriture tardive très difficile à lire comme on le constate dans les dernières œuvres, telles les quelques pages de *Voyage d'études.*

Le titre hébreu de cette nouvelle signifie *rouge* et désigne Esaü, surnommé « le rouge » dans la Genèse, en raison de ses poils roux. Sa descendance devient, sous le nom d'Edom, la tribu maudite, ennemie d'Israël. Il paraît impossible que Michel Verne, dont les opinions athées sont connues, ait donné un pareil titre à une œuvre qui serait la sienne. Seul son père a pu nommer ainsi cette nouvelle.

Dans toute la correspondance échangée entre Michel et son père, puis entre Michel et Jules Hetzel, on ne trouve la moindre allusion à *Edom.* Le mystère reste donc entier, mais *rien ne justifie*, comme le font certains, le rejet de ce texte, car il est évident que Jules Verne a pris part, — même si, pour le moment, on ne peut préciser l'importance de sa participation, — dans la rédaction de ce récit, *achevé* avant qu'il ne disparaisse. Le simple fait que l'écrivain ait voulu ajouter *Edom* à son recueil, modifié pour l'introduire, suffit pour que cette nouvelle, acceptée par lui *de son vivant,* fasse partie de son œuvre complète. En revanche, les œuvres dénaturées ensuite par son fils doivent en être exclues, remplacées par les textes posthumes authentiques.

Les malheurs d'*Edom* ne s'achèvent pas par les dernières

1. Voir Ch. Porcq, art. cit., et O. Dumas, « *Edom,* ou le retour au père de la nouvelle perdue », *Bulletin de la Société Jules Verne* n° 101, 1992, pp. 14-19, où sont détaillés les éléments en faveur de Jules Verne.

transformations de Michel Verne. Confiée à la *Revue de Paris* en 1910, son rédacteur, Louis Ganderax, la « corrige » et change son titre en « L'éternel Adam »[1]. Michel Verne ne s'en offusque pas. S'il avait lui-même choisi ce titre symbolique, il n'aurait jamais accepté cette nouvelle dénomination. La *Société Jules Verne* a retrouvé les épreuves originales d'*Edom* — ici reprises — et a fait connaître le texte en supprimant les modifications imposées par L. Ganderax, ce qui améliore déjà le style de la nouvelle.

En 1910, Michel Verne fait paraître un nouvel *Hier et Demain.* On ignore quand il se livre à ce travail de refonte et de remaniement, aucune lettre n'en parle. On sait seulement qu'il ne veut pas donner le contenu du recueil à la copie, comme il le fait pour tous les romans posthumes. On peut penser que, dès 1905, il tienne à retoucher les nouvelles, *Edom* en particulier, impatient de rétablir ce que son père avait peut-être supprimé. A cette époque, les modifications des romans n'avaient sans doute pas encore été décidées. On découvre seulement sur le manuscrit de *Pierre-Jean* cette demande d'Hetzel fils : « Mitiger l'intérêt pour les forçats et le blâme des lois. » Michel Verne, loin de s'en tenir à ces directives, dénature l'œuvre de son père en un mauvais feuilleton sous le nom de *La Destinée de Jean Morénas.*

Le fils de l'écrivain décapite la partie d' « *Hier* » en enlevant les *Souvenirs d'enfance* qu'il remplace par *Le Humbug,* nouvelle trouvée dans les inédits paternels, et il modifie tous les textes, involontairement parfois, car, au lieu d'utiliser les manuscrits[2], il ne travaille qu'à partir de copies dactylographiées souvent fautives, ce qui l'entraîne à des modifications intempestives. Toutes les nouvelles du vrai *Hier et Demain* ont

1. Voir « Les avatars d'Edom », *Bulletin de la Société Jules Verne* n° 100, 1991, pp. 15-19, avec la reproduction de la première page d'*Edom* modifiée par le correcteur.

2. Signalons que Michel Verne ignore que le manuscrit des *Aventures de la famille Raton* (qui devrait lui appartenir) est conservé dans les archives Hetzel. De ce fait, il ne reprend dans *Hier et Demain* que la version réduite, parue dans *Le Figaro illustré.* Le texte inédit de ce manuscrit est paru dans un numéro spécial du *Bulletin de la Société Jules Verne* n° 90, 1989.

paru dans le *Bulletin de la Société Jules Verne* et ont été confiées pour cette présente édition.

Pour la première fois, le recueil de nouvelles conçu par Verne paraît tel qu'il l'avait prévu, avec des textes fidèles à leur manuscrit, achevant ainsi la parution de toutes les œuvres posthumes de l'écrivain, dans leur version d'origine, la seule authentique.

Près d'un siècle après le massacre accompli pour des raisons commerciales par l'éditeur et Michel Verne, les textes laissés après la mort de Jules Verne retrouvent leur véracité. L'écrivain en sort grandi. On peut admirer son style ou le blâmer, sans confondre le père et le fils. Personne, ici, ne l'a censuré ni remanié. Il devient celui qu'il voulait être, lui qui déplorait « ne pas compter dans la littérature française » : le public ne le considère plus désormais comme un vulgarisateur, mais comme un écrivain digne d'entrer dans le panthéon des lettres, après un siècle de purgatoire.

Olivier DUMAS
Président de la Société Jules Verne

ANNEXES

Cartes des lieux dans *Maître Zacharius*

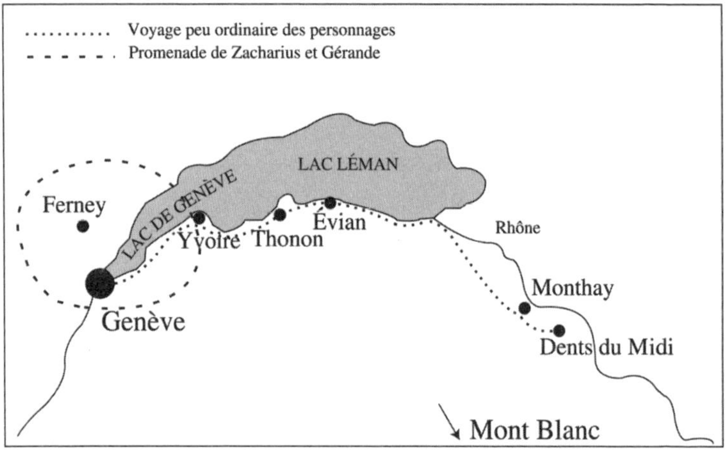

BIBLIOGRAPHIE

Œuvres de Jules Verne

La plupart des éditions de ses œuvres étant épuisées, on ne peut aujourd'hui compter que sur de rares rééditions ou quelques éditions récentes. C'est-à-dire :

1) Au Livre de Poche : 13 titres.
— *Paris au XXe siècle ; Cinq Semaines en ballon ; Voyage au centre de la Terre ; De la Terre à la Lune ; Autour de la Lune ; Les Enfants du capitaine Grant ; Vingt Mille Lieues sous les mers ; L'Ile mystérieuse ; Le Tour du monde en quatre-vingts jours ; Michel Strogoff ; Les Indes noires ; Le Château des Carpathes* et *Le Sphinx des glaces.*

2) Chez Gallimard « Folio » : 2 titres.
— *Le Volcan d'or* et *Le Secret de Wilhelm Storitz* : deux œuvres posthumes éditées pour la première fois en version originale, et non en version « michel-vernienne ».

3) Chez Ombres : 3 titres.
— *Le Chancellor ; Face au drapeau* et *Le Secret de Wilhelm Storitz* : mais attention, pour ce dernier titre, il s'agit cette fois de la version modifiée par Michel Verne. Cependant, pour les chercheurs, il est intéressant de comparer les deux versions.

4) Au Cherche Midi : 4 titres.
— *San Carlos et autres récits inédits* (notamment *Jédémias Jamet* et *Voyages d'études*, deux récits inachevés qui se situent au tout début et à la toute fin de la carrière littéraire de Jules Verne) ; *L'Oncle Robinson ; Voyage à reculons en Angleterre et en Ecosse* et *Un prêtre en 1835.*

5) A L'Archipel : 1 titre.
— *En Magellanie* (là aussi, version originale d'un titre posthume). Et, à paraître, *Le Beau Danube jaune.*

6) Chez Grama, coll. « Passé du Futur » : 2 titres.
— *Sans dessus dessous* et *La Chasse au météore* (*La Chasse* est également un titre posthume édité pour la première fois en version originale).

7) Chez Diderot : 1 titre.
— L'ensemble de *L'Histoire des grands voyages et des grands voyageurs*, en 3 vol.

8) Chez Garnier-Flammarion, coll. « Etonnants classiques » : 1 titre.
— *Le Humbug.*

9) Chez Librio : 1 titre.
— *Les Forceurs de blocus.*

10) Aux Presses du Temps : 2 titres.
— *La Maison à vapeur* et *César Cascabel.*

11) Aux Editions Séquences : 1 titre.
— *Dix heures en chasse.*

A tout ceci s'ajoute la prestigieuse collection Hachette des *Voyages extraordinaires.* La collection commence à réapparaître à certains endroits. Nous vous conseillons à l'heure actuelle :

— les FNAC et autres forums du livre, mais attention : au rayon jeunesse !

— le Centre de Documentation Jules Verne à Amiens (voir les coordonnées dans les pages « Sites Jules Verne »). Il possède non seulement des Hachette, mais aussi d'autres éditions récentes parfois méconnues d'œuvres de Jules Verne.

Correspondances

— *Correspondance inédite de Jules Verne et de Pierre-Jules Hetzel* (1863-1886), établie par Olivier Dumas, Piero Gondolo della Riva et Volker Dehs, tome I : 1863-1874, Genève, Slatkine, 1979. Deux autres tomes sont à suivre.

— Le *Bulletin de la Société Jules Verne* couvre plusieurs numéros hors-série reproduisant des lettres inédites (voir à « Société Jules Verne » dans les pages consacrées aux « sites Jules Verne »).

— Dans l'ouvrage d'Olivier Dumas cité en « Biographies ».

Biographies

Avrane, Patrick, *Jules Verne*, Paris, Stock, 1997.
Dekiss, Jean-Paul, *Jules Verne. Le rêve du progrès*, Paris, Gallimard, « Découvertes », 1991.
Dekiss, Jean-Paul, *Jules Verne, l'enchanteur*, éd. du Félin, 1999.
Dumas, Olivier, *Jules Verne. Avec la publication de la correspondance inédite de Jules Verne à sa famille*, Lyon, La Manufacture, 1988.
Jules-Verne, Jean, *Jules Verne*, Hachette, 1973.
Lottman, Herbert, *Jules Verne*, Flammarion, 1996.

Martin, Charles-Noël, *La Vie et l'Œuvre de Jules Verne*, Michel de l'Omeraie, 1978.
Soriano, Marc, *Jules Verne*, 1978.

Bibliographies

Catalogue des manuscrits de Jules Verne, Nantes, Bibliothèque municipale, 1988.
Gondolo della Riva, Piero, *Bibliographie analytique de toutes les œuvres de Jules Verne*, Société Jules Verne, 2 vol., 1977 et 1985.
Margot, Jean-Michel, *Bibliographie documentaire sur Jules Verne*, Amiens, Centre de Documentation Jules Verne, 1989.

Revues et périodiques

L'Arc n° 29, 1966.
Bulletin de la Société Jules Verne, 1re série (1935-1938), 2e série (depuis 1967).
Cahier de l'Herne n° 25, 1974.
Cahier du Centre d'études verniennes et du Musée Jules-Verne, Nantes (depuis 1981).
Europe n° 525-526, 1978.
Revue du Centre de Documentation Jules Verne, Amiens (depuis 1996).

Approches critiques

Chesneaux, Jean, *Une lecture politique de Jules Verne*, Paris, Maspero, 1966.
Compère, Daniel, *Jules Verne, écrivain*, Genève, Droz, 1991.
Compère, Daniel, *Jules Verne, parcours d'une œuvre*, Amiens, Encrage, 1996.
Jules Verne et les sciences humaines (Colloque de Cerizy, 1978), Paris, UGE, « 10/18 », 1979.
Moré, Marcel, *Le Très Curieux Jules Verne*, Paris, Gallimard, 1960.
Moré, Marcel, *Nouvelles Explorations de Jules Verne*, Paris, Gallimard, 1963.
Serres, Michel, *Jouvences sur Jules Verne*, Paris, Minuit, 1974.
Vierne, Simone, *Jules Verne et le roman initiatique*, Paris, éd. du Sirac, 1973.

Vierne, Simone, *Jules Verne, mythe et modernité*, Paris, Presses Universitaires de France, 1989.

A cette longue bibliographie, je réserve une place particulière aux *éditions Lettres Modernes, librairie Minard*, qui ont publié de nombreux ouvrages sur Jules Verne et lui ont même consacré une « série ». Toujours citées dans les bibliographies, leurs références ne sont pas toujours complètes. Le mieux est encore de les contacter directement :

— *par courrier :* Minard distribution, 45, rue de Saint-André, 14123 Fleury-sur-Orne.

— *sur place :* Librairie Lettres Modernes, 10, rue de Valence, 75005 Paris.

Voici quelques-unes de leurs publications. D'abord, la *série Jules Verne*, éd. de 1 à 6 par François Raymond et le n° 7 par Christian Chelebourg et collab.

— n° 1 : Le Tour du Monde.
— n° 2 : L'Ecriture vernienne.
— n° 3 : Machines et imaginaire.
— n° 4 : Texte, image, spectacle.
— n° 5 : Emergences du fantastique.
— n° 6 : La Science en question.
— n° 7 : Voir du feu.

Chelebourg, Christian, *L'Œil et le ventre, une poétique du sujet*, Paris-Caen, Lettres Modernes Minard, 1999.

Compère, Daniel, *Approche de l'île chez Jules Verne*, Paris-Caen, Lettres Modernes Minard, 1977.

Froidefond, Alain, *Voyage au centre de l'horloge, essai sur un texte genèse de Jules Verne : « Maître Zacharius »*, Paris-Caen, Lettres Modernes Minard, 1988.

LES SITES VERNIENS

LA SOCIÉTÉ JULES VERNE

Bien que ne correspondant pas à un lieu particulier, cette société littéraire, et tout particulièrement son *Bulletin,* sont absolument incontournables pour toute personne voulant faire une étude sérieuse de l'écrivain (il suffit pour s'en convaincre de regarder les notes en bas de page qui couvrent l'ensemble du présent ouvrage). D'une certaine manière, le *Bulletin de la Société Jules Verne* (*BSJV* pour les intimes) est un site sur lequel se réunissent la majeure partie des plumes verniennes.

La société est une association loi 1901, créée en 1935 dans le but de défendre la mémoire de Jules Verne, dont la valeur littéraire était loin d'être reconnue à l'époque. Interrompue en 1939, la Société Jules Verne reprend ses activités en 1967 et crée un nouveau bulletin trimestriel, envoyé à tous ses membres (à jour de leur cotisation annuelle : 250 F — ou 150 F pour les moins de 25 ans). Actuellement, la société compte environ 250 membres, français mais aussi étrangers : belges, suisses, allemands, italiens, américains, japonais, etc.

Tous les ans, une assemblée générale, à laquelle sont conviés tous les membres, a lieu sur un site en rapport (direct ou indirect) avec Jules Verne. Cette assemblée permet de traiter les thèmes obligatoires pour les associations (bilan, élection du bureau...), mais aussi de faciliter les échanges entre membres. Des communications sur Jules Verne et sur son œuvre sont présentées à cette occasion (qui figurent par la suite sur le bulletin).

Parmi les nombreuses initiatives de la Société, que l'on peut retrouver sur le *Bulletin,* citons :

— Pour les chercheurs : un gros effort éditorial. Plusieurs des nouvelles présentes dans cet ouvrage avaient déjà été publiées en version originale dans le *BSJV.* C'est également grâce à l'action de la société qu'ont été édités les romans posthumes de Jules Verne. Mais le *BSJV* publie aussi, parfois dans des numéros à part, de nombreuses lettres inédites de Jules Verne, des bibliographies, des pièces de théâtre, etc.

— Pour les collectionneurs : une présentation de plus en plus détaillée (avec une iconographie très riche, en couleur le plus souvent) des publications de Jules Verne au XIXe siècle (couvertures, illustrations).

Pour tout renseignement, s'adresser au secrétariat général :
Philippe Burgaud — 29, chemin de Saint-Prix — 95250 Beauchamp.

LE CENTRE D'ÉTUDES VERNIENNES ET LE MUSÉE JULES-VERNE DE LA BIBLIOTHÈQUE MUNICIPALE DE NANTES

L'œuvre de Jules Verne, dont la jeunesse nantaise a tant marqué l'imagination, fait l'objet d'une mise en valeur spécifique à la bibliothèque municipale de Nantes, au sein de laquelle le Centre d'études verniennes et le musée Jules-Verne offrent aux chercheurs et amateurs les ressources de 5 000 objets, livres, manuscrits et documents iconographiques, régulièrement enrichis.

Les premières éditions et affiches Hetzel proviennent de la collection de Joseph Laissus, président de la Société Jules Verne de 1966 à 1969. Grâce à des acquisitions et à des dons, en particulier des héritiers de Maxime Guillon-Verne, neveu de l'écrivain, la bibliothèque réunit un premier ensemble de manuscrits où dominait la correspondance. En 1981, la Ville de Nantes, avec la participation du conseil régional des Pays de la Loire, du conseil général de Loire-Atlantique et de la Fondation de France, y a apporté un enrichissement considérable en acquérant 95 manuscrits de ses œuvres, dont des textes inédits progressivement publiés [1]. Les manuscrits de *Autour de la Lune, De la Terre à la Lune* et *L'Ile mystérieuse*, déposés par l'État à la suite d'une dation, complètent cet ensemble et consacrent son importance.

Au musée Jules-Verne, belle maison dominant la Loire et l'île Sainte-Anne, que l'on pourrait croire spécialement bâtie pour évoquer l'écrivain de la mer et des voyages, on retrouve et découvre les aspects connus et moins connus de la vie et de l'œuvre de Jules Verne : le créateur du *Nautilus* et de l'obus en partance pour la lune était aussi poète et homme de théâtre, grand voyageur et citoyen engagé.

Centre d'études verniennes Médiathèque
Espace Jacques Demy - 24, quai de la Fosse
Tél. : 02 40 69 72 52

Musée Jules-Verne
3, rue de l'Hermitage
Tél. : 02 40 69 72 52

1. On été publiés sous la direction de Christian Robin au Cherche Midi éditeur : *Poésies inédites* (1989). *Voyage à reculons en Angleterre et en Écosse* (1989). *L'Oncle Robinson* (1991). *Un prêtre en 1839* (1992). *San Carlos et autres récits* (1993).

LE CENTRE DE DOCUMENTATION JULES VERNE À AMIENS

Le nom d'Amiens évoque le lieu de résidence de l'écrivain, mais aussi de l'homme politique. Jules Verne fut en effet conseiller municipal, et la recherche vernienne a peu à peu mis à jour ses discours et compte-rendus, généralement pleins d'ironie.

Amiens jouit de surcroît d'une chance inestimable : avoir pu conserver la maison où vécut l'écrivain, 2 rue Charles-Dubois. L'ancienne demeure est devenue un centre de documentation s'efforçant de regrouper tout ce qui a été, est et sera écrit sur Jules Verne. Le Centre de documentation Jules Verne, association loi 1901, a été créé en 1971 par une famille d'Amiénois. Il regroupe 350 adhérents du monde entier et dispose de plus de 20 000 documents concernant la vie et l'œuvre de Jules Verne.

L'activité principale du centre consiste à fournir, aux chercheurs comme aux amateurs de l'écrivain, une documentation abondante et précise dans un souci de vérité historique. La documentation est réactualisée en permanence et intègre aussitôt toutes les études nouvelles sur l'écrivain ainsi que le plus grand nombre des utilisations commerciales qui sont faites à son nom. Une librairie fournit sur place ou sur commande toute l'œuvre disponible de l'écrivain (notamment un grand nombre des célèbres *Hachette rouge*) ainsi que les ouvrages le concernant.

A cela s'ajoutent la création et la location d'expositions itinérantes. Mais aussi des visites guidées dans la Maison Jules Verne.

Deux autres activités importantes sont liées au centre :

1. Organisation de manifestations Jules Verne.

— Tous les deux ans se déroulent des « rencontres internationales Jules Verne ». En 1999, le thème des rencontres était : *Jules Verne et la bande dessinée.* Sont également organisés des rencontres et dîners littéraires.

2. Editions.

— La publication d'une revue semestrielle, de plus de 100 pages, très documentée, abordant chaque fois, là aussi, un thème particulier (le dernier numéro traitait de *La cité dans l'œuvre de Jules Verne*) ; elle propose également un éclairage sur une œuvre en particulier, avec notice, résumé de l'œuvre, illustrations et bibliographie.

— L'édition de catalogue d'exposition et de textes de Jules Verne, comme *Une ville idéale* (Amiens en l'an 2000).

A noter que le 20 décembre 1999 a été inaugurée l'arrivée de la reproduction exacte du bureau de Jules Verne sur son lieu de travail (l'original étant perdu depuis longtemps).

Centre de Documentation Jules Verne, 2, rue Charles-Dubois
Tél. : 03 22 45 37 84 - Fax : 03 22 45 32 96
Internet : www.jules-verne.net

LE MUSEE DU SCAPHANDRE À ESPALION

En 1864, deux Espalionnais, Benoît Rouquayrol ingénieur des mines et Auguste Denayrouze officier de marine, ont inventé le premier scaphandre autonome et par la suite divers autres appareils qui ont puissamment contribué au développement de la plongée sous-marine. Le scaphandre est en démonstration à l'Exposition universelle de Paris de 1867. C'est probablement à cette occasion que Jules Verne, en pleine gestation de ce qui va devenir l'une de ses plus célèbres œuvres, *Vingt Mille Lieues sous les mers,* découvre cette invention qu'il va utiliser pour assurer à son héros Nemo une totale autonomie :

> « ... Mais dans ces conditions, l'homme n'est pas libre, il est rattaché à la pompe qui lui envoie l'air par un tuyau de caoutchouc, véritable chaîne qui le rive à la terre.
>
> — Et le moyen d'être libre ? demandais-je.
>
> — C'est d'employer l'appareil Rouquayrol-Denayrouze, imaginé par deux de vos compatriotes, mais que j'ai perfectionné pour mon usage. »

C'est autour des nombreuses inventions des deux Espalionnais que s'est constitué, en 1980, à Espalion le premier musée du Scaphandre européen, installé dans une ancienne église désaffectée du XVe siècle. Une association, loi 1901, a créé et gère ce conservatoire qui recouvre plus de 200 pièces. Parmi elles, donc, le fameux scaphandrier autonome : il s'agit là du seul appareil *original* connu à ce jour.

En 1987, l'historien et plongeur Robert Stenuit a remis en fonction l'ensemble de l'équipement Rouquayrol-Denayrouze à l'occasion d'une émission de la BBC. Il a ainsi inauguré une série de plongées dans le Lot. En 1998, c'est Jean-Michel Cousteau, fils du célèbre Commandant, qui plonge à Santa Barbara avec le détendeur historique du musée. Il a préparé un film sur les étapes de l'histoire du scaphandre autonome.

En l'an 2000, le musée, qui fête ses 20 ans d'existence, met en valeur dans l'exposition « An 2000 l'odyssée du Scaphandre », en s'appuyant sur l'exemple de Jules Verne, les échanges qui se sont opérés entre les sphères de la technologie et celle de la création littéraire et artistique, dans le domaine de l'histoire de l'homme sous l'eau. Le Musée prépare une grande exposition itinérante qui, en l'an 2001, devrait être notamment présente à Cherbourg, à Rochefort, puis aux Etats-Unis.

Musée du Scaphandre - 12500 Espalion
Tél. : 05 65 44 09 18

Ouvert tous les jours de 10 h à 12 h et de 14 h à 18 h 30
de juin à septembre inclus.
Hors saison, ouvert au public sur rendez-vous le week-end.

Edition exclusivement réservée aux adhérents du club
Le Grand Livre du Mois
16, rue des Sablons
75116 Paris

Réalisée avec l'autorisation
des Éditions Ouest-France

Mise en pages :
Nord Compo, Villeneuve d'Ascq (59)

Achevé d'imprimer par
l'imprimerie Hérissey à Évreux (27)
N° d'impression : 86251
Dépôt légal : mars 2000
ISBN : 2-7028-2939-2